# L'ÉPREUVE DE VÉRITÉ

LE SERPENT À PLUMES

ROMAN

ERROL

# FLYNN

# L'ÉPREUVE DE VÉRITÉ

**Traduit de l'anglais**
**et préfacé**
**par Thierry Beauchamp**

Collection « Le Serpent à Plumes »
dirigée par Nathalie Fiszman

Titre original : *Showdown*



ISBN 978-2-268-06786-5

*À John Decker*

# PRÉFACE

## ERROL FLYNN : L'ÉTHIQUE DU FAUSSAIRE

« Je ne sais pas vraiment pourquoi j'écris, à moins que ce ne soit pour me prouver quelque chose. Avant de devenir acteur, je mourais pratiquement de faim à force d'essayer de vendre mes histoires. Je suppose que j'ai toujours eu ça en moi et que je l'aurai jusqu'à la fin. Parfois je me demande pourquoi je me décarcasse à passer des nuits entières à mon bureau. Je n'ai jamais réussi à trouver une réponse satisfaisante à cette question », écrivit Errol Flynn, monstre sacré d'Hollywood, incarnation du héros bondissant de l'âge d'or du cinéma. Ce noceur impénitent, cet inlassable trousseur de jupons, ce farceur *panique* qui faisait dire à David Niven, l'un de ses meilleurs amis, que « l'on pouvait toujours compter sur lui pour vous laisser tomber », avait un autre visage, plus secret, celui d'un homme frustré et angoissé qui ne semblait se réconcilier avec lui-même qu'à la barre de ses navires. Son plus grand rêve et sa plus grande déception lui vinrent de la littérature : le jeune Tasmanien débarqué en Nouvelle-Guinée se voyait embrasser la carrière de reporter et mener une existence à la Jack London dont il épousa quelque temps les idéaux socialistes. Plus tard, au moment de la publication de son premier livre, *Princes de la bourlingue*[1], il envisagea de partager sa vie entre le cinéma et la littérature. En février 1946, lors de la parution de *L'Épreuve de vérité*[2], il déclara à la presse vouloir arrêter de jouer pour ne plus se consacrer qu'à l'écriture. Mais son train de vie, les pensions alimentaires exorbitantes qu'il devait verser à son ex-épouse et une incapacité grandissante à se concentrer sur quelque travail intellectuel que ce fût eurent raison des ambitions de sa jeunesse. Chose curieuse, son seul véritable succès littéraire arriva plusieurs mois après sa mort, au début de l'année 1960, avec la sortie de sa picaresque autobiographie, *Mes 400 Coups*. Pourtant ses autres livres et ses articles, notamment ses reportages sur la Nouvelle-Guinée, la guerre d'Espagne et la révolution cubaine, mériteraient plus d'attention qu'ils n'en ont reçu jusqu'à présent, non seulement par leur valeur documentaire mais aussi par l'éclairage singulier qu'ils apportent sur une personnalité hors du commun, qui affirmait détester la médiocrité plus que tout au monde mais reconnaissait s'être vautré dans la fange plus souvent qu'à son tour...

Sa verve truculente trouvait probablement son origine dans une enfance à nulle autre pareille, placée sous les signes de la dissimulation et du mensonge. Né le vingt juin 1909 à Hobart, en Tasmanie, Errol Leslie Flynn

---

1. Titre original : *Beam Ends*, traduit en français par Éric Vibart, publié aux éditions Ouest-France en 2003. Toutes les notes sont du traducteur.

2. Titre original : *Showdown*.

était le fils d'un brillant biologiste marin, Theodore Thomson Flynn, professeur à l'université locale, et de Lily Marie Young, fille d'officier de marine marchande et descendante d'Edward Young, l'un des célèbres révoltés du *Bounty*.

À défaut de lui transmettre le goût des études, son père lui communiqua une inextinguible curiosité pour les phénomènes de la nature. Il l'emmenait régulièrement dans ses expéditions en mer ou en montagne et conservait dans le jardin familial des spécimens rarissimes comme un tigre et un diable de Tasmanie, ainsi qu'un certain nombre de rats kangourous qu'il chargeait son rejeton de lui rapporter de ses escapades sur les pentes du mont Wellington. Toute sa vie, Errol chercha à impressionner ce « pater » bienveillant mais accaparé par ses recherches. Dans ses écrits et plus particulièrement dans *Princes de la bourlingue* et *L'Épreuve de vérité*, il ne manque jamais une occasion de faire étalage de ses connaissances en botanique, en zoologie et en géographie, comme s'il se sentait obligé de prouver au professeur Flynn que ses leçons n'avaient pas été vaines.

Sa mère eut aussi une grande influence sur lui. Sportive, elle lui apprit à nager et l'encouragea à pratiquer le tennis et la boxe, disciplines dans lesquelles il excellait. L'aventure extraconjugale qu'elle eut avec le directeur d'un cinéma de la ville marqua le jeune Errol pour le restant de ses jours. Témoin de leurs ébats, il manifesta une précocité sexuelle étonnante et, par la suite, multiplia les infidélités à ses différentes épouses. Ses affrontements permanents avec sa mère décuplèrent ses dispositions pour la rébellion et l'école buissonnière. Sans en avoir conscience, cette femme stricte, à cheval sur l'étiquette, lui enseigna à dissimuler sous des manières exquises les desseins les moins avouables.

En 1920, lorsque son père partit enseigner en Angleterre, Errol Flynn devint pensionnaire dans deux collèges de Londres : ces trois années d'internat, qu'il décrit dans *Mes 400 Coups*[1], son autobiographie, comme « une expérience à la Dickens », le dégoûtèrent à jamais des études. De retour en Australie, il se fit successivement renvoyer de la High School de Hobart, en Tasmanie, et de la Church of England Grammar School de Sydney, ville dans laquelle venaient de s'installer ses parents. En 1927, le jeune Errol vola la caisse du transitaire pour lequel il travaillait. Peu après, il s'embarqua à destination de la Nouvelle-Guinée, le « Yukon australien ». Il n'était alors âgé que de dix-huit ans, n'avait pas un sou en poche mais entendait bien faire fortune dans ce territoire sous mandat australien depuis la fin de la Première Guerre mondiale.

Ce premier séjour de vingt-cinq mois permit à l'adolescent turbulent de se retrouver pour la première fois livré à lui-même. Sa débrouillardise proverbiale et, semble-t-il, sa liaison avec l'épouse d'un officier de district lui permirent de se trouver rapidement du travail dans l'administration coloniale. Pendant deux mois, il suivit la formation d'un officier de patrouille chargé de parcourir la jungle et d'observer les conditions d'hygiène dans les villages indigènes. Mais comme ses références scolaires et professionnelles tardaient à arriver au bureau du secrétaire du gouvernement, il

1. Titre original : *My Wicked, Wicked Ways*, traduit en français par France-Marie Watkins et Solange Metzger (Éditions Ramsay, 1987).

finit par être renvoyé à la vie civile. Par la suite, il exerça les professions d'employé de bureau, d'ouvrier agricole, de contremaître dans des plantations de coprah et de marin à bord de schooners spécialisés dans la pêche aux perles et aux bêches-de-mer. Il « s'illustra » aussi dans le recrutement de main-d'œuvre canaque pour le compte des exploitations minières de l'intérieur. Cette dernière pratique ne se différenciait en rien du trafic d'esclaves, à cette nuance près que les malheureuses recrues étaient achetées aux chefs de villages pour une durée en principe limitée. Mais beaucoup ne revinrent pas des montagnes où ils mouraient de la tuberculose et d'autres maladies pulmonaires transmises par les Blancs.

Après de multiples aventures, notamment sexuelles avec de jeunes, voire très jeunes beautés locales, Errol Flynn fut rapatrié à Sydney pour des raisons sanitaires : il avait contracté la malaria, maladie dont il souffrit toute sa vie. Au cours des semaines suivantes, il fréquenta les bas-fonds de la ville et réussit à convaincre diverses relations d'investir dans l'achat d'un vieux yacht nommé le *Sirocco*. Avec trois de ses amis, il décida alors de se lancer dans un périple le long de la grande barrière de corail jusqu'à la Nouvelle-Guinée. Ce voyage de près de six mois, démarré en mars 1930 et ponctué de nombreuses escales, constitue le sujet du premier opus d'Errol Flynn, *Princes de la bourlingue*. En janvier 1931, peu de temps après avoir fait naufrage non loin de Port Moresby, Errol Flynn repartit pour Sydney, le temps de se fiancer à une fille de bonne famille, de rompre ses fiançailles et de revenir en Nouvelle-Guinée.

Ce troisième séjour s'étala d'avril 1931 à juillet 1932 : cette fois-ci, le jeune Flynn était bien décidé à faire fortune dans la culture du tabac. Il emprunta de l'argent à toutes ses connaissances (qu'il ne remboursa jamais, pas même lorsqu'il était au sommet de sa gloire) et acheta une plantation avec Trelawney Adams, l'un de ses amis de la croisière du *Sirocco* qui était devenu capitaine de goélette de commerce. Au début, l'affaire prospéra mais, de toute évidence, Errol Flynn ne se passionnait pas pour le tabac et déléguait tout le travail à son *boss boy*[1] mélanésien. Il mit à profit ces longs mois d'oisiveté pour dévorer des caisses de livres, apprendre des rudiments de français et d'allemand et écrire des articles sur la vie en Nouvelle-Guinée pour le *Sydney Bulletin*. Cette période fut décisive dans sa vie car, pour la première fois, il réussit à impressionner favorablement son père. Il nourrissait alors l'ambition de devenir journaliste pour témoigner des injustices de son temps. En août 1932, il retourna à Sydney où il se mêla à la bohème locale. Repéré par un directeur de casting sur une plage, il fut engagé pour incarner Fletcher Christian dans un film intitulé *In the Wake of the Bounty*, réalisé par un certain Charles Chauvel. Après trois semaines de tournage, il fit la conquête d'une femme fortunée à laquelle il finit par dérober ses bijoux. Contraint de fuir Sydney, il exerça divers métiers entre Brisbane et Townsville, en particulier celui de castreur de moutons.

De retour à Port Moresby, en décembre 1932, il revendit ses parts dans la plantation de tabac et reprit le recrutement de main-d'œuvre indigène. Une fois qu'il eut amassé suffisamment d'argent, il embarqua pour l'Angleterre après avoir écrit à son père, qui avait

1. Contremaître indigène.

accepté une chaire de professeur à l'université de Belfast, en Irlande du Nord : « Je vais essayer de devenir acteur à Londres. Je pense que c'est ce que je veux faire et c'est comme cela que je ferai fortune. » La suite lui donna raison... En 1933, il intégra la troupe de la Northampton Repertory Company en brodant sur son expérience de comédien, décrocha le premier rôle dans un film à petit budget, *Meurtre à Monte-Carlo*, et réussit à convaincre Irving Asher, directeur de la Warner, de lui signer un contrat à Hollywood. Sur le bateau qui l'emmenait en Amérique, il séduisit l'actrice française Lili Damita, ex-épouse de Michael Curtiz et vedette des studios de la Warner, et l'épousa quelques mois après son arrivée, en juin 1935. Grâce à son intervention et à un bout d'essai réussi, Errol Flynn remplaça Robert Donat dans *Captain Blood*, adaptation du roman de Rafael Sabatini, et devint une star du jour au lendemain.

Ce succès fulgurant ne sembla pas l'étonner, probablement parce qu'il avait l'habitude de se faire passer pour ce qu'il n'était pas. En Nouvelle-Guinée, il se disait déjà qu'il pouvait s'en sortir n'importe où avec sa prestance, son bagout et le vernis de culture que lui donnait sa boulimie de lecture. Il n'envisageait pas différemment son nouveau métier. Il avait le sentiment d'avoir décroché la timbale mais ne se reconnaissait aucun mérite personnel sinon celui d'avoir eu beaucoup de chance. En revanche, il caressa toute sa vie le rêve de pouvoir vivre de sa plume et d'exprimer cette insatiable curiosité qui l'habitait depuis sa plus tendre enfance, comme en témoignent ses journaux intimes mais aussi les articles, le roman et les deux récits autobiographiques qu'il publia entre 1931 et 1959, l'année de sa mort.

« Mes articles m'avaient rapporté un total de vingt livres. Je pensais que j'aimerais assez être journaliste, m'imaginais déjà grand reporter ; je mourais d'envie d'écrire. »

Errol Flynn, *Mes 400 Coups*

Le *Sydney Bulletin* publia huit de ses reportages entre le 20 juillet 1931 et le 5 octobre 1932 sur des sujets aussi édifiants que l'avenir de la culture du tabac en Papouasie, les séances de magie noire dans les rues de Port Moresby, l'art et la manière de tuer une tortue géante, les premiers contacts avec les Kuku-Kukus, la difficulté d'exercer la médecine dans les villages, les mœurs sanguinaires des Goiaribaris, le pouvoir magique de la Bible et l'histoire de l'un des plus vieux yachts du monde, le *Sirocco*, qu'il avait lui-même achevé – sans doute parce qu'il souffrait trop ! Il convient aussi de dire un mot de ce journal intime dans lequel Flynn compila des notes sur son quotidien en Nouvelle-Guinée entre l'hiver 1932 et le printemps 1933. Il comptait en tirer un roman mais perdit son précieux carnet en quittant le pays. En fait, il fut conservé par le propriétaire d'un hôtel de Salamaua et de longs extraits parurent dans la presse australienne après la mort d'Errol Flynn. Ces quelques pages rédigées dans un style alerte (ce qui n'est pas toujours le cas de ses livres) ne cachent rien de ses activités de recruteur et apportent un témoignage accablant sur le trafic d'êtres humains par les Australiens dans les mers du Sud, plus d'un siècle après l'abolition de l'esclavage dans l'empire britannique. Le jeune homme y évoque aussi son désir de gagner la Chine pour « apprendre tout ce que la vie pourra lui enseigner et ne pas s'apercevoir à l'heure de sa mort qu'il n'a pas vécu. » Plus loin il ajoute : « Il est impossible de devenir un bon lecteur ou d'acquérir la capacité d'apprécier les livres si l'on ne développe pas d'abord en soi un certain sens de la relativité des choses. Ce sens est la quintessence de la véritable instruction et de la culture. Apprendre ce qui en vaut vraiment la peine constitue l'essentiel de l'art de vivre. »

En lisant ces textes, deux sentiments dominent : d'une part, Flynn est suffisamment frappé par ce qu'il voit dans les mers du Sud pour éprouver le besoin de partager ses impressions, au moins de les coucher sur le papier ; de l'autre, la tentation d'exagérer les faits, de les caricaturer et de les décrire sous un angle humoristique, notamment dans ses articles consacrés à la tortue géante et aux séances de pourri-pourri, la magie noire papoue, semble le titiller malgré ses efforts pour garder le ton le plus sérieux possible.

Quatre ans plus tard, au début de l'année 1937, paraît son premier article américain dans *Screen Guide*. Errol Flynn est déjà au firmament de sa gloire et tout Hollywood raffole des anecdotes que ce prétendu Irlandais raconte sur ses aventures en Nouvelle-Guinée. Ses lecteurs ignorent tout de l'Océanie et il peut affabuler en toute liberté : *I have Killed !*[1] relate ses démêlés avec les Kuku-Kukus à l'époque où il était supposé exercer les prérogatives d'un officier de patrouille dans la jungle. Ce récit mensonger, truculent et quelque peu amoral prolonge le récit condensé de son voyage sur le *Sirocco*, publié par *Cosmopolitan* en novembre 1936, et dont la version complète fut éditée sous forme de livre

1. « J'ai tué ! »

en 1937. Par la suite, jusqu'en avril 1939, il écrivit des articles pour l'un des plus célèbres magazines de cinéma, *Photoplay*, la plupart consacrés à sa vie à Hollywood mais aussi à une chasse au trésor en Abyssinie, à ses escapades au Mexique et à son célèbre séjour en Espagne en pleine guerre civile. En 1942, *Esquire* publia un long texte sur les exploits de son chien Arno. En 1948, Flynn revint sur son premier baiser de cinéma avec Olivia de Havilland pour *MSP Movies Magazine*. Et en 1950, de nouveau dans *Screen Magazine*, il se fendit d'une sorte de confession littéraire, *I Do What I Like*[1] » qu'il conclut par ces mots : « ... dans les années à venir, je souhaite plus que tout être libre – faire ce qui me plaît, aller où cela me chante, avec qui je veux ; choisir mes amis ; ne plus faire semblant ; garder mon intégrité, en tant qu'homme et en tant qu'acteur. »

Le dernier reportage d'Errol Flynn fut publié par *Journal-American* en février 1959, soit huit mois avant sa mort survenue le 10 octobre à Vancouver. Il s'agit du récit de sa rencontre avec Fidel Castro, quelques semaines avant la prise du pouvoir par ses partisans. Ce texte fait indiscutablement écho à son article sur la guerre civile espagnole, paru en 1937 dans *Photoplay*. Dans les deux cas, l'acteur avait éprouvé le besoin de fuir Hollywood et de repartir à l'aventure. À chaque fois, il manifeste une sympathie de fond pour les « combattants de la liberté » mais, en dépit de ses efforts pour adopter le style d'un correspondant de guerre à la Hemingway, il ne peut s'empêcher – et c'est là tout le charme de ces deux textes – de se mettre

1. « Je fais ce que je veux. »

en scène de manière humoristique. À titre d'exemple, voici la première question qu'il pose au rebelle cubain, le 27 décembre 1958 : « Dis-moi, mon vieux, lui demandai-je dans mon espagnol limité, ça te dérange si, à l'occasion, je m'envoie une gorgée ou deux de cet excellent breuvage de ton pays (le rhum) pour rendre cette situation révolutionnaire un peu plus viable ?... »

Errol Flynn était encore et toujours le meilleur sujet d'Errol Flynn. Le public aimait ses films et se régalait de ses bons mots. En février 1937, profitant de son immense popularité, il confia aux éditions Longmans, Green and Co, le soin de publier son premier livre, *Princes de la bourlingue*, récit de son périple à bord du *Sirocco* entre Sydney et Port Moresby. Pourtant, à y regarder de plus près, on s'aperçoit que cette narration autobiographique, dans un ton assez proche de celui de *La Croisière du Snark* de Jack London, est truffée d'inventions en tous genres. De toute évidence, le principal souci de Flynn était de raconter une bonne histoire, quitte à faire mourir son meilleur ami dans le dernier chapitre ! La sortie du livre en Australie provoqua inévitablement quelques remous et certains de ses créditeurs essayèrent en vain de se rappeler à son souvenir... Une certitude demeure, cette « œuvre de fiction » pleine d'humour mérite une petite place dans la gigantesque bibliothèque de la mer.

Publiée en 1960 par Putnam's Sons, *Mes 400 Coups*, son autobiographie, renoue avec le ton goguenard et distancié de *Princes de la bourlingue*, à cette différence près que ce ne fut pas Errol Flynn qui l'écrivit. Après plusieurs tentatives infructueuses, il consentit à se faire aider par l'écrivain Earl Conrad. Ce dernier a raconté avec honnêteté la nature de leur collaboration dans un ouvrage intitulé *Errol Flynn : A Memoir*. Diminué par ses addictions à la morphine et à l'alcool, l'acteur était incapable de se concentrer longtemps sur la même activité. Il invita Conrad à séjourner chez lui, en Jamaïque, dans un hôtel de Port Antonio qu'il avait gagné au poker. Il lui confia ses journaux intimes et lui accorda de longs entretiens entre deux cuites à la vodka. Plutôt que de s'attacher à la vraisemblance du récit, Conrad s'inspira du style de Flynn et respecta à la lettre l'esprit de ses calembredaines. Le résultat est saisissant : jamais « l'ange de Satan », ainsi que l'avait surnommé Marlène Dietrich, n'avait aussi bien menti !

*L'Épreuve de vérité* fut probablement son entreprise littéraire la plus hardie. Comme souvent chez Errol Flynn, il s'agissait de faire d'une pierre deux coups car il tenait autant à s'affirmer comme un talentueux conteur qu'à célébrer sa propre légende, comme l'encourageaient à le faire les huiles de la Warner. Dix ans après la publication de *Princes de la bourlingue*, il avait aussi envie de prouver qu'il était capable d'accoucher d'un roman facilement adaptable au cinéma. Cette idée devait lui trotter dans la tête car déjà, en mars 1936, il avait vendu un scénario à la Warner, *The White Rajah*, narrant l'extraordinaire destinée de James Brooke, cet ancien officier de l'infanterie du Bengale devenu souverain de Sarawak, la partie insulaire de l'actuelle Malaisie. Le film ne fut malheureusement jamais tourné, ce que l'on peut regretter vu que le rôle était taillé sur mesure pour Errol Flynn. Ce dernier se sentait à l'étroit dans son costume de héros de carton-pâte et il rêvait de jouer des rôles plus complexes (à son image[1] ?). Le roman présente d'ailleurs des similitudes avec certaines grandes productions cinématographiques comme *La Reine africaine* (1952) et *Dieu seul le sait* (1956) de John Huston, notamment cette combinaison caractéristique de romance, d'exotisme et d'aventure.

Dans sa version originale, *L'Épreuve de vérité* évoquait la vie de Shamus O'Thames depuis la mort de ses parents jusqu'à ses débuts à Hollywood. L'éditeur, Sheridan House, préféra ne pas publier la dernière partie, sans doute pour éviter les poursuites en diffamation, mais il prévoyait de publier une suite, intitulée *Charlie Bowtie in America*[2]. Or les ventes du roman furent décevantes et Errol Flynn garda ses croustillantes anecdotes sur Hollywood pour son autobiographie. Il faut dire que l'étoile de l'acteur avait pâli et qu'il n'était plus le demi-dieu auquel rien ne semblait impossible. Il était devenu le prototype du séducteur prêt à tout pour arriver à ses fins, et s'il avait conservé une certaine popularité, il n'avait plus rien d'admirable aux yeux du public. D'autant que les journaux ne manquaient jamais une occasion de le dépeindre comme un ivrogne, un bagarreur et un obsédé sexuel, incapable de résister à la tentation. Depuis 1943, l'année de son ruineux divorce avec Lili Damita et de son procès retentissant pour viol de mineures – dont il était sorti innocenté mais plus

1. C'est d'ailleurs ce qu'il fit en 1953 pour *Le Avventure di Guglielmo Tell*, mais le film demeura inachevé.

2. Soit littéralement : « Charlie-Belle-Cravate en Amérique » – référence au surnom que donne Cleo Charnel à Shamus O'Thames dans L'Épreuve de vérité.

affecté qu'il n'y paraissait –, il s'adonnait de plus en plus aux drogues et à l'alcool et se montrait souvent à la hauteur de sa réputation. Aussi la sortie de son roman ne fut-elle pas prise très au sérieux. On y vit un coup de publicité de la part d'un acteur sur le déclin pour redorer son blason. On ironisa sur les aspects légèrement érotiques du récit et les prétentions littéraires de son auteur comme en témoigne cet article de *Times* daté du 26 février 1946 :

*« ... elle était nue à l'exception d'une serviette qui ne cachait pas grand-chose de sa sculpturale anatomie... Elle le fusillait de son regard bleu-vert, le sourcil gauche arqué, l'œil droit plissé d'une manière menaçante. Soudain la masse de cheveux blonds épinglée sur sa tête tomba en cascade sur son visage. Elle les rabattit en arrière d'un geste rageur – et rattrapa de justesse la serviette qui était en train de glisser. Comme cela arrive souvent dans les moments de tension extrême, Shamus fixa son attention sur un détail insignifiant, un petit grain de beauté au-dessus du sein gauche de la jeune femme.*

*– Du vent ! hurla-t-elle en tapant du pied. Fiche le camp ! »*

*La dame au grain de beauté, une actrice nommée Cleo, est l'héroïne d'un nouveau roman – son premier – d'Errol Flynn, l'acteur aux multiples talents.*

*La gestation de* Showdown *(Sheridan House, 2,50 dollars) a pris neuf mois à l'auteur Flynn, à raison de séances de quatre heures de travail par nuit. L'histoire, située dans les mers du Sud, déborde de désirs irrépressibles, de poitrines frémissantes, de lunes tropicales et de photos déshabillées. « Je ne sais pas pourquoi je l'ai fait », confesse l'auteur Flynn (qui envisage de ne plus tourner qu'un film par an pour pouvoir se consacrer à la prose). « Ça ne me rapportera rien.*

*Je m'attends à être assassiné par la presse. Et si les critiques l'apprécient, ils diront probablement qu'il a été écrit par quelqu'un d'autre.* »

*La partie croustillante du récit commence dans un hôtel chinois à Rabaul, « où l'on voit rarement une femme blanche, même habillée ». Aussi, lorsque Shamus, capitaine de schooner, pose pour la première fois l'œil sur la magnifique Cleo, « sa beauté ne le remplit-elle pas d'un sentiment de bien-être. Bien au contraire, elle excite ses sens et réveille en lui un instinct prédateur. » Shamus se trouble davantage en découvrant que Cleo fait partie d'une équipe de tournage d'Hollywood qu'il a accepté de transporter le long de la côte de Nouvelle-Guinée pour lui permettre de filmer quelques séquences d'extérieur.*

*Cleo se promène sur le pont du bateau et, « à chaque fois qu'elle inspire, sa robe à fleurs se tend au niveau de son ventre et ses seins pointent sous le tissu de manière provocante. » Un soir elle dit à Shamus d'une voix roucoulante : « ...la couchette est si confortable et spacieuse que... euh... je m'y sens un peu seule la nuit. Vous voyez ce que je veux dire, capitaine, lorsqu'une fille est loin de chez elle, de sa maman... »*

*« Vous savez, en ces temps d'inégalité sexuelle devant la loi, il y a un avocat qui se cache sous chaque jupon... » confie l'un des passagers à Shamus. Mais ce dernier et la belle actrice essuient bientôt une tempête d'amour et de haine qui les balaie comme un typhon. En une occasion, Shamus fait boire la tasse à Cleo. « Espèce de salaud, » grommelle-t-elle. Quand Shamus prend un bain de minuit, Cleo se déshabille entièrement et plonge après lui. Quelques secondes s'écoulent et elle ressurgit devant le jeune homme. « Soudain elle recule d'un pas et saute sur place, les bras grands ouverts : « Regarde-moi,*

*lui dit-elle d'un air de défi. Tu es sûr que tu ne veux pas de moi ? »*

*Puis « Shamus et Cleo tombent dans les bras l'un de l'autre et restent longtemps à s'embrasser, sans bouger, se serrant très fort, et leurs baisers salés prennent un goût de fer, celui du sang. »*

*Au moment où l'auteur Flynn franchit le cap de sa dernière page, le capitaine Shamus – et la vie elle-même – a métamorphosé Cleo en petite femme tendre qu'elle a toujours rêvé d'être en secret et l'ensemble des protagonistes s'est donné le grand frisson avec des ouragans, des requins, des pygmées chasseurs de têtes et même un peu de contre-espionnage pour la marine américaine.*

*« Les lecteurs admireront la pénétration et l'honnêteté de l'auteur », déclarent les éditeurs d'Errol Flynn.*

Ce ton railleur, cette manière de refuser à Flynn le droit d'être autre chose qu'un objet de dérision, si largement répandus dans la presse de l'époque, expliquent en partie l'échec du roman au moment de sa parution. Pourtant le lecteur américain trouvait là une occasion distrayante de découvrir la Papouasie, sa forêt pluviale, ses oiseaux de paradis aux plumes magnifiques et ses inquiétants chasseurs de têtes. Dans l'esprit des *Voyages extraordinaires* de Jules Verne, *L'Épreuve de vérité* tente de divertir en instruisant. Errol Flynn s'efforce tant bien que mal de nous faire partager sa connaissance et sa passion pour cette lointaine région du monde. Certes ses procédés sont parfois artificiels et il lui arrive de commettre des erreurs mais on se laisse porter par ce mélange hétéroclite de scènes de genre surannées, d'apartés bizarrement érudits et de pointes d'humour macabre. Au fond, le récit épouse les codes du roman d'aventures exotiques traditionnel : il nous décrit un environnement sauvage, hors des lois de la civilisation, et met en scène des Blancs qui luttent pour imposer leurs valeurs au cœur des ténèbres. Toutefois ce n'est pas par la violence que les héros triomphent, mais par leur courage et leur intelligence. Dans le même ordre d'idées, s'il arrive à Flynn de tenir des propos méprisants sur les « Canaques [1] », il a des mots encore plus durs pour les colons.

La caractéristique principale de *L'Épreuve de vérité*, c'est probablement d'avoir été conçu à l'inverse de *Princes de la bourlingue* : il s'agit là d'une œuvre de fiction constituée d'éléments autobiographiques. Plusieurs passages sont directement tirés des journaux d'Errol Flynn que l'on retrouve aussi, à peine modifiés, dans *Mes 400 Coups*, comme la rencontre avec Joel Swartz. La plupart des protagonistes ont vraiment existé ou ont été partiellement inspirés par des personnes réelles. La mission du père Kirshner évoque la mission Sattelberg d'un pasteur luthérien nommé Karchner qu'Errol Flynn croisa en janvier 1933 lors de l'une de ses tournées de recrutement. Dans son carnet, il écrit : « J'ai repéré une jolie fille en arrivant ici. Il faudra que je pense à me raser. Une barbe de trois jours n'est guère présentable, y compris pour un recruteur. C'est la petite sœur hollandaise. Je suppose – j'espère qu'elle dînera

1. En fait, il existe trois grands groupes ethniques en Nouvelle-Guinée : les Negritos (ou Pygmées), les Papous et les Mélanésiens. Mais ces divisions restent théoriques car les populations ont été très mélangées.

à notre table... » Flynn effectivement navigua à bord d'un schooner baptisé *Maski* – mot papou qui signifie « Je m'en fiche » – mais il appartenait à son ami et associé Trelawney Adams. Si l'on en croit l'acteur, le voyage avec l'équipe de cinéma eut bien lieu et il avait aussi pour objectif de fournir des informations sur la topographie de la côte de Nouvelle-Guinée aux autorités militaires américaines. Tulare et Alaman furent des *boss boys* de Flynn à différentes époques. Anitok était un chef de tribu papou qui « avait des aigrettes blanches dans les cheveux, des fleurs derrière les oreilles et divers ornements provenant d'oiseaux, d'alligators et d'oursons de cocotier » et dont le pénis « était enveloppé dans une sorte de suspensoir d'étoffe de couleur vive ». Flynn l'aurait emmené visiter Sydney, lui et sept de ses hommes, pour faire de la publicité à sa plantation de tabac. L'épisode du grand magasin Anthony Hordern's est repris mot pour mot dans l'autobiographie. Cleo Charnel fait penser à Lili Damita, la première épouse de l'acteur, une Française que l'on surnommait « Lil la tigresse » à Hollywood. Comme son héros, Errol Flynn aurait acheté la fille de l'un de ses *boss boys* contre deux cochons, une cartouche de shillings et une poignée de monnaie de coquillages mais l'adolescente se serait enfuie pour rejoindre son amant. Il y avait bien un Chinois nommé Ahsims qui tenait un hôtel à Rabaul dans les années trente. O'Thames était le nom d'un membre de la famille d'Errol Flynn. Quant à la perruche de Jodo, elle porte le même prénom que Hedda Hopper, une célèbre journaliste spécialisée dans les potins mondains ! Cette énumération pourrait encore durer longtemps mais, selon la formule convenue, elle risquerait de lasser le lecteur... Contentons-nous d'ajouter que *L'Épreuve de vérité* est beaucoup trop documenté pour être réduit à un simple roman de gare et que la manière inextricable dont s'enchevêtrent vérité et mensonge tout au long du récit reflète assez fidèlement les tourments intérieurs de son auteur.

Car Errol Flynn était un homme aux multiples visages, un cynique qui avait des accès d'idéalisme, un hédoniste qui admirait l'ascétisme, un menteur qui détestait l'hypocrisie, un mondain qui n'était jamais aussi heureux qu'en pleine mer. Il avait rencontré le succès et l'argent pour des raisons auxquelles il n'accordait pas la moindre valeur. Il méprisait la plupart des films dans lesquels il jouait. Il doutait de ses qualités d'acteur tout en pensant qu'il se débrouillerait mieux dans des rôles plus subtils. Il enviait la liberté et le courage artistique d'Orson Welles et aurait probablement rêvé de suivre ses traces. Il aurait aussi voulu impressionner son père, un darwinien convaincu qui considérait avec un détachement amusé la carrière de son fils. Il aurait aussi voulu être capable d'aimer ou d'avoir la foi mais il se disait trop sceptique pour croire en quoi que ce fût. Sa philosophie personnelle avait quelque chose de contradictoire. Mais comme il l'écrit dans son journal : « En moi, la contradiction en tant que principe trouve sa raison d'être. »

Errol Flynn avait énormément de mal à se discipliner ou, plus exactement, à lutter contre l'ennui. Ses mariages et sa carrière volèrent en éclats, car il était incapable de s'investir longtemps dans une quelconque activité. Il lui fallait sans cesse renouveler ses plaisirs et stimuler sa curiosité. C'était une maladie de l'âme et ce furent ses angoisses et les séquelles de la malaria qui le poussèrent vers l'alcool et la drogue. Plus il s'intoxiquait, plus ses facultés intellectuelles se dégradaient, plus il sombrait dans la dépression. À la fin de sa vie, il mit un point d'honneur à écrire seul son autobiographie mais se rendit vite compte qu'il n'avait plus la capacité de travail nécessaire pour mener à bien une telle entreprise. La même année, ses trous de mémoire le contraignirent à arrêter de tourner, seulement quelques mois après son formidable come-back dans *Le soleil se lève aussi* d'Henry King.

Flynn souffrait aussi du syndrome du séducteur : il savait mieux que personne ce qu'il devait à son physique et à son baratin. Il n'avait jamais eu besoin de convaincre, juste de séduire. Devenu célèbre du jour au lendemain, Jack Warner lui fit interpréter le même rôle pendant près de dix ans, celui du héros que tous les Américains voulaient être. Il lui suffisait d'être lui-même pour incarner Robin des Bois ou le général Custer. Cela ne lui coûtait aucun effort. De la même manière les journaux américains ne lui commandaient pas des articles parce qu'ils croyaient en son talent littéraire, mais pour qu'il révélât des détails croustillants sur la vie d'Errol Flynn à Hollywood. Il avait le goût de la conversation, qu'il considérait comme un art, mais pas plus les éditeurs que les lecteurs n'avaient envie de l'entendre disserter sur Byron ou Marc-Aurèle, deux auteurs qu'il appréciait. Son penchant pour l'autodérision et la farce, il le tirait de ce rapport faussé aux autres et à lui-même. Shamus, le héros de *L'Épreuve de vérité*, ressasse ses difficultés à s'ajuster à la société occidentale. Il ne cesse de se faire des promesses qu'il ne tient pas. Sa fierté l'aveugle et il puise son courage dans le regard que ses compagnons d'infortune portent sur lui. Il est fasciné par la beauté inaccessible de Ganice et ne tombe amoureux de Cleo qu'à partir du moment où elle se soumet à lui. D'autres protagonistes du roman évoquent des aspects de la personnalité d'Errol Flynn, notamment le producteur Joel Swartz, alcoolique à l'humour désabusé et à la sensibilité à fleur de peau. Il y aussi Jodo, adolescent roué à la lucidité redoutable, sans aucune illusion sur les motivations de son prochain. Quant à l'un des rares personnages « héroïques » du roman, le père Kirshner, sa foi semble contrebalancée par son goût de l'autarcie et de l'expérimentation scientifique. Or Flynn a souvent répété qu'il aimait se servir de ses interlocuteurs comme de sujets d'expérience...

Rien d'étonnant à ce que les deux hommes qui eurent le plus d'influence sur l'acteur, le docteur autrichien Hermann F. Erben et le peintre John Decker, auquel le roman est dédié, eussent été deux manipulateurs peu scrupuleux qui se faisaient de la supercherie une idée quasi religieuse. Flynn rencontra le premier en 1933, sur le bateau le ramenant de Nouvelle-Guinée vers l'Europe. Voici comment il le décrit dans *Mes 400 Coups* : « Tout ce qui sortait de l'ordinaire l'enchantait. Rien ne lui plaisait davantage que de voir des gens se bagarrer. C'était pour lui comme d'observer des bactéries en mouvement au microscope. » Plus loin il ajoute : « Il m'a appris la totale inanité de la vie que les gens mènent sur terre. Grâce à lui, j'ai compris le peu d'importance d'être constant. Grâce à lui, j'ai appris à rire des pires désastres. » Ils se quittèrent à Marseille mais se retrouvèrent à Hollywood en 1937 où Erben était venu vendre des singes au Rockfeller Institute pour des expériences sur le rhume ! Quelques semaines plus tard, les deux amis gagnèrent ensemble le front de la guerre d'Espagne, comme Errol Flynn le raconte dans son rocambolesque reportage *What Really Happened to Me in Spain*[1]. Ce qu'il ne savait pas alors, c'est que le médecin autrichien allait livrer ses photographies des combattants républicains aux services secrets nazis...

Le peintre John Decker, fils d'un aristocrate allemand, était en réalité le baron Leopold Wolfgang von der Decken. C'était un faussaire talentueux qui avait vécu à Londres de la vente de ses « Van Gogh », de ses « Gauguin » et de ses « Modigliani ». Débarqué en Amérique au début des années vingt, il était devenu célèbre grâce à ses dessins et à ses caricatures publiés dans la presse. À Hollywood, dans les années trente et quarante, il s'était spécialisé dans les portraits de stars (son *W. C. Fields en reine Victoria* mérite le coup d'œil) et c'est chez lui que se réunissaient les Bundy Drive Boys, un groupe d'excentriques plus ou moins fréquentables comprenant John Decker lui-même, l'ancien roi de la bohème new-yorkaise et premier historien de l'art américain Sadakichi Hartman, les écrivains Gene Fowler et Ben Hecht et les acteurs John Barrymore, John Carradine, Thomas Mitchell, Anthony Quinn et Errol Flynn. En 1939, Decker mit en circulation un faux Rembrandt, plusieurs fois authentifié en Europe et aux États-Unis, que son « ami » Thomas Mitchell

1. « Ce qui m'est vraiment arrivé en Espagne. »

acheta à la Silbermann Gallery pour la modique somme de 45 000 dollars. Plus tard, en 1944, Flynn et Decker fondèrent une galerie d'art doublée d'un atelier d'artiste où résidait le peintre, l'acteur s'acquittant de tous les frais. Une autre particularité de ce singulier personnage était d'avoir réussi à se marier trois fois sans jamais divorcer... Il fit aussi partie de cette curieuse « expédition scientifique » montée par Errol Flynn en août 1946 et que ce dernier immortalisa dans l'un des documentaires scientifiques les plus drôles de l'histoire du cinéma, *La Croisière de la Zacca*. Mais les deux amis se fâchèrent au cours du voyage, Decker ayant provoqué une terrible zizanie à bord du navire.

Sous l'influence de ces deux « gibiers de potence », aussi fascinants que dénués de moralité, Errol Flynn apprit à ne rien prendre au sérieux, surtout pas lui-même, et à vivre aussi intensément et dangereusement que possible sans se préoccuper des conséquences sur son entourage. Comme eux, l'acteur jouait régulièrement avec son identité. Dans sa jeunesse, il lui était souvent arrivé de se faire passer pour ce qu'il n'était pas. En arrivant à Hollywood, il garda le silence sur ses origines tasmaniennes et se présenta comme Irlandais dans l'espoir que cela favoriserait sa carrière. Il laissa aussi penser qu'il était allé en Espagne ou à Cuba pour soutenir les combattants républicains et les rebelles castristes, alors que sa principale motivation était la recherche de nouveauté, d'action et de grabuge.

Errol Flynn a probablement moins écrit pour faire de la littérature que pour se raconter. Il y avait du Münchhausen chez ce causeur aux grands airs et aux digressions stupéfiantes. Comme le célèbre baron, il n'était pas du genre à avouer ses inventions mais plutôt à conseiller aux douteurs « d'aller y voir s'ils n'y croient pas ». Pourtant ce merveilleux menteur dont la conversation amusait tous ceux qui l'approchaient fut un écrivain souvent laborieux, par manque de discipline et de concentration. Mais ses écrits, notamment son roman, le donnent à voir d'une manière plus exacte que ses films. Sentencieux et ridicule, parfois. Drôle et surprenant, presque toujours. Ennuyeux, rarement. Au fond, il eut au moins le mérite de comprendre l'un des secrets que partagent le comédien et l'écrivain et que Pierre Brasseur résumait joliment en ces termes : « Placée avant le mensonge, la vérité est squelettique, elle manque de graisse et d'appas – placée après, elle paraît plus forte parce qu'on la prend pour un mensonge. »

Thierry Beauchamp

# CHAPITRE 1

*« Deux léopards blancs, au plus chaud de la journée,*
*Se reposaient à l'ombre d'un grand kapokier... »*

AFFALÉ À l'arrière du canoë, le père Kirshner essayait de se rappeler où il avait lu ces vers, probablement dans un de ces vieux livres défraîchis que l'on récupérait par caisses entières à Sydney au profit des missions comme la sienne. En tout cas, la vision était agréable et rafraîchissante pour un homme dans une situation aussi inconfortable que la sienne... quoi qu'il eût du mal à croire à l'existence de deux léopards blancs... même à un seul...

Soudain il claqua dans ses mains. Cela devait faire au moins dix milles marins qu'un moustique le harcelait. Ces petites bêtes, s'indigna-t-il mollement, n'ont rien à faire si près de la côte, surtout en plein jour. Il changea légèrement de position et, pour se protéger du soleil, tira le bas de sa soutane sur ses jambes nues et rabattit son casque à larges bords sur ses yeux.

Il faisait des gestes lents car il savait que s'il s'agitait trop, il transpirerait à grosses gouttes et sa barbe ne tarderait pas à le démanger. Cette économie de mouvement exigeait une dose inhabituelle de self-contrôle de la part du père Kirshner dont l'énergie débordante n'avait pas été sapée par dix-neuf années passées dans les jungles étouffantes de la Nouvelle-Guinée.

Ah, se réjouit-il, le moustique venait de se poser sur le dos de Vetoma, le Canaque assis devant lui, auquel il avait confié sa pagaie quelques minutes plus tôt. C'était l'un des trois boys qui l'accompagnaient. Ah, la grosse brute, se dit-il, le morfale ! Après s'être gavé de son sang, il avait décidé de passer au plat de résistance, sans se soucier des contractions musculaires du dos de Vetoma et des perles de sueur qui ruisselaient sur sa peau brune et tendue comme celle d'un tambour.

Réfléchissant à la meilleure tactique à adopter, c'est-à-dire à la moins contraignante, le père Kirshner fléchit la jambe droite jusqu'à ce que son genou touchât presque sa barbe. Puis il la détendit brusquement et son pied s'écrasa contre les omoplates de Vetoma. Le moustique s'envola, indemne, mais le Canaque fut violemment projeté en avant. Le malheureux se retourna vers le missionnaire qui lui sourit en hochant la tête. Ce dernier se sentait idiot mais ne savait pas comment se justifier. L'air perplexe, Vetoma hocha la tête à son tour et se remit à pagayer. Le père est d'humeur joyeuse, songea-t-il, peut-être le soleil...

– Vetoma, passe-moi mon sac de médicaments, dit le père Kirshner, en ajoutant d'une voix plus forte, *Bitte*.

Qu'il n'existât pas de mot pour « s'il te plaît » ou « merci » en buna ou en sananandra le contrariait. Il n'avait jamais réussi à faire percevoir l'importance de ces petites nuances linguistiques aux indigènes. Autant essayer d'expliquer à un paysan allemand pourquoi le Japonais parle en aspirant l'air entre ses dents, se disait-il souvent. Comment aurait-il pu savoir que c'était pour éviter de souffler dans le nez de son interlocuteur ? La veille, sur la côte, il avait été invité à bord d'un lougre japonais dont le capitaine n'avait cessé de chuinter et de lui faire des courbettes tous les trois mots. Mais il y avait été sensible, considérant la politesse – y compris dans ses formes les plus exotiques – comme une ressource vitale dans un monde qui la méprisait tant.

Ouvrant la sacoche en cuir, le père Kirshner en sortit une des belles pommes rouges qu'il avait calées dans du coton au-dessus du matériel médical. Il la tourna dans sa main pour l'examiner sous tous les angles. Aucune trace de pourriture, remarqua-t-il avec satisfaction, pas une tache. L'envie de planter ses dents dans la chair juteuse le dévorait. Surmontant difficilement la tentation, il remit le fruit à sa place et soupira. Jusqu'au moment où le pêcheur de perles nippon les avait extraites de sa glacière pour les lui offrir, le père Kirshner n'avait plus vu de pommes depuis des années. Les fruits tropicaux ne manquaient pas, bien entendu, mais ceux des climats tempérés n'atteignaient jamais la Nouvelle-Guinée. Il les réservait pour sœur Alicia, la vieille nonne alsacienne. Elle aussi appréciait ce genre de luxe, même s'il ne lui restait plus beaucoup de temps pour en jouir en ce bas monde.

Il fouilla au fond de la sacoche et, sous un bric-à-brac de médecin de campagne, ses doigts finirent par toucher la chambre de son .45 mm. Toujours bienveillant envers son prochain, le père Kirshner croyait au principe de la paix sur terre, mais cela n'allait pas jusqu'à laisser s'encrasser le barillet de son revolver. Il plaça l'arme à un endroit plus accessible en cas d'urgence et reprit son exploration. Il tomba bientôt sur un petit harmonica qu'il déposa distraitement sur ses genoux. Si leurs recherches continuaient d'être aussi infructueuses, Dieu seul savait quand ils rentreraient et un petit air ou deux égaieraient sans doute l'atmosphère. Et peut-être Vetoma s'arrêterait-il ainsi de fredonner son chant traditionnel dont la monotonie lui tapait sur les nerfs depuis un certain temps...

Le père Kirshner s'efforça de démêler la lanière des jumelles du cordon du stéthoscope. La partie de la côte qu'ils longeaient l'intéressait tout particulièrement car, des années plus tôt, c'était là qu'il avait planté la croix de sa première mission en Nouvelle-Guinée. Son choix s'était révélé désastreux car il s'agissait d'une zone malsaine, stérile et exposée aux alizés si bien que les cocotiers eux-mêmes ne donnaient presque pas de noix. Et lorsque le cyclone Gulabari déracina les arbres, démolit les maisons et détruisit le travail de cinq années en une nuit, le père Kirshner se soumit à cette injonction du ciel et partit reconstruire une mission et un comptoir de commerce à plusieurs kilomètres à l'intérieur des terres. Dès lors son entreprise prospéra et avec elle, sa foi dans la sagesse de Dieu mais aussi dans son propre sens des affaires.

Il se contorsionna dans l'étroit canoë et finit par trouver une position confortable pour observer le rivage à la jumelle. Minutieusement, mètre après mètre, il examina l'espace compris entre la plage et la lisière de la jungle où la végétation formait un rideau opaque. Jadis, à une distance d'un demi-mille nautique, il était capable de repérer la tête d'un cochon sauvage au milieu des fougères et des lycopodes. Avec la sûreté d'un pisteur indigène, il pouvait aussi détecter les traces d'un être humain dans les sous-bois ou le plus imperceptible mouvement de queue d'un marsupial entre les branches d'un pandanus. Dans sa jeunesse, il avait appris des Canaques à déchiffrer les signes de la nature comme ceux d'un livre. Mais jamais il ne s'était laissé influencer par leurs superstitions. À présent tous les détails se fondaient en une masse indistincte et il en était réduit à faire semblant de voir aussi bien qu'autrefois. Mais il aurait été bien en peine de relever le moindre indice de ce qu'il cherchait. Tout ce qu'il savait, c'est qu'il n'en avait vu aucun.

Il pouvait encore reconnaître les caractéristiques du terrain qui lui avaient été si familières, mais cela n'était guère aisé car la jungle avait depuis longtemps reconquis les clairières et seule la topographie de l'endroit permettait de l'identifier – notamment les pics des montagnes à l'arrière-plan et certains gigantesques palmiers.

Or il ne s'était pas aventuré jusque-là pour raviver ses souvenirs d'un bout du monde qu'il avait eu l'audace de vouloir s'approprier. D'ailleurs cette revendication était sacrilège. La terre appartenait au Seigneur ainsi que tout ce qui y croissait. Une plage ou un versant de montagne tapissé d'arbres ne portaient le nom d'aucun homme. Pourtant les œuvres du Seigneur étaient aussi celles du père Kirshner – il les exécutait de son mieux malgré sa mobilité réduite. Et son insatiable curiosité des mœurs humaines – et, pour cette raison, de la nature tout entière – lui rendait la vie toujours agréable.

Jusqu'où ce diable d'Anitok oserait-il pousser ses incursions ? se demanda-t-il. La veille, des guetteurs d'une tribu amie avaient averti le père Kirshner du passage de plusieurs de ses hommes du côté de l'ancienne mission. Pour la deuxième fois, ils avaient aussi mentionné la présence de la mystérieuse goélette d'un homme blanc. Mais apparemment un seul Canaque s'occupait des manœuvres alors qu'il fallait huit marins pour diriger un tel bateau en toute sécurité. Le *Taubada*[1] et son équipage, dont on lui avait déjà parlé auparavant, semblaient avoir disparu.

Voilà ce qui avait amené le père Kirshner dans cette partie isolée du littoral. Cela n'avait rien à voir avec Anitok. Aussi longtemps que Kanaka Tom demeurait le favori du petit tyran, le père Kirshner estimait que lui et sa mission n'avaient rien à craindre. Et si jamais Kanaka Tom trahissait sa confiance, il aurait toujours son revolver bien huilé pour se défendre ainsi que sa hache et son bras de bûcheron lorsque ses munitions seraient épuisées. Et la main de Dieu ne manquerait pas de le soutenir dans ses derniers instants.

Non, ce n'était pas la peur qui l'avait convaincu de partir en expédition, mais un mélange de compassion et de curiosité. Bien sûr, il s'intéressait aux déplacements d'Anitok car, tôt ou tard, il lui reviendrait, à lui ou l'un de ses successeurs, de christianiser toute la côte. C'était dans les plans de Dieu. Mais ce dont il voulait avoir le cœur net, c'était s'il existait un lien entre la disparition de l'homme blanc et de la quasi-totalité de l'équipage de sa goélette et la présence d'Anitok dans les parages. Cette fâcheuse coïncidence l'inquiétait. L'après-midi précédent, il avait mis son canoë à la mer en croyant apercevoir la goélette au large. À sa grande déception, il

1. Blanc en pidgin.

ne s'agissait que du lougre japonais. C'était donc pour éclaircir ce mystère qu'il inspectait si méticuleusement le rivage.

Si le passé ne l'avait pas tant obsédé, peut-être aurait-il regardé le présent avec plus de lucidité. À peu près au niveau de ces jeunes cocotiers, jugea-t-il, devait se trouver le petit cimetière où étaient enterrés les restes du frère Ernest qui, vingt ans plus tôt, sur un frêle barquentin, avait effectué la traversée avec lui depuis Hambourg. Peu de temps après leur arrivée, il avait attrapé une maladie tropicale inconnue et était mort dans d'atroces souffrances. Il se rappela qu'après cela, il n'avait plus vu de Blancs pendant des années. Sa terrible solitude ne lui avait pas pesé tant ses journées avaient été remplies : il lui avait fallu construire, cultiver, nouer des liens d'amitié avec les tribus des montagnes et contrarier leurs incessantes tentatives de le supprimer.

Puis, en 1914, la déclaration de guerre avait entraîné l'expulsion des Allemands de Nouvelle-Guinée, sort auquel lui et les autres missionnaires avaient échappé de justesse. Depuis lors, il continuait de porter la bonne parole aux Canaques, aux Negritos et aux Papous qui semblaient lui préférer celle de leurs ancêtres cannibales.

Cet âpre et long combat en avait valu la peine, bien entendu, même si les résultats n'avaient pas été à la hauteur de ses espérances. Aussi énergique soit-il, un homme ne peut pas réaliser de miracles en l'espace d'une courte vie. Soudain le père Kirshner songea avec irritation à Hitler qui exigeait la restitution à l'Allemagne de ses anciennes colonies. Que de temps précieux serait encore perdu si la Grande-Bretagne se laissait impressionner par ses vociférations ! Il se consola en pensant qu'il n'y avait probablement pas de quoi s'inquiéter. À moins que les Anglais eussent beaucoup changé, cet agité n'obtiendrait rien d'eux. Une fois que le lion britannique avait planté ses crocs dans une proie, il n'avait pas coutume de la laisser s'enfuir.

D'autres rumeurs, plus inquiétantes, lui étaient parvenues du pays, à propos des persécutions que subissaient les juifs, les catholiques et les protestants ; du succès d'un complot contre le gouvernement démocratique siégeant au Reichstag et du réarmement de l'Allemagne... Il ne savait pas quel crédit leur accorder mais se félicitait d'avoir renoncé à son héritage de *Junker*[1] pour trouver sa voie à l'autre bout du monde.

De vieux souvenirs lui revinrent de l'époque où il fréquentait la cour du jeune Guillaume. Officier dans un régiment de *Uhlans*[2], il incarnait parfaitement le type de l'aristocrate hautain, arrogant, susceptible et porté sur la bonne chair. Un jour, déçu par la futilité de son existence, il avait décidé d'en changer le cours et d'en chercher la signification profonde à l'autre bout du monde. Rompant avec sa classe sociale, celle des *Junkers*, qui ne croyaient qu'en l'usage de la force et la satisfaction des besoins matériels, il s'était lancé corps et âme dans l'action spirituelle. La leçon du Christ était peut-être perdue pour le plus grand nombre, mais rien ne l'empêchait d'apporter sa contribution, aussi minime fût-elle.

Il sourit à nouveau en se rappelant la consternation de ses camarades de régiment lorsqu'il leur avait annoncé sa décision, à la veille de la Première Guerre mondiale. Missionnaire ! On s'était interrogé sur sa

1. Membre de l'aristocratie foncière de l'ancienne Prusse orientale.
2. Cavaliers de l'armée allemande.

santé mentale, en particulier sa famille, le jour où, dans un fol élan de générosité, il avait légué à l'église sa propriété et la totalité de ses biens. Ayant renoncé à ses désirs et à ses attachements, il était parti renaître dans les mers du Sud.

Il pouvait remercier sa bonne étoile, songea-t-il gaiement. L'Église elle-même n'avait réussi à cultiver que des patates sur cette pauvre terre prussienne. Au fond, il n'avait pas perdu grand-chose. Pas une fois il n'avait regretté sa décision.

Il leva ses jumelles, souffla sur les lentilles et les essuya avec la manche de sa soutane. Étrange, pensa-t-il, la réaction de ce pêcheur de perles japonais en découvrant ses jumelles. – Ah, *Zeiss* ! avait-il déclaré dans un allemand parfait, sans oublier d'aspirer l'air entre ses dents, j'ai une paire de la même marque – la meilleure !

Puis il avait exhibé des jumelles d'une trentaine de centimètres de long – un modèle récent, inconnu du père Kirshner. Ce dernier n'avait pas seulement été étonné qu'un simple pêcheur de perles s'exprimât couramment dans sa langue mais aussi qu'il possédât un objet d'une telle valeur. Un peuple mystérieux, insondable, se dit-il, ces Japonais sont encore plus aventureux que les Chinois... D'ailleurs, ce n'était pas le premier lougre nippon à croiser dans ces eaux. La plupart venait du nord, en provenance des îles Marshall et Caroline, des anciens protectorats allemands...

Vetoma cessa brusquement de psalmodier son air mélanésien et releva sa pagaie.

– Un homme saute sur la plage, lâcha-t-il d'un ton détaché.

Il pointa l'index droit devant lui et le père Kirshner regarda dans ses jumelles.

– Il a aussi fait un feu, ajouta Vetoma.

Le missionnaire régla nerveusement la mise au point. Vetoma ne s'était pas usé les yeux à lire, voilà pourquoi ils étaient si bons, pensa-t-il envieusement. Il ne voulait pas admettre que l'âge y était pour beaucoup. Même avec les jumelles, il distinguait à peine la mince colonne de fumée montant vers le ciel. Puis il repéra la silhouette qui gesticulait sur la plage. Quelque chose dans les mouvements désordonnés de l'homme, si c'en était un, lui semblait bizarre, bien qu'à cette distance, il lui fût impossible de dire pourquoi. Il baissa les jumelles, nettoya une fois de plus les lentilles d'un rapide coup de manche et regarda à nouveau.

– *Himmel !* jura-t-il, les yeux plissés, en voyant l'individu qui zigzaguait d'un pas chancelant.

À bout de force, ce dernier s'effondra sur le sable.

– *Taubada* ! fit Vetoma du même ton détaché que la première fois.

Le père Kirshner se redressa si vite qu'il faillit faire chavirer la pirogue.

– Cap sur la plage ! s'écria-t-il tandis que l'harmonica et le sac de médicaments tombaient bruyamment au fond de l'embarcation.

Puis il s'empara de la rame de Vetoma et se mit à pagayer de toutes ses forces.

Quel drôle de zèbre, ce Vetoma, songea-t-il, à l'entendre, on croirait que des Blancs viennent s'échouer ici à chaque marée !

# CHAPITRE 2

LIVIDE, le visage creusé, l'inconnu se réveilla dans un lit de la mission du père Kirshner. Des formes floues commencèrent à s'esquisser dans son cerveau embrumé. Entre deux épisodes délirants, il discerna d'abord une grosse barbe fauve avant de remarquer les traits qu'elle recouvrait partiellement. Les yeux perçants, noirs comme du charbon, brillaient de joie et de vitalité mais ils réfléchissaient aussi une certaine gravité, un mélange de sagesse et de compassion. Ce regard intense semblait lancer un défi à la santé vacillante du malade.

Et lorsque les ombres se précisèrent, Shamus O'Thames décela une lueur presque moqueuse dans les yeux du colosse, comme s'il lui disait : « Quand je pense que tu as cru que tu allais mourir ! » Mais il était encore trop faible pour plaisanter et surtout bien trop effrayé : après avoir vu la mort de si près, avoir senti sa main froide se poser sur son front, il en était encore à se demander s'il avait réussi à lui échapper ou s'il ne s'agissait que d'un bref répit.

Grâce aux soins qui lui étaient prodigués et à la faculté de récupération propre à la jeunesse, il ne tarda pas à se rétablir. Et comme la vie refluait en lui, son environnement stimula de plus en plus sa curiosité. Il se trouvait dans la mission du prêtre jovial qui l'avait sauvé, quelque part sur la côte nord de la Nouvelle-Guinée. C'était à peu près tout ce qu'il savait.

Il aurait presque pu quantifier la force communiquée par les yeux noirs du père Kirshner à chacune de ses visites, car il était impossible de rester insensible au magnétisme de cet homme. Lorsqu'il entrait en trombe dans la chambre, il se dégageait de lui une énergie comparable à une bonne brise soufflant dans les ailes d'un moulin.

Un rosaire orné d'un crucifix doré autour du cou, le missionnaire était invariablement vêtu de sa soutane noire. Lorsqu'il passait voir Shamus, ce n'était jamais pour lui tenir la main d'un air compatissant mais pour lui donner des nouvelles de l'extérieur.

Il annonçait généralement son arrivée par un hurlement que l'on pouvait entendre à cent mètres à la ronde. Un jour, il ouvrit brusquement la porte et, débordant de vitalité, le regard enflammé, ce tourbillon humain s'exclama : « *Saperlipopette* ! Regardez-moi ça ! » – il aimait utiliser cette expression désuète, quelque peu surprenante dans la bouche d'un prêtre. Il brandissait un épi de maïs encore vert dont les spathes volaient au-dessus de sa tête comme des bannières triomphantes. Rayonnant de joie, il se mit à tenir des propos aussi décousus que fantaisistes d'où émergeaient un chiffre ou un fait précis de temps à autre.

– Que dites-vous de mon maïs ? demanda-t-il allégrement. N'est-il pas beau ? Il fait quatre centimètres de plus que l'an dernier ! Je viens juste de le mesurer. Il pousse de plus en plus haut ! *Saperlipopette* ! C'est stupéfiant, non ?

Puis, se penchant au-dessus de Shamus, il lui enfonça presque l'épi dans l'œil pour qu'il le vît de plus près, lui chatouillant le nez avec les spathes au passage. Galvanisé par l'enthousiasme du père, le jeune homme en oublia momentanément sa faiblesse. Il se sentit comme régénéré. Pourtant cet épi de maïs n'avait rien d'exceptionnel...

Une autre fois, le prêtre débarqua avec un garçonnet sur l'épaule. En dehors de sa jambe bandée, le petit Canaque était nu comme un ver. Le père Kirshner l'exhiba avec le même entrain qu'il avait manifesté pour son épi de maïs. C'était comme si, sous sa tutelle, le maïs et l'enfant avaient poussé côte à côte, dans le même champ, pour participer au même concours agricole. Le cœur de Shamus fit un bond au moment où le colosse, éclatant d'un rire énorme, lança en l'air le marmot et le rattrapa d'une seule main. Le garçonnet parut d'abord un peu hébété mais son visage ne tarda pas à se fendre d'un sourire ravi.

Le père Kirshner semblait exploser de bonheur. Ses mots se bousculaient dans sa bouche comme roulés par le torrent de sa voix.

– Voici mon ami Pilu, le fils de Gona. C'est moi qui l'ai mis au monde, ce petit ! Oh, j'ai dû employer la manière forte parce que ce diablotin-là ne voulait pas sortir. Aussi têtu qu'un âne enlisé dans une tourbière !

Depuis deux ans il souffrait d'un ulcère tropical à la jambe – une vraie saleté... J'ai bien cru qu'il faudrait l'amputer. Mais regardez ! »

Il cala l'enfant sous son bras puis, à l'aide de sa main libre, il souleva le bandage qui recouvrait une croûte brune cernée de chair rouge vif.

– C'est presque guéri ! Et grâce à quoi ? Grâce à la médecine moderne ! Une nouvelle technique d'injection du Salvarsan [1]. Je l'ai apprise dans un prospectus pharmaceutique que l'on m'a envoyé de Sydney. D'ici deux semaines, Pilu pourra remarcher. N'est-ce pas merveilleux ?

Shamus hocha la tête en voyant le garçonnet voltiger vers le plafond. Mais, au fond de lui, il trouvait encore plus étonnant que l'enfant survécût à toutes ces cabrioles aériennes.

– Pilu est un de mes meilleurs spécimens, continua gaiement le prêtre. Observez sa taille ! Cela ne signifie sans doute rien pour vous, jeune homme, habitué que vous êtes à vos compatriotes australiens – enfin, si vous êtes bien originaire d'Australie – mais laissez-moi vous dire ceci : lorsque je suis arrivé ici, la taille moyenne des hommes du village était de 1,58 mètres et demi. Et encore ! J'avais ajouté le demi-centimètre par charité chrétienne ! Et savez-vous pourquoi ? L'alimentation ! Ils ne se nourrissaient pas correctement. Ils n'avaient que la peau sur les os – tous autant qu'ils étaient. Je leur ai appris à manger de manière plus équilibrée. Vingt ans plus tard, ils font 1,62 mètres en moyenne. Et ils ne

1. Traitement à base d'arsenic contre certaines maladies infectieuses, notamment la syphilis.

se tiennent plus sur la pointe des pieds quand ils passent sous la toise ! Pilu a presque deux centimètres de plus que les enfants du même âge mesurés il y a dix ans. Il faut s'occuper de leur corps avant d'entreprendre quoi que ce soit pour leur âme. L'âme, l'esprit et le corps : tout est emmêlé comme dans une pelote de laine ! *Mens sana in corpore sano !*

Il déposa le garçonnet au bord du lit, lui chatouilla les côtes avec son gros pouce et éclata de rire.

– Stupéfiant, non ? se réjouit le père Kirshner d'une voix vibrante. Imaginez un peu les résultats que nous obtiendrions si nos missions bénéficiaient d'un meilleur équipement médical – pas seulement le long de la côte mais aussi à l'intérieur des terres ! Anitok rentrerait dans le rang et nous arriverions même à faire gagner quelques centimètres à ses Pygmées. Quelques centimètres ? Que dis-je ? Un bon mètre, au moins, ou je ne m'appelle plus Johannes Kirshner ! Vous ne croyez pas ?

– À ce train-là, vous finirez par engendrer une race de géants, c'est inévitable, dit Shamus d'un ton légèrement moqueur. Ce n'est qu'une question de temps...

Il leva aussitôt les yeux vers le prêtre pour s'assurer qu'il n'avait pas manqué de tact. Après tout, il n'avait aucune raison de se montrer sarcastique. Mais le bon colosse resplendissait comme un soleil d'airain.

– Oh, oh ! s'exclama ce dernier avec un rire énergique. Voilà que vous parlez à nouveau comme un être humain – comme un être de chair et de sang et non plus comme un esprit détaché de son corps ! Ça vaut bien un *Te Deum*. Ah, mon garçon ! D'ici peu vous grimperez aux cocotiers comme un enfant du pays !

Puis il posa son énorme main sur l'épaule de Shamus et ajouta d'une voix plus douce :

– Vous êtes fatigué... Il faut que vous vous reposiez. Quant à moi, je dois aller jeter un coup d'œil aux travaux sur mon sloop. Mes Canaques somnolent si je ne les surveille pas. La nuit dernière, j'ai calculé qu'il pourrait transporter plus de trois tonnes de coprah – enfin, s'il flotte quand nous le mettrons à l'eau !

Sur ces mots, il s'esclaffa en se tenant les côtes. Apparemment l'idée d'assister au naufrage de son bateau le réjouissait.

– Vous guérirez vite, M. O'Thaymus ! D'ailleurs je compte sur vous car je suis impatient de vous montrer cette merveille ! Au fait, quelle est la prononciation exacte de votre nom ?...

– O'Tems [1], répondit Shamus d'un air amusé, comme le fleuve qui traverse Londres... Mais ça m'est égal...

– Ah, merci, se félicita le prêtre. Avec ces *th* anglais, on craint toujours de se mordre la langue. Vous connaissez mon nom, n'est-ce pas ? Je suis Kirshner, le père Johannes Kirshner. *Shamus O'Thaymus*... Dommage que vous ne le prononciez pas ainsi... Ça ne sonnait pas mal... Enfin puisqu'il faut dire *O'Tems*... Et puis zut, je vous appellerai Shamus.

– Je vous en prie, répondit Shamus en souriant.

Il inspira brièvement comme s'il voulait ajouter quelque chose.

– Ah, oui ! Vous devez vous poser beaucoup de questions, le devança le prêtre avec un regard compréhensif.

---

1. La Tamise se dit « Thames » en anglais et se prononce « Tems ».

La fièvre noire fait toujours cet effet. Je veux parler de ces éclipses de la mémoire... Je vous aiderai à recoller les morceaux du puzzle et vous verrez que, progressivement, vos souvenirs reviendront d'eux-mêmes.

– Je me demandais ce qu'était devenu mon schooner, le *Maski*...

– Oh, ne vous inquiétez pas... Il est en sécurité. Voilà environ une semaine, Tulare, votre maître d'équipage, l'a pratiquement déposé sur le seuil de la mission. Incroyable qu'il ait réussi à le manœuvrer tout seul, vous ne trouvez pas ? Grâce en soit rendue au Seigneur, il a profité d'une mer clémente. Le bateau mouille dans le lagon à présent. Tulare vous a cherché partout le long de la côte. Il ne se tenait plus de joie quand il a appris que vous étiez vivant. J'essaie d'en faire un bon chrétien pour qu'il puisse remercier Dieu comme il faut. Il m'a raconté que vous étiez parti prospecter l'or dans les montagnes...

– Je lui avais ordonné de m'attendre quelques jours.

– Le moins qu'on puisse dire, c'est qu'il vous a obéi : il vous a attendu trois semaines !

– Si longtemps ?

– Et même plus que ça car vous êtes alité ici depuis deux semaines. Étranges symptômes que ceux de la fièvre biliaire... À votre arrivée, vous avez sombré dans un coma si profond que nous avons bien cru vous perdre. Et plus tard, quand vous avez repris conscience, vous hurliez et vous vous débattiez si vigoureusement que j'ai souvent hésité à m'asseoir sur votre tête pour vous faire tenir tranquille. Maintenant il faut vous reposer, Shamus...

Avec un grognement d'ogre débonnaire, il se pencha au-dessus du lit, saisit Pilu sous les aisselles et le balança sur son épaule. Le garçonnet gloussa car le prêtre lui avait chatouillé le ventre avec sa barbe.

– Une dernière chose, demanda Shamus avant que le père Kirshner ne sorte de la chambre. Savez-vous ce que sont devenus mes hommes ?

Pour la première fois, le visage du colosse se rembrunit.

– Anitok, répondit-il laconiquement, comme si cela suffisait. Vetoma et moi les avons cherchés après vous avoir ramené ici. Votre second m'a dit qu'ils étaient sept en plus de vous. Nous en avons enterré cinq. Les deux autres ? J'ignore s'ils ont survécu mais cela ne dépend plus que de la volonté de Dieu...

– L'un d'entre eux avait-il un tatouage sur le torse ? insista Shamus. Un tatouage représentant une femme nue...

Il s'inquiétait tout spécialement pour le frère cadet de Tulare, l'un de ses meilleurs hommes. Tout comme son aîné, Dumai était plus qu'un membre d'équipage. Il le considérait comme un ami véritable.

Les pommettes du père Kirshner s'empourprèrent, juste au-dessus de sa barbe, ce qui ne manqua pas de surprendre Shamus. Était-ce donc possible ? Arrivait-il à ce colosse de rougir ?

– Comment un père de l'Église pourrait-il prêter attention à ce genre de choses ? s'indigna le prêtre avant d'éclater de rire. Je ne peux quand même pas jouer la comédie à un malade ! Je vous assure que Johannes Kirshner aurait remarqué ce tatouage. Tout comme il avait remarqué celui qu'un certain Kanaka Tom portait sur le torse. Franchement, le jour où il est arrivé à la mission, je ne pouvais pas en détacher les yeux – j'ai dû faire pénitence pendant un bon mois. Mais je n'ai rien vu de tel sur les corps meurtris que Vetoma et moi avons ensevelis.

Shamus se tourna un moment vers le mur pour cacher son émotion : peut-être Dumai s'était-il réfugié dans la jungle d'où il parviendrait à gagner un village de la côte dès que l'occasion se présenterait ?

– Et qui est ce Kanaka Tom ? demanda-t-il au père Kirshner.

– Un personnage des plus singuliers, répondit le prêtre. Un Canaque plus ou moins en cheville avec Anitok. Un jour, mes hommes l'ont trouvé inconscient en amont de la rivière. Il avait le crâne fracturé et l'épaule transpercée par une lance. Ils l'ont ramené ici et nous l'avons soigné. Puis il est reparti dans le village d'Anitok. Il ne nous a jamais dit ce qui lui était arrivé. Ah, le voyou ! Ah, ce tatouage ! J'ai dû l'obliger à mettre une chemise dans les murs de la mission...

Il s'interrompit un instant, l'air embarrassé.

– Que représentait-il, ce tatouage ? s'enquit Shamus.

– Ah, si je ne portais pas cette soutane, ce serait plus facile à raconter... Il s'agissait d'un tatouage pornographique des plus surprenants. Une silhouette féminine capable de s'animer comme une vraie femme – exécutée avec autant d'habileté que d'ingéniosité. On aurait pu parler d'art si l'auteur avait mis son talent au service de plus nobles desseins. Kanaka Tom m'avait dit s'être fait tatouer à Sydney. Mais je préfère ne pas entrer dans les détails. Les jambes s'ouvraient à chaque fois que Kanaka Tom bombait le torse... (Il acheva sa phrase avec un geste résigné.) Je ne dis pas que ce n'est pas distrayant – en tout cas, c'est ce que prétendent certains, s'empressa-t-il d'ajouter. *Saperlipopette* ! Je suppose que je vais devoir refaire pénitence – pour m'être rappelé tout ça !

Shamus ne put s'empêcher de sourire. Il était suffisamment habitué aux tatouages des Canaques pour se faire une idée précise du spectacle animé qui avait troublé l'esprit de ce prêtre chaste et discipliné. Il changea rapidement de conversation.

– Et cet Anitok dont vous n'arrêtez pas de parler comme si je le connaissais, qui est-ce ?

– Un petit tyran à l'esprit tordu. Le chef d'une tribu de Pygmées des montagnes qui terrorise la région de Great River. Je ne l'ai jamais vu mais certains de mes Canaques, oui. D'après leurs récits, il est à peine plus grand que Pilu. Mais il semble exercer une forte influence sur les siens. Assez curieusement, il ne semble pas appartenir à leur peuple. Il y a plusieurs années, lui et Kanaka Tom ont débarqué de nulle part, ont tué leur chef et imposé un type d'autorité inconnu de ces Pygmées. Depuis, ils utilisent flèches empoisonnées, massues à tête de pierre, fosses remplies de lances dressées et autres inventions diaboliques pour éliminer ou soumettre les tribus voisines. Un jour, un groupe d'une centaine de Papous a tenté de mener une expédition punitive contre eux, mais aucun n'en est revenu. À présent Anitok revendique toute la vallée fluviale jusqu'à la mer. Il envoie ses troupes d'éclaireurs de plus en plus loin. Ce sont sûrement ses hommes qui vous ont attaqués. Il hait tout particulièrement les Blancs. À cause d'une femme blanche qui se serait moquée de lui, selon Kanaka Tom. Ça me paraît peu vraisemblable. Comment et où aurait-il pu approcher une Occidentale ? Et pourquoi se serait-elle moquée de lui ?

Il marqua une pause et regarda Shamus d'un air interrogateur. Sans doute soupçonnait-il que son malade en savait plus long que lui sur le sujet.

– Je n'en ai pas la moindre idée, dit le jeune homme en secouant la tête. A-t-il déjà attaqué votre mission ?

Le Père Kirshner s'esclaffa.

– Ah, mon garçon ! Vous n'entendez pas grand-chose aux voies du Seigneur ! Ici, nous sommes à l'abri d'Anitok, presque autant que si nous nous trouvions dans le centre de Hambourg. Kanaka Tom... vous comprenez ? Dieu nous l'a envoyé bien avant que ce gnome ratatiné fût assez fort pour oser nous attaquer. Kanaka Tom me considère aujourd'hui comme un ami. Mais ce n'est pas seulement une histoire de protection. C'est Kanaka Tom qui me permettra un jour de porter la parole de Dieu à Anitok et ses Pygmées. Bon, ça suffit pour aujourd'hui, Shamus... Il faut que j'y aille !

Le prêtre s'évapora avant que le jeune homme eût le temps d'ajouter un mot. Il se tourna vers la fenêtre et promena son regard par-delà les toits de chaume de la mission, par-delà les cocotiers et les pandanus, par-delà la jungle, par-delà la réalité physique de ce qu'il voyait... Un souvenir du passé, réveillé par les paroles du père Kirshner, lui revint en mémoire, celui d'une femme blanche. Une femme blanche qui riait. Et son rire était comme un couteau planté dans le cœur d'un adolescent timide et sensible. Oui, c'était *possible*, pensa-t-il. Un rire pouvait se révéler aussi tranchant que le fil d'une épée.

## CHAPITRE 3

**CINQ SEMAINES !** Il se rappelait certaines choses, notamment l'approche de ces longues éclipses amnésiques. Entre deux accès délirants, il avait vécu dans un monde crépusculaire où le rêve se confondait avec la réalité. Curieusement, il n'avait jamais cessé de sentir la présence du père Kirshner à ses côtés. Ces yeux pleins d'une profonde compassion, cette énergie vitale qu'il lui avait transmise jour après jour, il ne les avait pas oubliés.

Mais quelque chose d'autre troublait sa mémoire. Un visage, un autre visage qui le poussait à se souvenir. Était-il réel ? Était-ce celui d'une personne qu'il connaissait ? Ou était-ce simplement une vision de paix et de sérénité créée par son esprit pour l'aider à endurer ses cauchemars ? Shamus était sûr d'avoir vu ce visage au moins deux fois. Il y avait eu cette nuit horrible où il avait revécu l'attaque dans la jungle. Il avait tenté de se lever et de s'enfuir, mais on l'avait retenu et un visage s'était penché au-dessus de lui.

Il avait d'abord pensé qu'il s'agissait de sa mère – les yeux gris-violet, le front lisse, les lèvres fines... Mais pourquoi aurait-elle porté une coiffe blanche empesée ? Évidemment, c'était absurde : sa mère ne pouvait pas se trouver en Nouvelle-Guinée. De plus, cette femme était très jeune. Plus jeune que sa mère telle qu'il s'en souvenait... et aussi belle. Il avait essayé de l'appeler par son nom et, comme son visage s'estompait peu à peu, il avait voulu la toucher et lui dire que tout s'arrangerait maintenant que sa dernière heure allait sonner. La peur – ça devait être la peur, songea-t-il. Il n'avait jamais beaucoup aimé sa mère. Puis les yeux noirs et la barbe avaient réapparu au-dessus de lui et des mains fortes l'avaient cloué sur le lit. Il s'était débattu furieusement jusqu'à ce qu'il sentît d'autres mains, fines et douces, se poser sur les siennes. Dans son état confusionnel, il les avait prises pour celles de sa mère et n'avait pas tardé à se calmer.

Une autre nuit, alors qu'il lui semblait revenir de très loin, d'un endroit vide et obscur comme la mort, il avait senti le contact froid d'un verre d'eau sur ses lèvres. Il avait bu à grandes gorgées, sans réfléchir. Puis il avait levé les yeux et c'était de nouveau le regard d'un gris tirant sur le violet de sa mère qui le fixait avec un mélange de gravité et de tendresse. Mais à présent il l'aimait de tout son cœur. La douce caresse de ses doigts sur sa joue lui procurait une intense sensation de bien-être. L'instant d'après, il avait rebasculé dans les ténèbres.

Ces événements étaient-ils réels ? S'étaient-ils vraiment produits ou n'étaient-ils que des chimères engendrées par la fièvre – comme cette horde de Pygmées qui avaient escaladé le rebord de la fenêtre et s'étaient introduits dans la chambre ? Ils n'avaient pas de lances ou de massues à tête de pierre mais des dards incurvés comme ceux des scorpions et, à la place des mains, de grosses pinces de homards géants... Une autre fois, il y avait aussi eu cette fosse remplie de piques dressées qui s'ouvrait et se fermait sous son lit, telle une gueule monstrueuse prête à l'engloutir...

Toutefois il se rappelait avec précision, avec le détachement d'un spectateur, l'embuscade dans la jungle : l'un après l'autre, cinq de ses hommes, des Canaques qui lui étaient dévoués corps et âme, avaient été sauvagement massacrés par leurs agresseurs. À la fin, ils n'étaient plus que trois : lui et deux de ses boys, Dumai et Satadeai. Ils s'étaient réfugiés dans une petite clairière au cœur de la forêt et avaient attendu la mort sous une pluie torrentielle. Cette pluie ! Il avait beau se savoir condamné, cette tragédie aurait été plus facile à supporter sans cette pluie. Cela avait duré des heures. Tout ruisselants et grelottants, ils étaient coincés comme des rats sur un navire en perdition ! Et pas même une cigarette. Le déluge avait trempé son tabac et ses allumettes. C'était donc vrai, songea-t-il, que la dignité tient parfois à une simple cigarette, surtout lorsqu'on est sur le point de mourir.

Plus encore que ses dettes, c'étaient sa curiosité et son amour des contrées étranges qui l'avaient perdu. Pendant des mois, il avait projeté de vérifier une histoire qu'un indigène lui avait racontée – à propos de pépites d'or accumulées dans le lit d'une rivière, sous une cascade, à une journée de marche de la côte. Il en avait rêvé jour et nuit jusqu'à ce qu'une opportunité se présentât sous la forme d'une cargaison à transporter de Rabaul à Port Moresby.

Avant de lever l'ancre, Shamus avait hâtivement embarqué pioches, pelles et batées pour laver le sable. Une fois la marchandise déchargée, il avait aussitôt repris la mer. En dépassant le cap Sud, il avait chassé de son esprit l'idée qu'avec un peu de chance, il aurait pu récupérer un fret lucratif à Goodenough, du coprah ou des patates douces, par exemple. Il avait doublé le cap Nelson et avait mouillé à l'endroit indiqué par l'indigène. Puis, après avoir ordonné à Tulare de veiller sur le *Maski*, il avait entraîné le reste de l'équipage dans une dangereuse expédition à travers la jungle. Après deux jours de marche, ils avaient trouvé la rivière et la cascade qui tombait de la falaise comme un ruban d'argent. À son point de chute, elle avait creusé une cuvette de plus d'un mètre dans le sable. Devant un spectacle d'une telle beauté, Shamus avait momentanément oublié qu'il était venu pour l'or. La douce perspective d'une baignade dans cette piscine naturelle lui semblait irrésistible. Pendant que les Canaques préparaient le bivouac, il s'était déshabillé et avait posé ses vêtements à côté de son fusil et son revolver, sur la berge inondée de soleil. Puis il s'était avancé dans l'eau fraîche et était allé se doucher sous la cascade étincelante.

Mais il n'y était pas demeuré longtemps : une douleur cuisante avait soudain irradié son épaule et une lance avait ricoché sur la paroi de la falaise avant de retomber dans la rivière. Heureusement le jet avait été imprécis et la blessure était superficielle. Shamus avait aussitôt bondi vers la rive pour ramasser ses affaires et rejoindre les membres de son équipage.

Les lances, les flèches et les pierres n'avaient pas tardé à pleuvoir sur la petite troupe. Les claquements secs des frondes de leurs assaillants retentissaient dans la forêt à l'entour. Kupare avait reçu une lance dans le ventre à quelques pas de Shamus. Ce dernier n'était pas près d'oublier le bruit qu'elle avait fait en empalant le malheureux sur la tige souple d'une fougère géante. Son cri de surprise résonnait encore dans ses oreilles. Et les images de son visage effaré et de la hampe qui saillait de son abdomen n'avaient pas fini de le hanter.

D'autres détails s'étaient gravés dans sa mémoire de manière saisissante. À un moment il avait tiré dans le cou d'un Pygmée. La violence de l'impact l'avait d'abord projeté face contre terre. Puis, la tête inclinée sur un côté, il s'était enfui dans les taillis à quatre pattes. Sa blessure avait alors émis un bruit étrange, semblable au couinement d'un porcelet. D'ailleurs le petit homme ressemblait à un porcelet. Quant aux autres assaillants, ils lui étaient apparus comme des gnomes démoniaques, même s'il ne les avait qu'entraperçus.

Des bouffées de souvenirs délirants, des irruptions d'images brumeuses et de sons isolés de leur contexte, des défilés en raccourci instantané d'événements que plus rien ne semblait relier entre eux sinon de grands et inexplicables trous noirs...

Le couinement de porcelet, par exemple, se confondait avec ses poussées de fièvre, ses claquements de dents et le roulement des *garamuts*, les tambours cérémoniels de Nouvelle-Guinée. Mais Shamus n'aurait pas su dire ce qui s'était passé après le début de l'attaque. L'averse orageuse les avait sans doute sauvés en effaçant leurs traces dans la jungle. Il se rappelait qu'il avait mis du temps à s'apercevoir que le bruit des tambours faiblissait car la fièvre troublait ses sens et notamment son ouïe et sa vision.

Il n'avait conservé que de vagues réminiscences de ce qui était arrivé une fois que leurs agresseurs avaient abandonné la poursuite. Combien d'heures lui, Dumai et Satadeai étaient-ils restés cachés dans la forêt, il n'en avait aucune idée. Comment avait-il réussi à rejoindre la côte, il l'ignorait d'autant plus que la clairière se trouvait à plus de deux jours de marche de la mer. Comment les deux adolescents auraient-ils pu le porter ou même le traîner sur ces sentiers escarpés alors qu'eux-mêmes risquaient leur vie ? Pourquoi se seraient-ils encombrés d'un Blanc atteint de la fièvre noire ? Cette parasitose avait donné naissance à de puissantes superstitions locales : lorsque que le malade se mettait à délirer, qu'il bavait une écume sombre et que sa peau prenait une coloration grisâtre, les forces malignes étaient libres de s'emparer de son âme. Il valait alors mieux l'abandonner car, au cas où il mourrait subitement, les esprits se retourneraient contre les personnes les plus proches du cadavre.

Puis il y avait eu les hoquets et les suffocations et son corps avait été secoué de violentes convulsions. De cela, il se souvenait parfaitement. Même dans cet état semi-conscient, il avait compris leur signification. Ces symptômes indiquaient que la fièvre avait atteint son pic et que sa mort était imminente. Sa survie avait tenu du miracle et il se demandait encore comment il avait pu en réchapper. Une chose était certaine : les soins prodigués par le prêtre n'y étaient pas pour rien. Voilà qui l'obligeait à revoir son opinion, partagée par nombre de négociants de Nouvelle-Guinée, sur les missionnaires en général, et les catholiques en particulier, car il les avait toujours considérés comme des profiteurs avides qui utilisaient la religion pour faire une concurrence déloyale aux marchands honnêtes.

Allongé sur son lit, Shamus distinguait un petit cimetière à la lisière de la jungle. Les tombes étaient marquées de croix blanches, la plupart ornées de couronnes de fleurs sauvages.

– Des sépultures chrétiennes ! lui avait dit le père Kirshner, fier comme un paon. À mon arrivée, une épidémie venait de ravager la contrée et les gens enterraient leurs morts dans leurs maisons, comme leurs sorciers le leur avaient ordonné. J'ai obtenu des villageois qu'ils renoncent à cette coutume absurde, exhument les cadavres et leur offrent des funérailles dignes de ce nom. Vous ne pouvez pas imaginer comme ça puait ! *Saperlipopette* ! »

Un sourire au coin des lèvres, Shamus se demanda quelle place le père Kirshner lui aurait réservée si la fièvre avait eu raison de lui. En tout cas, cet endroit était très différent du petit cimetière des Costwolds [1] où reposaient ses parents...

L'espace d'un instant, il se revit devant leur tombe ouverte tandis qu'un pasteur récitait la prière pour les morts de l'Église anglicane. Shamus avait dix-sept ans et, ce jour-là, le dernier lien qui le rattachait à son enfance s'était rompu. Aussi longtemps qu'il vivrait, les Costwolds, avec leurs paisibles villages, leurs routes

1. Région de collines rocheuses qui relie la côte du Dorset au Lincolnshire, en Angleterre.

sinueuses et leurs collines arrondies, continueraient de lui apparaître comme une vision de rêve et de beauté. Il n'avait jamais rien connu de plus agréable que les promenades en voiture avec sa mère dont la gaieté et l'insouciance avaient fini par causer la perte. Un soir de brume qu'elle conduisait trop vite, comme à son habitude, c'était précisément son imprudence qui les avait tués, elle et son époux, le père de Shamus.

Anéanti, l'adolescent ne s'était jamais vraiment relevé de cette catastrophe. Devenu son tuteur légal, son oncle Desmond l'avait confié à un professeur à la retraite nommé Burbidge qui vivait dans le Devon et avait autrefois enseigné les mathématiques à Trinity College, la célèbre université de Dublin. Étant son unique élève, Shamus avait vécu isolé de tout pendant deux longues années, supportant stoïquement le bourrage de crâne auquel son précepteur le soumettait.

Rempli de préjugés, l'oncle Desmond haïssait l'école publique anglaise. « Des couveuses antiques pour les idiots, les pasteurs, les hypocrites, les snobs... et les pédérastes ! » avait-il coutume de brailler en bombant le torse. Selon une légende familiale, ce parangon de virilité n'avait jamais digéré son passage au lycée : un soir d'été, après l'avoir pourchassé à travers la résidence universitaire, le capitaine de l'équipe de cricket lui avait fait subir les derniers outrages dans un coin du dortoir.

Sous la férule de Burbidge, Shamus avait été forcé d'étudier toutes sortes de disciplines ennuyeuses et il n'avait trouvé de consolation que dans la pratique de la peinture et, pendant un certain temps, la fréquentation d'une certaine Meg Barstow. Cette dernière avait elle aussi quelque chose d'une institution. Il y aura toujours des Meg Barstow pour déniaiser les étudiants – des femmes d'expérience dont les mœurs légères, l'immaturité affective et les talents de comédienne font les compagnes idéales des garçons de dix-sept ou dix-huit ans. D'ailleurs le jouvenceau qui ne tombe pas sous leur charme passe à côté d'une initiation des plus utiles. Certains s'en remettent admirablement, d'autres ont plus de difficultés, comme ce fut le cas pour Shamus avec Meg.

Pendant des mois, il avait vécu sur un petit nuage. Il rendait visite à Meg tous les mercredis soir car, ce jour-là, M. Burbidge lui permettait de sortir jusqu'à dix heures. Les dimanches après-midi, Shamus et la jeune femme exploraient les petites routes et les landes du Devon. Une fois, il avait voulu la flatter en lui disant qu'elle ressemblait à sa mère. Elle avait pincé les lèvres avant de recommencer à sourire mais lui n'avait rien remarqué. Il lui avait aussi parlé de ses rêves de voyage et de ses ambitions artistiques. Dans ces moments-là, Meg l'écoutait d'une oreille distraite, comme si elle attendait un mot ou un geste qui ne venait pas. Il ne s'en était jamais aperçu. Elle se collait à lui pendant leurs promenades, lui caressait les cheveux lorsqu'ils s'asseyaient à l'ombre d'un arbre et qu'il lui lisait de la poésie, et lui tenait longuement la main avant de le quitter.

Son impassibilité déconcertait Meg mais elle y voyait aussi une sorte de défi. Que Shamus fût son esclave, elle n'en doutait pas une seconde. Mais alors pourquoi restait-il insensible à ses invitations à peine déguisées ? De quinze ans son aînée, elle séduisait déjà les élèves de Burbidge quand l'adolescent tétait encore le sein de sa mère, et elle était si experte en la matière qu'elle pouvait se permettre de vendre la peau de l'ours sans même avoir besoin de le tuer. Mais Shamus était différent de ses prédécesseurs : il se montrait plus distant à mesure que grandissait sa dévotion pour elle. Elle sentait bien que la mort de sa mère en avait fait une proie facile, mais elle savait aussi que la défunte se dressait entre eux comme un obstacle invisible. Meg avait déjà rencontré ce genre de problème mais il y avait autre chose, un mystère qu'elle n'arrivait pas à sonder.

Shamus aurait pu le lui éclaircir s'il avait suffisamment abaissé sa garde pour lui révéler le contenu d'une leçon dont M. Burbidge tirait secrètement une grande fierté. Ce dernier l'avait imaginée à la demande expresse de l'oncle Desmond. « Ce garçon est chaste, avait-il dit de l'air maussade d'un homme qui ne riait jamais, veillez à ce qu'il le reste. » Et M. Burbidge, sautant sur l'occasion, avait inauguré un cours pompeusement intitulé « Psychologie des émotions » qui s'appuyait sur un livre controversé, *Sexe et personnalité*, écrit par un certain Otto Weininger [1], apprenti philosophe convaincu de la supériorité du principe masculin sur le principe féminin. Quelques mois après sa publication, alors qu'il n'était âgé que de vingt-trois ans, l'auteur s'était tiré une balle dans la tête.

1. Otto Weininger (1880, Vienne – 1903, Vienne) : ce philosophe autrichien n'a écrit qu'un seul livre, *Sexe et personnalité*, dont la popularité dans les cercles d'extrême droite, à Vienne mais aussi en Allemagne et en Angleterre, devait beaucoup à son antijudaïsme et à son antiféminisme.

La distinction rigide qu'il établissait entre la mère et la prostituée, son idéalisation de l'une au détriment de l'autre, ses théories selon lesquelles un homme détruit la volonté de la femme en forniquant avec elle (à moins qu'il n'ambitionne d'en faire une mère) et ne saurait désirer physiquement celle qu'il aime, toutes ces élucubrations culpabilisaient Shamus, et par là même le poussaient à résister à la tentation. En présence de Meg, il n'avait qu'à penser à Weininger pour retrouver son calme. En son absence, il lisait et relisait sans relâche *Sexe et personnalité* ou se consacrait fiévreusement à la peinture.

Cette dernière activité, qu'il avait d'abord exercée pour tromper son ennui, s'était muée en véritable passion. Il ne quittait plus ses pinceaux que pour étudier ou passer du temps en compagnie de Meg.

Ne connaissant rien à l'art, M. Burbidge regardait les toiles de Shamus avec un mélange de perplexité et de satisfaction. Après tout, se disait-il, peut-être avait-il un futur Turner sous son toit. Aussi avait-il décidé d'écrire à l'oncle Desmond dont les goûts artistiques se limitaient aux reproductions des almanachs et des calendriers. Ce dernier lui avait répondu sans détour que s'il envisageait de transformer son neveu en un rapin aux cheveux longs et aux ongles sales, il valait mieux qu'il le lui renvoyât – point final. De rage et de désespoir, le pauvre Burbidge avait été pris de violents tremblements.

Pendant vingt-quatre heures, il avait caché l'existence de la lettre à Shamus, le temps de digérer la déception de voir s'envoler une source de revenus non négligeable. Il n'en avait pas fallu plus au destin pour attraper le jeune homme par le col et le précipiter dans le gouffre dont il l'avait tenu éloigné jusqu'alors. La lettre était arrivée un mercredi matin et ce soir-là, Shamus devait retrouver Meg dans son appartement douillet. Avant de partir, il avait glissé une petite huile sous sa veste. C'était sa dernière œuvre et la plus achevée, estimait-il. Jamais il n'avait montré ses peintures à Meg et cela l'embarrassait tant qu'il avait attendu un bon quart d'heure après qu'ils se furent assis, lui sur une chaise et elle sur le canapé-lit. Elle réfléchissait à un moyen de l'attirer lorsqu'il s'était brusquement relevé, mû par un désir trop longtemps réprimé, et avait laissé tomber la toile à ses pieds. Meg s'était aussitôt baissée pour la ramasser et saisir la main de Shamus dans un même mouvement.

Sentant venir le moment décisif, elle avait regardé la peinture de si près qu'elle semblait la toucher du bout du nez. Puis elle s'était lancée dans un éloge fervent qui avait fait rougir Shamus jusqu'aux oreilles. Elle y avait mis juste assez de réserve pour qu'il ne suspectât pas la vacuité de ses flatteries. L'instant d'après, les larmes aux yeux, bredouillant des paroles d'amour inintelligibles, il avait posé la tête sur sa poitrine et le petit tableau avait de nouveau glissé par terre. Meg avait caressé les cheveux de son jeune soupirant éploré et l'avait embrassé en éteignant habilement la lampe avec sa main libre. Ravie d'avoir remporté une victoire longue à se dessiner, elle avait poussé un profond soupir avant d'entraîner Shamus là où aucune femme ne l'avait jamais encore emmené.

De retour dans sa chambre – bien après dix heures –, il s'était étendu sur le lit et avait rêvé, les yeux grands ouverts, à la douce et noble Meg Barstow. Curieusement, il ne s'était pas demandé s'il avait « détruit sa volonté » ou « commis un meurtre ». Meg était la maternité incarnée et ce type de femme, pour citer Otto Weininger, « ne se donnait qu'au père de ses enfants ».

Il avait fini par s'endormir mais s'était réveillé aussitôt que les premiers rayons du soleil avaient percé la fenêtre de sa chambre. Il s'était levé d'un bond, avait fait sa toilette, s'était habillé en vitesse et était retourné chez Meg. En chemin, il s'était mis à courir comme s'il avait le diable aux trousses. À bout de souffle, il s'était présenté devant sa porte et avait tiré le cordon de la sonnette. La clochette avait longuement et bruyamment tinté dans la quiétude matinale. Malgré sa gêne, il avait aussitôt recommencé.

Il était si impatient qu'il n'avait pas remarqué l'air contrarié de Meg au moment où elle lui avait ouvert. Elle semblait plus âgée et moins séduisante sans son maquillage, avec ses yeux bouffis par le sommeil, son déshabillé froissé et ses bigoudis dans les cheveux. Mais, éperdu d'amour, il n'y avait pas prêté attention et elle avait dû le repousser pour qu'il ne la prît pas dans ses bras sur le seuil.

– Qu'est-ce qui te prend ? l'avait-elle sermonné après l'avoir entraîné à l'intérieur de l'appartement. En voilà des manières ! Débarquer chez moi à six heures du matin !

Fou de désir, il l'avait étreinte et embrassée partout où ses lèvres avaient trouvé un coin de chair dénudé. Avec un soupir d'ennui, elle s'était recouchée et avait fermé les yeux en souhaitant qu'il déguerpît le plus vite possible. La veille, il s'était révélé plutôt maladroit et ces effusions matinales, c'était plus qu'elle pouvait en supporter.

Agenouillé à côté du lit, Shamus avait enfoui son visage entre ses seins. Puis, au bout d'un moment, il avait tendu le cou pour effleurer des lèvres la pointe de son menton.

– Je n'arrive toujours pas à le croire ! s'était-il exclamé. Quand seras-tu prête ?

Ne comprenant pas où il voulait en venir, elle lui avait jeté un regard interrogateur. Soudain elle s'était rappelé les bribes de phrases qu'il lui avait susurrées au milieu de leurs ébats – quelque chose au sujet d'un grenier à Londres... Ils vivraient d'amour et d'eau fraîche, et parfois de pain et de fromage lorsqu'il vendrait une de ses toiles... Mon Dieu ! Ce jeune idiot était donc sérieux !

– Pourquoi pas aujourd'hui ? avait-il ajouté. Il n'y a pas de temps à perdre ! Si nous nous marions aujourd'hui, personne ne s'apercevra que notre bébé est né un jour trop tôt.

Meg avait déjà affronté des situations similaires par le passé, mais jamais à six heures du matin. Éberluée, elle s'était redressée dans le lit et le miroir de l'autre côté de la pièce lui avait renvoyé le reflet d'une femme mûre prêtant l'oreille à des mots qui ne lui étaient pas destinés. Cette vision l'avait horrifiée. Pourtant sa tenue débraillée, le désordre de son appartement, la clarté rose du petit matin qu'elle n'avait plus vue depuis longtemps, les yeux de chien battu du garçon dont la tête reposait sur sa poitrine, son air plein de dévotion sur cet autel si peu digne de respect, le tableau qu'il avait brossé de leur vie de bohème dans une mansarde, et – pour couronner le tout – sa certitude qu'elle était enceinte et qu'il n'y avait plus un jour à perdre, tout cela s'était combiné pour former une sorte de cocktail explosif. Incapable de résister, elle avait éclaté de rire.

Elle avait bien essayé de se retenir mais, comme cela la démangeait terriblement, l'ennui et un zeste de cruauté l'avaient poussée à se soulager. À présent tout ce qu'elle voulait, c'était se débarrasser de lui. De toute façon, la nuit précédente, elle n'avait pas attendu son départ pour se décider : le jeu n'en valait pas la chandelle. Elle allait en finir, une fois pour toutes, et renvoyer ce jeune idiot à ses études. Son rire avait jailli de sa gorge comme une éruption de joie et de mépris.

– Oh, mon dieu ! avait-elle fini par dire. Tu es complètement fou ! Tu me vois dans une mansarde ? Lavant des couches d'une main et la palette de mon peintre de l'autre !

Elle s'était de nouveau laissé emporter par un torrent d'hilarité. Shamus avait pâli et elle avait senti son corps se contracter lorsqu'il s'était écarté d'elle. Puis il s'était lentement relevé, péniblement, comme s'il portait un énorme poids sur les épaules. Meg s'était arrêtée de rire en voyant une lueur glaciale briller dans ses yeux.

– Écoute, mon lapin, avait-elle ajouté d'une voix légèrement tremblante, il n'y aura pas de bébé – jamais. Prends les choses du bon côté et n'en fais pas toute une histoire ! Et, à l'avenir, évite de me réveiller à six heures du matin !

Shamus n'avait pas desserré les lèvres. L'espace d'un instant, il avait fixé Meg d'un air furieux. Puis il avait baissé le regard sur la petite huile qui n'avait pas bougé de l'endroit où elle était tombée le soir précédent.

Il avait émis une sorte de grondement étouffé, une vibration sourde dans laquelle se concentrait toute sa détresse. Puis il avait sauvagement écrasé la toile avec son talon et, droit comme un cavalier du régiment de la garde à cheval, avait quitté l'appartement sans se retourner. Meg se souviendrait encore longtemps de cette scène à cause d'une trace de peinture magenta sur sa descente de lit. Jamais elle ne réussirait à l'effacer, ce qui la contrarierait fort car c'était une personne très à cheval sur la propreté.

En escaladant le rebord de la fenêtre de sa chambre, Shamus avait entendu sonner la cloche du petit déjeuner. Le visage figé, il s'était passé la main dans les cheveux, avait tiré sur sa veste pour la défroisser et était descendu rejoindre M. Burbidge dans la salle à manger.

Ce dernier avait ânonné les grâces pendant que Shamus mangeait son porridge. Puis, l'air inquiet, son professeur lui avait tendu la lettre de l'oncle Desmond. Le jeune homme l'avait lue en silence, avec un détachement proche de l'indifférence. Qu'est-ce que cela pouvait lui faire à présent ? Quelle importance cela avait-il ? Il s'était contenté de dire à M. Burbidge que le problème soulevé par son oncle méritait réflexion et qu'il souhaitait être dispensé de cours pour pouvoir lui répondre à tête reposée. Puis il s'était retiré dans la petite bibliothèque où il avait pris un atlas qu'il avait ouvert à la page des mers du Sud.

Il avait lu Hakluyt [1] et, plus récemment, la découverte des *Journaux intimes* de Paul Gauguin à la bibliothèque

1. Richard Hakluyt (1552-1616), célèbre géographe anglais de l'époque élisabéthaine dont les relations de voyage favorisèrent la colonisation britannique dans le Nouveau Monde.

publique avait enflammé son imagination. Il méditait souvent sur les différents attraits des îles Salomon et de Tahiti, la plus grande île de l'archipel de la Société. Dans ses *Voyages et découvertes de la nation anglaise*, Hakluyt avait parlé des fabuleuses richesses des îles Salomon, de ces veines aurifères qui couraient à travers les montagnes et de ces gisements agglomérés dans le lit des rivières. Mais Shamus en avait conclu que s'il y avait la moindre parcelle de vérité dans ces récits anciens, il s'était forcément trouvé des gens pour en tirer profit au cours du siècle dernier.

Au nord, la vaste île de la Nouvelle-Guinée avait attiré son attention. Un rapide coup d'œil à l'*Encyclopaedia Britannica* ne lui avait pas appris grand-chose : la moitié ouest était hollandaise, la moitié est sous mandat australien. Il s'agissait de l'un des rares territoires inexplorés de la planète, précisait l'article, même si l'on venait d'y découvrir de l'or. Il n'en fallait pas plus à Shamus. Il avait emporté l'atlas dans sa chambre et l'avait glissé dans son sac de voyage (avec le *Sexe et personnalité* de Weininger) en se disant que M. Burbidge serait dédommagé de la perte de l'ouvrage par l'argent qu'il lui avait confié. Puis il avait bouclé ses bagages en se demandant comment prendre congé de son hôte. Ses projets d'avenir manquaient de clarté mais il savait que le premier pas à franchir était de s'émanciper. Pour ce faire, il comptait partir chercher de l'or à l'autre bout du monde. Comme il avait décidé de ne pas revoir son professeur, il lui avait rédigé une courte lettre d'adieu. Puis il avait brûlé toutes ses toiles dans la cheminée de sa chambre et avait quitté la maison sans se faire remarquer.

En dehors des enseignements discutables de Meg, ses années de réclusion chez M. Burbidge ne lui avaient presque rien appris. En tout cas, elles ne l'avaient pas préparé à ce qui l'attendait à l'extérieur. Le décès prématuré de ses parents puis ses déboires sentimentaux l'avaient violemment fait passer de l'enfance à l'âge adulte et son regard avait pris cette expression particulière aux animaux sauvages se butant à une clôture.

C'était un beau jeune homme, grand et élancé : il avait un visage émacié, aux traits énergiques, des cheveux clairs qui retombaient en désordre sur un front large et lisse et ses magnifiques yeux gris semblaient dévisager le monde avec un mélange de curiosité et d'impatience. Mais c'était son attitude qui le caractérisait le plus. Il se tenait toujours très droit et s'exprimait avec une politesse exagérée. Ces manières surannées, il les avait probablement empruntées au précautionneux Burbidge. Les gens trouvaient la chose plutôt comique chez une personne aussi jeune. Mais cela lui permettait de les garder à distance et de masquer sa timidité maladive. Pour le reste, chacun de ses gestes trahissait une énergie débordante, qu'il paraissait avoir du mal à maîtriser. Il ne se liait pas facilement et, lorsque cela arrivait, ses interlocuteurs le voyaient comme un individu étrange, d'une surprenante naïveté.

Le destin des innocents est probablement soumis à quelque influence planétaire protectrice, sinon comment s'expliquer qu'un garçon aussi peu dégourdi que Shamus eût réussi à survivre au voyage dans la chaufferie de l'*Aberdeen Star* ? Jour après jour, il avait enfourné le charbon par une température de près de cinquante degrés. Lorsque le tramp avait jeté l'ancre dans le port de Rabaul, Shamus n'avait plus que la peau sur les os. Mais il était heureux.

Il avait quitté le navire avec quelques livres en poche et, prêt à en découdre avec le monde entier, s'était lancé à la conquête des mers du Sud. Six années s'étaient écoulées depuis cette époque. Il avait continué de pelleter le charbon sur toutes sortes de vapeurs côtiers depuis l'archipel Bismarck jusqu'aux Nouvelles-Hébrides. Il avait acheté des sculptures sur bois à Iwa pour les revendre aux nouvelles recrues de l'administration gouvernementale à Port Moresby. Il s'était joint à un groupe de prospecteurs en partance pour Woodlark et avait gagné l'équivalent d'une dizaine de livres en paillettes d'or avant que des indigènes ne vinssent les chasser de l'île. Dans l'archipel des Trobriand, il était passé maître dans l'art de manier la massue traditionnelle, de sculpter et de peindre des boucliers en ébène et d'empoisonner les têtes des flèches avec le fiel d'un poisson local. Sur l'île de Goodenough, il avait appris à ses dépens comment les autochtones sèment des pointes acérées sur leur chemin pour ne pas être suivis. Il en avait boité pendant plus d'un mois. Sur la côte du golfe de Papouasie, il avait dû se terrer deux jours dans la jungle pour échapper aux féroces Kuku-Kukus. Ailleurs on lui avait enseigné les secrets de la pêche sous-marine. Sur une berge de la Fly, il avait vu un indigène se suicider en se jetant tête la première du haut d'un cocotier. À Wedau, il avait observé des femmes égoutter le lait de leurs seins dans la rivière pour appâter des petits poissons. Au fil du temps, il avait acquis la certitude d'avoir trouvé ce qu'il était venu chercher.

Sans profession, sans le sou, mais d'un caractère résolu et intrépide, il n'avait pas hésité à saisir sa chance lorsqu'on lui avait proposé de diriger une plantation de cocotiers sur l'île de Goodenough. À peine avait-il débarqué sur l'île qu'un type angoissé nommé Endersby, le propriétaire de l'exploitation, lui avait payé un verre. Il lui avait alors confié ses difficultés à garder ses contremaîtres blancs. Il payait bien mais ses ouvriers indigènes étaient durs à manœuvrer et ses contremaîtres avaient démissionné les uns après les autres. Shamus lui avait fait bonne impression et Endersby lui avait demandé s'il s'était déjà occupé d'une plantation de cocotiers.

À en juger par l'expression du jeune homme, la réponse tombait sous le sens. S'il s'était déjà occupé d'une plantation ? Mais c'est ce qu'il faisait régulièrement depuis dix ans, avait-il assuré au propriétaire alors que ses connaissances en la matière se limitaient à regarder les cocotiers se balancer dans le vent. Il avait été engagé sur-le-champ. Après le départ d'Endersby, Shamus s'était tourné vers le barman, un compatriote irlandais, et lui avait chuchoté :

– Tu sais comment on dirige une plantation, toi ?

– Tu n'as pas besoin de savoir, lui avait répondu le barman en lui adressant un clin d'œil, tu demandes au *boss boy* tout ce que tu ne sais pas et tu le laisses s'occuper du reste !

Ce tuyau s'était révélé d'une grande utilité. Le lendemain matin, face à une vingtaine de Canaques tous plus imposants les uns que les autres, Shamus n'avait pas cédé à la panique. D'un air nonchalant, il s'était appuyé sur sa canne et leur avait expliqué en termes vagues mais énergiques ce qu'il attendait d'eux. Puis il avait demandé au *boss boy* de s'approcher de lui. En prenant garde à ne rien révéler de son ignorance, il lui avait posé quelques questions de routine avant de lui ordonner de mettre les hommes au travail. Puis il avait passé la journée à déambuler dans la plantation la badine à la main. Cela lui conférait un indéniable air d'autorité. Il avait rapidement assimilé tout ce qu'il fallait savoir pour être capable, à l'occasion, de réprimander un homme qui n'exécutait pas correctement sa tâche. Mais, la plupart du temps, il laissait la direction des opérations au *boss boy* et se contentait de faire respecter la discipline avec sa badine, son revolver et un sens de la diplomatie qu'il avait su affiner au fil de ses aventures dans les mers du Sud.

Au bout d'une année, il avait accumulé un joli pécule, n'ayant que rarement eu l'occasion de dépenser son salaire. Du coup, il avait décidé de rembarquer sur un vapeur à destination de Rabaul. Là-bas il n'avait pas tardé à repérer un schooner à vendre. Après des heures de négociation, Shamus avait versé tout son argent en guise d'acompte aux représentants de la compagnie chinoise qui en était propriétaire. Il avait emprunté le reste de la somme à Burns, Philp & Co et c'est ainsi qu'il avait fait l'acquisition – sur le papier, du moins – du *Maski*.

Sur le petit navire à deux mâts, il avait bluffé de la même manière que dans la plantation. Il avait ordonné au maître d'équipage canaque de diriger les manœuvres. Tant qu'il n'en eut pas parfaitement compris la signification, il s'était contenté d'arpenter le pont avec la solennité d'un vieux hibou. Le plus souvent, le

*Maski* transportait du coprah mais Shamus ne refusait aucun fret pourvu que la commission fût intéressante. Pendant quelques mois, il avait approvisionné le poste gouvernemental à Fort Moresby. Malgré ses protestations, il avait aussi accepté d'emmener un groupe de prospecteurs dans une région où nul n'avait jamais trouvé d'or. Pendant plusieurs semaines, le schooner avait même servi de base arrière à une équipe de naturalistes américains.

Et plus le temps passait, plus Shamus apprenait, non pas ce que l'oncle Desmond aurait voulu qu'on lui enseignât, mais l'art de s'adapter à toutes les situations, l'art de naviguer dans des contrées étranges, l'art de reconnaître les hommes capables de survivre sous ces latitudes, et, par-dessus tout, l'art de déjouer leurs manigances. Sur le chapitre des femmes, il aurait tout aussi bien pu retourner chez M. Burbidge, car il n'y avait pas de Meg à l'horizon... Les femmes blanches étaient aussi rares dans les mers du Sud que les hommes honnêtes à travers le vaste monde. De toute façon, cela n'était pas fait pour lui déplaire.

Au cours des semaines qui avaient suivi son départ, il avait lu et relu *Sexe et personnalité* pour renforcer ses convictions sur le célibat. Désormais il ne cherchait même plus à critiquer les arguments de Weininger. Il croyait à ses théories sur la nocivité du sexe parce qu'il voulait y croire, ne serait-ce que pour rendre sa solitude plus supportable. Il avait depuis longtemps égaré le livre, mais son contenu l'avait si profondément marqué qu'il n'en avait plus besoin.

Un jour, après un long moment de réflexion, il avait pris une importante décision. Avec Meg, il avait essayé le « type maternel » et le résultat s'était révélé catastrophique. Alors pourquoi n'essaierait-il pas le type opposé pour calmer ses ardeurs ? Si faire l'amour à une femme, c'était *détruire sa volonté*, comme l'avait écrit Otto Weininger, alors des volontés étaient détruites tous les soirs aux quatre coins de la planète... et les femmes semblaient aimer ça.

À la surprise de plusieurs de ses relations qui regardaient son célibat volontaire avec un mélange de crainte et de respect, il avait acheté une jeune indigène et en avait fait sa maîtresse. Elle était jolie, pas trop tatouée et terriblement farouche. Et toujours elle portait une fleur dans les cheveux. Malheureusement sa timidité combinée à celle de Shamus avait dressé une barrière infranchissable entre eux et leur liaison avait tourné court. Au grand soulagement de Shamus, elle avait fini par s'enfuir avec un des membres de son équipage, un beau et fier Canaque originaire du même village qu'elle. Mais, quelques mois plus tard, le chef qui lui avait vendu la fille l'avait ramenée à son bord. Elle avait été fouettée et, lorsqu'il posa les yeux sur elle, Shamus avait compris qu'elle le tenait pour responsable de ce qui lui était arrivé.

– La voilà, avait triomphalement déclaré le chef. Elle a été sévèrement punie. Elle ne s'enfuira plus. Nous avons aussi châtié l'homme.

Shamus l'avait remercié et avait tout arrangé en lui disant de garder les cinquante shillings, les deux cochons et les coquillages qui servaient de monnaie d'échange dans la région... et de rendre la fille à son amant.

Dès lors il n'avait plus navigué qu'en jeune loup solitaire, comme un homme qui aurait fumé de l'opium pour la seconde fois et aurait découvert qu'il pouvait très bien s'en passer.

## CHAPITRE 4

ÉLIMINER le mystérieux virus de la fièvre noire prenait beaucoup plus de temps qu'il ne lui en fallait pour prendre une vie. Après que le père Kirshner lui eut donné l'autorisation de se lever, Shamus entreprit de visiter la mission, histoire de se dégourdir les jambes. Sa convalescence lui donnait la possibilité – rarement offerte aux individus en bonne santé – de prendre du recul et de s'interroger sur son avenir.

Il se trouvait dans un avant-poste isolé et presque oublié de la civilisation : en plus du groupe de petites cases aux toits de chaume constituant le village que le père Kirshner avait découvert à son arrivée, il y avait une chapelle, un presbytère, un couvent et un dortoir pour les aides indigènes. Juste à la sortie du hameau s'étendait la plantation de cocotiers du père Kirshner où les villageois travaillaient dès l'aube. Tirant des charrettes en bois remplies à ras bord de noix de coco mûres, des buffles d'eau avançaient d'un pas lourd entre les rangées d'arbres ; des ouvriers creusaient et binaient le sol ; d'autres, chargés de la préparation du coprah, étalaient soigneusement la pulpe de coco sur de grands plateaux en bois pour la faire sécher au soleil.

Lors de sa toute première promenade matinale, Shamus resta quelques minutes à observer les Canaques en repensant à la bande de durs à cuire qu'il avait jadis dirigée sur Goodenough Island, avec l'indispensable assistance du *boss boy*. Puis, aussi vite que ses jambes ramollies le lui permettaient, il retourna au village et, une fois dans la rue unique, il ralentit le pas à l'endroit où la vue sur le couvent était la plus dégagée. Sans le quitter des yeux, il alla jusqu'au bout de la rue et rebroussa chemin.

Il était certain d'avoir perçu un mouvement à la fenêtre de cette maison basse au toit de chaume. Il aurait juré que quelqu'un s'y était arrêté un bref instant. Mais il n'aurait pu dire s'il s'agissait d'un homme, d'une femme ou d'un enfant, l'intérieur de la bâtisse étant assombri par le large surplomb du toit.

Un instant plus tard, une indigène sortit tranquillement du couvent et passa devant lui sans le regarder. Shamus haussa les épaules en souriant et prit la direction du port. À quoi bon chercher quelque chose quand on ignore ce qu'on cherche ? Peut-être avait-il rêvé tout cela ? Mais il restait convaincu que jamais il ne reverrait le doux visage aux yeux mauves de la jeune femme blanche qui lui était apparue dans son délire. Et quand bien même l'impossible se réaliserait, quelle différence cela ferait-il ? L'examen de conscience auquel il s'était soumis l'avait amené à prendre une grave décision : le temps était venu pour lui de tout lâcher, de tout recommencer ailleurs. Il avait débarqué dans les mers du Sud avec un appétit aiguisé par ses lectures mais aussi par la solitude, une déception sentimentale et le rejet du soi-disant monde « civilisé » qui l'avait vu naître. Désormais il était rassasié ou, pour être plus précis, il avait le sentiment d'avoir fait le tour de la question. Il allait repartir, non dans les Costwolds ou le Devon où il ne se sentait pas encore le courage de retourner, mais à Londres où il saurait se débrouiller, se relancer et découvrir sa véritable vocation. Cependant son projet n'incluait pas le renoncement au célibat. Et même si c'était le cas, comment une nonne avec des yeux mauves et une coiffe blanche (car s'il n'avait pas été victime d'une hallucination, il ne pouvait s'agir que d'une religieuse) ayant prononcé ses vœux et vivant au sein d'une communauté catholique pourrait changer quoi que ce soit à sa situation ? Quoi qu'il en fût, cette apparition habitait ses pensées et, d'une certaine manière, les hantait.

Shamus secoua la tête et se traita d'idiot pour oser s'abandonner à de telles divagations. Puis, après avoir ramassé un long bout de bois sur la route, il se cingla les cuisses avec cette badine improvisée et rejoignit le port où était amarré le *Maski.* Il ne l'avait plus revu depuis le jour funeste où lui et sept des membres de son équipage étaient partis chercher de l'or dans les montagnes. Il oublierait vite la vision de la nonne à la coiffe blanche, se dit-il. Il n'avait d'ailleurs pas le choix car sa décision était ferme et définitive. Mais il savait qu'au moment d'embarquer pour l'Angleterre, il aurait un pincement au cœur en songeant au bateau qu'il avait été si fier de considérer comme le sien – bien que Burns Philp & Co en fussent les véritables propriétaires tant qu'il ne s'était pas acquitté de sa dette – et qu'il aimait plus qu'il n'aimerait jamais aucune femme.

Le *Maski* était un schooner ventru, de trente mètres de long et d'un tirant d'eau de deux mètres quatre-vingt. Il valait mieux qu'il ne calât pas davantage car il naviguait dans des eaux où une quinzaine de centimètres de plus ou de moins faisaient toute la différence quand il s'agissait d'éviter un récif de corail. Gréé comme une goélette, avec son grand mât à l'arrière, il ne portait pas assez de toile et était équipé d'un vieux moteur semi-diesel qui rendait fous les mécaniciens indigènes. En dehors du poste d'équipage – où étaient entreposés les voiles ou le matériel – tout l'espace sous le pont était destiné à la cargaison. Une tente en toile goudronnée, qui avait été blanche, occupait un tiers de la longueur du pont, depuis la poupe jusqu'au grand mât. On pouvait ajuster l'angle d'inclinaison de ses côtés pour se protéger du soleil tropical.

C'était un navire disgracieux, lent à la manœuvre et infesté de cafards d'une redoutable intelligence, mais il tenait bien la mer. Et lorsque les taux de fret montaient, il pouvait transporter jusqu'à quatre-vingts tonnes de coprah. En dehors de Shamus, l'équipage était constitué de huit Canaques à l'épaisse tignasse, d'un chat nommé Hercule et d'un cochon sauvage apprivoisé baptisé Tikis. Assez curieusement, cet avorton d'un *razorback* n'avait jamais dépassé la taille d'un terrier mais il possédait un caractère si belliqueux que l'on ne pouvait que s'en féliciter.

À l'arrière, sous la tente en toile goudronnée, Shamus vivait à l'écart du monde, dans un confort spartiate comme n'importe quel capitaine de goélette des mers du Sud. Le mobilier était des plus rudimentaires. Quelques chaises pliantes étaient disposées autour d'une grande table recouverte de lattes amovibles juste assez espacées pour pouvoir y caler des assiettes et des plats sans risquer de les voir rouler par-dessus bord. De loin en loin, Shamus se servait aussi de la table pour relever la position du bateau sur les cartes marines. À tribord, un vieux phonographe trônait sur une caisse d'emballage peinte en blanc. Le côté bâbord était occupé par un lit de fortune et deux étagères garnies de livres.

À l'arrière, près du bastingage, se trouvait un réfrigérateur d'un modèle unique et antédiluvien, d'une exceptionnelle nervosité, qui fonctionnait grâce à deux boules métalliques remplies de substances non identifiables. Lorsque l'une des boules avait été suffisamment chauffée, une réaction chimique se produisait dont une légende affirmait qu'elle avait jadis permis d'obtenir de la glace. L'équipage hésitait à s'approcher de cette machine imprévisible et capricieuse qui pouvait exploser à n'importe quel moment. Chacun se souvenait du jour où le steward avait été soufflé par-dessus bord et Shamus ne l'utilisait plus que pour ranger ses affaires – notamment ses livres préférés, pour les protéger des cafards.

Dans un pays où les disques étaient rares et vite dégradés par la chaleur et l'humidité du climat, la sélection du *Maski* devait plus à la chance qu'aux goûts musicaux de son capitaine. En tout cas, elle avait le mérite d'être variée. Les airs de Gilbert et Sullivan y voisinaient avec des opéras allemands, des sérénades japonaises et des berceuses chinoises. Il y avait aussi deux disques, plus ou moins chantés en anglais, que Shamus avait dénichés à Rabaul, dans la permanence du Kuomintang, en face de chez Ah Shee. Le premier s'intitulait *Cul noir* et le second, *La montagne n'est pas faite pour les crapules.* C'était les chansons préférées de l'équipage. Le soir, à l'heure de la veillée, l'argot inintelligible et les rythmes syncopées de ces deux ballades australiennes mettaient tout le monde en transe, mais elles n'étaient presque plus audibles à force d'être écoutées.

Le schooner était amarré à un dock, à côté d'un petit hangar où le père Kirshner entreposait le coprah. Shamus ne savait pas dans quel état il retrouverait le *Maski*, mais ce qu'il vit le laissa pantois. Cinq des membres de son équipage étaient morts dans l'embuscade. Deux autres avaient été tués ou faits prisonniers par un Pygmée sanguinaire nommé Anitok, à moins qu'ils n'eussent réussi à s'enfuir dans la jungle. Il ne restait plus que Tulare et que pouvait faire un seul homme – même un marin de sa valeur – sur un bateau de la taille du *Maski* ? Tout devait être sens dessus dessous. Le pont dont la blancheur impeccable avait toujours fait la fierté du capitaine était probablement maculé de traces de pas et jonché d'immondices. À bord régnait sans doute un silence lugubre comme à l'intérieur d'un tombeau. Shamus se demanda ce qu'étaient devenus le chat Hercule et le cochon sauvage Tirvis. Probablement morts de faim ou partis chercher fortune ailleurs.

Mais ce qu'il découvrit dépassa tout ce qu'il avait pu imaginer. Au moment où il contourna le hangar, il n'apercevait encore que la proue du schooner. Ce fut alors qu'il entendit une voix familière donner un ordre. Un instant plus tard, il vit Tulare, accoudé nonchalamment à la lisse, qui fumait un cigare de tabac local roulé dans du papier hygiénique. Il surveillait deux Canaques en train de briquer le pont avec du sable et des coques de noix de coco. Un troisième Mélanésien enroulait un cordage à l'avant. Un quatrième repeignait le canot, travail que Shamus avait en vain exigé de ses hommes pendant des mois. Et un cinquième s'activait dans la mâture mais, de l'endroit où il se trouvait, il était impossible à Shamus de savoir ce qu'il y faisait. C'était comme si tout l'équipage préparait le bateau pour un nouveau voyage. Mais il n'avait plus d'équipage !

Cette vision était aussi stupéfiante que celle de la jeune femme aux yeux mauves. Le capitaine secoua la tête avant d'emprunter l'étroite passerelle et de monter sur le pont. En le voyant, Tulare ne se tint plus de joie. Et l'étonnement de Shamus fut en quelque sorte noyé dans les effusions de son maître d'équipage.

– *Taubada* ! s'exclama-t-il en le serrant dans ses bras. Toi venir. Moi attendre très longtemps.

– Je sais, Tulare. Trop longtemps.

Puis il se tourna vers les cinq autres Canaques qui s'étaient arrêtés de travailler et le regardaient en souriant.

– Belong wha' name ? demanda Shamus.

– *Taubada* pas besoin de parler pidgin, rétorqua Tulare sur un ton réprobateur. Taubada lui-même m'apprend très bon anglais.

– Désolé, Tulare, j'ai été malade trop longtemps. Qui sont ces hommes ?

– Si *Taubada* d'accord, c'est équipage. Autre *Taubada* qui appartient à Dieu a dit de prendre. Garde si bons. Renvoie à Rabaul si pas bons.

Les yeux embués de larmes, Shamus détourna le regard vers la mer. Étrange comme la faiblesse physique fait tomber les barrières qui nous permettent habituellement de retenir nos émotions. Ainsi le père Kirshner lui avait même déniché un équipage en nombre suffisant pour le ramener à bon port. Il avait déjà manœuvré le *Maski* avec six hommes, il pouvait recommencer. Et il compléterait l'effectif à Rabaul. Dire qu'il prenait les missionnaires pour des casse-pieds et des parasites ! Il essaya de cacher son émotion en adoptant un ton bourru.

– Ils connaissent quelque chose à la navigation ?

– Tous bons numéros un, répondit Tulare avec un large sourire. Eux peut-être voler mon boulot.

– Tu n'as pas de souci à te faire, dit Shamus en lui tapant sur l'épaule. Bon, voyons un peu ce bateau...

Un corps doux et chaud vint se frotter contre sa jambe comme s'il s'agissait d'une serviette : c'était Hercule, le chat du bord. Shamus le prit dans ses bras et suivit Tulare à l'arrière du *Maski*. Au milieu du pont, un grognement de surprise retentit et Tikis, le cochon nain, dérangé dans sa sieste matinale, bondit sur ses pattes. Il jeta un regard oblique aux importuns et fouetta dédaigneusement l'air de sa queue à leur passage. Abstraction faite des cinq tombes dans la jungle et des deux hommes portés disparus, rien ne semblait avoir changé. Et il ne fallut qu'un coup d'œil à Shamus pour constater que, grâce à la générosité du père Kirshner et au savoir-faire de Tulare, il pourrait reprendre la mer aussitôt qu'il aurait retrouvé la plénitude de ses moyens physiques.

Il marcha lentement vers la poupe, savourant chacun de ses pas sur le pont immaculé que frottaient les Canaques de la mission. Il était à nouveau dans ses quartiers ! C'était comme revenir à la maison après une longue absence. Tout était à sa place : le vieux gramophone asthmatique, le réfrigérateur ombrageux, le petit tabouret recouvert d'une peau d'alligator pour laquelle il avait offert un réveil cassé à un indigène de Guadalcanal, sa chaise longue favorite. Il se dirigea vers le gramophone et s'apprêtait à mettre un disque lorsque son regard s'arrêta sur un objet posé au milieu de la table. C'était un vase en porcelaine de Saxe contenant un magnifique bouquet de fleurs de citronnier blanches et vertes et d'hibiscus écarlates. Shamus, qui ne l'avait jamais vu auparavant, tourna la tête vers Tulare d'un air interrogateur.

– La jeune *Tauberina* de la mission, expliqua le maître d'équipage en souriant, elle vient les changer tous les jours depuis trois jours. Peut-être elle pense que toi revenir plus tôt.

Shamus se sentit brusquement submergé par une vague d'émotion. Non sans difficulté, il résista à l'envie de hurler de joie – toutes ces années passées à se contrôler et à se modérer n'avaient donc pas été complètement inutiles... Il se débarrassa du disque qu'il tenait toujours dans ses mains et saisit le bras de Tulare juste au-dessous du coude. Surpris, le Canaque tressaillit.

– Dis-moi, Tulare, demanda Shamus, la *Tauberina* a-t-elle des yeux mauves, de la couleur du ciel juste avant le lever du soleil ? Et porte-t-elle une coiffe blanche empesée ? Comme une petite tente sur la tête...

Les yeux du maître d'équipage s'illuminèrent et il hocha vigoureusement la tête.

– Oui, *Taubada*. Des yeux comme le ciel clair juste avant que le Guba se mette à souffler. Et la tente blanche sur la tête avec le visage comme la fleur de la lime.

C'était donc vrai. Ce n'était pas un rêve, ni une hallucination générée par la fièvre mais une réalité de chair et d'os qui l'avait veillé, lui avait donné à boire et l'avait réconforté lorsque ses cauchemars le terrorisaient.

Pendant un moment il caressa le vase du bout des doigts, admira la beauté délicate de ses motifs de myosotis bleus et respira le parfum rafraîchissant du bouquet de fleurs de citronnier et d'hibiscus. Il n'avait plus rien vu de comparable depuis qu'il avait quitté l'Angleterre. Tournant brusquement le dos à Tulare, il s'en alla sans dire un mot. Mais il ne se dirigea pas vers la maison du prêtre ou le couvent. Il voulait rester seul. Car désormais il savait qu'il allait devoir reprendre son examen de conscience et réviser ses projets d'avenir.

Il déambulait sur la plage quand Samuel, le chien du père Kirshner, vint lui tenir compagnie. Cet animal d'une rare intelligence, rayé comme un zèbre miniature, hurlait souvent mais n'aboyait jamais. Ils cheminèrent quelque temps côte à côte mais Shamus ne prêtait pas attention à son compagnon de solitude. Il s'efforçait de remettre de l'ordre dans ses idées car il avait une folle envie de chanter et son cœur battait à tout rompre. Absurde ! Il avait déjà tout prévu, tout calculé, tout vérifié. Il vendrait le *Maski*, abandonnerait cette existence sans but, retournerait à Londres et s'y établirait pour de bon. Et il demeurerait célibataire, persuadé que cela conviendrait mieux à son tempérament. Pas de complications, pas d'imbroglios. Un vie simple et cadrée, sans encombres, dont il maîtriserait tous les tenants et les aboutissants. Comment la vision d'une nonne aux yeux mauves, liée par ses vœux à l'Église, et un vase en porcelaine de Saxe rempli de fleurs de citronnier blanches et vertes et d'hibiscus écarlates, changeraient quoi que ce soit à ses plans ? Et pourtant il se sentait tiraillé entre son désir de rester et sa volonté de fuir le plus vite possible, comme cela avait été le cas à l'époque où il vivait chez Burbidge. Tel qu'il se connaissait, c'était la deuxième option qu'il choisirait.

Il fut interrompu dans sa rêverie par un bruit de pas précipités. Il se retourna et vit le père Kirshner qui accourait vers lui. Soulevant le bas de sa soutane comme une femme qui aurait aperçu une souris, il galopait si vite que le vent divisait sa barbe en deux parties égales. En rejoignant Shamus, il dérapa légèrement puis se redressa en lâchant le bas de sa robe.

– Saperlipopette ! J'adore courir ! s'écria-t-il en reprenant sa respiration. Ah, je vois que vos cheveux commencent à repousser ! Merveilleux ! J'ai bien cru que la fièvre ne vous laisserait pas un poil sur le caillou ! Chauve comme un moine ! Vous imaginez ça ? Au moins on aurait pu vous garder ici. Ah ! Ah !

Shamus lui jeta un rapide coup d'œil. Ses paroles étaient-elles à double sens ? Son rire cachait-il quelque chose ? Car il venait juste de formuler une hypothèse qui, une minute plus tôt, avait traversé l'esprit troublé du jeune homme. Rester là pour toujours, auprès de cette inconnue aux yeux mauves et à la coiffe blanche empesée ! Mais il avait rejeté cette idée ridicule aussi vite qu'elle lui était venue. Et il en fit de même avec ce qu'il avait pris pour un sous-entendu du père Kirshner car ce dernier s'était remis à rire en se tapant les cuisses.

– Vos cheveux repoussent comme des lentilles d'eau ! dit-il en passant sa grosse main sur le crâne de Shamus.

Bon ! Mais vous ne comptez pas nous quitter tout de suite, n'est-ce pas ?

– Je m'en irai dès que possible. J'ai des affaires à régler à Rabaul. Il faut bien que je gagne ma vie, vous saisissez ?

Les mots de Shamus avaient un écho déplaisant mais c'était à lui qu'il les destinait plus qu'au père Kirshner. Il essayait désespérément de se convaincre, de renforcer sa volonté d'accomplir ce qu'il voyait comme son devoir.

– Il me semble que Dieu s'est plutôt bien occupé de vos affaires lorsque vous n'étiez pas en état de le faire, rétorqua le prêtre.

– Vous avez pris soin de moi, se radoucit Shamus. Et je ne sais vraiment pas comment vous remercier... Bien sûr, c'est embarrassant, les remerciements, mais j'espère que vous comprenez qu'il me sera impossible de vous rendre tout le bien que vous m'avez fait : vous m'avez sauvé la vie, vous m'avez soigné et vous m'avez même trouvé un équipage – ces Canaques... Ils m'ont l'air très bien. Vous êtes sûr que vous n'avez pas besoin d'eux ? J'aimerais pouvoir vous prouver ma reconnaissance d'une manière ou d'une autre.

Curieusement, le père Kirshner paraissait aussi gêné que Shamus. Il ne quittait pas la mer des yeux.

– Je craignais que vous réagissiez mal, déclara-t-il d'une voix douce, que vous refusiez l'assistance d'un pauvre missionnaire. Du coup, j'ai hésité un peu pour les Canaques. Je ne voulais surtout pas vous embarrasser. Mais un petit voyage leur fera le plus grand bien. Autrement, comment pourriez-vous ramener le *Maski* à Rabaul ? Certes, j'aurais bien aimé vous garder ici mais je sais que c'est un espoir vain. Tout ce que je désire, c'est vous aider à retrouver...

– ... l'Angleterre ? le coupa Shamus. Comment avez-vous su ? J'ai l'intention de repartir de zéro.

– Tiens ? Une décision compréhensible et qui ne me surprend pas. Mais ce que je voulais dire, c'était : « retrouver Dieu ». Les enfants naissent auprès de Dieu, vous savez. Si ce sont là des propos d'hérétique, que l'évêque vienne me tirer les oreilles. Car de ce côté-ci du monde, on est forcé de prendre ses distances avec certaines subtilités de la doctrine et de toute façon cela fait bien longtemps que je n'avale plus cette histoire de péché originel. Regardez un bébé – qu'il soit blanc ou noir, a-t-il l'air d'un pécheur ? Ah ! pouffa-t-il dédaigneusement. Wordsworth voyait juste lorsqu'il parlait d'enfants « suivant les glorieux nuages de Dieu... » Malheureusement les enfants prennent de l'âge et c'est en vieillissant qu'ils perdent la foi. Mais il y a quelque chose en vous – je vous ai bien observé, mon garçon – qui vous ramènera sur le droit chemin. Vous avez du courage, sinon vous ne seriez pas vivant aujourd'hui – je ne parle pas du courage physique qui permet d'affronter le danger (celui-là, je sais que vous n'en manquez pas non plus) mais du courage spirituel qui pousse à s'accrocher à la vie quand on n'y est plus relié que par un fil. Vous avez un cœur bon et sensible, sans quoi vous ne vous seriez pas tourné vers le mur lorsque je vous ai appris que le frère de votre maître d'équipage avait peut-être survécu. Me payer en retour ? Mon garçon, vous ne me devez rien. C'est Dieu qui m'a mis sur votre route au moment où vous en aviez le plus besoin. Si vous éprouvez de la reconnaissance, voyez ça avec Lui. Si vous devez remercier quelqu'un, c'est Lui. Il marqua une pause et, le regard légèrement troublé, leva les yeux vers le ciel. C'est un travail compliqué, mon garçon, reprit-il. C'est un travail compliqué de servir Dieu. En fait, certains aspects de ce travail m'ennuient profondément : les messes, les prières, le cérémonial de l'église, les baptêmes des convertis – ce ne sont pas les œuvres de Dieu elles-mêmes, seulement leurs remparts ou, si vous préférez, les arcs-boutants qui supportent l'édifice. Aider les êtres humains à vivre ensemble, en harmonie et en bonne santé, voilà l'essentiel... J'ai vu des hommes blancs, des soi-disant chrétiens, écraser les orteils d'indigènes avec la crosse de leurs fusils parce qu'ils avaient osé leur parler sans détour. L'un de mes Canaques s'est éreinté pendant deux mois dans une plantation de cocotiers et pour tout salaire, il n'a reçu qu'une hache usée qui n'avait pas dû coûter plus de six shillings à l'origine. Et les malheureux qui sont emmenés de force dans les mines d'or : traités comme des esclaves, obligés de vivre à des altitudes auxquelles ils ne sont pas habitués, ils crèvent comme des mouches. J'ai aussi vu un Papou éclater le crâne d'un Blanc avec une pioche sans aucune raison, à part peut-être la chaleur. C'est pour empêcher ces choses, mon garçon, et pour combattre les effets dévastateurs de la maladie et de l'ignorance parmi les populations indigènes que nous sommes ici.

– Nous ? fit Shamus, faussement surpris.

Les yeux du prêtre semblèrent s'égayer comme s'il avait parfaitement deviné la question qui le taraudait.

– Nous sommes une poignée – frère Arden, qui a passé les deux dernières semaines dans l'intérieur du pays ; sœur Alicia, qui travaille courageusement à nos côtés depuis quinze ans mais n'est plus de la première jeunesse ; et sœur Ganice qui l'aide de son mieux. À ce propos, sœur Ganice vous a déjà vu, mais je ne suis pas sûr que la réciproque soit vraie. C'est elle qui s'est occupée de vous quand vous étiez à peine conscient de ce qui se passait autour de vous.

Le père Kirshner s'interrompit le temps de jeter un regard oblique à Shamus.

– J'ai remarqué qu'elle passait beaucoup de temps au couvent depuis quelques jours, reprit-il d'un ton dégagé.

– Vraiment ? s'étonna Shamus.

– Oui, répondit le prêtre en le fixant droit dans les yeux.

Sans chercher à éluder le sujet, il ajouta :

– Ganice *a été* d'une grande beauté...

– *A été* ? fit Shamus, quelque peu troublé.

– Oui, avant d'entrer dans les ordres, expliqua le père Kirshner. Une fois que la jeune fille a pris le voile, des choses comme la beauté physique ne revêtent plus la moindre importance. Enfin, c'est ce que l'on prétend dans certains milieux. Pour certains, même le plus discret effort pour améliorer son apparence est jugé comme un péché d'orgueil.

Il ne put s'empêcher d'en rire.

– Ridicule, n'est-ce pas ? continua-t-il. La beauté de sœur Ganice devrait être considérée avec la même humilité et la même révérence que n'importe quelle merveille de la nature. Ou comme une œuvre d'art dont le sens profond est d'exalter la beauté et la pureté spirituelles.

Soudain il cessa de sourire et se pencha vers Shamus.

– D'ailleurs réjouissons-nous qu'elle ait l'esprit aussi pur, ajouta-t-il en plongeant son regard pénétrant dans le sien, parce qu'avec des hommes comme vous dans les parages...

– Mais comment ça ? fit Shamus d'un ton où se mêlaient la surprise et l'indignation.

– Oui, parce que vous êtes vous-même un jeune homme d'une grande beauté.

L'espace d'un instant, Shamus eut la sensation désagréable d'être sondé au plus profond de son âme.

– Après tout, ce n'est encore qu'une enfant. Une enfant influençable. Un jeune homme comme vous pourrait la perturber.

Le prêtre s'interrompit de nouveau pour observer les papayers et les cocotiers qui se balançaient en rythme sous la caresse des alizés.

– Ganice est la fille d'un célèbre homme d'affaires européen, reprit-il doucement à voix basse. Elle n'avait pas quinze ans lorsque son père l'a violée. Sa mère l'a placée dans un couvent. Un ami me l'a recommandée et nous l'avons accueillie à la mission. Elle dit qu'elle se plaît ici et qu'elle aime son travail, et je la crois... Ganice... C'est un très joli prénom, vous ne trouvez pas ?

Il s'arrêta brusquement et donna un coup de pied dans un morceau de bois échoué sur la plage. Et lorsqu'il reprit la parole, ce fut d'un ton plus grave, sans la moindre trace de sa jovialité habituelle.

– Que l'on soit un homme ou une femme, il n'est jamais facile de rester fidèle à ses engagements. Mais cela vaut la peine d'essayer. La solution la plus facile, pas forcément la meilleure, c'est de fuir ce qui affaiblit notre résolution.

Il regarda Shamus droit dans les yeux pendant quelques secondes.

– Comme je pense que vous êtes assez fort et honnête pour le supporter, je vais vous parler franchement : je sais exactement ce que vous avez éprouvé en voyant Ganice.

Il s'arrêta pour allumer un cigare et recracha une bouffée de fumée.

– Et je sais aussi ce qu'elle a éprouvé à votre chevet, ajouta-t-il en haussant ses sourcils broussailleux. Autant se dire les choses, vous ne croyez pas, mon garçon ?

– Certainement, répondit Shamus à voix basse.

Mais il ne mentionna pas le vase en porcelaine de Saxe avec ses fleurs de citronnier et d'hibiscus et, ce jour-là, le père Kirshner ne posa plus de questions.

## CHAPITRE 5

AU COURS de la semaine suivante, Shamus ne se montra guère sociable. Chaque matin, il tournait résolument le dos au village et au couvent et, après une rapide inspection du *Maski*, partait se promener sur la plage. Arrivé à un endroit où la jungle masquait toute trace de présence humaine, il allait se baigner avant de s'étendre au soleil jusqu'à ce que l'ombre d'un grand pandanus le recouvrît entièrement. Le regard perdu dans les feuillages des arbres, il ressassait des pensées qui le ramenaient invariablement aux mêmes conclusions : il lui fallait quitter la mission du père Kirshner et les mers du Sud, retourner en Angleterre, recommencer sa vie...

Il se rendait bien compte de l'absurdité de sa situation car il se sentait violemment attiré dans une autre direction par une inconnue qu'il n'avait jamais vue que dans les brumes de son délire. Il était continuellement habité par les visions des yeux mauves, de la coiffe blanche mais aussi du vase en porcelaine de Saxe et des fleurs de citronnier blanches et vertes et des hibiscus écarlates. Tulare avait averti Shamus lorsque « la jeune Tauberina » était venue changer les fleurs. Mais après ce que le père Kirshner lui avait raconté, il avait pris le parti de l'éviter.

Quelque temps plus tard, allongé sur la plage à son endroit favori, Shamus décida que son dernier jour dans ce havre de paix était arrivé. Il partirait dès le lendemain matin, avec la marée. Il se portait mieux, se dit-il, et pourvu que le ciel fût clément, le voyage jusqu'à Rabaul marquerait l'étape finale de sa convalescence. Il se releva, se rhabilla et se hâta de regagner le village pour annoncer la nouvelle au père Kirshner.

Les deux hommes se croisèrent dans la rue et Shamus alla droit au but car il savait que le missionnaire comprendrait pourquoi il ne pouvait pas retarder son départ plus longtemps. Le prêtre le regarda affectueusement, puis posa sa main sur son épaule.

– Mon garçon, vous allez nous manquer, déclara-t-il d'une voix douce, mais si c'est ce que vous voulez – bon, de toute manière, vous n'êtes pas encore parti. Et d'ici là, je tiens à ce que vous voyiez mon bateau. Oui, il faut que vous m'aidiez à lui trouver un nom.

S'emparant du bras de Shamus, il l'entraîna à travers la plantation de cocotiers de la mission en énumérant à toute allure les noms qui lui venaient à l'esprit.

– Pourquoi pas *Le Phare dans la nuit* ? Non, trop long... Ou *L'Albatros* ? Non, les Canaques ont du mal à prononcer les « s »... Ou *Le Pèlerin* ? Saperlipopette ! J'aime bien celui-là. Qu'en pensez-vous ?

Accompagné par les riches effluves des palmes et des fleurs sauvages, ils ne tardèrent pas à atteindre une crique étroite débouchant sur la plage, non loin de l'endroit où le *Maski* était amarré. Il était impossible de la repérer depuis le village. Là, un petit sloop attendait d'être mis à l'eau.

Le brave prêtre s'arrêta et, bombant le torse, le désigna fièrement du doigt.

– N'est-il pas beau ? demanda-t-il en gloussant de satisfaction. Je me suis moi-même chargé de tailler la quille dans le tronc d'un kawri. Or, comme cet arbre superbe ne pousse que dans les montagnes, il nous a fallu le hâler jusqu'à la côte. Ça nous a pris cinq jours, et pourtant nous étions douze ! Et regardez-moi ces belles planches ! s'écria-t-il en donnant deux grands coups dans le flanc du bateau. Ça, c'est du solide ! Ça n'est pas près de céder, croyez-moi mon ami !

– À condition que vous ne les défonciez pas avec votre poing, lâcha Shamus.

– Ah ! Ah ! s'esclaffa le prêtre. Le saborder sans même l'avoir vu flotter, ce serait du joli ! J'imagine qu'il coulerait aussi sec ! Bah, de toute façon, il tombera probablement en ruine avant d'être terminé... *Saperlipopette !* Il devrait déjà naviguer depuis plus d'une semaine !

Puis, l'air admiratif, il se mit à faire le tour du bateau pour l'inspecter.

Une fois de plus, Shamus se surprit à admirer l'incroyable appétit de vivre de cet homme. Sa chaleur, sa simplicité et sa jeunesse d'esprit étaient étonnamment communicatives. Il avait l'étrange pouvoir de fasciner tous ceux qui l'approchaient. Ainsi les indigènes de la mission, malgré la crainte respectueuse qu'il leur inspirait, ne pouvaient s'empêcher de le suivre comme des petits chiens. Drôle d'existence que la sienne, songea

Shamus, tout à la fois docteur, juge, sage-femme, officier de l'hygiène publique, horticulteur en chef et autorité suprême pour ses ouailles de Nouvelle-Guinée qui n'avaient émergé que récemment de l'âge de pierre. Au Moyen Âge, il aurait été considéré comme un « saint », un mot tombé en désuétude aujourd'hui et qui ne venait pas forcément à l'esprit en présence de cet ogre débonnaire. Un Mahométan aurait sans doute vu en lui un « authentique pratiquant » ; un Brahmane aurait déploré son manque de mysticisme tout en admettant qu'il avait approché l'Ultime Réalité, l'Absolu d'Isvara. De son côté, Shamus se faisait du prêtre une image plus concrète, moins subjective. En tout cas, il ne tenait certainement pas à l'offenser, pas plus qu'il ne voulait semer le doute et la confusion dans le cœur de sœur Ganice. Il valait mieux qu'il ne la vît pas, pas même une fois. Fidèle à sa ligne de conduite, Shamus ne s'autorisait aucun compromis.

Ses réflexions furent brusquement interrompues par un mugissement sauvage auquel succéda un concert de cris perçants et de joyeuses exclamations.

– Ah, je t'y prends, mon gaillard ! Enfin, je te prends sur le fait ! s'écriait le père Kirshner.

Shamus se précipita de l'autre côté du bateau. De l'eau jusqu'à la ceinture, le prêtre s'efforçait de noyer un petit Canaque hirsute.

– Alors comme ça tu passes ton temps à dormir, hein ? disait-il à sa victime sans rien perdre de sa gaieté. Pas étonnant que mon bateau soit toujours en cale sèche !

D'une main puissante, il tira le gringalet par la tignasse pour lui permettre de respirer.

– Eh bien, mon cher charpentier, continua-t-il sur un ton faussement courroucé, j'espère qu'à l'avenir tu auras au moins la prudence de ne plus te laisser attraper !

Sur ces mots, il appuya sur la tête de l'indigène qui s'enfonça dans l'eau. Puis, jetant un regard résigné à Shamus, et sans prêter attention au petit homme qui buvait la tasse, le père Kirshner déclara d'une voix grave et solennelle :

– Un paresseux ! Un grand paresseux ! Mais un bon époux ! Et oui, sept enfants ! Bien, j'imagine qu'il a retenu la leçon, à présent...

– Je le pense aussi, dit Shamus en se demandant si le bain forcé du charpentier aurait duré plus longtemps si le père Kirshner n'avait pas eu une opinion aussi favorable de lui.

Le Canaque s'ébroua comme un chien trempé et détala à toutes jambes.

Pendant un moment, les deux hommes contemplèrent la mer en silence. Sa surface lisse était à peine troublée par une légère houle et dans le ciel tournoyaient des mouettes et des goélands. Pour la première fois Shamus réalisait que Johannes Kirshner lui manquerait terriblement et cela l'embarrassait au point qu'il ne trouvait rien à dire. Peut-être le missionnaire ressentait-il la même chose car une ombre de tristesse passa sur son visage calme. Mais il se reprit aussitôt et sourit à Shamus avec l'ingénuité d'un enfant.

– Il me vient une idée. Oh, une idée charmante... Nous allons vous offrir un dîner d'adieu ! Ici nous avons rarement l'occasion d'organiser des banquets. Eh bien, c'est ce que nous ferons ce soir ! Ça ne vous ennuie pas ?

– J'en serais ravi, répondit Shamus en lui rendant son sourire, c'est très gentil de votre part…

Soudain il prit conscience de l'accélération de son pouls. Le père Kirshner avait dit : « nous ». Cela signifiait-il que sœur Ganice serait là ? Il se tourna un instant pour que le missionnaire ne le vît pas changer d'expression et ce dernier en profita pour lui fausser compagnie. Impatient de s'occuper des préparatifs, il galopait vers le village en tenant le bas de sa soutane. Pensif, Shamus repartit vers l'embarcadère où était amarré le *Maski*.

Une fois à bord, il se dirigea vers l'arrière du bateau et passa un moment à regarder le vase en porcelaine de Saxe avec ses fleurs de citronnier blanches et vertes et d'hibiscus écarlates. Puis il ouvrit le réfrigérateur, jeta un coup d'œil sur la rangée de livres qui se trouvait à l'intérieur et s'empara du *Livre d'or* de Marc-Aurèle. Il revint s'asseoir à la table, choisit une page au hasard et se redressa involontairement au moment où son regard tomba sur une de ses pensées préférées – une phrase qu'il avait soulignée des années plus tôt : « Il ne faut pas s'irriter contre les choses car elles ne s'en soucient pas. » Il médita un long moment sur ce précepte moral de l'empereur stoïcien : les « choses » désignaient toutes les circonstances de la vie – le temps, l'espace, les contingences matérielles, les projets, les croyances. Il convenait simplement de les accepter, de ne pas chercher à les combattre, de vivre en harmonie avec les forces du cosmos et de laisser les autres en faire autant sans semer d'embûches sur leur chemin…

Il caressa du bout des doigts une fleur d'hibiscus puis, avec délicatesse, il la sortit du bouquet et la déposa à la page de l'aphorisme de Marc-Aurèle. Puis il referma le livre et alla le ranger dans le réfrigérateur. Il ne put s'empêcher d'esquisser un sourire ironique en songeant à ce qu'il venait de faire. Presser une fleur dans un livre comme une écolière ! Au fond, ça lui était égal. Il avait eu la chance d'approcher une forme de beauté rare et fugace et il tenait à en garder un souvenir.

Il appela son maître d'équipage.

– Je descends dans ma cabine, Tulare. Jette les fleurs, nettoie bien le vase et rapporte-le à la *Tauberina.* Je pense que tu la trouveras au couvent. Dis-lui que nous partirons au lever du jour pour profiter de la marée. Dis-lui que le vase et les fleurs m'ont beaucoup touché et que je lui suis profondément reconnaissant. Dis-lui aussi que je la remercie de m'avoir soigné et que je ne l'oublierai jamais. Tu te souviendras ?

Tulare hochait la tête d'un air solennel en écoutant ses instructions.

– Je me souviendrai, *Taubada*, répondit-il d'une voix rauque. Maintenant je fais comme tu dis.

Pour une fois, il ne souriait pas et ses yeux exprimait un mélange de compréhension et de curiosité comme s'il savait que certaines choses n'avaient pas été dites, qu'elles ne le seraient pas et qu'il le regrettait du plus profond de son cœur.

Le reste de la journée s'écoula lentement et Shamus était si agité qu'il se présenta en avance chez le père Kirshner. Il s'aperçut aussitôt que son hôte s'était donné du mal car le petit réfectoire au toit de chaume était orné de fleurs comme pour un banquet de mariage. Sur la longue table à manger grossièrement taillée dans un arbre local, avaient été disposés de la vaisselle en faïence colorée de Bavière, des verres fins et délicats d'un vert bleuté et des bouquets de lis et de fleurs d'hibiscus rouges.

Shamus eut un sursaut d'espoir en comptant les assiettes : il y en avait quatre. Comme frère Arden était en déplacement, cela devait donc signifier qu'en dehors de lui, les autres convives seraient le père Kirshner, sœur Alicia et sœur Ganice. Cette déduction enivrante lui monta à la tête comme du vin et il se dirigea vers la porte pour respirer un peu d'air frais, histoire de retrouver ses esprits avant de la rencontrer. Soudain il entendit des bruits de pas qui se rapprochaient. Tel un voleur sur le point d'être découvert, il fit marche arrière et se glissa dans un coin sombre de la pièce. La porte s'ouvrit et une femme entra.

Elle était vêtue d'une robe grise de nonne et son visage était en partie dissimulé par une coiffe blanche empesée. Les bras chargés de fleurs tropicales, elle venait finir de décorer le réfectoire. Elle ne remarqua pas tout de suite la présence de Shamus et, comme elle lui tournait le dos, il ne pouvait toujours pas distinguer ses traits. Puis elle se déplaça vers la table et se mit à arranger les fleurs en fredonnant une vieille chanson française. Ce fut alors qu'elle le vit. Elle releva la tête et le fixa d'un air interloqué.

Tout aussi surpris, Shamus demeura sans voix. Le visage sous la coiffe était celui d'une jeune fille – d'une « grande beauté », pour reprendre les termes du père Kirshner. Elle avait des yeux mauves et des lèvres finement dessinées. Il pouvait ressentir la douceur de ces mains qui s'étaient posées sur les siennes lorsque la fièvre noire le faisait délirer. Mais le souvenir de cette sensation ne lui était d'aucune utilité. Une violente émotion l'envahissait, anéantissant la résolution qu'il avait prise et renouvelée chaque jour depuis sa conversation avec le père Kirshner. Comme si elle lisait dans ses pensées, elle baissa les yeux en rougissant. Puis elle lui fit une petite révérence à laquelle Shamus répondit par un léger mouvement de tête et le mot « bonsoir ».

Silencieuse, elle s'empressa de disposer les fleurs sur la table puis se dirigea vers la sortie sans quitter le plancher des yeux. Shamus la devança pour lui ouvrir la porte. Mais avant que sa main eût touché la poignée, il se sentit submergé par le désir de lui parler car l'imminence de son départ venait brusquement de se dresser devant lui comme une terrible menace.

– Pas encore, l'implora-t-il. Un petit moment, s'il vous plaît. Cela... cela pourrait s'avérer de la plus haute importance.

Elle demeura coite mais s'arrêta devant lui, sans le regarder. Soudain il réalisa qu'elle n'avait probablement pas saisi le sens de ses paroles. Une Alsacienne parlait français ou allemand – peut-être les deux – mais probablement pas anglais. À l'idée qu'il pouvait lui parler sans risquer d'être compris, il trouva le courage de se lancer.

– Vous m'êtes apparue lorsque j'étais mourant et vous m'avez réconforté lorsque je délirais. J'étais persuadé d'avoir rêvé, que vous étiez une sorte d'hallucination... Je vous ai même prise pour ma mère... Mais vous voici, vous êtes bien réelle... et je n'ai jamais rien vu d'aussi beau de toute ma vie... Je... je voudrais avoir les mots pour exprimer tout ce que je ressens mais que puis-je dire... de quoi puis-je vous parler ?...

En désespoir de cause, il s'interrompit et la regarda.

Elle leva la tête. Une petite lueur malicieuse brillait comme un rayon de lumière dans les sombres profondeurs de ses yeux.

– Du *Maski* et de la marée, M. O'Thaymus, dit-elle dans un anglais impeccable. *Nicht wahr* ?

Elle avait une voix douce et chaude qui se mariait bien à la délicatesse de ses traits et à l'imperturbable sérénité de son regard.

– Ainsi vous parlez anglais, déclara-t-il (quel idiot, pensa-t-il aussitôt, comment avait-il pu lâcher une telle évidence ?).

– J'ai un peu appris à l'école, répondit-elle en souriant. Puis son visage redevint sérieux et elle le fixa droit dans les yeux. Mais il y a des mots dont je ne parviens pas à comprendre le sens. À présent, je dois me retirer, si vous le permettez...

C'était clair et sans appel. Pourtant elle semblait l'implorer, pas seulement avec ses yeux, mais aussi avec ses fines lèvres qui semblaient prêtes à se fendre d'un sourire comme à se tordre de douleur. Elle semblait le supplier de l'aider à ne pas éprouver ce qu'elle craignait d'éprouver s'il restait plus longtemps. Elle voulait qu'il s'en aille au plus vite et ne prononce pas les paroles qu'elle rêvait d'entendre de tout son être.

Comme elle était merveilleusement directe ! Et comme cette situation était fantastique ! C'était comme si l'amour leur avait été brusquement révélé, sans aucun des préliminaires par lesquels passent généralement les amoureux. Ils l'avaient accepté comme un fait établi qu'il leur fallait nier à leurs corps défendant.

– Mais je vous reverrai au dîner, n'est-ce pas ? demanda-t-il. Il y a quatre chaises...

– Frère Arden est revenu il y a une heure, répondit-elle en secouant la tête. La quatrième chaise est pour lui. Cela vaut mieux ainsi.

Avant qu'il eût le temps de répliquer, elle se faufila dehors et referma la porte derrière elle. Planté sur place, Shamus repensa à sa résolution de partir dès le lendemain matin. Mais il avait l'impression que le rideau était tombé sur un événement d'une immense importance pour lui. Ses poings se serrèrent. Non, par Dieu, il ne s'en irait pas ! Puisque la vie lui offrait la chance de connaître le bonheur, il refusait de la laisser filer. Et puis quel droit l'Église avait-elle de pousser une fille de quinze ans à prononcer des vœux qui l'engageaient pour le restant de ses jours ? Quel droit avait-elle d'exiger de Ganice qu'elle les respectât à vingt ans ? L'enterrer vivante dans cette contrée perdue, lui interdire toute possibilité d'être une femme comme une autre ! C'était une idée ridicule ! « La bonté, l'honnêteté et la compassion – ce sont des vertus cardinales. » Quelques jours plus tôt, voilà ce que le père Kirshner lui avait dit. Où étaient la bonté, l'honnêteté et la compassion quand Ganice était condamnée à une existence de recluse ?

Impulsivement, Shamus saisit la poignée de la porte. Il allait la rejoindre, lui dire ce qu'il avait sur le cœur, se montrer aussi direct qu'elle l'avait été, insister pour qu'elle lui permette de la sauver de cette mort lente. Puis il s'arrêta net en entendant un bruit de pas. La porte s'ouvrit et le père Kirshner apparut sur le seuil. Mais il n'entra pas en tornade, comme il avait l'habitude, car il avait une dame âgée à son bras, vêtue de la même robe grise et coiffée de la même coiffe blanche empesée que sœur Ganice. Malgré son évidente fragilité, elle était alerte et se tenait avec la majesté d'un vase en porcelaine orné du portrait de la dernière impératrice mandchoue que Shamus avait vu un jour dans un magasin d'antiquités de Rabaul.

Délicatement, le grand homme aida la nonne à s'asseoir.

– Ah, mon cher ami, dit-il d'une voix tonitruante en se tournant vers Shamus, vous êtes là ! Vous devez être affamé ! Laissez-moi vous présenter sœur Alicia. Elle a accepté de se joindre à nous, c'est un grand honneur qu'elle nous fait ! Et voici frère Arden qui arrive...

Raide comme un piquet, l'homme referma la porte du réfectoire derrière lui. Puis il claqua les talons et s'inclina légèrement mais son visage austère, au teint cireux, n'exprimait pas la moindre émotion. Shamus eut aussitôt le sentiment qu'il désapprouvait sa présence dans la mission.

– Bien, installons-nous ! s'exclama le père Kirshner. Voilà une excellente bouteille de vin du Rhin que je réservais pour une occasion de ce genre !

Le visage angélique de Ganice ne cessait d'apparaître à Shamus et il ne parla presque pas au cours du dîner. La sérénité et la douceur de la jeune fille semblaient l'encourager à dominer le tumulte qui régnait dans son cœur. Pourtant il se réjouissait de ne pas l'avoir rattrapée pour la convaincre de partir avec lui. Il ne voulait pas s'en aller sans s'être expliqué avec le père Kirshner et sans lui avoir laissé la possibilité de le ramener à la raison.

Heureusement personne ne paraissait se soucier du mutisme de Shamus et le père Kirshner, au sommet de sa forme, se lança dans un monologue comique sur les problèmes de la mission. D'ordinaire le jeune homme appréciait la conversation du missionnaire mais cette fois-ci, il avait l'esprit ailleurs et ce fut avec un véritable soulagement qu'il entendit sœur Alicia déclarer qu'elle était fatiguée (même s'il n'en paraissait rien). La vieille nonne souhaita bonne nuit au père Kirshner et à Shamus et se retira avec le frère Arden.

Le jeune homme alluma le cigare que le prêtre lui avait offert et, par une sorte de consentement tacite, les deux hommes sortirent de la maison basse pour aller se promener sur la plage qu'éclairait un rayon de lune. L'heure de vérité avait sonné, songea Shamus. Mais plus il marchait, plus les mots le fuyaient, et ce fut le missionnaire qui finit par rompre le silence. De toute évidence, il était lui aussi en proie à un violent conflit intérieur.

– Rien ne m'irrite plus que la théorie selon laquelle nous devons vivre pour les autres, s'écria-t-il rageusement. Toute ma vie, les gens m'ont rabâché cette sempiternelle rengaine : il faut renoncer à ses désirs et vivre pour les autres, c'est la seule manière de trouver le bonheur ici-bas. Quelle bêtise ! Je n'ai peut-être rien compris au message de Dieu mais je persiste à croire que s'il m'a mis au monde, c'est justement pour que je recherche le bonheur ici-bas. C'est non seulement mon droit mais aussi mon devoir. Personne n'arrivera à me démontrer que Dieu, le Dieu qui a créé la mer, qui vous a créés, vous et Ganice, qui a créé ce brin d'herbe comme il a créé le petit Pilu, est capable de rancune, de vengeance ou de méchanceté. Je ne vois pas pourquoi il se fâcherait lorsque nous essayons d'être heureux, quel que soit le sens que nous donnions à cette expression.

Il fit une pause pour tirer sur son cigare et se tourna vers Shamus.

– Les gens s'accrochent à la parabole du péché originel et du châtiment éternel qu'Adam et Ève nous ont laissés en héritage. Mais ils se trompent complètement. Tout d'abord, il ne s'agit que d'une histoire très ancienne et, selon moi, particulièrement enfantine. Ensuite, elle ne traite que du péché et de la vertu et sûrement pas du droit de l'homme à rechercher le bonheur. Car ce n'est pas l'acte en lui-même, mais sa signification, sa substance et ses conséquences pour soi et les autres qui le rendent bon ou mauvais. Du coup, vous devez vous demander ce que je fais ici : aider les autres, n'est-ce pas en contradiction totale avec ce que je viens de dire ? Mais il n'y a rien de paradoxal là-dedans. La réponse est très simple. Je suis heureux ici. Si ce n'était pas le cas, vous pouvez être certain que je ne serais pas là !

Il demeura silencieux un moment. Et comme Shamus ne disait rien, le prêtre reprit la parole en paraissant changer de sujet :

– Vous vous rappelez ce que je vous ai dit au sujet de Ganice ? Elle est jeune. Elle est aussi pure et innocente qu'une fleur à peine éclose. Mais elle est aussi marquée à jamais par ce que lui a fait subir son père. Ici, elle a pu guérir de ses blessures. Elle a trouvé la paix que symbolise son habit. Elle a réussi ce qu'il y a de plus difficile pour une personne dans sa situation : se relever, se reconstruire et se développer spirituellement... Je vous parle en toute franchise, Shamus. Vous et moi n'avons aucune raison de nous mentir. Je vous ai bien observé. Et j'ai vu les yeux de Ganice lorsque nous avons parlé de vous. Je sais qu'elle pourrait tomber amoureuse et vouloir se marier. En acceptant la possibilité qu'une nonne puisse renoncer à ses vœux par amour, je frôle l'hérésie mais je suis capable de douter de ma conviction. Oui, peut-être n'a-t-elle pas fait le bon choix... Quoi qu'il en soit, j'ai conscience du dilemme qui vous ronge. Je dois vous avouer que si vous ou Ganice me demandiez mon avis, je vous conseillerais de chercher la réponse en vous-mêmes car je ne vois vraiment pas comment je pourrais vous aider. Je ne suis sûr que d'une chose : aucun homme digne de ce nom ne devrait approcher une jeune fille aussi merveilleuse que Ganice sans craindre de troubler sa paix intérieure.

Il marqua une pause et les deux hommes marchèrent en silence sur le sable humide qui scintillait étrangement dans la lumière bleue de la lune. Le père Kirshner prit le bras de Shamus dans un élan de camaraderie affectueuse.

– Sœur Ganice a été très heureuse ici, murmura-t-il comme s'il se parlait à lui-même.

Le jeune homme ne réagit pas et le prêtre lâcha son bras au bout d'un moment.

– Vous partez toujours demain matin ? finit-il par lui demander.

Shamus ne répondit rien puis, brusquement, il se tourna vers le père Kirshner et, l'espace d'un instant, il sentit son regard noir le sonder jusqu'au fond de l'âme.

– Oui, mon Père, dit-il à voix basse, avec la marée.

C'était la première fois qu'il l'appelait « mon Père ».

Le lendemain matin, un peu avant l'aube, Shamus remonta à bord du *Maski*. Tulare s'était réveillé avant lui et avait rassemblé l'équipage sur le pont pour l'accueillir. Le bateau était prêt à lever l'ancre. Déterminé à ne plus penser qu'aux manœuvres, Shamus se précipita dans ses quartiers pour ranger les quelques affaires personnelles qu'il avait rapportées de la mission. Il posa le livre qu'il tenait dans sa main sur la table et, dans la lumière blafarde du petit matin, écarquilla les yeux en voyant le vase en porcelaine de Saxe rempli de fleurs de citronnier et d'hibiscus. Était-il à nouveau le jouet d'hallucinations ? Il tendit le bras pour le toucher.

– Je pensais t'avoir dit de le rendre à la *Tauberina* ! cria-t-il à Tulare.

Ce dernier se raidit en détectant une note d'irritation dans la voix du capitaine.

– Je fais comme tu dis : je jette les fleurs, je lave le vase et je dis à la jeune Tauberina que tu n'oublies jamais ce qu'elle fait pour toi. La jeune Tauberina ne répond rien. Mais ses yeux disent : garde ! Mais je m'en vais et je laisse le vase. Hier soir, pendant que tu manges, elle revient avec le vase plein de fleurs. Elle monte à bord et pose le vase là. Elle dit : « Attache bien, Tulare, pour qu'il ne parte pas. » Et moi, j'attache. Tu vois ?

Il montra la base du vase et, malgré la pénombre, Shamus s'aperçut que son maître d'équipage l'avait fermement fixé aux lattes de la table pour qu'il ne tombe pas lorsque le bateau serait toutes voiles dehors. Le soleil ne s'était toujours pas levé, et il s'en félicitait. Il n'aurait pas voulu que Tulare le vît pleurer.

Comme prévu, le *Maski* profita de la marée pour se frayer un chemin à travers le dédale des chenaux qui menaient à la haute mer. Shamus ne put s'empêcher de scruter le rivage frangé de palmiers à l'aide de sa longue-vue.

La petite colonie s'était déjà mise au travail. Des buffles d'eau tiraient leurs charrettes remplies de noix de coco ; des Canaques s'activaient dans la plantation, les uns au pied des arbres, les autres du côté des bacs où séchait le précieux coprah. Tout se passait exactement comme chaque matin dans la mission.

Le père Kirshner n'était pas visible mais à l'extérieur de la petite chapelle au toit de palmes, il vit deux fines silhouettes qui regardaient dans la direction du bateau.

Dans la pâle lumière de l'aube, les coiffes blanches des nonnes avaient un étrange éclat. Il pouvait presque discerner leurs visages. Impulsivement il leva le bras pour leur dire au revoir. L'une des nonnes sursauta avant d'agiter la main en signe d'adieu. C'était Ganice.

# CHAPITRE 6

CEUX QUI connaissent Rabaul ont plus d'une épithète pour qualifier cet endroit où règne une chaleur étouffante, mais aucune ne saurait être qualifiée d'élogieuse. Le port, tout comme la ville, cache plus d'un squelette dans son placard ou, pour être plus précis, dans ses eaux hérissées d'écueils. Des squelettes au sens le plus littéral du terme, car c'est là que Bully Hayes, le sinistre trafiquant d'esclaves, atteignit le nadir de la bestialité. D'après la légende, voyant qu'une frégate du gouvernement australien le gagnait de vitesse, il fit attacher les esclaves qu'il transportait à la chaîne de l'ancre et ordonna qu'on les jette à la mer. Les malheureux coulèrent au fond de la baie. Le capitaine Hayes attendit calmement que la frégate le rattrape et s'écria avec une feinte indignation : « Quels Canaques ? Vous voulez fouiller mon navire ? Mais faites donc, je vous en prie ! »

À chaque fois qu'il entrait dans ce port, Shamus repensait systématiquement à sa sombre réputation. Mais ce jour-là, il en était encore plus conscient que d'habitude car elle symbolisait ce qu'il était décidé à abandonner et, par contraste, renforçait le souvenir de l'exquise beauté et de la noblesse de celle qu'il avait eu à peine le temps de connaître. Depuis son départ de la mission du père Kirshner, il n'avait cessé de songer à elle et, curieusement, la puissance de ses sentiments l'avait aidé à résoudre le dilemme qui le rongeait. Comprenant qu'il ne pourrait jamais jouir de sa douce et réconfortante présence, il s'était mis à éprouver une profonde nostalgie pour le pays de son enfance. S'il demeurait dans les mers du Sud, il essaierait par tous les moyens de satisfaire son désir – peu lui importeraient les vœux prononcés par Ganice ou sa loyauté envers le père Kirshner. Mais s'il revenait en Angleterre et recommençait sa vie d'une manière honorable, il se montrerait digne de la confiance de la jeune fille et parviendrait à trouver une forme de paix intérieure. Car son attirance pour elle tenait en partie à son besoin de fuir la sauvagerie, non pas des indigènes comme Anitok, mais des héritiers de Bully Hayes.

Une fois débarqué, Shamus se rendit immédiatement à l'hôtel d'Ah Chee dans le quartier chinois. C'était là qu'il avait choisi de passer la nuit pour se réadapter à la terre ferme. Le lendemain matin, il irait annoncer sa décision à Burns Philp & Co et s'occuperait des préparatifs de son retour en Angleterre. Mais, pour l'heure, il projetait juste de se détendre et de ne plus penser à rien.

L'hôtel Ah Chee ne payait pas de mine mais il était relativement propre et, en ce temps-là, une véritable institution. Depuis la découverte d'or dans la région, le rebut de l'humanité, accouru des quatre coins du monde, semblait s'y être donné rendez-vous. C'était une grosse bâtisse en bois de forme carrée avec un énorme toit rouge.

Au fond d'un vaste hall aux murs blanchis à la chaux se trouvait le cœur et le centre nerveux de l'hôtel – son bar. Là, il était impossible de ne pas croiser les autres clients : planteurs, prospecteurs, voleurs, mineurs, recruteurs et autres coureurs d'aventures. Les bons à rien constituaient une part non négligeable des habitués – des individus qui se distinguaient généralement par un port altier et des manières hautaines...

Si vous ne vous faisiez pas des connaissances au rez-de-chaussée, vous aviez toutes les chances d'y parvenir à l'étage car les chambres se réduisaient à de simples box séparés par des calicots rouges : il suffisait de tendre le cou pour prendre des nouvelles de son voisin. Ajoutez à cela qu'il n'y avait pas de portes et vous comprendrez que les relations humaines y mûrissaient aussi vite que des fruits tropicaux.

Dans cette maison de fous, il n'y avait jamais moins de six phonographes pour jouer simultanément des airs différents et ce tintamarre indescriptible auquel se mêlaient les rires et les vociférations d'une clientèle peu recommandable, les tintements des verres et des bouteilles et les aboiements de chiens qui se battaient toutes les cinq minutes, se prolongeait jusqu'au petit matin. L'atmosphère générale évoquait le tumulte des saloons du Yukon à l'époque de la ruée vers l'or – transplanté sous les tropiques.

Pour récupérer un lit, il était inutile de remplir un registre : il suffisait de monter à l'étage et de s'installer dans le premier box libre. De toute façon on finissait toujours par rencontrer le propriétaire au bar.

Shamus entra dans l'hôtel en balançant sa canne avec l'air plein d'autorité d'un vieil amiral de la Marine royale. La scène était d'autant plus comique qu'il était suivi à une distance respectable par Giuna, un petit Canaque solidement charpenté, tout en muscles, avec une épaisse tignasse emprisonnée dans une sorte de résille. Il l'avait choisi comme garçon de cabine et c'était donc à lui que revenait le privilège de porter son sac de voyage. En arrivant à l'étage, Shamus remarqua un détail inhabituel : un rideau tiré devant l'ouverture d'un box. Surpris, le jeune homme s'arrêta en se demandant quel innocent avait cru se préserver un peu d'intimité en agissant de la sorte. Il ne put s'empêcher d'écarter le rideau pour jeter un œil à l'intérieur. Il reçut aussitôt le contenu d'un seau d'eau sur la tête.

– Je savais que je finirais par t'avoir, sale petit fouineur ! s'écria une voix furieuse. Et le prochain qui essaie d'entrer, je lui fracasse le crâne avec le seau !

– Je vous demande pardon ! s'excusa Shamus, tout déconcerté.

Puis il s'essuya le visage avec le revers de sa manche.

– C'est ça ! Fiche le camp !

Lorsqu'il rouvrit les yeux, il découvrit avec stupéfaction qu'une très belle jeune femme blanche se tenait devant lui et qu'elle était nue à l'exception d'une serviette qui ne cachait pas grand-chose de sa sculpturale anatomie. Elle le fusillait de son regard bleu-vert, le sourcil gauche arqué, l'œil droit plissé d'une manière menaçante. Soudain la masse de cheveux blonds épinglée sur sa tête tomba en cascade sur son visage. Elle les rabattit en arrière d'un geste rageur – et rattrapa de justesse la serviette qui était en train de glisser. Comme cela arrive souvent dans les moments de tension extrême, Shamus fixa son attention sur un détail insignifiant, un petit grain de beauté au-dessus du sein gauche de la jeune femme.

– Du vent ! hurla-t-elle en tapant du pied. Fiche le camp !

Shamus obéit. Tout à la fois perplexe et sidéré, il battit en retraite sans prendre garde à Giuna et le bouscula involontairement. Puis il redescendit l'escalier en laissant des traces humides derrière lui. Il essaya bien d'éviter le bar mais il fut vite repéré et une bordée de quolibets accompagna sa sortie : « Et alors, numéro trois ? Jusqu'où t'es allé, mon pote ? » Toujours dégoulinant, il se fit ramener en canot sur le *Maski*. Mais, arrivé à une cinquantaine de mètres du schooner, il décida de regagner le bord à la nage pour ne pas avoir à expliquer à l'équipage pourquoi ses vêtements étaient trempés.

La chaleur de la nuit ne lui avait pas coupé l'appétit et il ordonna qu'on lui servît son dîner – des saucisses en boîte, une patate cuite au four et une bouteille de bière allemande – dans ses quartiers, sur la plage arrière. Avant de quitter le bateau, en milieu de journée, il avait ressorti le vase en porcelaine de Saxe (qu'il avait soigneusement empaqueté pendant le voyage) et avait projeté de rapporter des fleurs le lendemain matin. Mais, dans sa retraite précipitée, il avait tout oublié de son projet. Et à présent ce magnifique symbole de la beauté idéale semblait bouder dans son coin.

Lorsque le steward vint lui apporter son repas, Shamus remarqua une expression inhabituelle sur son visage. De toute évidence, Giuna avait raconté l'incident de l'hôtel aux autres Canaques – en l'enrichissant de détails de son cru, à n'en pas douter, songea le capitaine en fronçant les sourcils. Puis, tout en dévorant ses saucisses et sa pomme de terre, il fixa le vase vide, l'esprit agité par des pensées contradictoires.

Comme il l'a été dit plus tôt, la femme blanche était extrêmement rare en Polynésie, même habillée. Et voilà que Shamus en avait rencontré deux en quelques semaines ! Cela lui faisait doublement réaliser la vacuité de sa vie et l'étendue de ses frustrations. Lorsqu'il avait écarté le rideau à l'hôtel, il était en train de songer à Ganice et la vue de cette femme nue sortant de son bain s'était imposée à lui comme l'apparition incongrue d'une déesse dans un cagibi. En toute honnêteté, il lui fallait admettre que l'inconnue était aussi séduisante que la nonne même si elle ne suscitait pas en lui les mêmes émotions. Sa beauté ne l'avait pas rempli d'un sentiment de bien-être. Tout au contraire, elle avait excité ses sens et réveillé en lui un instinct prédateur.

Il n'avait que partiellement saisi ce qu'elle avait dit ; elle parlait avec un fort accent américain auquel il n'était pas accoutumé et la plupart de ses paroles lui avaient semblé prononcées dans une langue étrangère. Mais sur le fond comme sur la forme, elle avait su se faire comprendre. Une femme blanche, une femme qui était probablement habituée à un style de vie élégant et raffiné. Pourtant son tempérament paraissait aussi sauvage et tempétueux que celui d'une fille des mers du Sud. Elle lui avait donné l'impression d'être le contraire de Ganice. Toutefois il savait que si la nonne n'avait pas occupé en permanence ses pensées, cette vision flamboyante, ce rêve de femme du monde perdue sous les tropiques, aurait troublé la tranquillité de son esprit.

Comment diable s'était-elle retrouvée dans un hôtel aussi peu fréquentable que l'hôtel d'Ah Chee ? Et que faisait-elle en Nouvelle-Guinée ?... Elle n'avait rien de l'épouse livide d'un planteur local. Elle était trop jeune et trop débordante d'énergie pour avoir longtemps vécu dans ce pays qui minait la santé et sapait le moral des Occidentaux. Comment devrait-il réagir s'il la recroisait – éventualité gênante mais probable dans une ville aussi petite que Rabaul ? Et que devrait-il dire ? « Quelle heureuse surprise ! Comment allez-vous, chère Madame ?... »

À cheval sur les usages et le savoir-vivre, Shamus décida de lui envoyer une lettre d'excuses. Il s'installa sous la tente de la plage arrière et se mit à écrire avec précaution.

*Madame,*

*Je vous assure que je n'avais pas idée, lorsque j'ai violé votre intimité aujourd'hui, que votre chambre était occupée – encore moins par une dame. Je vous prie humblement d'accepter mes plus sincères excuses,*

*Votre serviteur obéissant,*

*Shamus O'Thames,*
*Capitaine du* Maski

Mais un problème se posait : comment reconnaîtrait-elle l'auteur de la lettre parmi tous ceux qui l'avaient surprise dans son bain ? Il ajouta une note explicative au-dessous de la signature : *(Je suis celui qui est passé juste avant celui que vous avez assommé avec le seau.)*

En se relisant, il ne fut pas convaincu par le résultat final. Néanmoins il scella la missive avec de la cire rouge et chargea Tulare de se rendre à l'hôtel d'Ah Shee et de la remettre en mains propres à sa destinataire.

Il lui demanda aussi de rapporter des fleurs pour le vase en porcelaine de Saxe. Puis il se déshabilla, s'enveloppa dans son *lava-lava* en coton imprimé et se coucha sur sa paillasse. Pour penser à autre chose, il se plongea dans la lecture de l'*Histoire de la conquête du Mexique* de Prescott [1].

Le lendemain matin, Shamus se leva de bonne heure. Le temps était gris et humide mais en s'asseyant à la table du petit déjeuner, le capitaine du *Maski* s'aperçut avec un mélange de joie et de nostalgie que Tulare avait rempli la deuxième partie de sa mission. Pendant qu'il dormait, au cours de la nuit, le maître d'équipage était venu mettre des fleurs dans le vase. Alliant le tact à la débrouillardise, il s'était même arrangé pour trouver des fleurs de citronnier et d'hibiscus. La jeune femme de l'hôtel fut oubliée sur-le-champ et Ganice reprit toute sa place dans son cœur et son esprit. Mais il ne tarda pas à s'apitoyer sur son sort en songeant qu'ils seraient bientôt séparés par plusieurs océans. Il rassembla les papiers du bateau et se présenta dans les bureaux de Burn Philp & Co, ses agents et principaux créanciers.

En informant M. Gibson, le représentant de la compagnie, des déboires du *Maski*, il ne lui apprit rien qu'il ne sût déjà. Shamus reconnut que sa dernière expédition s'était soldée par un lamentable échec financier.

M. Gibson l'écouta en tapotant son bureau de ses doigts noueux.

1. William H. Prescott (1796-1859) est considéré comme le premier « historien scientifique » américain. On lui doit une *Histoire de la conquête du Mexique* en trois volumes (1843) et une *Histoire de la conquête du Pérou* en deux volumes (1847).

– Vous avez eu de la chance d'en réchapper, dit-il avec un sourire figé, pour lui montrer qu'il n'ignorait pas qu'il avait failli mourir de la fièvre noire.

Mais, à en juger par son air méprisant, il était évident qu'il aurait préféré que le jeune homme eût plus de chance dans les affaires et notamment dans le recrutement de main-d'œuvre pour les mines d'or. Car les travailleurs indigènes se négociaient à un taux si élevé que leur trafic était devenu un commerce extrêmement lucratif. Pourquoi ne sauterait-il pas sur l'occasion ? La compagnie lui ferait crédit et lui fournirait tous les vivres et l'équipement dont il aurait besoin.

Shamus ne l'écoutait que d'une oreille. Il se revoyait en compagnie du père Kirshner, marchant sur cette plage perdue du nord de la Nouvelle-Guinée, et le brave prêtre lui disant : « J'ai vu les Blancs à l'œuvre... et tous ces malheureux emmenés comme des esclaves dans les régions aurifères, obligés de travailler à des altitudes auxquelles ils ne sont pas habitués, par des températures glaciales... Ils tombaient comme des mouches, les uns après les autres... » Non, pensa-t-il, même s'il n'avait pas encore fermement décidé de retourner en Angleterre, il était sûr qu'après avoir frôlé la mort et côtoyé un homme aussi éclairé que le père Kirshner, il ne se mêlerait plus jamais de cet infâme négoce. Il secoua la tête.

– Non merci, monsieur Gibson. Je n'ai rien contre le recrutement de main-d'œuvre – mais pas pour les mines d'or. Dans les montagnes au-dessus de Morobe, les Canaques et les Papous meurent tous de pneumonie. Je ne tiens plus à endosser la responsabilité d'expédier des hommes là-haut.

M. Gibson voulut protester mais Shamus continua.

– Vous n'avez jamais été en contact direct avec les indigènes qui s'échinent dans les mines d'or. Moi oui. À mon sens, c'est ce qui se rapproche le plus d'un meurtre légal. D'ailleurs, ajouta-t-il d'un ton détaché, la question ne se pose pas vu que j'ai l'intention de vendre le *Maski*.

M. Gibson rattrapa son lorgnon juste à temps. C'était un grand échalas tout en os et en peau, avec la tête d'un chameau surmené, qui suait à grosses gouttes. Les joues creuses et le teint grisâtre, il occupait une large partie de ses journées à replacer ce lorgnon qui, mal ajusté, ne cessait de glisser sur l'arête de son interminable nez.

– Vraiment ? dit-il en fixant Shamus droit dans les yeux.

Puis il se renfonça dans son fauteuil, joignit les mains et esquissa un sourire désabusé comme s'il venait de trouver une oasis asséchée après une longue traversée du désert.

Intérieurement, il n'en revenait pas. Quel toupet ! Voilà un jeune homme qui devait tant à Burns Philp & Co que même s'il parvenait à vendre le schooner, il n'en tirerait probablement pas le moindre bénéfice. Et cet insolent avait l'audace de dénoncer les conditions de travail scandaleuses des recrues dans les champs aurifères.

– Il ne vous restera pas grand-chose, vous savez, lui fit-il observer avec un rictus ironique.

– Je suppose que non, concéda Shamus, mais ça ne fait rien. J'ai décidé de quitter le pays.

– Quitter le pays ! répéta M. Gibson dont le lorgnon glissa jusqu'au bout du nez.

Il vivait depuis si longtemps en Nouvelle-Guinée qu'il n'arrivait pas à comprendre que l'on puisse vouloir en partir. Shamus ne l'aurait pas plus étonné s'il s'était brusquement envolé sur un tapis magique.

– Tiens, tiens, murmura-t-il en fronçant légèrement les sourcils, et où comptez-vous aller ?

Un bref silence suivit et, à l'instant précis où Shamus allait répondre, le téléphone sonna.

– Un instant, O'Thames, s'excusa M. Gibson en décrochant. Allô ? Oui. Ah, bonjour, bonjour, M. Swartz. Votre appel tombe à pic. Oui. Oui, en effet. Vous vous souvenez du bateau dont je vous ai parlé ? Il est arrivé hier et le capitaine se trouve dans mon bureau en ce moment même. Oui, excellente idée. Je vous en prie, M. Swartz, j'allais justement lui en parler. Oui, parfait. Je vous en prie. Au revoir.

Avec un sourire cadavérique, il raccrocha et se mit à se frotter le bout du nez.

– Ça alors, dit-il, vous avez une drôle de chance, vous. Cet homme, Swartz... C'est un Américain qui me harcèle pour que je lui affrète un bon bateau. Il est prêt à payer un prix exorbitant. Comme je viens de le dire, c'est un Américain – il est donc très riche. Il va passer dans un instant. Je comptais sur vous pour effectuer une mission de recrutement et j'avais d'autres projets pour M. Swartz. Mais puisque vous faites le délicat – bon, je lui ai parlé de vous et du *Maski* et il s'est montré intéressé. C'est une opportunité à saisir, vous comprenez ?

Shamus ne connaissait aucun Américain et, l'espace d'un instant, il se demanda si le ton obséquieux de M. Gibson était dû à la fortune de ce Swartz ou à sa nationalité. Quoi qu'il en fût, il se moquait de l'une comme de l'autre.

– En quoi cela me concerne-t-il puisque je vends le *Maski* ? À moins qu'il ne veuille acheter le schooner... Où veut-il aller ?

– Je ne suis pas très sûr, répondit M. Gibson en haussant les sourcils. Mais où qu'il aille, il est pressé. Naturellement je n'ai encore jamais rencontré d'Américains qui ne le soient pas... En tout état de cause, il recherche un capitaine digne de confiance avec un bon bateau. Je pense... (Son front se barra d'un pli soucieux et, après une courte pause, il regarda le jeune homme d'un air gêné.) En fait, je... euh... j'ai cru comprendre qu'il voulait photographier des chasseurs de têtes.

– Photographier des chasseurs de têtes ? répéta Shamus qui n'aurait pas été plus surpris si M. Gibson avait parlé de photographier des grenouilles en train de se lisser le plumage. Que je sois damné ! Mais pour quelle raison ?

– Ah, la raison, bien sûr..., soupira M. Gibson avec une expression dubitative, comme si la vie n'avait plus beaucoup de secrets pour lui. C'est un expert en cinéma... un truc dans le genre... et il lui faut un décor naturel pour quelque chose... Ah, il m'a dit quoi mais j'ai oublié ! Enfin, peu importe...

D'un geste irrité, il balaya une punaise de coprah qui se promenait sur son bureau.

– Bah, vous savez, les Américains..., marmonna-t-il pour abréger son explication, des gens bizarres...

– Il aurait dû m'accompagner lors de mon dernier voyage, dit Shamus en souriant d'un air désolé, il aurait vu un tas de chasseurs de têtes. Je n'ai toujours pas compris comment j'ai réussi à m'en tirer.

– Oui, vous avez eu beaucoup de chance, approuva M. Gibson. Mais il y a juste un léger problème...

Il s'interrompit brusquement et le capitaine du *Maski*, déjà peu enclin à accepter la proposition, réalisa que le pire était à venir.

– Oui ?

– Euh... ce n'est pas vraiment un problème, plutôt un désagrément. Voyez-vous, cet homme insiste pour remonter le fleuve Sepik.

Il regretta aussitôt déjà d'avoir mentionné ce détail car si quelque chose pouvait renforcer la détermination du jeune homme à refuser l'offre, c'était bien la perspective de s'aventurer dans l'une des régions les plus inhospitalières de Nouvelle-Guinée. Mais contre toute attente, le visage de Shamus exprima brièvement un mélange d'impatience et d'excitation avant de retrouver son impassibilité coutumière. M. Gibson sentit confusément qu'il avait marqué un point dans la négociation.

En fait, sa connaissance du littoral de la Nouvelle-Guinée avait amené le capitaine du *Maski* à une conclusion inévitable. L'embouchure du Sepik se situait à proximité de la mission du père Kirshner et de Ganice. C'était donc là qu'il faudrait mouiller pour s'approvisionner ou effectuer des réparations sur le bateau. Cela pourrait prendre un jour, une nuit... ou une semaine. Mais il préféra ne plus y penser. Il avait déjà pris sa décision. C'était une bonne décision, la plus juste, la seule possible pour lui. Il n'avait pas le choix.

M. Gibson ne savait plus quel argument utiliser pour convaincre Shamus.

– J'ai tout fait pour le dissuader, continua-t-il. Je lui ai expliqué que c'était un coin malsain où l'on attrapait toutes sortes de fièvres et que les tribus locales faisaient partie des plus féroces de Nouvelle-Guinée. Mais il a paru ravi de l'apprendre. Je ne me souviens plus de ses termes exacts… Quelque chose de très singulier… Bon sang, j'aimerais pouvoir me rappeler… Bah, de toute manière, le plus important…

Le visage de Shamus se contracta. Ce n'était pas seulement Gibson qu'il devait persuader de l'absurdité de ce voyage, mais aussi lui-même – ou il sauterait sur l'occasion de rejoindre Ganice avec l'empressement d'un collégien amoureux pour la première fois.

– Lui avez-vous dit que les explorateurs de la région l'ont surnommée le « Septique » ? lâcha Shamus avant de secouer la tête. Merci quand même. Si je devais repartir, ce serait le dernier endroit où j'irais. J'ai déjà failli y laisser ma peau, si vous vous rappelez bien…

M. Gibson se redressa dans son fauteuil et fit une curieuse grimace : il fronça son long museau de chameau et sa lèvre supérieure se retroussa en découvrant ses dents de devant. Shamus le dévisagea, fasciné. L'homme semblait sur le point de blatérer. Puis, d'une manière particulièrement insolite, il émit un son pareil au sifflement du vent dans un bambou. M. Gibson riait.

– Je viens juste de me rappeler les paroles de ce Swartz, déclara-t-il d'une voix flûtée. Il a dit : « C'est exactement les lascars qu'il me faut ! » Il voulait parler des chasseurs de têtes. C'est bien ça – ça faisait des heures que je cherchais. *Les lascars* ! Bizarres, ces Américains, non ?

Puis il regarda Shamus pour s'assurer que la bizarrerie en question ne lui avait pas échappé.

– Quoi qu'il en soit, enchaîna M. Gibson tandis que son nez et sa lèvre supérieure reprenaient leur place habituelle, il est prêt à payer vingt-cinq livres par jour – sans compter les provisions et le carburant, naturellement. Comme ce voyage devrait prendre deux bons mois, vous imaginez le profit que vous pourriez en tirer.

– Je suppose que oui, répliqua Shamus. Mais je vous le répète : je ne suis pas intéressé. Il n'y a rien à faire. Je vends le *Maski*.

En dehors d'un haussement de sourcil, M. Gibson ne manifesta aucune réaction.

– Si je ne m'abuse, vous nous devez pas loin de mille livres, déclara-t-il d'un ton glacial. Ce n'est pas que je veuille vous influencer, mais je tiens juste à souligner le fait qu'une telle opération vous remettrait en selle sur le plan financier. Et puis vous n'êtes pas obligé de remonter jusqu'à la source du Sepik... D'ailleurs, ajouta-t-il à mi-voix, pourquoi devriez-vous explorer ce fleuve en particulier ? Ne se ressemblent-ils pas tous ? Surtout quand on ne les a jamais vus ! Quant aux indigènes, il n'y a pas de grandes différences d'une tribu à une autre. Cet étranger serait bien en peine de les relever. Au fond, vous pourriez choisir un cours d'eau moins dangereux...

Soudain M. Gibson tourna la tête en entendant du bruit dans le couloir. Puis il se hâta d'aller ouvrir la porte.

– Ah, M. Swartz ! s'exclama-t-il en tendant la main au visiteur. Quel plaisir de vous recevoir ! Entrez, je vous prie...

Quelles qu'eussent été les idées de Shamus sur les Américains, il ne s'attendait certainement pas à rencontrer un spécimen de ce genre ! Il s'agissait d'un petit homme bedonnant et essoufflé qui essuyait ses lunettes de soleil avec un mouchoir à pois rouges. Il portait un short kaki trop grand pour lui qui flottait comme une jupe par-dessus ses genoux. Son ample chemise était presque entièrement recouverte par toute une batterie d'étuis en cuir renfermant des caméras portatives et des appareils photographiques. Comme la chemise était de la même couleur que le short, il était difficile de savoir où finissait l'une, où commençait l'autre et quelle était la technique employée par cet olibrius pour mettre un pied devant l'autre. Il était coiffé d'un casque colonial du modèle porté par les Anglais pour chasser le tigre. Il avait un visage jovial et l'expression rieuse de ses gros yeux marron attirait immédiatement la sympathie.

– Salut, les gars ! lança-t-il aux employés du bureau.

Puis il se dirigea droit vers Shamus qu'il choqua presque autant en lui tapant sur l'épaule qu'en l'abordant sans lui avoir été présenté.

– Alors, c'est vous, hein ? Super. J'ai entendu parler de vous. Suis sacrément content que vous acceptiez de nous emmener là-bas.

Il avait un débit rapide et ne prononçait pas la fin de ses phrases.

– Capitaine O'Thames... M. Swartz, dit M. Gibson.

Shamus s'apprêtait à s'incliner avec une solennité toute britannique mais M. Swartz ne lui en laissa pas le temps : il lui saisit la main et la secoua énergiquement.

– Capitaine, je suis ravi de vous rencontrer ! glapit-il avec un enthousiasme communicatif.

Le jeune homme se figea sur place.

– Merci, monsieur, répondit-il avec gravité. Mais je tiens à vous avertir que je ne vais vous emmener nulle part.

L'extrême froideur de son accueil en aurait désarçonné plus d'un, mais M. Swartz ne sembla pas affecté le moins du monde.

– Allons, Cap' ! s'exclama-t-il avec un large sourire. Vous n'allez pas me faire avaler ça ! M. Gibson m'a affranchi sur votre cas. Je sais que vous êtes un grand timide et que vous avez parfois besoin d'être encouragé...

Shamus jeta un regard noir à M. Gibson mais ce dernier, qui triait des papiers sur son bureau, fit mine de ne pas s'en apercevoir.

– D'après ce qu'il m'a raconté, continua l'Américain, vous êtes l'homme qu'il me faut et le *Maski*, le bateau que je cherche. Et je paie bien, vous savez... Donc, tout ce qu'il vous reste à faire, c'est de considérer que vous avez été suffisamment encouragé et de passer un accord avec moi. Dans combien de temps pensez-vous pouvoir appareiller ?

L'assurance de ce petit fanfaron était incroyable. Shamus aurait dû le détester mais, curieusement, il le trouvait attachant. Sa bonhomie, son dynamisme et son optimisme balayèrent les doutes qui le rongeaient depuis sa première rencontre avec Ganice. Cet inconnu semblait lui suggérer de ne pas prendre la vie trop au sérieux. Après tout, n'y avait-il pas du vrai là-dedans ? Pourquoi devait-il s'en aller le plus vite possible ? Pourquoi ne s'attarderait-il pas encore un peu ? Cela lui donnerait l'occasion de revoir la nonne, d'entendre sa voix et peut-être même de lui tenir la main avant de repartir en Angleterre. Il aurait alors toute sa vie pour chérir ces merveilleux souvenirs. Néanmoins il convenait de rester prudent, de s'accorder un délai de réflexion, de ne pas se laisser entraîner par cet Américain débordant de vitalité.

– Voyez-vous, monsieur...

– Oh, pas de formalités entre nous, hein ? le coupa M. Swartz. Appelez-moi Doc. Moi, je suis prêt à embarquer. Ça ne dépend plus que de vous, Cap'. Si c'est OK pour vous, on peut même lever l'ancre aujourd'hui. OK ?

Shamus regarda M. Gibson, toujours plongé dans sa paperasse.

– Je viens juste de jeter un coup d'œil sur votre compte, capitaine, marmonna ce dernier. Votre dette est un peu plus importante que je ne le pensais...

– Ah bon ?

– Oui, et par ailleurs je crois devoir vous signaler que même si vous vendez le *Maski*, cette opération nécessitera un certain temps. Nous pourrions trouver un acheteur pendant votre absence... En attendant, je dois vous informer que vous êtes en retard dans vos paiements...

– Je vois, répliqua Shamus en se tournant vers le petit Américain. Je vais réfléchir à votre proposition, M. Swartz... Mais si j'accepte, il y aura un certain nombre de problèmes à régler. Il nous faudra obtenir une autorisation spéciale du gouverneur, sir Charles Autrey – les Papous et les Pygmées du fleuve Sepik sont les plus agressifs de Nouvelle-Guinée, c'est pourquoi toute la région est classée « territoire incontrôlé ».

– Ne vous en faites pas pour ça, dit M. Swartz en tapotant une de ses poches. J'ai déjà l'autorisation. Sir Charles est un pote, il m'a rédigé une petite bafouille.

– Ah ? s'étonna Shamus. Sinon nous ne récupérerons pas le permis de sortie avant plusieurs jours. Le capitaine du port...

– Le capitaine du port ? Ne vous en faites *plus* pour ça. Il m'a écrit un petit mot. C'est aussi un pote. Nous pouvons quitter Rabaul en moins d'une heure. Y a-t-il autre chose pour votre service ?

– Oui. Nous aurons besoin de provisions et de carburant…

– Ne vous en faites pas *non plus* pour ça ! Je me suis déjà occupé de tout. Huit grosses caisses contrôlées par les douanes et prêtes à l'embarquement. Je peux les faire entreposer sur le quai en deux temps trois mouvements. Alors, Cap', on dit demain matin ?

Shamus le considéra avec une certaine irritation. Combien d'autres autorisations cachait-il dans ses poches ?

– Impossible, grommela-t-il.

La cordialité de M. Swartz n'était pas déplaisante en soi mais le jeune homme n'aimait pas être mis au pied du mur.

Cependant l'Américain était prêt à se montrer raisonnable. Puisque le capitaine ne voulait pas être bousculé, rien ne l'empêchait de prendre son temps…

– Demain après-midi ? proposa-t-il.

– Hors de question, rétorqua Shamus. J'ai besoin de plusieurs jours pour radouber.

Puis, fixant M. Swartz droit dans les yeux, il ajouta :

– Je vous ferai savoir quand je serai prêt à appareiller… si je pars.

Puis il se leva de son fauteuil, aussitôt imité par M. Gibson.

– Bon ! Ce n'est plus qu'une question de temps, alors ! s'exclama ce dernier, soulagé d'avoir réglé son principal problème. Autrement, tout va pour le mieux !

Et bien sûr, en tant qu'agent du *Maski*, je me chargerai de régler les détails contractuels. Aurez-vous l'amabilité de m'informer de la date et de l'heure de votre départ, que je puisse en avertir M. Swartz ?

Shamus abandonna brusquement la partie. Il était battu et il en avait pleinement conscience. Ce n'était pas l'allusion à sa dette qui l'avait décidé, ni la force de persuasion de M. Swartz, mais son désir de retourner à la mission. Il acquiesça d'un mouvement de tête et M. Gibson sourit d'un air satisfait.

– À présent, messieurs, que diriez-vous d'aller boire un verre chez moi ? Histoire d'arroser ça ! Ma maison n'est qu'à deux minutes d'ici.

– Non merci, Gibson, répondit sèchement M. Swartz. Trop à faire. Les préparatifs du départ et un tas d'autres bricoles...

Après avoir serré la main à M. Gibson, il se tourna vers Shamus et lui adressa un grand sourire.

– Parfait, Capitaine, dit-il d'un ton enjoué en lui tapant sur l'épaule, ce voyage s'annonce sous les meilleurs auspices ! À bientôt !

Puis, l'air affairé, il sortit du bureau en saluant les employés d'un grand geste de la main.

M. Gibson paraissait déçu. Il aimait ramener du monde chez lui pour boire un gin tonic ou deux. Sa femme avait le foie fragile et c'était le seul moyen qu'il connaissait pour l'empêcher de lui adresser la parole.

# CHAPITRE 7

PARTAGÉ entre la déception d'avoir agi stupidement et l'espoir de revoir Ganice, Shamus se retroussa les manches si bien que, le lendemain après-midi, le *Maski* était prêt à appareiller.

Et tandis que le schooner attendait sa cargaison le long du quai, Shamus s'installa sur le bastingage de la plage arrière pour superviser le remplissage des réservoirs d'eau. Il se remémora l'accueil cordial qu'il avait reçu des autorités portuaires dans la matinée. Tout aussi remarquable, la célérité avec laquelle les formalités administratives avaient été accomplies. Les lettres de M. Swartz avaient produit leur effet, se dit-il. C'était étrange... Dans un pays où les bureaucrates rivalisaient de lenteur et d'inefficacité, ses documents de voyage lui avaient été rendus signés et tamponnés en un temps record. Quant à l'Américain, Shamus ne pouvait s'empêcher de penser à lui avec un mélange de curiosité et d'amusement. Il était difficile de résister à cette boule d'énergie même si sa jovialité avait quelque chose d'artificiel et de forcé.

À l'heure du thé, le jeune capitaine du *Maski* repéra une longue file de porteurs sur la route de Matupi. Les Canaques chancelaient sous le poids de leur fardeau suspendu aux deux extrémités de tiges de bambou. Derrière eux suivaient des charrettes débordant de malles et de caisses. Il devait s'agir de son chargement. Si c'était le cas, la besogne s'annonçait plus dure que prévu : il faudrait ouvrir les écoutilles et arrimer tout ce bazar. Il y avait là de quoi fonder une colonie, songea-t-il avec irritation.

Il repéra trois ou quatre silhouettes vêtues de blanc dans la procession. Des passagers, à n'en pas douter. Plus qu'il n'en attendait. Eh bien, ils se débrouilleraient pour trouver un endroit où dormir car il n'avait pas l'intention de céder sa cabine.

Bardé de ses sacoches en cuir, M. Swartz ouvrait la marche. Shamus descendit l'accueillir sur l'embarcadère. Une fois sur le quai, une surprise de taille l'attendait : l'individu en blue jean que cachait en partie le corpulent Américain – et qu'il avait d'abord confondu avec un homme – n'était autre que la jeune femme de l'hôtel. Sous son bras droit, elle portait un sac à main qui ressemblait à une serviette de notaire chinois. Ses cheveux blonds au vent, elle avançait tête haute, pleine d'assurance, comme si elle venait de traverser une tempête et qu'elle s'apprêtait à en affronter une nouvelle deux fois plus forte.

Le premier réflexe de Shamus fut de s'enfuir dans la direction opposée. Pour une raison inexplicable, sans doute un mélange de honte et de surprise, il éprouva le besoin irrépressible de l'éviter. Mais il était déjà trop tard pour s'esquiver car M. Swartz, plus radieux que jamais, venait de lui faire signe.

– Bonjour, capitaine ! lança-t-il en s'épongeant le front. Ah, vous parlez d'une promenade de santé ! Cette chaleur n'est vraiment pas faite pour moi. J'avais prévu d'arriver plus tôt mais ça n'a pas été possible. J'avais un tas de câbles à expédier. Enfin – nous voici prêts à embarquer ! Capitaine, déclara-t-il en tirant la jeune femme par le bras, permettez-moi de vous présenter... Cleo Charnel.

En d'autres circonstances Shamus aurait remarqué l'intonation légèrement théâtrale de M. Swartz, comme si ce dernier avait voulu ajouter : « ... qui n'a évidemment pas besoin d'être présentée », mais il se contenta d'incliner poliment la tête en marmonnant :

– Enchanté, mademoiselle.

– Salut, répondit-elle de manière beaucoup moins formelle.

Puis elle montra du doigt les jambes nues de Shamus en faisant remarquer à la ronde :

– Regardez, il est en short, j'aurais dû mettre le mien.

Elle se dirigea vers le bord du quai, inspira profondément l'air marin et jeta un coup d'œil au *Maski*.

– C'est ça, notre rafiot ? demanda-t-elle, étonnée. Mon dieu !

M. Swartz désigna un grand type en short dont le visage en lame de couteau arborait une expression inquiète. Des poils blancs de la même couleur que ses cheveux raides et ternes lui poussaient autour des genoux.

– Voici Whitey O'Donnel, dit l'Américain.

Shamus salua l'homme qui lui sourit en exhibant une dentition comparable à un clavier de piano défoncé avant de se remettre à compter les bagages.

– ... et celui-là, c'est Jimmy Dodds, mon second caméraman, ajouta M. Swartz en invitant un petit homme roux à se rapprocher.

Puis il se tourna vers le plus discret de ses compagnons, un grand garçon pâle et dégingandé, au cou démesurément long. Sa caractéristique physique la plus marquante était une énorme pomme d'Adam qui rappela à Shamus la photographie d'un boa constrictor après un repas plantureux.

– Et Jodo Wilkins, continua M. Swartz.

L'adolescent portait des lunettes à verres épais et ne devait pas avoir plus de quinze ou seize ans. Mais son regard pénétrant incita Shamus à revoir son âge à la hausse.

– Salut, dit Jodo d'un ton las et légèrement méprisant en fourrant ses mains dans ses poches.

– Vous avez une chambre noire à bord ? demanda sans préambule le dénommé Dodds en donnant un petit coup de coude à Shamus.

Il était petit et débraillé et ses cheveux roux coupés très court se dressaient sur son crâne comme les piquants d'un hérisson. Il souriait en serrant les dents comme s'il venait de remporter un combat de rue.

– Une chambre noire ?

– Oui, pour développer les films, répliqua-t-il sèchement.

Malgré ses efforts, il avait l'air peu accommodant.

– Ah, fit Shamus. La cale devrait faire l'affaire. Il faudra juste vous trouver une sorte de rideau pour vous isoler complètement.

– Formidable, rétorqua l'homme d'une voix grinçante qui contrastait étrangement avec son sourire.

Quelque chose dans l'expression de cet homme poussa Shamus à le dévisager plus attentivement, et soudain il s'aperçut que ses yeux marron clair n'étaient pas coordonnés. L'un bougeait rapidement alors que l'autre semblait le fixer d'un air menaçant. Il est en verre, réalisa le jeune homme en sentant un frisson lui passer dans le dos. Et presque simultanément il se rendit compte que ce qu'il avait pris pour un sourire était une sorte de grimace, une déformation faciale consécutive à un accident. Elle tordait la commissure gauche de sa bouche en une sorte de rictus rageur auquel il était difficile de ne pas réagir. Un peu gêné, Shamus détourna la tête et, sans perdre une seconde, adressa quelques mots de bienvenue à ses passagers.

En écoutant son discours pompeux, délivré avec une solennité exagérée, les auditeurs ne tardèrent pas à échanger des regards étonnés. De nouveau Shamus adoptait l'attitude d'un hidalgo, d'un grand d'Espagne accueillant des hôtes dans son hacienda. Du coup il réussit même à piquer la curiosité de Jodo qui, adossé contre une caisse, le lorgnait du coin de l'œil en se curant le nez.

– Donc, Messieurs, conclut le capitaine du *Maski* avec un ample geste du bras, si vous allez bénéficier d'un confort spartiate sur ce bateau, soyez assurés que tout sera fait pour vous rendre le voyage agréable. Sachez enfin que je suis particulièrement fier et honoré de vous recevoir à mon bord.

Puis il s'inclina et, comme personne ne savait quoi dire, un long silence suivit.

Jodo haussa les épaules et s'écarta en émettant un grognement réprobateur. Shamus, surpris par le malaise de son auditoire et voyant que la jeune fille l'examinait comme une bête curieuse, commença à éprouver un certain trouble. Soudain Cleo fronça les sourcils puis elle se mit à rire de plus en plus fort.

– Mais c'était vous ! lança-t-elle d'un ton désinvolte en le montrant du doigt. Je me disais aussi ! Comment ça va, Charlie ?

– Qui ça ? fit M. Swartz, interloqué. Vous vous connaissez, tous les deux ?

– Si nous nous connaissons ? Un peu, mon neveu ! Il m'a vu dans le costume d'Ève, pas vrai, Charlie ?

Sa voix enjouée se mariait parfaitement à son regard espiègle. Ses intonations mélodieuses évoquaient le vol virevoltant d'une hirondelle ou les arabesques du vent sur une plage, songea Shamus. Cependant il n'était pas d'humeur à se faire ridiculiser et il essaya de jouer les innocents.

– Je vous demande pardon ? grommela-t-il en prenant un air hautain.

La jeune femme s'esclaffa de plus belle. Puis elle arqua un sourcil en se tournant vers les autres.

– Vous voyez où je veux en venir ? s'exclama-t-elle en le désignant d'un geste affecté. Charlie les belles manières. Il n'y en a pas deux comme ça dans la région. On ne dirait pas que c'est un mateur, hein ? Cela dit, votre petit mot était charmant.

Puis, d'un ton plus tendre, elle ajouta :

– C'était bien de vous, n'est-ce pas ? Charmant – on m'a déjà surprise dans le plus simple appareil auparavant mais c'est la première fois que ça me vaut une lettre d'excuses de l'ambassade britannique.

Cette déclaration stupéfiante laissa Shamus sans voix. Et sans le quitter du regard, la jeune femme se remit à froncer les sourcils.

– Mais il rougit, ma parole ! s'écria-t-elle, incrédule. Regardez !

Au grand embarras du capitaine, tout le monde le fixait. Puis Cleo se tourna vers le pont du *Maski*.

– Quelle drôle d'endroit, lâcha-t-elle joyeusement. Bon, allons-y, les enfants ! Je suis curieuse de voir à quoi ressemble mon lit. Et par pitié, *par pitié*, prenez garde à mes bagages. Attendez un instant – donnez-moi ça, c'est mon maquillage ! S'il *lui* arrivait malheur...

Le petit groupe se dispersa et, sidéré, Shamus la regarda arracher la mallette noire des mains d'un porteur canaque et la caresser comme s'il s'agissait d'un bichon maltais.

– J'ignorais que vous aviez déjà rencontré Cleo, dit M. Swartz en s'arrêtant à côté de lui, une valise sous chaque bras.

– La demoiselle ? répondit le capitaine d'un ton neutre. Vous ne pensez pas l'emmener, n'est-ce pas ?

– Cleo ? Bien sûr que si.

– Dans la région du Sepik ?

– Évidemment – pourquoi pas ?

Shamus avala difficilement sa salive et fit un signe de tête vers Jodo.

– Et le gamin aussi ? ajouta-t-il.

En entendant ces mots, l'adolescent, apparemment plongé dans ses réflexions, sursauta comme s'il avait été piqué par un insecte. Il avança vers le capitaine en le défiant du regard.

– J'espère que tu ne parles pas de moi, glapit-il en le touchant avec son index. Écoute-moi bien, Sinbad : j'en ai déjà plus vu que tu n'en verras jamais dans toute ta vie. Rentre-toi bien ça dans le crâne !

– Du calme, Jodo ! le rabroua M. Swartz.

– Oui, intervint Cleo, surveille tes manières, chéri.

Elle souriait à Shamus d'un air à la fois amusé et surpris. Mais le ton humoristique de sa réprimande ne lui avait pas échappé. Il s'éclaircit la gorge et, s'adressant à M. Swartz, déclara d'une voix ferme :

– Je crains que mon bateau ne soit pas équipé pour accueillir une femme.

Tout le monde fut étonné par sa réaction. M. Swartz s'apprêtait à lui répondre, mais la jeune femme le précéda.

– Ne vous inquiétez pas, Charlie, j'ai déjà connu pire, déclara-t-elle en se repoudrant le nez avec une houppe rose.

– Sûr ! Abandonnez Cleo au milieu du désert de Mojave et elle en ressortira avec une caisse de bouteilles de gin, ajouta M. Swartz avec un petit rire nerveux. Ne vous en faites pas pour elle, elle se débrouillera très bien.

Shamus baissa légèrement la tête. Son visage avait repris son expression impassible habituelle.

– Possible, admit-il. Mais je crois que vous n'avez pas saisi ce que je voulais dire... Je ne tiens pas à me sentir responsable pour cette demoiselle. L'inconfort à bord d'un petit bateau peut vite se transformer en épreuve. C'est déjà suffisamment pénible pour les hommes...

– Il n'y a pas de problème, l'interrompit la jeune femme d'un ton détaché. Comme je le dis toujours : « Ce qui est bon pour les garçons l'est aussi pour les filles. »

Puis elle marqua une pause avant d'ajouter :

– Allons, capitaine, ne faites pas le difficile. Je n'ai encore jamais été un boulet pour personne.

Sans chercher à pénétrer la subtilité de cette saillie, Shamus poursuivit son explication.

– De toute évidence, M. Swartz, vous n'avez pas idée de la dureté des conditions de vie sur un schooner de commerce. Je n'ai jamais transporté de passagère. Pour commencer, il n'y a aucune intimité à bord du *Maski*. Cette dame ne pourra même pas faire sa toilette. Correctement, je veux dire... Nos réserves d'eau douce sont limitées...

– Vous ne vous lavez jamais ? demanda-t-elle en gloussant.

– Si, répliqua sèchement Shamus, sur le pont, sous une poche d'eau ou en sautant par-dessus bord.

– Parfait, dit Cleo avec un geste magnanime de la main, j'en ferai autant.

– Vous ne semblez pas non plus réaliser que j'ai un équipage canaque, renchérit le capitaine en se tournant vers M. Swartz. Je pourrais avancer d'autres raisons mais je me contenterai d'une seule : je n'ai pas de cabine pour cette dame.

Il y eut de nouveau un silence prolongé. Puis la jeune femme s'approcha lentement de lui et le fixa droit dans les yeux.

– Qu'est-ce qui vous dit que je ne prendrai pas la

vôtre ? chuchota-t-elle en arquant un sourcil d'un air dédaigneux.

Devant l'absence de réaction de Shamus, Cleo s'éloigna avec un sourire moqueur.

– Whitey ! appela-t-elle d'une voix impérieuse. Sois gentil, occupe-toi de faire monter mes bagages !

Puis, fredonnant un air, elle défia Shamus du regard et s'engagea sur la passerelle.

Malgré lui, il l'observa du coin de l'œil. Sa démarche chaloupée, le balancement cadencé de ses hanches le fascinaient au plus haut point. Elle se déplaçait avec la grâce d'un lis oscillant dans une brise légère. Mais elle était arrogante, têtue et effrontée, jugea-t-il. Et elle était à bord. Et sans doute allait-elle occuper sa cabine, que cela lui plaise ou non.

Un rire sardonique éclata dans son dos. Il se retourna brusquement. C'était le petit Jodo qui le considérait avec mépris. Silencieux, l'adolescent sortit un étui à cigarettes et s'en alluma une sans le quitter des yeux.

Mal à l'aise, Shamus alla inspecter les piles de caisses et de bagages alignées le long du quai. Pendant un bref instant, il songea à tout annuler. La présence de ces passagers sur un si petit navire ne manquerait pas de soulever toutes sortes de problèmes. Surtout celle de cette Cleo Charnel. Il pouvait déjà imaginer les innombrables requêtes qu'elle formulerait à tous propos. Mais il était trop tard à présent. Il s'était engagé.

Il appela son maître d'équipage qui se tenait à quelques mètres de là puis tous deux se dirigèrent vers M. Swartz.

– Je vais commencer le chargement, monsieur. Auriez-vous l'amabilité de m'indiquer les caisses qui devront rester accessibles pendant le voyage ? Voici Tulare, mon maître d'équipage, c'est lui qui va s'occuper de l'arrimage...

– Certainement... J'en serai ravi, répondit l'Américain, soulagé de constater que le problème semblait réglé. Nous n'aurons pas besoin de grand-chose...

– Ah bon ? Si vous avez un brin d'intelligence, vous garderez les bagages de la petite dame à portée de la main, dit une voix râpeuse derrière eux, elle se change dix fois par jour.

– Merci de l'information, se contenta de répondre Shamus en tournant rapidement la tête vers Jodo.

– Oh, un moment, capitaine, murmura M. Swartz en l'attirant à l'écart. Je sais que j'aurais dû vous avertir mais je ne me doutais pas que vous aviez de telles préventions contre les femmes. Mais, vous comprenez, Cleo doit absolument nous accompagner... Et Jodo aussi. Ces sont les acteurs principaux de mon film. Je suis dans un business très particulier – et nous avons à faire des choses très particulières. Il me faut les avoir ensemble dans des décors naturels – palmiers, lagons, parmi les indigènes, etc. C'est la seule raison de notre présence ici. Et je devrai m'arranger pour que les scènes collent avec le scénario : Cleo joue le rôle d'une fille de la bonne société qui a échoué sous les tropiques et Jodo celui de son...

– ... frère.

Shamus et M. Swartz se retournèrent car ils n'avaient pas remarqué que l'adolescent les avait suivis. Il se tenait juste derrière eux, les mains dans les poches, la cigarette au coin des lèvres.

– Dans le scénario original, j'étais censé être son fils, lâcha-t-il avec un rire bref. Mais on a arrangé ça. Maintenant je suis son petit frère. Ah, les femmes !...

Il prit un air énigmatique et s'éloigna en traînant les pieds sous le regard consterné de M. Swartz.

– Ce garçon empire chaque jour, soupira-t-il. Vous savez ce que je crois, Cap' ? Contrairement à l'idée reçue, on naît cabotin mais on devient acteur.

Son aphorisme sembla lui plaire et il ajouta en pouffant :

– Quoi qu'il en soit, comme je vous le disais, vu que j'ai loué le bateau, j'ai pensé que...

– Bien sûr, le coupa Shamus, sensible à la sincérité du petit homme, vous avez le droit d'inviter qui vous voulez. C'est juste que je ne suis pas habitué à ce genre de fret. Mais puisque vous avez pris vos dispositions, n'en parlons plus. La demoiselle aura ma cabine.

Et comme il s'éloignait pour surveiller le chargement, il entendit une voix moqueuse chantonner dans son dos : « *Ohé, Ohé, matelot, matelot joli navire sur les flots !...* »

La nuit tomba sans crier gare car le soleil se couche rapidement sous ces latitudes. Les lumières du bateau semblaient danser sur les eaux du port. Une fois la dernière caisse arrimée dans la cale, Shamus libéra les porteurs canaques venus de Rabaul. Fatigué et trempé de sueur, il décida d'aller piquer une tête dans l'océan. Il commençait à peine à se déshabiller lorsque Cleo surgit de l'ombre.

– Salut, Charlie, lança-t-elle d'un ton jovial. Que diriez-vous de prendre un verre ?

Impeccablement coiffée et pomponnée, et d'une élégance rarement vue sur un petit caboteur de Nouvelle-Guinée, elle lui souriait d'un air désinvolte.

Elle s'était déjà changée, ne put s'empêcher de noter Shamus en se rappelant les paroles de Jodo. Elle portait un chemisier blanc en soie avec un joli nœud papillon à pois et une jupette grise qui épousait les contours de ses hanches. Elle affichait une décontraction insolente et déambulait sur le pont comme si elle était sur son balcon. Mais peut-être voulait-elle simplement se montrer amicale...

Shamus la salua d'un rapide hochement de tête, sans se cacher derrière sa gravité habituelle. Pour une raison mystérieuse, il ne trouva rien à répondre. Et plus son silence se prolongeait, plus sa gêne augmentait. À un moment, il en vint à se sentir paralysé par la timidité et comme incapable de parler. La situation devenait ridicule. Exaspéré, il inspira profondément et tâcha de surmonter son blocage.

– Bonsoir, madame ! déclara-t-il dans un souffle.

Ces quatre syllabes semblèrent exploser dans la quiétude du soir et la jeune femme le regarda en haussant les sourcils.

– Vous faites encore la tête ? dit-elle en se rapprochant de lui. À moins que vous ne détestiez les femmes... Ou moi en particulier...

Apparemment rassurée, elle ajouta avec un large sourire :

– Que pensez-vous de mon nœud papillon ?

Shamus jeta poliment un œil dessus mais s'abstint de faire le moindre commentaire.

– Je l'ai mis spécialement pour vous. Dites, demanda-t-elle d'une voix inquiète, j'espère que cela ne vous ennuie pas que je vous appelle Charlie... Si c'est le cas, j'arrête.

Son ton était si sincère que Shamus s'adoucit un peu.

– Je vous en prie, dit-il, si cela vous fait plaisir...

– Merci, répondit-elle avec un petit rire étonné.

Elle pencha la tête et le dévisagea de nouveau.

– Mon dieu ! s'exclama-t-elle. Vous êtes tout le temps comme ça ?

– Comment ça « comme ça » ?

– Vous êtes si guindé, si anglais...

Cleo avait horreur des personnes trop réservées. Ce genre d'attitude la déprimait. Elle redressa ses belles épaules, resserra la boucle d'argent de sa ceinture et contempla le ciel étoilé.

– Hum ! observa-t-elle, ravie. Quelle nuit magnifique !

Au-dessus de la baie se levait une lune radieuse qui éclairait d'une lumière bleue les versants boisés de la Mère et des Filles, comme on appelait les montagnes encerclant Rabaul. Un vent chaud apportait les échos lointains de la ville – le chant d'une flûte de roseau, le grincement d'une grue, les aboiements d'un chien...

– Jolie lune, hein ? soupira Cleo, ravie de ce spectacle enchanteur.

– Comme vous dites.

– Au fait, qu'est-ce qu'il y a dans cette cale ? demanda-t-elle.

– Vos bagages, madame, répliqua Shamus en se retenant d'ajouter : « ... qui occupent la moitié de l'espace de stockage disponible sur ce bateau. »

La jeune femme le regarda dans les yeux d'un air perplexe.

– Écoutez, Charlie, je me doute que vous préféreriez ne pas m'avoir à bord, dit-elle en posant la main sur son bras, mais n'allez pas croire que ce soit une partie de plaisir pour moi... Maintenant, puisque nous sommes condamnés à passer un certain temps ensemble, autant faire contre mauvaise fortune bon cœur. Essayons d'être amis... Et puisque nous allons être amis, je souhaiterais que vous me rendiez un grand service... que vous arrêtiez de m'appeler « madame ». Ce mot a quelque chose de... enfin, accepteriez-vous de faire ça pour moi ?

– Mais certainement, comme il vous plaira.

– À la bonne heure ! dit-elle en lui donnant une petite tape sur le bras.

Puis elle joignit les mains et jeta un coup d'œil vers les écoutilles.

– Vous étiez sur le point de me dire ce qu'il y avait en plus de mes malles et de mes valises ? Ah, peu importe...

Elle passa du coq à l'âne avec une joie tout enfantine :

– Vous savez quoi ? Je vous ai menti. En vérité, ce voyage est la chose la plus excitante qui me soit arrivée depuis très longtemps. Quand levons-nous l'ancre ?

Jusqu'à cet instant, Shamus n'avait pas eu l'intention d'appareiller avant l'aube mais, sans pouvoir se l'expliquer, il se sentit touché par l'enthousiasme et les yeux pétillants de la jeune femme. D'ailleurs lui aussi brûlait d'envie de prendre le large.

La nuit était belle et claire. Une brise de terre se leva brusquement, l'odeur de moisissure du coprah entassé dans les séchoirs et, plus discrets, les effluves sucrés des fleurs de frangipanier se répandirent sur le pont. Là-bas, sur le rivage, la vie suivait son cours habituel. Les aboiements des chiens se répondaient d'un bord à l'autre de la baie. La grue à vapeur du dock sifflait et soufflait entre deux grincements métalliques. Un Canaque chantait en pêchant à la lueur d'une torche de feuilles de cocotier. D'autres voix résonnaient – chinoises, japonaises, mélanésiennes –, tout un assortiment de sons étouffés par la nuit qui se mêlaient aux senteurs d'un port prospère des mers du Sud.

Shamus se retourna et, plaçant ses mains en porte-voix, s'écria :

– *Girup deck dikenna* ! Allez ! Dehors ! Raus !

– Qu'est-ce que c'est que ce charabia ? Qu'est-ce que ça veut dire ?

– Ça veut dire que nous partons.

Les Canaques accoururent sur le pont en riant et en plaisantant, encouragés de la voix par le maître d'équipage. Le capitaine aussi se laissa gagner par l'euphorie des préparatifs de départ.

Peu de temps après, le *Maski* quitta le port en direction de l'océan qui scintillait au clair de lune. Au-dessus du schooner brillaient des myriades d'étoiles inconnues. À l'arrière, un chant de marin canaque, transmis de génération en génération, accompagnait chaque manœuvre de l'équipage. En sentant la caresse du vent chargé d'embruns sur son visage, Shamus eut l'impression de redevenir un homme. Un homme qui serait l'égal des dieux.

– Alors, ce verre ? proposa Cleo. Nous avons du rhum, du bourbon, du scotch, du gin... et même du champagne ! Mais il est chaud... Vous vous joignez à nous ?

L'ardente beauté de son visage éclairé par la lune, fouetté par le vent, rayonnant parmi les ombres mystérieuses du bateau, contrastait avec la légèreté des paroles qu'elle venait de prononcer.

Le capitaine baissa la tête.

– Merci, dit-il avec un sourire grave. Très aimable à vous...

Ils se dirigèrent vers le pont arrière et là, le premier mouvement de Shamus fut de jeter par-dessus bord les fleurs que Tulare avait rapportées puis, après avoir vidé l'eau du vase en porcelaine de Saxe, il l'enveloppa soigneusement dans une vieille chemise en flanelle qu'il réservait à cet usage et alla le mettre en sécurité dans ce qui avait été jadis un réfrigérateur. Pendant ce temps, accoudée au bastingage, Cleo s'était allumé une cigarette en observant la scène d'un air éberlué.

## CHAPITRE 8

UNE SEMAINE plus tard, le *Maski* filait vent arrière le long de la côte de Nouvelle-Bretagne, la principale île de l'archipel Bismarck, à l'est de la Nouvelle-Guinée. Pour une mouette volant à haute altitude, le petit schooner n'était pas plus gros qu'un point sur l'océan, mais pour son malheureux capitaine, il s'apparentait de plus en plus à un vaisseau infernal, lancé dans un voyage aussi périlleux qu'insensé. Si Shamus avait eu un mauvais pressentiment en acceptant la mission, chaque jour passé en mer le confortait un peu plus dans son opinion, comme en témoigne cet élément dans le journal de bord :

*15 novembre 1930. Au large de la côte de Gasmata. Longitude : 150° est. Latitude : 6° 45' sud. Avons doublé la pointe Matapan. Temps brumeux, visibilité réduite. Passager O'Donnel toxicomane.*

Il en vint à cette conclusion lors du premier petit déjeuner à bord. Tout le monde était assis autour de la table, sous la tente, à l'arrière du bateau. C'était une matinée étincelante et le *Maski* louvoyait sur une mer calme.

Fumant et terminant sa deuxième tasse de café, O'Donnel racontait une mésaventure qui lui était arrivée à Rabaul. Au milieu de son récit, il écrasa sa cigarette avec désinvolture dans sa soucoupe, fouilla dans la poche de son pantalon et sortit une petite boîte en métal. Perplexe, Shamus le vit en extraire une seringue hypodermique. Tout en continuant son histoire, il plongea la seringue dans une fiole et la remplit avant de se la planter violemment dans la cuisse au vu et au su de tous – à travers la toile de son pantalon ! Le flot de sa parole ne fut interrompu que par un léger grognement au moment où l'aiguille entra dans sa chair.

Sidéré, et ne l'écoutant plus que d'une oreille, Shamus le regarda ranger la seringue dans la boîte, remettre la boîte dans sa poche et sortir un petit flacon d'une autre poche de son pantalon. Le jeune homme jeta un coup d'œil aux autres passagers : personne ne semblait se soucier du manège de Whitey O'Donnel. « Alors j'ai dit au gars de la douane, vous allez me rendre mon barda ou quoi ? À quoi rime tout ce cirque ? C'est la guerre ou quoi ? »

Il avait la manie de terminer presque toutes ses phrases par « ou quoi ? ».

Du petit flacon il fit tomber trois capsules indigo dans sa paume, les fourra dans sa bouche et les avala avec une gorgée de café.

– Ah, ces douaniers ! Ce sont les mêmes partout ! Des vrais salopards ! Ils croient qu'on n'a rien d'autre à faire qu'à attendre ou quoi ?

Il ouvrit une autre fiole et versa un peu de poudre blanche sur le dos de sa main et l'inhala comme s'il avait fait cela toute sa vie.

– Ils ne valent pas mieux que les flics, si vous voulez mon avis, conclut-il avec un soupir de satisfaction.

Cette situation gênait Shamus, mais il ne voyait aucun moyen d'intervenir. De toute évidence, les autres étaient habitués au vice de leur ami. Cependant le mystère se dissipa quelques jours plus tard. Cela faisait plus de quarante-huit heures que Jodo n'avait plus quitté sa couchette.

– Le pauvre gamin souffre du mal de mer, expliqua Cleo au capitaine.

– Tu parles d'un mal de mer, grommela Whitey O'Donnel dans son coin, il m'a fauché des pilules : voilà son problème ! Mes somnifères... Il est trop curieux, ça lui servira de leçon !

Puis il s'esclaffa avant d'ajouter :

– Ces bonbons-là sont très forts... Normal, ils sont pour moi !

Shamus lui demanda si le garçon courait le moindre danger.

– Non, répondit O'Donnel, aucun. Il a juste fait une sieste un peu plus longue que d'habitude. Il doit commencer à émerger... Enfin, si vous voulez mon avis, je trouve ça dommage... qu'il se réveille...

Il sourit d'un air placide.

– Vous savez ce qu'il a fait à Cleo une fois ? Ils avaient une scène ensemble. Il interprétait le rôle de son fils et elle devait serrer sa tête contre son sein – vous voyez le topo ? Bon, il avait été enrhumé toute la semaine et nous espérions tous que son nez cesserait de couler. Mais à chaque fois qu'ils jouaient leur scène, elle sentait quelque chose d'humide sur sa robe. Et à chaque fois, elle s'arrêtait net et demandait à Jodo s'il allait mieux. « Oui » répondait-il, « je suis guéri ». Bref, elle ne comprenait pas ce qui se passait. Mais moi, oui. Ce saligaud-là remplissait d'eau sa bouche et la laissait dégouliner sur sa poitrine pendant la scène, du coup Cleo croyait que c'était de la morve. Ce gosse a le diable au corps *ou quoi* ?

Shamus approuva d'un hochement de tête.

– Et ces pilules que vous prenez tout le temps..., dit-il d'un air hésitant.

– Le Seconal ? répliqua Whitey. Excellente camelote ! Grâce à ça, je dors comme un bébé, sinon je ne ferme pas l'œil de la nuit.

– Et la seringue hypodermique... Excusez-moi de me montrer si indiscret...

– Oh, l'aiguille... C'est à cause de mon diabète. J'ai besoin d'insuline. Lorsque je me sens faiblir, je me pique illico presto. Autrefois je m'arrangeais pour faire bouillir l'aiguille et respecter les règles d'hygiène élémentaires. Mais tout ça c'est des conneries. Maintenant je me la plante n'importe où – en général dans la cuisse ou dans le cul, sauf que là, ça chatouille un peu. Eh oui, capitaine... Si je ne m'injectais pas ma dose d'insuline, je mourrais en quelques heures. J'avais aussi des rhumes à répétition. Mais plus maintenant – j'ai récupéré un nouveau médicament sous forme de poudre. Il suffit de la renifler et hop ! Fini les soucis. Vous voulez essayer ?

– Je préfère attendre de m'enrhumer, si vous n'y voyez pas d'inconvénient, répondit Shamus. Et ces autres pilules que vous avez prises après le petit déjeuner ?...

– La benzédrine ? Ça m'aide à me réveiller. C'est tout le problème, avec les somnifères – on se sent comateux le matin. Alors je m'enfile de la benzédrine pour me donner un petit coup de fouet. Puis en milieu de journée, je prends de la magnésie hydratée avec du lait. Ça élimine les effets des somnifères et de la benzédrine. Excellent système. Je lui dois la vie. Je me demande bien comment je me débrouillais avant. Ça marche du tonnerre...

Soulagé mais toujours aussi ébaubi, Shamus corrigea l'élément dans son journal de bord :

« *Rectification concernant la toxicomanie supposée du passager O'Donnel : observation hâtive – apparemment diabétique.* »

Shamus se faisait une opinion légèrement plus favorable de Jimmy Dodds, le petit rouquin taciturne avec un œil de verre et un rictus permanent, mais lui aussi semblait plutôt curieux dans son genre. Jimmy parlait rarement et toujours avec un minimum de mots. Il passait l'essentiel de son temps à étudier une brochure – probablement des tableaux de statistiques, estima le capitaine après avoir entraperçu de longues séries de noms et de chiffres. Lorsque le bateau longeait la côte, Jimmy installait la caméra à l'avant et filmait sans relâche, accumulant les bobines, même s'il ne semblait s'intéresser qu'aux criques, aux plages et aux embouchures de rivières. À chaque fois il demandait à Shamus de lui indiquer leur position exacte et il la recopiait soigneusement dans un petit carnet. M. Swartz réalisait un drôle de film, songeait le jeune homme, mais après tout, lui-même n'y connaissait rien et de toute façon, c'était leur affaire et pas la sienne.

Un jour Jimmy leva le nez de ses tableaux de statistiques et regarda Shamus d'un air absent avant de retirer son œil de verre. Puis il souffla dessus, le nettoya rapidement avec un mouchoir et, le tenant entre le pouce et l'index, le montra à Shamus.

– Ce Phar Lap est le plus grand cheval vivant, déclara-t-il. Il ne sera jamais battu.

Puis il cracha sur la prothèse oculaire, l'essuya de nouveau et l'examina attentivement à la lumière en donnant l'impression de sourire.

– Ah non ? répliqua poliment le capitaine, fasciné par la scène.

– Non, fit Jimmy d'une manière catégorique.

La conversation était terminée : il réintroduit le petit globe dans son orbite et se replongea dans sa brochure. Shamus eut le temps de lire le titre sur la couverture : « PRONOSTICS » et juste au-dessous, en caractères plus petits : « Association Hippique Australienne ».

– Encore heureux qu'il n'y ait pas d'hippodrome ici, lui confia M. Swartz à voix basse. On ne le verrait plus – il serait enseveli sous un tombereau de statistiques de courses. Il en reçoit des quatre coins du monde. Parfois elles datent de plus d'un an mais il s'en fiche. Les courses... encore une étrange maladie.

– Ça lui arrive de gagner ?

– Jamais, répondit M. Swartz en secouant la tête. C'est pour cette raison qu'il voyage – pour ne pas avoir à parier. Je crois qu'il a gagné une belle somme il y a une dizaine d'années de cela – en Argentine. Mais il a tout reperdu et n'a jamais plus empoché un dollar depuis. Il doit payer des rentes à la moitié des bookmakers de Californie. Ils l'ont surnommé « le loser qui rit » bien qu'aucun d'entre eux ne puisse se vanter de l'avoir déjà entendu rire. Mais il a besoin de ce manège pour être heureux. Vous voyez, il emporte toujours un tas de vieux journaux de courses. Le jour, il choisit les vainqueurs et la nuit, il vérifie les résultats dans l'édition du lendemain. De cette manière, ses paris ne lui coûtent rien. Mais lorsque ses favoris perdent, ça le met à plat – même si la course a eu lieu un an plus tôt. Avez-vous remarqué comme il était prostré hier ? Il avait dû se tromper dans ses pronostics.

Shamus observa avec compassion cette victime consentante des illusions de la vie. Le petit homme roux semblait sourire un peu plus que d'habitude. Une lueur malicieuse brillait dans son œil valide pendant que le globe de verre regardait dans le vide. Soudain il se mordit la lèvre inférieure et tourna anxieusement une page.

– Tenez, chuchota M. Swartz, il vient juste de découvrir qu'il a trouvé le vainqueur du derby du Kentucky de l'année dernière.

L'air consterné, Jimmy reposa la brochure et poussa un long soupir en se prenant la tête entre les mains.

– Oh, oh, dit M. Swartz, j'ai parlé un peu trop vite...

M. Swartz buvait comme un trou. Une fois qu'il avait débouché une bouteille de whisky Old Granddad – dont il avait pris soin d'embarquer une grande quantité –, il s'arrêtait rarement avant de l'avoir vidée.

Chose curieuse, on ne le surprenait jamais un verre à la main. Mais, au cours de la journée, on le voyait souvent tourner le dos à ses compagnons de voyage, incliner la tête en arrière avant de se mettre à tousser une ou deux fois pour s'éclaircir la gorge. Et le niveau de whisky de la bouteille baissait graduellement, avec l'implacable régularité d'un sablier. Le petit Américain ne semblait jamais ivre – en tout cas, pas de manière significative. À bien y regarder, il avait l'air en pleine possession de ses moyens : son œil était plus vif ; sa démarche, plus assurée ; son sourire, plus sincère ; et sa conversation, plus agréable même si on ne savait jamais sur quel pied danser avec lui. Il avait aussi tendance à changer de sujet à un rythme un peu plus élevé qu'en temps ordinaire.

Un soir que Shamus, accoudé à la lisse, s'était absorbé dans la contemplation de la mer et des étoiles, il entendit une voix lui murmurer :

– Pourquoi ne sautez-vous pas ?

Se retournant brusquement, il tomba nez à nez avec M. Swartz qui lui souriait d'un air affable.

– Allez, mon garçon, continua-t-il d'un ton paternel, presque bénin, sautez ! Finissez-en une fois pour toutes ! À quoi cela sert-il d'attendre ? Dans un an, vous vous reposerez exactement la même question.

– L'espace d'un instant, répondit Shamus en riant de bon cœur, vous avez parlé avec la voix de Circé.

– Circé, la magicienne, Circé l'ensorceleuse ! s'exclama M. Swartz avec une pointe d'ironie dans la voix. Ah, comme voilà un homme perspicace et cultivé ! Circé, c'est mon portrait tout craché ! Maman me le disait déjà dans mon berceau... Comme elle, je suis un tentateur qui pousse les hommes à agir dans leur propre intérêt. Cap', c'est le moment ou jamais de mettre votre grand dessein à exécution ! Jamais vous ne trouverez meilleur endroit ! ajouta-t-il en ouvrant ses bras à la mer de Bismarck. Ah, quelle plus douce retraite que le vaste palais de Neptune ? Et cela aura toutes les apparences d'un accident... Je vous promets que je ne dirai rien ! Vous n'allez pas remettre à demain ce que vous pouvez faire cette nuit même ! Les conditions ne seront peut-être plus jamais réunies, le prévint-il à mi-voix, vous pourriez bien vous retrouver à sauter du toit de l'immeuble Chrysler à New York. Et qu'est-ce que ça donnera ? Une bouillie humaine impossible à identifier, objet de la curiosité morbide des badauds.

Avec un flegme typiquement britannique, Shamus répondit qu'il ne projetait pas de se rendre à New York dans l'immédiat mais que si l'occasion se présentait, il réfléchirait à la possibilité d'y sauter d'un gratte-ciel.

Cette déclaration sembla chagriner M. Swartz mais il ne lui fallut pas dix secondes pour retrouver sa bonhomie habituelle.

– Bah, ne vous bilez pas, dit-il en agitant joyeusement la main, un jour ou l'autre vous passerez à l'acte ! Je suppose que vous me prenez pour un défaitiste, capitaine. Rien n'est plus éloigné de la vérité. Je suis un... (Il marqua une courte pause en fronçant les sourcils, histoire de choisir les mots adéquats.) Je suis un *humanitaire optimiste*. Voyez-vous, je déteste voir mes congénères, notamment mes amis, s'accrocher à leur triste et misérable vie alors qu'il leur serait si facile de tirer leur révérence en beauté. D'ailleurs, j'imagine que, dans un avenir pas si lointain, les suicides de masse se multiplieront avec l'amélioration du niveau de culture générale. Tout se résume à une simple question : avez-vous vraiment envie de prolonger votre calvaire ? Tant de choses peuvent arriver. Vous pourriez vous laisser piéger par vos émotions et tomber la tête la première dans ce panneau qu'on appelle l'amour. Ou pire encore, vous pourriez vous présenter aux élections du congrès. Vous pourriez même vous marier. Et qu'est-ce qui arriverait ? En moins de temps qu'il ne faut pour le dire, vous vous retrouveriez avec une horde d'avocats aux fesses, tous acharnés à vous faire cracher jusqu'à votre dernier dollar. Vous savez, en ces temps d'inégalité sexuelle devant la loi, il y a un avocat qui se cache sous chaque jupon... Non, mon garçon, ne tergiversez pas, sautez ! Finissez-en une bonne fois pour toutes !

– Je vais quand même m'accorder un petit délai de réflexion, répondit Shamus, le sourire aux lèvres. Mais dites-moi, n'avez-vous jamais été tenté de suivre votre propre conseil ?

– Non, répliqua M. Swartz en secouant la tête. Mais j'ai convaincu deux bons amis de le faire. J'ai même acheté un revolver pour l'un d'eux. Cela s'apparentait plus ou moins à un acte de charité. C'était un sculpteur de New York, un très mauvais sculpteur. Vous imaginez ce qui aurait pu se passer ? Cet homme aurait pu polluer tout Central Park avec ses statues !

Il s'interrompit un instant en arborant une expression crispée.

– En fin de compte, reprit-il, il a bien tenté de se suicider mais s'est raté. La balle lui a juste arraché une oreille.

M. Swartz secoua la tête avec un sourire plein de gentillesse et entreprit d'expliquer la raison de cette débâcle :

– Ce pauvre garçon avait le front étroit et fuyant. Il faisait donc une très mauvaise cible. Après ça, il a été placé dans une institution spécialisée, une usine à cinglés où il aurait mieux fait de se réfugier plus tôt.

Il marqua de nouveau une courte pause pour contempler les cieux étoilés. Puis il poussa un long soupir et se tourna vers Shamus.

– Un destin similaire vous est sans doute réservé, conclut-il brusquement. C'est terriblement déprimant.

Puis il adressa un signe de tête au capitaine, lui donna une tape amicale dans le dos et regagna la plage arrière d'un pas alerte.

Shamus le vit s'effondrer sur une chaise où il demeura prostré pendant des heures. À l'aube, lorsque le jeune homme reprit la barre, il s'aperçut que M. Swartz n'avait pas bougé : il était profondément endormi, un sourire béat sur les lèvres. En entendant du bruit, il se réveilla et le capitaine lui demanda s'il avait l'humeur toujours aussi joyeuse que le soir précédent.

– Moi ? s'étonna-t-il, l'air ravi. Mais je ne me suis jamais senti aussi bien, mon vieux !

À en juger par l'expression du petit Américain, la question de Shamus lui avait semblé des plus incongrues.

Au fond, Shamus s'inquiétait surtout de la mauvaise influence que ses passagers pouvaient avoir sur son équipage, peu habitué aux Américains exubérants. Il tirait une grande fierté de la discipline qui régnait à son bord. Il avait patiemment inculqué à ses huit matelots canaques le goût de l'efficacité et le respect de l'autorité. Sur un petit navire de commerce des mers du Sud, cela n'avait rien d'évident car il fallait être capable de garder ses distances tout en s'occupant des menus problèmes du quotidien. Certes, il ne connaissait pas ses hommes depuis longtemps mais cinq d'entre eux avaient été sous la tutelle du père Kirshner et le capitaine pouvait se reposer sur Tulare qu'il considérait comme son bras droit.

Cependant les Canaques pas plus que les Papous de l'intérieur n'avaient renoncé à leurs coutumes traditionnelles, même s'ils avaient dû s'adapter aux mœurs d'un peuple plus avancé sur le plan technologique. Derrière leur apparente docilité, ces hommes gais et travailleurs cachaient beaucoup d'orgueil et une grande irascibilité, hérités de leurs ancêtres guerriers. Avec eux, Shamus appliquaient des règles fermes et bien établies. Le fouet sanctionnait parfois les entorses à la discipline. Le coupable l'acceptait car chacun savait que dans les eaux traîtresses de la Nouvelle-Guinée, le moindre défaut d'obéissance pouvait conduire au naufrage en une fraction de seconde, tout comme à l'époque de James Cook ou d'Anthony van Diemen.

En plusieurs occasions, la discipline à bord du *Maski* avait été menacée, mais Shamus avait su imposer son autorité en douceur. Le matin du septième jour en mer, alors qu'il était monté en tête de mât pour relever leur position, il remarqua un vide inhabituel sur le pont, dix-huit mètres plus bas.

Pour chaque quart, il y avait trois vigies. Un premier homme surveillait les machines, un deuxième se tenait à la barre et le troisième se postait à l'avant du schooner.

S'il n'y avait rien d'autre à faire, le reste de l'équipage avait l'autorisation de se détendre sur le pont. Les uns sculptaient des bouts de bois en mâchant des noix de bétel, d'autres poudraient méticuleusement leur tignasse laineuse, d'autres encore pêchaient à la ligne ou dormaient à l'arrière – quand ils ne faisaient pas les deux en même temps.

Or ce jour-là, depuis le nid-de-pie, Shamus ne voyait pas âme qui vive. L'homme de barre devait se trouver à son poste, sous la tente de la plage arrière, en compagnie des Américains, mais le reste de l'équipage, où était-il passé ? Et où se trouvait la vigie de proue ? Il n'arrivait pas à en croire ses yeux. L'avant était désert : un fait sans précédent, une faute injustifiable !

Il se laissa glisser le long des enfléchures et atterrit en souplesse sur le pont. Des bruits étouffés lui parvinrent du poste d'équipage. Il entendit des petits entrechoquements saccadés et juste après, la voix de Jodo qui disait d'un ton enjôleur : « Allez, mes chéris, faites plaisir à papa. Sortez-moi le onze ! »

Perplexe, Shamus ouvrit la cloison du poste d'équipage et entra. Ce qu'il vit le laissa sans voix un court instant. Autour d'un tas de pièces, de billets de banque et de plusieurs bibelots probablement mis en gage, étaient accroupis Jodo, Cleo, O'Donnel ainsi que la plupart de ses hommes, en particulier la vigie de proue.

– Qu'est-ce que ça veut dire ? aboya le capitaine.

Ce fut comme si une vague avait brusquement déferlé et qu'en se retirant, elle n'avait laissé que trois galets sur le plancher – Cleo, Whitey et Jodo – et une paire de dés en suspension dans l'air.

– Quel est le problème ? demanda Jodo dont les petit yeux perçants semblaient jeter des éclairs derrière les épaisses lunettes en écaille. Quelle mouche vous a piqué d'interrompre ainsi notre partie ?

Sans prêter la moindre attention à l'adolescent, Shamus s'avança vers Whitey.

– M. O'Donnel, lui dit-il d'un ton glacial, ceci est le poste d'équipage. Je vous serais reconnaissant de ne plus déranger mes hommes. Ils n'ont pas l'habitude que des Blancs se mêlent à eux – surtout pour jouer à des jeux d'argent.

– Vous plaisantez ? le coupa Jodo. Ce type avec un os dans le nez a réussi six tierces d'affilée ! En plus, c'était mon tour de lancer ! De quoi vous mêlez-vous, Sinbad ?

Shamus continua de l'ignorer, vu qu'il ne savait même pas de quoi il parlait. Mais il éprouva de nouveau l'irrépressible envie de lui botter les fesses, quel que fût son âge véritable.

– À l'avenir, il serait préférable que vous vous cantonniez à l'arrière du bateau, dit-il à Whitey O'Donnel d'une voix autoritaire. Je suis sûr que vous comprendrez...

– Sûr, capitaine, répondit Whitey. Vous avez cru que nous voulions enfreindre le règlement ou quoi ?

– Quel escroc ! marmonna Jodo d'un ton provocant. Bon sang, c'est quand même nous qui l'avons louée, cette épave !

– Une épave ? Dis plutôt un repaire de vieille fille ! lâcha Cleo.

Agacé par cette pique inattendue, Shamus se retourna vers la jeune femme qui se repoudrait le nez, adossée à une cloison.

Jusqu'à présent, il n'avait pas vu qu'elle ne portait qu'un vêtement une pièce des plus légers, aux couleurs chatoyantes, qui épousait parfaitement les contours de son corps sculptural. Elle croisait ses jambes nues en le défiant du regard. Avec un sourire condescendant, elle remit sa houppette rose dans son poudrier qu'elle referma d'un geste sec.

– Debout, les gars, dit-elle en haussant les épaules, retournons d'où nous venons – avant d'infecter l'équipage.

Sur ces mots, elle regagna lentement le pont, suivie de Whitey et Jodo.

Certes, Shamus était un peu collet monté, pourtant ce n'était pas de la pruderie, mais une forme de conservatisme hérité du milieu dans lequel il avait grandi. Cleo se dirigea vers la plage arrière en imitant sa démarche. En temps ordinaire, cela aurait peut-être amusé le capitaine mais tandis qu'elle bombait la poitrine, le nez en l'air, en hochant la tête à droite et à gauche, le capitaine s'aperçut que les membres de son équipage avaient du mal à se retenir de rire. Il remarqua aussi leur fascination pour le balancement exagéré des hanches de la jeune actrice.

Un homme plus coulant aurait probablement évité la confrontation, du moins temporairement. Mais pas Shamus. Son autorité et le maintien de la discipline à bord du *Maski* étaient en jeu. Tous les regards de ses hommes se tournèrent vers lui mais aucun n'imaginait le malaise qu'il ressentait.

Comme elle en avait l'habitude, Cleo s'appuyait nonchalamment au bastingage. Elle avait ressorti son poudrier et se pomponnait distraitement. Affalé sur une chaise longue, M. Swartz semblait plongé dans une lecture. Whitey s'était assis à côté de Jim. Il venait d'entamer une partie de solitaire. Quant à l'adolescent, il paraissait fasciné par deux albatros qui suivaient le bateau. Mais il s'était placé à un endroit stratégique d'où il pouvait voir et entendre les conversations.

Shamus s'approcha de Cleo.

– Excusez-moi, commença-t-il après s'être poliment éclairci la gorge, c'est un peu délicat... mais vous serait-il possible de vous vêtir... je veux dire... vous croyez-vous capable de porter quelque chose de plus conventionnel ?

– Pourquoi ? s'étonna-t-elle d'un ton qui n'avait plus rien d'affecté.

Shamus plissa un coin de ses lèvres.

– J'espérais ne pas avoir à vous l'expliquer, dit-il en fixant l'horizon juste au-dessus de la tête de la jeune femme.

– Ne vous donnez pas cette peine, répondit-elle, indignée, je m'habille comme je l'entends !

– Une seconde, chérie, intervint rapidement M. Swartz, le capitaine a ses raisons et, s'il s'agit bien de ce que je crois, elles sont parfaitement justifiées. Pourquoi n'irais-tu pas mettre un pantalon ?

– Tu peux toujours courir ! Pourquoi ? Parce qu'il n'aime pas mon ensemble short ? Pour qui se prend-il ? Schiaparelli ?

– Ma démarche n'a rien d'un caprice, continua Shamus. Voyez-vous, mademoiselle, l'équipage de ce bateau a rarement l'occasion de voir une femme blanche d'aussi près. Et lorsque cela arrive, ces dames sont généralement présentables.

Un petit gloussement retentit dans leur dos.

– Ce qu'il cherche à te dire, traduisit Jodo d'un ton goguenard, c'est que les nègres zieutent ton cul, fillette – ce qui ne signifie pas que nous autres, n'en faisons pas autant... Sinbad inclus !

Pendant le court silence qui suivit, Shamus sentit la colère monter en lui et il se le reprocha aussitôt. Certes, il détestait le mot « nègre », surtout lorsqu'il s'appliquait à un membre de son équipage. Des années plus tôt, à Rabaul, il avait rossé un homme qui avait osé l'utiliser en sa présence. L'air détaché, l'adolescent était accoudé à la lisse, le menton niché au creux de sa main gauche. La situation l'amusait, en particulier la réaction courroucée du capitaine à sa remarque. Ce dernier éprouvait une aversion croissante pour ce garçon mal élevé. Il lui faisait penser à un personnage de De la Mare : sans âge, asexué et perfide...

– Ferme-la, Jodo ! ordonna Cleo d'une voix forte qui stupéfia Jodo.

Puis elle se tourna vers Shamus, le défia du regard et ajouta :

– Savez-vous que je me fiche de ce que pensent vos hommes, pardon, de ce que pensent *tous* les hommes d'une manière générale ? Je m'habille comme j'en ai envie – si ça ne vous plaît pas, vous n'avez qu'à regarder ailleurs.

Cette fois-ci, elle ne masquait plus ses sentiments, elle était vraiment furieuse.

La colère de Shamus était du type cumulatif. Son visage était resté impassible mais déjà son sang bouillonnait dans ses veines. Les muscles de ses mâchoires palpitaient et lorsqu'il reprit la parole, ce fut d'un ton glacé et presque menaçant.

– De toute évidence, vous ne m'avez pas compris, chère mademoiselle. À bord d'un bateau, c'est le capitaine qui donne les ordres, pas les passagers. J'espère que vous ne me m'obligerez pas à sévir.

Puis il lui tourna le dos et s'éloigna à grands pas pour ne pas aller corriger Jodo qui ricanait dans son coin.

Shamus ne pouvait s'empêcher de penser que cette altercation venait de détruire le fragile lien d'amitié entre lui et Cleo. Si tel était le désir de la jeune femme, il ne s'y opposerait pas. Il refusait d'imaginer ce qu'il ferait si elle persistait à ignorer sa requête. Mais une heure plus tard, comme il se dirigeait vers l'arrière, il la vit accoudée au bastingage – sagement vêtue d'un pantalon et d'un chemisier au col en V d'une féminité indiscutable mais que le vieux Burbidge lui-même aurait trouvé – osons le mot – *décent*. La jeune femme sourit en lui lançant un regard espiègle, et Shamus sentit que c'était sincère et amical.

– Merci beaucoup, dit-il en adressant un petit signe de tête.

Elle haussa les sourcils et écarta les bras comme pour dire : « Que puis-je faire contre un homme de votre autorité ? »

Ainsi évoluait la relation de Shamus avec ses passagers – en particulier avec Cleo. À ses yeux, ils étaient tous énigmatiques mais la jeune femme incarnait le mystère des mystères. Son attitude pouvait varier d'un extrême à l'autre, sans aucune raison. L'équipage l'adorait. Le capitaine se demandait souvent comment elle réussissait à paraître aussi élégante à bord d'un bateau aussi mal équipé que le *Maski*. Plus tard, il s'aperçut que Tulare lui avait installé une planche à repasser dans la coquerie et qu'il lui arrivait même de donner un coup de fer à ses fanfreluches.

Porté par une bonne brise, le schooner avançait rapidement vers l'embouchure du Sepik. Shamus ne s'en plaignait pas mais, en raison des besoins supplémentaires en eau (Cleo se refusait à limiter sa consommation), il devait s'arrêter de temps en temps le long de la côte pour remplir les réservoirs.

Parfois, lorsqu'il revenait de l'une de ces expéditions, il rapportait des fleurs – des fleurs d'hibiscus rouges et des rameaux de citronniers – et, si la mer était calme, il sortait le vase en porcelaine de Saxe et, l'espace d'un instant, ravivait en silence les émotions si intenses que cela lui procurait. Cleo le surprit plus d'une fois en train d'arranger le bouquet. À chaque fois elle l'observa en se demandant la signification de cet étrange rituel. Mais elle préféra garder le silence.

Cependant, un jour qu'elle s'ennuyait sur le pont arrière, elle se dirigea vers le vieux réfrigérateur et, par simple curiosité, en ouvrit la porte. En découvrant ce qui s'y trouvait, elle sursauta de surprise et laissa échapper un petit rire.

– Mon dieu ! Regardez-moi ça ! Vous n'avez rien de plus rafraîchissant dans votre frigo littéraire ? plaisanta-t-elle.

Irrité par ce qu'il percevait comme un viol de son intimité, Shamus se précipita vers elle au moment où elle sortait *Le Livre d'or* de Marc-Aurèle. Et naturellement elle se mit à le feuilleter et tomba à l'endroit où le capitaine avait inséré une fleur d'hibiscus.

– Ah, dit-elle, un petit souvenir ! Il n'aurait pas un rapport avec le vase en porcelaine, par hasard ?

– Peut-être, répondit sèchement Shamus.

Puis il lui reprit le livre des mains – avec une brusquerie qui aurait pu sembler très grossière si elle avait été moins justifiée –, le rangea dans le réfrigérateur et se retira sans dire un mot.

Lors d'une escale dans le minuscule port de Kalabari, il revint avec une perruche au plumage bariolé qui poussait des cris stridents toutes les dix secondes. Il l'offrit à Jodo dans le mince espoir de réchauffer leurs relations, peut-être même de gagner sa sympathie.

Ce cadeau, à défaut d'atteindre son but, révéla à Shamus un aspect insoupçonné de la personnalité de l'adolescent : il était capable d'*aimer*. Il baptisa l'oiseau Hedda dont les yeux en boutons de bottines et la logorrhée cacophonique lui rappelaient une critique d'Hollywood.

En un temps record, Jodo réussit à la dresser si bien qu'elle pleurnichait à chaque fois qu'elle le perdait de vue. Le garçon semblait posséder un don avec les animaux – à moins que la perruche ne fût d'une nature particulièrement affectueuse. Quoi qu'il en fût, Shamus ne tarda pas à regretter le jour où il avait rapporté ce volatile à bord. Un matin, il eut la désagréable surprise de trouver la perruche en promenade sur la table de la plage arrière. Probablement poussée par le besoin de nidifier, elle avait aussi déchiqueté trois cartes nautiques indispensables pour éviter les nombreux écueils du littoral. Du coup, Shamus fut contraint de reprendre le large. Tout ceci amusa tant Jodo que le capitaine le suspecta aussitôt de ne pas être étranger à cette affaire.

Un autre incident faillit épuiser sa patience avec l'adolescent. Shamus était très attaché à Hercule, le chat du bord, non qu'il fût d'un charme irrésistible, loin de là, mais en raison de ses habitudes alimentaires. Hercule aimait les cafards. Il n'avait rien contre un rat de temps à autre mais les cafards étaient son pain quotidien, la base de son régime.

Ce soir-là, le *Maski* filait vent arrière, sans faire le moindre bruit. Réunis sur le pont arrière, les passagers buvaient du café et du cognac en jouissant du plaisir de naviguer dans des conditions idéales.

Le dîner avait été délicieux ; Cleo était vêtue d'une jolie robe en tissu imprimé et les propos échangés par les Américains sur Hollywood avaient été des plus divertissants – quoique difficiles à avaler. Plus tard, Cleo interpréta quelques chansons pittoresques, accompagnée par Jim à la guitare.

Elle avait une voix magnifique qui lui permettait de passer sans effort de la joie à la tristesse. Et comme Shamus se laissait bercer par les douces modulations de la musique dans la fraîcheur du soir, le souvenir de Ganice ne tarda pas à s'imposer à lui. Il ferma les yeux et revécut ces instants magiques où elle avait été presque accessible – ces instants trop courts où ils s'étaient retrouvés face à face, lorsque des mots d'amour avaient semblé s'arrêter au bord de leurs lèvres tremblantes. Puis il se rappela le lendemain matin, quand il était remonté sur le *Maski* et qu'il avait découvert le vase et les fleurs à leur place habituelle. C'était comme si elle avait voulu l'encourager à ne pas l'oublier.

Quelle serait sa réaction en la revoyant – s'il l'a revoyait ? Car, après tout, il n'avait entrepris ce voyage que dans l'unique espoir de la retrouver. Tiendrait-il son engagement ? Ou céderait-il à son désir profond ?

Essaierait-il par tous les moyens de la convaincre de le suivre ?

Mal à l'aise, il se tortilla sur sa chaise longue, ouvrit les yeux et vit Cleo, appuyée au bastingage, à quelques pas de lui. À chaque fois qu'elle inspirait, sa robe à fleurs se tendait au niveau de son ventre et ses seins pointaient sous le tissu de manière provocante. Leurs regards se croisèrent et pendant une seconde, il se laissa envoûter par ses yeux espiègles à l'expression rêveuse. Il y décela une sorte d'invitation silencieuse et son cœur se mit à battre plus vite. C'était comme si l'on venait de lui injecter du vin dans le sang. Il était si affamé, si assoiffé de ce qu'elle semblait vouloir lui offrir. Il se rappela ce que le père Kirshner avait dit à propos de la difficulté de respecter ses vœux. Rester fidèle à ses propres engagements n'était guère plus facile, constata-t-il.

Il détourna brusquement les yeux. Or même lorsqu'il évitait de la regarder, il sentait sa présence, telle une force magnétique qui l'aimantait et contre laquelle il lui fallait résister de toute sa volonté. Comment Cleo pouvait-elle avoir autant d'influence sur lui alors que son cœur et son esprit étaient entièrement dévoués à Ganice ? Pour la première fois depuis des mois, il repensa à *Sexe et personnalité*, le livre de cet Otto Weininger, qui avait joué un rôle si important dans sa vie. Il était au moins sûr d'une chose, Cleo n'était pas le genre de femme que l'Autrichien aurait classée dans la catégorie des *mères*. Mais quelle différence cela faisait-il maintenant qu'un désir irrépressible l'emportait tout entier ? La féminité de Ganice était celle d'une sainte. Elle lui avait fait prendre conscience de sa profonde solitude. Mais voilà qu'il réalisait la sauvagerie de ses émotions et la violence de son attirance pour n'importe quelle femme séduisante. Il n'y avait rien d'anormal à ce que Cleo lui fît de l'effet. Cela ne voulait probablement rien dire de plus. Car c'était Ganice qu'il aimait et elle seule. Mais il devait se surveiller. Il devait s'arrêter d'imaginer des choses...

Il changea de position sur sa chaise et décida de ne plus y penser. Puis il fronça les sourcils en entendant un bruit bizarre. Qu'est-ce que cela pouvait bien être ? Pendant le dîner et le concert improvisé de Cleo, cette plainte étrange dans le ciel nocturne s'était répétée plusieurs fois et à intervalles réguliers.

Au début, il l'avait confondue avec le cri d'un oiseau de mer volant autour du bateau, mais elle était trop longue, trop triste. De toute façon, les cris des oiseaux de mer n'avaient rien de nouveau pour lui. À chaque fois qu'il tendait l'oreille, le gémissement s'interrompait. Puis il revenait, faible et lointain, jamais assez distinctement pour lui permettre de l'identifier.

Soudain le vent changea de direction. Il n'y eut plus aucun doute. Tout le monde se redressa en percevant ce qui ressemblait au vagissement pitoyable d'un bébé perdu dans les limbes. Il s'achevait par une sorte de grognement de douleur, puis c'était de nouveau le silence et, quelques instants plus tard, la lamentation funèbre reprenait de plus belle, encore plus nettement que la fois précédente.

Cleo cessa de chanter pour écouter. Tout le monde écoutait. L'espace d'un instant, il n'y eut plus que le souffle du vent dans la mâture et le bruissement de l'eau sur la coque du schooner.

– Ne me dites pas que c'était ma voix, rassurez-moi..., dit Cleo. Avez-vous entendu la même chose que moi ?

– Ouais ! fit Whitey en rejoignant Shamus près du bastingage. Je l'ai entendu pendant toute la soirée. Curieux. Le bateau est hanté ou quoi ?

– Bah, c'est juste un piaf, dit Jodo, je l'ai vu.

– Un oiseau ? fit Cleo en scrutant les ténèbres. De quoi a-t-il l'air ?

– Euh... il est tout noir avec de grandes ailes, répondit-il en soupirant.

Apparemment, il se désintéressait totalement du sujet.

Le cri retentit à nouveau dans le ciel nocturne. On aurait dit un enfant blessé pleurant toutes les larmes de son corps. Cette longue plainte se brisa en un spasme de haine pure avant de s'éteindre dans le silence et l'obscurité. Un frisson de terreur parcourut le groupe.

– Bon dieu ! jura M. Swartz en se précipitant vers le bastingage.

Pétrifié, chacun scrutait l'océan avec une expression d'effroi sur le visage.

Soudain Whitey montra quelque chose dans le ciel.

– Là-haut ! s'exclama-t-il. Regardez ! Sur le cerf-volant !

Les cous s'allongèrent sous la tente du pont arrière. Un grand cerf-volant cellulaire, relié par une corde à la lisse de la poupe, flottait à plusieurs mètres au-dessus du sillage du *Maski*.

– Regardez ce qu'il y a dedans ! cria-t-il.

La présence du cerf-volant n'avait rien d'inhabituel. Il flottait souvent là, de jour comme de nuit. Dans le sillage bouillonnant du navire, il y avait peu de chances que les poissons vinssent mordre à l'appât.

L'emploi du cerf-volant permettait de plonger les lignes dans des eaux plus calmes, de chaque côté du bateau.

Mais à cet instant précis, en équilibre précaire à l'intérieur du cerf-volant cellulaire, se dessina la maigre silhouette d'Hercule, le chat du bord. Le malheureux félin poussa un dernier appel à l'aide où se mêlaient toute la rage et la misère du monde.

– Comment diable a-t-il bien pu se percher là-haut ?... Jodo ?...

– Qui d'autre ? Ça lui ressemble...

Quand enfin l'animal fut ramené sur le pont, Shamus se dirigea vers Jodo, suivi de Cleo. L'adolescent se tenait contre le bastingage, prêt à se défendre. Il les dévisageait d'un air provocateur.

– Petit dégueulasse ! s'emporta Shamus. Cette pauvre bête est restée là-haut pendant des heures ! J'ai bien envie de...

– Tout doux, Sinbad ! l'avertit Jodo d'une voix menaçante.

Puis il se racla la gorge et gonfla les joues pour indiquer à Shamus qu'il n'hésiterait pas à lui cracher à la figure s'il avançait d'un pas supplémentaire.

Écœuré par son attitude et sa cruauté, Shamus préféra tourner les talons plutôt que de lui infliger la correction qu'il méritait.

## CHAPITRE 9

QUELQUES JOURS plus tard, à la tombée de la nuit, Shamus s'était assis sur le bastingage du navire et regardait Jodo en imaginant la punition qu'il lui infligerait s'il en avait l'occasion. Il avait évité ce petit monstre autant que possible et réprimait son envie de lui manifester toute l'étendue de sa sympathie.

Sans se douter qu'il était observé, l'adolescent s'amusait à tirer les plumes de la queue de Hedda. Il l'avait installée sur le dessus d'un tonneau retourné et semblait lui apprendre un tour. En la voyant se hérisser comme une douairière offusquée par la présence d'un inconnu dans sa salle de bains, il ressentit encore plus de compassion que d'habitude pour la pauvre perruche. Mais que pouvait-il faire, se dit-il. Ah, comme il aurait aimé se retrouver seul avec Jodo... Non qu'il fût pressé de gifler le garnement mais il aurait souhaité sonder son âme et soumettre ce garnement à la dure discipline des marins – quel bonheur cela aurait été de l'obliger à passer la loque dans la sentine ou à récurer la coquerie, par exemple...

Perdu dans ses pensées, il s'aperçut que Jodo l'observait aussi. L'adolescent avait momentanément cessé d'agacer la perruche et le dévisageait avec son sourire sardonique habituel. Shamus détourna les yeux – il avait l'impression d'avoir été démasqué.

Jodo avança vers lui en le fixant de ses yeux perçants.

– Qu'est-ce que vous pariez que j'arrive à faire danser ma perruche ? Vous savez que je n'ai pas eu le temps de lui apprendre grand-chose...

Shamus inspira profondément et tâcha de parler comme si de rien n'était.

– Vous voulez la faire danser ?

– Oui, danser. Vous savez ce que ça veut dire, non ? Je lui ai déjà montré comment valser et bientôt je vais passer à la rumba. Alors, vous pariez ?

– Combien ?

– Cinq billets minimum – ça représente un dollar australien. Vous pariez ?

Shamus hésita. Il lui fallait déjà se contrôler pour ne pas s'emporter en présence du garçon, cela ne l'incitait pas à nouer des liens d'amitié avec lui – pas plus pour jouer que pour autre chose.

– Allez ! Whitey a misé cinq billets, Cleo aussi et je pense que Swartz va en lâcher dix.

– Soit, je suppose que vous pouvez me compter dans le lot.

– Vous en êtes, répliqua promptement Jodo, vous en êtes, pour cinq billets. Vous pourriez gagner, vous savez... On ne sait jamais... Hedda ne sera peut-être pas d'humeur à danser ce soir. C'est le risque que *je* cours. Le spectacle commence à huit heures tapantes, au pied du mât. Ah, au fait..., ajouta-t-il d'un ton plus ferme en se renfrognant, l'entrée est payante... Un billet – cinq de vos shillings. Ça colle ?

Shamus ne put s'empêcher d'applaudir avec les autres. Remarquable, pensa-t-il en assistant à la fin du spectacle. Voilà donc quelle était la véritable vocation du gamin... Il n'aurait aucune peine à devenir ornithologue ou dresseur d'oiseaux. Son habileté à se faire obéir de la perruche dépassait l'entendement.

Tous les membres de l'équipage – en dehors des trois vigies – étaient rassemblés autour du mât de misaine. Un paravent en grosse toile avait été installé pour abriter le tonneau vide sur lequel dansait le volatile. Toutes les chaises de la plage arrière avaient été disposées en arc de cercle face à cette scène improvisée. Jodo venait de rafler la mise et il ne perdit pas de temps pour empocher ses gains.

Sur son tonneau retourné, la perruche semblait la première surprise de la performance qu'elle avait accomplie. À chaque fois que Jodo le lui avait ordonné, elle avait exécuté une sorte de polka en battant des ailes et en poussant des cris rauques. Lorsque l'adolescent lui avait ordonné d'arrêter, elle avait fait plusieurs petits bonds en avant et s'était immobilisée pour se lisser les plumes. Au milieu des applaudissements, Jodo la prit sur son bras en lui chuchotant des mots doux.

Puis les spectateurs se levèrent et retournèrent les uns vers le poste d'équipage, les autres vers la plage arrière en discutant du spectacle.

– Fabuleux ! s'exclama Shamus avec un sourire incrédule. Quoi, cet oiseau est sorti de la jungle il y a quelques jours à peine et le voici qui danse la polka !

Je me demande vraiment comment ce petit… enfin… Qui aurait pu soupçonner une telle aptitude au dressage chez ce garçon ? Il semble capable de lui apprendre n'importe quel tour !

– Comme vous dites ! répliqua Cleo, perplexe. Tel que je connais Jodo, cette perruche finira par nous faire les poches. D'ailleurs c'est déjà fait, non ? J'avoue qu'il m'a bluffée. J'étais loin de m'imaginer qu'il s'intéressait aux oiseaux… et vice versa !

– Ça lui fait au moins une qualité, dit Shamus en souriant. Communiquer avec les animaux, en particulier des créatures aussi délicates que les perruches, exige une forme rare de sensibilité.

– C'est justement ce qui m'échappe ! s'esclaffa la jeune actrice. Ça ne ressemble pas à Jodo… Vous me direz qu'il y a du bon au fond de chacun de nous – mais, dans son cas, il faut vraiment aller chercher tout au fond …

Elle s'interrompit et se mit à contempler la mer, la mine philosophique et rêveuse. Au bout d'un moment, elle étouffa un bâillement.

– Il va être temps de se coucher… Accepteriez-vous de prendre un dernier verre avant l'extinction des feux ? proposa-t-elle d'un ton enjoué. J'ai l'impression d'être devenue la spécialiste du dernier verre ! Mais c'est une trop belle nuit pour ne pas en profiter…

Dans l'enthousiasme généré par le numéro de la perruche dansante, les tensions entre eux ne paraissaient plus qu'un lointain souvenir. L'un comme l'autre avaient mal supporté l'exiguïté à bord du *Maski.* Mais ce qui se passait à présent ne pouvait se résumer à un simple échange de rameaux d'olivier. Dans les yeux de Cleo, Shamus ne décelait plus aucune trace du dédain habituel, seulement de la douceur et de l'attention. La brise soulevait ses longs cheveux couleur de miel au-dessus de son cou délicat.

Était-ce la magie d'une nuit tropicale ou la beauté ensorcelante de sa passagère, Shamus se sentit gagné par une étrange torpeur contre laquelle il s'efforça aussitôt de réagir.

– Merci, refusa-t-il avec une certaine froideur. Très aimable à vous. Mais nous approchons de la terre. Je ferais mieux de surveiller mes vigies...

Elle passa son bras sous le sien.

– Très bien, je vous accompagne, dit-elle gaiement. Ça ne vous dérange pas ?

– Pas du tout, répondit-il en se raidissant.

Mais ce n'était pas de la réticence : le contact de sa peau sur la sienne lui avait brusquement coupé le souffle.

Bras dessus bras dessous, ils se dirigèrent vers l'avant du bateau. Tous deux restèrent silencieux pendant un moment puis Cleo, se rapprochant de lui, posa sa main libre sur son poignet et plongea son regard dans le sien.

– Je ne vous ai jamais remercié comme il faut pour m'avoir cédé votre cabine, murmura-t-elle d'une voix caressante. J'ai souvent eu honte de moi en vous voyant obligé de camper près de ce vieux réfrigérateur déglingué.

– Je vous assure que j'y suis très bien, dit Shamus.

Il se rendait compte que ses paroles manquaient de chaleur mais il avait du mal à parler car il avait la gorge serrée et contrôlait à peine sa respiration.

– Il n'y a qu'un léger problème avec votre cabine, continua Cleo d'un ton faussement modeste, la couchette est si confortable et spacieuse que... euh... je m'y sens un peu seule la nuit. Vous voyez ce que je veux dire, capitaine, lorsqu'une fille est loin de chez elle, de sa maman...

Heureusement qu'il faisait nuit, se dit Shamus, car il était persuadé d'avoir rougi jusqu'aux oreilles. Et son cœur battait si fort qu'il n'osait pas répondre à la jeune actrice de peur de se mettre à haleter comme un chien épuisé par une longue course. Était-il possible qu'elle eût suggéré ce qu'il avait compris ? Une femme pouvait-elle se montrer aussi directe ? Il l'entendit pouffer et réalisa brusquement que c'était une de ses plaisanteries habituelles. Mais l'attitude de Cleo aurait pu sembler ambiguë à un autre homme que Shamus – que dissimulait donc ce rire malicieux ?

Ils revenaient vers le mât de misaine quand soudain une forme sombre se redressa et s'enfuit vers la proue, penchée en avant. Réagissant au quart de tour, le capitaine se lança à sa poursuite.

Il rattrapa le rôdeur près du poste d'équipage et, l'empoignant par ses cheveux laineux, le traîna dans la lumière : c'était un Canaque nommé Taun à l'air particulièrement effrayé.

– *Dina Goa hida* ? demanda le capitaine en pidgin. Que faisais-tu là-bas ?

Jamais Taun ne l'avait entendu crier d'une voix aussi forte et menaçante. Mais il ne se doutait pas que Shamus se défoulait sur lui, faute de pouvoir lutter contre sa confusion et assouvir son désir. Le capitaine tendit le bras et lui arracha violemment l'objet qu'il tenait dans sa main : c'était un chalumeau à kérosène.

– *E dihu lau ? In carhe do bin blowtorch ou ?*[1]

1. Traduction du pidgin : « Où vas-tu comme ça ? Que fais-tu avec cette lampe à souder ? »

Mais tandis qu'il posait ces questions, tout s'éclaircit dans l'esprit du capitaine.

– Que je sois damné ! s'écria-t-il, stupéfait. Tu te cachais dans le tonneau, n'est-ce pas ? Et à chaque fois que le jeune Blanc t'adressait un signal de son invention, tu chauffais le fond du tonneau avec le chalumeau si bien que la perruche devait danser pour ne pas se brûler les pattes. C'est ça, hein ? Avoue !

Terrorisé par le regard menaçant de Shamus, le malheureux Canaque tremblait comme une feuille.

– *Oi, Taubada*, bredouilla-t-il en hochant la tête.

– Comme tu m'as dit la vérité, ta punition sera moins sévère. Je vais y réfléchir. Tu auras peut-être le fouet. Maintenant, *raus* ! tonna-t-il en poussant son matelot vers le poste d'équipage.

Cleo avait suivi la scène d'un air interloqué.

– Chauffer le fond du tonneau ? s'exclama-t-elle. Ah, le petit escroc ! Vous auriez pensé à ça, vous ? Quand je pense que je me suis laissé avoir ! J'aurais dû m'en douter !

Elle prit la main de Shamus entre les siennes. Rien n'indiquait dans ses paroles ou le ton de sa voix que leur conversation sur les dimensions de sa couchette était achevée.

– Vous n'allez pas vraiment fouetter ce pauvre garçon, n'est-ce pas ?... Ce malheureux n'était qu'un pantin. Jodo est capable de manipuler n'importe qui.

Shamus secoua la tête mais il n'arrivait pas à la regarder en face.

– Probablement pas, mais il doit être sanctionné. Entre-temps, la perspective du fouet le fera réfléchir à la gravité de son acte. L'anticipation, vous savez, c'est la moitié de la punition.

Il s'interrompit un instant, l'air méditatif.

– La polka de la perruche ! lâcha-t-il avant de s'esclaffer.

Cela le soulageait de rire de bon cœur, à gorge déployée, et de ne plus penser à ce qu'avait dit Cleo à propos de sa cabine.

– Hedda la perruche bondissante ! s'exclama Cleo en riant à son tour, doucement au début, puis de plus en plus fort à mesure que s'imposait à son imagination la triste vision de l'oiseau obligé de danser pour ne pas se brûler les pattes.

Tous deux partirent bientôt dans un incontrôlable fou rire et les larmes leur montèrent aux yeux. Dans le même temps, Shamus se sentit submergé par un violent désir. Il était attiré par elle comme par un aimant. L'envie de se coller à elle le remuait jusqu'au plus profond de son être. Il brûlait de l'embrasser. Il tremblait à l'idée de goûter à son délectable rire comme s'il s'agissait d'une saveur que ses lèvres pouvaient transmettre aux siennes. Un autre désir plus sauvage, plus irrépressible, s'enracinait en lui tandis qu'il s'imaginait Cleo, comme elle le lui avait suggéré, nue sur cette couchette où il avait passé tant de nuits solitaires. Il se vit entrer dans la cabine comme si de rien n'était, comme il l'avait fait si souvent, nuit après nuit, pendant des années. Elle l'attendrait sûrement. Il n'aurait qu'à descendre et à ouvrir la porte. Son sang bouillonnait dans ses veines. Elle s'offrirait à lui, cela ne faisait pas l'ombre d'un doute. C'était bien ce qu'elle avait suggéré ! Cette fois-ci, elle ne lui jetterait pas de seau d'eau à la tête, comme chez Ah Chee, mais l'accueillerait à bras ouverts ! Devait-il lui demander, pour être sûr, ou simplement considérer que la cause était entendue ? Il aurait aimé en savoir plus sur ce genre de sujet ! Soudain il réalisa qu'il tremblait et que son rire n'était plus qu'un petit hoquet artificiel. Mais il tâcha de le prolonger encore un peu de crainte que son silence ne trahît ses pensées.

Cleo cessa de rire. Elle s'accouda à la lisse, posa son menton dans le creux de sa main et le dévisagea d'un air perplexe en plissant un de ses yeux. Allait-elle le percer à jour ? Il l'espérait. Il n'avait besoin que d'un signe !

– Vous savez quoi ? dit-elle comme si elle venait de faire une importante découverte. C'est la première fois que je vous entends rire.

Shamus referma immédiatement la bouche.

– Oh, n'arrêtez pas ! Continuez, s'il vous plaît – vous êtes magnifique quand vous riez !

Le sourcil froncé, il s'éclaircit la gorge avant de se demander à haute voix si l'on pouvait user de son hilarité comme d'un simple robinet. Il marqua une courte pause et ajouta qu'il n'avait pas l'intention de vérifier.

– Voilà ce qui ne va pas avec vous ! s'exclama-t-elle d'un ton amusé. Vous faites partie de ces gens qui n'ont jamais vraiment appris à rire. Enfin pas comme il faut... Vous souriez, certes, mais ce n'est pas la même chose. Rire, c'est si important ! Ressentez-vous le plaisir physique d'un fou rire ? Vous êtes toujours si sérieux... On dirait que votre grand-mère vient de mourir !

– Tiens donc ? répliqua Shamus d'une voix froide.

– Absolument, insista-t-elle, un peu ironique. Le rire est un vrai fortifiant – il fluidifie la circulation sanguine... J'ai l'impression de parler chinois... Je me trompe ?

– Pas du tout, répondit Shamus en la toisant. Nul besoin d'être une poule pour savoir à quoi ressemble un œuf. Je suis parfaitement capable de rire – quand j'en ai envie.

Toujours aussi prompt à prendre la mouche, se dit Cleo, mais elle n'eut pas le temps de rectifier le tir.

– Vous ne devriez pas garder ces découvertes pour vous, continua le capitaine dans la même veine sarcastique. Whitey, par exemple : je suis sûr que ça le passionnerait... cette histoire de fluidification de la circulation sanguine...

– Oui, répliqua-t-elle avec un sourire conciliant, vous l'imaginez chercher dans quelle poche il a rangé ses pilules hilarantes ? Ou se piquer une aiguille dans les fesses et se mettre à rire bêtement ? Le pauvre, la seule chose qui le rende vraiment heureux, c'est lorsqu'une tuile tombe sur la tête de Jodo.

Espérant avoir ramené la conversation sur un terrain moins glissant, elle pointa le doigt devant elle.

– N'est-ce pas la terre, là-bas ?

Shamus acquiesça d'un hochement de tête. Appuyés au bastingage, ils contemplèrent le sombre océan en silence. Par la hanche de bâbord, les contours noirs d'une haute chaîne de montagnes se découpaient sur l'horizon. La visibilité empêchait d'estimer la distance avec précision, mais il serait sans doute possible d'y accoster une heure plus tard. Shamus se résolut donc à mouiller en pleine nuit dans un endroit inconnu.

Ah, il donnait l'impression d'avoir perdu sa grand-mère, d'être aussi joyeux que le capitaine Achab ? Mais qu'attendait-on de lui, qu'il se torde de rire à la moindre ineptie balancée à son bord ?

– Assez curieusement, mon grand-père se rendait souvent en Amérique, déclara-t-il à mi-voix, calmement.

Après une brève hésitation, Cleo se remit à fixer la mer.

– Vraiment ? répondit-elle par politesse.

Perplexe, elle essayait de se rappeler ce qu'ils avaient pu se dire à propos de l'Amérique ou du grand-père de Shamus.

– Dans les années quatre-vingt, il commandait un magnifique clipper, un navire marchand qui transportait le bois de San Francisco vers la Chine et la laine de Sydney vers Liverpool. Une fois, il lui est même arrivé de décharger sa cargaison en Russie – un véritable événement à cette époque.

– Je veux bien le croire, dit Cleo en faisant semblant de se montrer intéressée.

Mais l'histoire de ce grand-père au long cours l'ennuyait au plus haut point. Elle n'avait aucun goût pour les digressions familiales de ce genre.

– Et ma grand-mère l'accompagnait partout... Cela a duré pendant vingt-trois ans. Une épouse dévouée, vous ne trouvez pas ? Vingt-trois ans sur ce clipper avec cet homme...

– Comme vous dites, soupira Cleo en imaginant le tableau malgré elle. Vingt-trois ans ! N'a-t-elle... je veux dire... C'est tout de même extraordinaire qu'elle n'ait jamais changé de bateau au moins une fois de temps en temps.

– Oui... Quoi qu'il en soit, il lui est arrivé une chose très drôle...

– Quoi donc ?

– Une nuit de tempête, le clipper s'est échoué sur des récifs non loin de la côte irlandaise. Grand-mère est tombée à la mer.

Le regard perdu au loin, Shamus semblait absorbé dans ses souvenirs.

– Vous réalisez ce que cela signifiait pour mon grand-père... Il l'a retrouvée le lendemain matin... À marée basse... Elle flottait dans un mètre d'eau...

Cleo le dévisagea avec des yeux ronds, surprise par la fin abrupte de l'histoire.

– Elle flottait... sur le ventre, ajouta Shamus, impassible.

– Mais c'est affreux ! s'exclama la jeune femme, horrifiée. Était-elle... morte ?

Shamus se tourna vers elle et plongea ses yeux dans les siens.

– Quelle autre raison aurait-elle eu de flotter sur le ventre ? répliqua-t-il d'un ton badin.

Cleo l'observa pendant quelques secondes.

– Qu'essayez-vous de prouver ? lança-t-elle avec un accent de reproche.

– Je pensais que cette anecdote personnelle pourrait vous amuser. Après tout, l'humour est une chose très relative – comme le rire. Au fait, avez-vous jamais lu Otto Weininger ?

– Jamais entendu parler de lui, répondit Cleo, agacée. Qui est-ce ?

– Un homme d'une grande sagesse, pontifia Shamus. Oui... un grand homme dont la sagesse pouvait se résumer en deux mots : « abstiens-toi ».

– Je commence à croire que vous êtes un peu cinglé, lâcha Cleo d'un ton sceptique...

Soudain un cri perçant déchira la quiétude nocturne : « Triiiibord ! Triiibord ! » Le bateau gîta en virant de bord et tous les membres de l'équipage accoururent sur le pont.

– Comme ça droit ! hurla la voix dans le nid-de-poule.

Le schooner fit une embardée et se redressa. Shamus mit ses mains en porte-voix et cria à l'homme dans la mâture :

– C'était quoi ?

– Récif, *Taubada*, répondit-il calmement.

– Ralentissez l'allure ! Naviguez à la sonde !

Il rejoignit la vigie à l'arrière et scruta les ténèbres.

– Étonnant comme les Canaques peuvent repérer un récif en pleine nuit, n'est-ce pas ? déclara-t-il comme si de rien n'était.

Mais les cris et l'agitation nocturne avaient effrayé Cleo dont le cœur battait à tout rompre.

– Encore heureux qu'ils ont de bons yeux. Nous foncions droit dessus... Mes cartes n'indiquent aucun récif dans les parages. Oh, regardez ! La lune se lève...

Il profita qu'elle tournait la tête pour l'observer.

– Vous savez, dit-il, un sourire au coin des lèvres, au moment où leurs regards se croisèrent, l'histoire que je vous ai racontée est authentique... À présent, si vous voulez bien m'excuser...

Dans son style guindé habituel, il la salua en inclinant la tête et se retira sans ajouter un mot.

Elle le regarda se diriger à grands pas vers la roue du gouvernail. Avec ses muscles saillant sous sa fine chemise et son pantalon de coutil roulé au-dessus des mollets, il était facile de l'imaginer dans le plus simple appareil... Il mettait une grâce étonnante dans le moindre de ses mouvements. Son curieux salut de la tête, par exemple, évoquait le ballet des capes et des chapeaux à plumes d'un autre siècle...

Sur le pont arrière, il avait pris la barre dont l'ombre se dessinait sur son torse. Le reflet de l'habitacle de la boussole éclairait son visage d'une pâle lueur bleutée, accentuant la forme de ses pommettes et de ses narines. Son regard de fauve fixait l'horizon avec une intensité prédatrice. Ses cheveux châtains décolorés par le soleil retombaient sur son large front. Ce visage de marbre, resplendissant de force et de beauté, exerçait un charme irrésistible sur Cleo.

Le capitaine s'aperçut qu'elle l'observait et il lui rendit son sourire. Il y avait de la bienveillance dans son regard, une sorte d'assurance aussi, mais la jeune femme ne put s'empêcher d'y voir de la mélancolie, et même de la tristesse, comme si Shamus attendait le retour d'une personne aimée... comme si sa grand-mère venait de mourir !

– Sept brasses de fond – moitié moins ! cria la vigie à l'avant du bateau.

De nouveau la corde de la sonde à plomb siffla dans l'air avant de plonger dans l'eau avec un petit plouf.

– Sept brasses de fond – moitié moins ! répéta le Canaque à la tignasse broussailleuse qui se tenait à l'arrière.

Shamus hocha la tête.

– Si nous évitons les écueils, nous devrions bientôt arriver, dit-il.

– Où ça ?

– Sur l'une des îles Siasi, dans l'archipel Bismark. La baie dans laquelle nous entrons ne possède aucun nom sur la carte, elle est juste représentée par un vaste lagon.

– Pourquoi nous y arrêtons-nous ? demanda Jodo dans son dos.

– Pour nous réapprovisionner en eau douce. En vivres aussi... à condition que les autochtones acceptent de nous en vendre. M. Swartz s'intéressera probablement à leurs coutumes. C'est un peuple étrange qui a l'habitude de déformer le crâne des bébés à l'aide de bandages. Du coup, lorsque les enfants grandissent, leur tête prend la forme de pastèques allongées. Ils sont monogames et réputés accueillants. Nous n'y resterons qu'un jour.

– Mouais, grommela Jodo d'un air indifférent. D'autres coutumes étranges en dehors de la monogamie ?

– Non, je ne crois pas... En fait, je n'en sais rien, répondit Shamus d'un ton sec.

– Cinq brasses – un quart de moins ! annonça le sondeur à l'avant.

– Préparez l'ancre !

– Préparez l'ancre !

De longs cris relayèrent l'ordre jusqu'au pont arrière.

– Voilà, nous entrons dans le lagon, annonça Shamus.

Il leva le nez et se mit à humer l'air.

– Vous sentez les frangipaniers ? Ils poussent à l'état sauvage le long du rivage. On repère leur parfum à plus d'un kilomètre à la ronde... Délicieux, vous ne trouvez pas ?

– Huuum ! approuva Cleo en reniflant. Voluptueux...

Dans la clarté bleue de la lune, ils aperçurent une plage de sable blanc et des bouquets de cocotiers qui se balançaient élégamment en bordure de l'eau. À l'arrière-plan s'élevaient des montagnes sombres, massives et couvertes d'une épaisse jungle où abondaient les palmiers, les fougères géantes et toutes sortes d'éblouissantes orchidées. Mais sous sa luxuriante canopée, cette forêt humide, royaume des insectes et des serpents, cachait mille dangers mortels.

Le *Maski* approcha lentement du rivage, guidé par la sonde à plomb, et se faufila entre deux écueils qui émergeaient au milieu des remous.

– Tribord toute !

Et tandis que Shamus tournait brusquement la roue du gouvernail, le *Maski* donna de la bande et sembla virer dans l'écume de son propre sillage.

– Larguez l'ancre !

La chaîne dégringola dans un joyeux cliquetis métallique et le capitaine laissa échapper un soupir de soulagement. Même en naviguant prudemment, une fausse manœuvre, un ordre trop lentement exécuté et ces récifs coralliens pouvaient entrer dans la quille en bois du *Maski* comme dans du beurre.

Le moteur crachota quelques instants avant de s'arrêter et le silence s'abattit sur le lagon, un silence si profond qu'il semblait presque palpable. Soudain plusieurs toussotements plaintifs retentirent en provenance de la mangrove qui avait proliféré le long de la partie vaseuse de la côte.

– Crocodiles, dit Shamus d'un ton badin. Ils n'aiment pas être dérangés. Ils seront partis demain.

Plus tard, comme tout le monde s'apprêtait à se coucher, le capitaine s'assit sur son lit de fortune installé sous la tente de la plage arrière et se passa distraitement la main dans les cheveux. Il jeta un coup d'œil vers l'escalier menant aux cabines où Cleo avait disparu quelques minutes plus tôt. Il l'imagina une fois de plus étendue sur sa couchette et son pouls s'accéléra. Cela serait si facile – si facile – de descendre maintenant. Il ne ferait pas le moindre bruit. Il ouvrirait la porte de sa cabine et viendrait s'étendre auprès d'elle... Il chassa cette pensée de son esprit et retira sa chemise d'un geste rageur. Dieu merci, elle s'était moquée de lui. Il ignorait pourquoi cela le contrariait mais il n'avait pas apprécié qu'elle lui reprochât de ne pas savoir rire. Et puis le *Maski* avait évité de justesse un récif. L'enchaînement des deux événements lui avait remis les idées en place. Il se déchaussa mais s'immobilisa en percevant un murmure sur le pont.

Se dirigeant à pas de loup vers l'endroit d'où provenait la voix, il vit Jodo pelotonné contre une glène de cordage. Hedda était nichée au creux de son bras et il lui parlait à voix basse. Comme il tournait le dos à Shamus, il ne pouvait pas se douter de sa présence. Le capitaine l'écouta sans bouger.

– ... j'espère que tu oublieras, ma belle, disait le garçon. Je ne voulais pas te faire de mal. Je ne voulais pas te brûler les pattes mais il fallait que je le fasse. C'était pour le pognon, tu comprends ? Cinq cents ici, dix cents là... tu vois ce que je veux dire ? Et il fallait que j'arnaque ce crétin de Sinbad. De toute façon, je te revaudrai ça au centuple. Ah, si seulement tu pouvais me dire ce que tu désires... je ferais tout pour toi. Et si je laissais les plumes de tes ailes repousser pour que tu puisses t'envoler... Et si je te dénichais le plus beau perroquet de Nouvelle-Guinée ?... Qu'en dis-tu ?... Il fallait que je me le paye, celui-là, tu comprends...

Shamus s'éloigna sur la pointe des pieds en secouant la tête. Qui pourra jamais sonder les profondeurs de l'âme humaine ? Qui pourra jamais comprendre ce Jodo, par exemple ? Apparemment leur antipathie était réciproque. Mais pourquoi ? Tournant résolument le dos à l'escalier menant aux cabines, il finit de se déshabiller, se coucha sur son lit de fortune et s'endormit en quelques minutes. Cette nuit-là, il rêva d'une femme à deux têtes : l'une portait une coiffe blanche empesée et avait un visage pareil à une fleur de citronnier avec un sourire angélique ; l'autre avait les cheveux au vent et un regard moqueur aussi fascinant que celui d'une panthère et de ses lèvres rouges s'échappait un rire sauvage qui semblait ne plus vouloir s'arrêter.

## CHAPITRE 10

LE LENDEMAIN matin, Shamus se leva à l'aube. Il alla réveiller les membres de son équipage et leur ordonna de charger quatre tonneaux vides sur la chaloupe au cas où ils trouveraient de l'eau douce dans les environs, ainsi que des articles de commerce bon marché – des calicots bariolés, des couteaux de brousse et des lames de hache qu'ils pourraient échanger contre des taros, des ignames et des fruits exotiques. En plus des deux revolvers, le fusil de chasse et la carabine avaient été glissés à l'avant de l'embarcation. Les tribus Siasi étaient réputées dignes de confiance mais il connaissait assez la Nouvelle-Guinée pour éviter de courir des risques inutiles. Il inspecta minutieusement le rivage à la jumelle sans repérer le moindre signe de vie. Pourtant il savait que des centaines de paires d'yeux les observaient depuis la lisière de la forêt surplombant la plage de sable blanc.

Comme les passagers dormaient encore, il envoya ses hommes prendre leur petit déjeuner et se lança dans quelques préparatifs. Il se sentait écartelé entre sa conviction profonde et la violence de son désir pour Cleo. Il voulait se libérer de l'indécision qui l'avait envahi depuis le soir précédent. Et il savait comment y parvenir.

Une curieuse allégresse s'empara de lui au moment où il ouvrit un coffre du pont et en sortit une paire de lunettes de plongée en os et en caoutchouc et une fine lance en acier d'un mètre cinquante de long, avec une pointe terminée par deux barbillons d'aspect meurtrier. Elle se fichait dans un petit tube de bambou auquel elle était reliée par une lourde courroie. En se servant du tube de bambou comme d'un propulseur, la lance faisait un excellent harpon pour la pêche sous-marine.

Shamus cracha sur ses lunettes, les essuya avec soin et les ajusta sur ses yeux. Puis il ôta le *lava-lava* qu'il portait autour des reins et se laissa glisser dans l'eau chaude, le long de la coque du schooner. La surface du lagon était polie comme du verre. Après avoir jeté un coup d'œil aux alentours pour vérifier qu'il n'y avait pas de requins, il se dirigea vers le récif de corail le plus proche en ondoyant comme un poisson. Un autre type de nage aurait été trop bruyant.

Le corail grouillait de vie : des milliers de petits poissons multicolores regardèrent passer Shamus au-dessus d'eux. Il ne leur prêta aucune attention, poursuivant son chemin en silence. De temps à autre, il remontait à la surface pour prendre une bouffée d'oxygène et replongeait aussitôt, surveillant les anfractuosités rocheuses, les grottes sombres, les criques secrètes et les forêts d'algues géantes.

Fasciné par l'intense activité de la vie sous-marine, il se laissa dériver en contemplant ces merveilleux jardins aux couleurs chatoyantes qui se balançaient au rythme de la houle.

Soudain son estomac se serra.

Les tentacules et les yeux froids de la pieuvre paraissaient immenses avec les lunettes de plongée. Dérangé, l'animal retourna lentement s'abriter sous une saillie du récif en attendant le départ de l'importun. Shamus sentit un goût acide dans sa bouche tandis qu'il se remettait de son émotion.

Enfin il repéra ce qu'il était venu chercher. Le mérou tacheté l'observait lui aussi. Tapi dans une petite caverne, il ne laissait voir que sa tête. Sa bouche s'ouvrait et se fermait à chaque pulsation de ses branchies. Sur ses gardes, il fixait le pêcheur en roulant de gros yeux globuleux.

Porté par le courant, Shamus s'immobilisa complètement.

Tendus à l'extrême, l'homme et le poisson ne se quittaient pas du regard. Puis le mérou se détendit. Il n'y avait rien à craindre, estima-t-il, et d'un battement de queue, il sortit de sa cachette. Comme si de rien n'était, il s'aventura le long des rochers qui protégeaient l'accès à sa caverne.

Shamus dérivait à la surface – un mouvement brusque risquait d'alerter sa proie. Il étudiait la topographie des lieux. Cela s'annonçait difficile – il lui faudrait manœuvrer avec un soin infini et profiter du courant pour se placer en embuscade derrière le promontoire rocheux. Il resta sans bouger pendant une dizaine de minutes en prenant une bouffée d'air de temps à autre et, malgré la température de l'eau, il sentit qu'il commençait à se refroidir.

Mais il allait bientôt se trouver en position idéale. Prudemment, sans se presser, il inspira à fond et se laissa couler en suivant le courant.

Le poisson détecta aussitôt l'intrusion de cet étrange envahisseur dans son royaume. Il se retourna pour l'observer. Shamus constata qu'il semblait plus curieux qu'inquiet.

Le jeune homme s'enfonçait dans les profondeurs et ses poumons ne tardèrent pas à le brûler. Il combattit son désir instinctif de remonter à la surface. Il n'était pas en forme, se dit-il. Ce genre de chasse nécessite des nerfs d'acier et une pratique régulière pour contrôler les réflexes de survie de l'organisme.

Lentement, à présent. Très lentement, sans à-coups. Surveiller le moindre mouvement du poisson avec une extrême vigilance. Anticiper un démarrage éclair. Le mérou n'était toujours pas sur le qui-vive, sa queue et ses nageoires pectorales remuaient en cadence, ce qui indiquait clairement qu'il ne se sentait pas menacé.

Attention… Un brusque écart et le mérou s'éclipserait en une fraction de seconde. Se servir des algues pour s'approcher discrètement. Si le courant lui permettait de s'avancer encore un peu, juste un peu, l'angle serait parfait. Bien viser – juste à côté de l'œil, à la base des branchies, près du sommet de la tête. Surtout, pas d'impatience. Maîtriser son excitation pour ne pas dépenser inutilement sa réserve d'oxygène.

À présent, tirer lentement son bras en arrière – ajuster la position de la lance. La tenir fermement. Shamus avait l'impression que ses poumons allaient exploser mais il savait qu'ils pouvaient encore résister quelques secondes. Viser à nouveau… Maintenant !

Damnation ! La pointe de la lance avait transpercé la partie tendre du flanc et était ressortie de l'autre côté ! Un tourbillon de sang s'échappa de la blessure et le mérou tacheté jaillit comme une torpille.

Shamus ne pouvait plus tenir davantage. Une grande poussée des jambes le ramena à la surface. Il inspira un bon coup et plongea la tête dans l'eau en nettoyant ses lunettes au passage. Pas de veine, tout était à recommencer. Il jeta un coup d'œil au-dessous de lui. Le poisson était affaibli. Il s'était probablement réfugié dans une des grottes sombres des environs.

Le jeune homme reprit une longue bouffée d'air et se laissa flotter avec encore plus d'application que la première fois. S'il était toujours là, le mérou devait se méfier de tout ce qui bougeait.

Soudain, il y eut un léger mouvement sous une saillie du récif. Était-ce une nageoire caudale ou un bout de varech ballotté par le courant ? Oui, c'était lui ! Sous cette saillie rocheuse... Probablement sa retraite habituelle en cas de danger.

Shamus approcha lentement en contractant tous les muscles de son corps. Surtout ne pas faire de bulles. Et se mouvoir au rythme du varech et des plantes coralliennes.

Il s'enfonça, s'enfonça dans les profondeurs en écartant prudemment les algues qui lui bloquaient l'accès au surplomb rocheux. Il savait que l'ouïe du mérou était bien supérieure à la sienne. Le moindre bruit anormal et l'animal filerait se réfugier en haute mer.

Shamus arma sa lance et hésita une fraction de seconde. Il fallait tenter le tout pour le tout et se jeter par-dessus la saillie pour essayer d'anticiper la fuite du poisson.

Le jeune homme ramena ses jambes sous son ventre et les détendit violemment. Il se retrouva projeté vers l'entrée de la grotte au moment précis où le mérou tentait de s'enfuir. Cette fois-ci, la lance traversa la tête de l'animal, juste derrière l'œil.

Le gros serranidé poussa un cri terrible – inoubliable et impossible à imaginer pour qui ne l'a jamais entendu. Il se débattit frénétiquement, son ventre lançant des reflets d'argent à chacun des battements de sa queue.

Au bord de l'asphyxie, Shamus regagna en vitesse la surface. Ses poumons semblaient sur le point d'exploser. Le poisson essayait désespérément de se débarrasser de la pointe d'acier. Mais cette fois-ci il avait peu de chances de s'en libérer car elle s'était fichée dans le cartilage.

Shamus tira la lance vers lui et tâcha d'atteindre une branchie avec sa main libre. En tendant le bras au maximum, il finit par y parvenir. Il serra de toutes ses forces et sentit l'animal suffoquer entre ses doigts. D'un geste brusque, il retira la lance, la laissa tomber (sachant qu'il pourrait la récupérer plus tard) et agrippa les ouïes à deux mains.

Tuer un poisson sous l'eau n'est pas facile. À travers les lunettes de plongée, Shamus chercha un point précis sur la peau satinée du poisson – une petite bosse au-dessus de l'œil, son « talon d'Achille ». Il se pencha prudemment au-dessus de sa prise et mordit de bon cœur comme s'il s'était agi d'un navet croquant. Ses dents écrasèrent le cartilage et s'enfoncèrent dans le cerveau. Le mérou tacheté eut un dernier spasme et se relâcha complètement.

Épuisé mais heureux, le jeune homme nagea en direction du *Maski*. Ayant vaincu le mérou tacheté sur son terrain, il n'en apprécierait que davantage sa chair sucrée et floconneuse. Accoudé à la lisse, Jodo le regarda approcher en écarquillant les yeux derrière ses lunettes que le soleil matinal faisait miroiter.

– Bon dieu ! croassa-t-il de son ton narquois habituel. Comment avez-vous réussi à attraper une pièce pareille ?

– C'est lui qui s'est jeté sur moi, répondit Shamus en se cramponnant à la chaloupe amarrée au schooner.

Puis, d'un geste énergique, il balança le poisson sur le pont et ordonna à ses hommes de s'en occuper.

– Quelle prise ! s'écria Cleo. Qu'est-ce que c'est ?

– Un mérou – même famille que les bars... Succulent...

En découvrant sa tenue, il ouvrit grand la bouche et faillit boire la tasse. S'il lui était arrivé de critiquer les choix vestimentaires de sa passagère, cette fois-ci, il n'y avait *plus* à discuter. Elle se pencha nonchalamment par-dessus le bastingage et, d'une chiquenaude, fit tomber la cendre de sa cigarette dans la mer. La brise matinale emmêlait ses longs cheveux couleur de miel. Sa taille souple, ses jambes d'une incroyable finesse et sa silhouette de mannequin étaient en tous points admirables. Mais, en cet instant précis, Shamus se moquait de sa beauté. C'était l'indécence de sa tenue qui le médusait. Cleo ne portait qu'un petit short en soie et, en guise de haut, un bandana rose noué autour de la poitrine. Les Canaques, également penchés par-dessus la lisse, la dévoraient du regard et Shamus s'en aperçut aussitôt.

– Auriez-vous l'obligeance d'aller finir de vous habiller, je vous prie ? lâcha-t-il d'une voix fatiguée.

– Si vous continuez de vous agiter, vous allez vous noyer, capitaine, répliqua-t-elle en riant. Je me doutais bien que vous râleriez. Attention, j'arrive !

Elle grimpa sur le bastingage, jeta négligemment sa cigarette et plongea par-dessus la tête de Shamus. Ce dernier en profita pour se hisser dans le canot et se faire envoyer ses vêtements. Les mâchoires serrées, il se rhabilla en vitesse. Lorsque la jeune actrice revint vers le *Maski*, le capitaine ordonna à ses hommes de monter dans la chaloupe et de le conduire à terre.

– Je viens aussi, déclara Jodo en sautant du pont et en s'asseyant à l'arrière. Eh, qu'est-ce que vous...

Shamus ne prononça pas un mot. Il saisit l'adolescent par le col de sa chemise et le fond de sa culotte et le renvoya sur le bateau.

– Vous restez là, grogna-t-il, personne ne descend à terre pour le moment ! Du balai !

Son attitude manquait de distinction, mais il avait de bonnes raisons d'agir ainsi. Avant toute chose, il devait veiller à la sécurité de ses passagers et éviter de leur faire courir des risques inutiles.

Et tandis que le canot s'éloignait, M. Swartz, Jim et Whitey vinrent s'accouder à la lisse.

– Je vous renvoie le canot dès que possible, leur cria-t-il en mettant ses mains en porte-voix.

– Ok ! répondit M. Swartz en agitant la main.

– Eh, attendez-moi ! s'exclama Cleo d'une voix plaintive à une trentaine de mètres de la chaloupe.

L'ignorant délibérément, Shamus alla s'asseoir à l'avant.

– Eeeeh, attendez ! répéta la jeune femme d'un ton indigné.

– Souquez ! ordonna le capitaine d'un ton ferme.

– Allez au diable ! Je peux nager !

Il ignora aussi cette dernière provocation. Elle n'avait qu'à nager si tel était son bon plaisir. Cette fille aussi arrogante que têtue commençait à lui sortir par les yeux. Elle sapait son autorité et il ne pouvait tolérer d'être ainsi défié devant son équipage. De nombreux dangers les attendaient – notamment lorsqu'ils atteindraient l'estuaire du Sepik. Un faux pas, un ordre exécuté à contretemps pouvaient mener à un désastre. Combien de navires avaient sombré corps et biens dans ces eaux traîtresses ?

Ce qui l'irritait plus que tout, c'était son incapacité à se faire obéir d'elle. De toute évidence, la jeune actrice semblait s'en amuser.

D'autres cris lui parvinrent du *Maski* mais il n'y prêta aucune attention. Ils pouvaient se casser la voix autant qu'ils le souhaitaient, sa décision était prise.

Soudain les Canaques s'arrêtèrent de ramer et Tulare lui agrippa le bras.

– Là-bas ! dit-il en se relevant de son banc, l'index pointé vers Cleo.

– Requins, marmonna Alaman, le boy du père Kirshner, d'un ton légèrement moins indifférent que d'ordinaire.

Un tir retentit alors en provenance du schooner. Shamus se retourna et vit M. Swartz, un revolver dans la main. Dans le même temps, les Canaques restés à bord hurlaient en faisant de grands gestes. Derrière la nageuse, le capitaine aperçut deux ailerons qui fendaient l'eau à vitesse régulière. Elle aussi les avait vus. Sous le coup de la peur, elle nageait de manière de plus en plus saccadée.

– Carabine ! commanda Shamus. Cap sur le bateau ! Vite !

Tulare récupéra l'arme et la lança à Shamus qui vérifia qu'elle était chargée. Impossible de tuer la bête à cette distance et dans cette position, mais il pouvait essayer de l'effrayer.

Il visa les ailerons, s'apprêta à appuyer sur la détente puis relâcha la pression de son doigt sur la gâchette en remarquant la forme des ailerons.

– Stop ! ordonna-t-il.

Les Canaques relevèrent aussitôt leurs rames. Shamus tira plusieurs fois, bien au-dessus de sa cible.

– Plus vite ! cria le capitaine à Cleo. Plus vite ! Il est juste derrière vous !

Ses hommes, qui attendaient son signal pour se remettre à ramer, le regardèrent d'un air effaré. La jeune femme faisait bouillonner l'eau comme un vapeur. Son crawl était excellent, remarqua Shamus, et tandis qu'elle approchait du canot, il vit aussi qu'elle était terrorisée. Mais il donna l'ordre de repartir vers le rivage – sans se soucier d'elle.

– Plus vite ! répéta-t-il à la jeune femme en tirant deux autres coups de feu au-dessus de sa tête.

Le canot s'éloigna progressivement de Cleo qui n'arriva jamais à combler son retard. Lorsqu'elle atteignit la plage, à bout de souffle, Shamus l'aida à se relever.

– Dieu merci ! s'écria-t-il avec ferveur. Un mètre de plus et ce monstre vous avalait toute crue !

Toute tremblante, Cleo n'avait plus assez de force pour parler ou se tenir debout. Le capitaine la prit dans ses bras et alla l'installer à l'ombre d'un casuarina. Du coin de l'œil, il apercevait encore la raie géante qui s'ébattait au milieu du lagon. Elle se préparait probablement à s'accoupler ou à pondre... D'une envergure de plus de deux mètres, elle se laissait de nouveau flotter à la surface de l'eau et ses nageoires émergeaient à la manière d'ailerons de requins. La pauvre bête avait probablement eu aussi peur que Cleo, songea Shamus.

– Des grands blancs, déclara-t-il d'un ton grave. Il y en avait deux. Des mangeurs d'hommes.

Hébétée, la jeune femme frissonna. Il n'y avait plus la moindre trace d'arrogance en elle. Elle était redevenue une petite fille, aux yeux écarquillés par la peur. Elle déglutit et essaya péniblement de se redresser. Shamus s'agenouilla pour l'aider mais elle repoussa violemment son bras. Puis elle éclata en sanglots. Le fameux contrecoup...

Le capitaine la regardait, impuissant. Soudain elle se mit à chanceler et il se précipita pour la rattraper avant qu'elle ne tombe. À cet instant, il regretta sincèrement de lui avoir fait cette mauvaise blague. Dans le même temps il éprouva la même sensation de torpeur que le soir précédent. Il avait la gorge nouée et des fourmillements lui chatouillaient les tempes.

– Ooooh, gémit Cleo en s'épongeant les yeux dans sa chemise.

Elle avala péniblement sa salive et le maquillage de ses yeux se mit à couler sur ses joues.

– Je vais vomir, dit-elle d'une voix larmoyante.

Il la releva et la fit se pencher en avant.

– Laissez-vous aller, lui conseilla-t-il d'un ton amical. Essayez de penser à un morceau de porc bouilli ou à du blanc de baleine...

– Oh, taisez-vous ! s'écria-t-elle. Laissez-moi seule, espèce d'idiot !

Elle le regarda s'éloigner, tête basse. La nausée plus le mascara dégoulinant, se dit-elle, il n'aurait pas assez de toute sa vie pour comprendre l'humiliation que cela pouvait causer à une fille.

## CHAPITRE 11

EN FIN de matinée, une forte brise se mit à souffler du nord et le lagon ne tarda pas à devenir houleux.

Après avoir rempli les tonneaux dans un ruisseau, Shamus et ses hommes les avaient rapportés à bord. Mais il n'y avait eu aucun contact avec les indigènes. Pourtant les trois Canaques chargés de trouver des vivres avaient découvert des potagers à l'abandon où continuaient de pousser une grande variété de légumes. Après s'être abondamment servis, ils avaient laissé quelques objets en guise de paiement au cas où les propriétaires ne seraient pas loin.

Le capitaine du *Maski* était pressé de lever l'ancre mais les crêtes blanches des vagues qu'il apercevait au loin, en haute mer, ne lui disaient rien qui vaille. Aussi, plutôt que de prendre le moindre risque, décida-t-il de reporter le départ au lendemain matin.

Par chance, le matelot parti chasser dans la forêt était revenu avec une grosse truie sauvage. De son côté, Shamus avait pêché au filet une belle et succulente orphie dans les eaux calmes du lagon. C'était l'occasion idéale d'organiser un *Kulakaikai* sur la plage, songea-t-il.

Tout au long de la journée, il s'était arrangé pour éviter Cleo. Il avait pensé effacer son impulsion de la nuit précédente par sa rencontre matinale avec le mérou tacheté. Et plus tard, lorsqu'il avait vu la jeune femme nager derrière le canot, vêtue d'un costume de bain des plus légers, il ne s'était plus du tout soucié de ce qui pourrait lui arriver. Pourtant, en la voyant poursuivie par deux requins, il l'avait crue en danger de mort. Il avait pratiquement suffoqué à l'idée de la perdre. Heureusement, il avait vite réalisé qu'il ne s'agissait que d'une raie et son envie de donner une bonne leçon à l'actrice avait repris le dessus. Enfin, au moment où il l'avait prise dans ses bras, il s'était de nouveau senti submergé par une vague de désir. Il s'en était alors voulu de ne pas en avoir profité le soir précédent. Il en avait assez de ressasser les mêmes pensées et de se battre contre lui-même. Puisqu'il était l'hôte, il comptait bien participer aux réjouissances et surmonter ses propres réticences. Il converserait avec ses passagers comme il ne l'avait jamais fait auparavant, et s'enivrerait pour leur montrer que lui aussi savait boire quand l'occasion se présentait. Et désormais il s'abstiendrait de faire des plans sur la comète. Arriverait ce qui devrait arriver et au diable cette bonne conscience qui prétendait lui dicter sa conduite ! Et pour commencer, il allait profiter de la brise pour s'aérer l'esprit.

Le canot avait été traîné sur le sable. Shamus demanda à Alaman de l'aider à le remettre à l'eau puis il hissa la voile d'un rouge ocreux. Le vent s'engouffra dedans et la fit claquer si fort que le capitaine n'entendait même plus le clapotement de l'eau sur la coque, et l'embarcation donna brusquement de la bande.

– Je voudrais retourner sur le *Maski*, je vous prie, lança Cleo d'un ton désinvolte en s'installant sur le plat-bord.

Elle avait roulé les bas de son jean au-dessus de ses genoux et, après avoir passé ses belles jambes bronzées par-dessus bord, laissait tremper ses orteils dans l'eau.

Shamus attachait fermement la drisse à la base du mat. Lèvres pincées, il enroulait le cordage mouillé en regardant sa passagère clandestine. Soudain il le lui jeta en criant :

– Tenez ça fermement ! Et tirez dessus quand je vous le dirai !

Une expression indignée sur le visage, Cleo le laissa retomber au fond de la chaloupe. On aurait dit qu'un serveur maladroit venait de lui renverser une assiette de soupe sur les genoux.

L'embarcation flottait tranquillement au vent. Shamus passa à l'arrière, écarta sa passagère sur le côté et saisit l'écoute de la grand-voile. Après l'avoir halée, il poussa violemment la barre en heurtant Cleo au passage.

– Aïe ! s'écria-t-elle avec ressentiment. Ça fait mal !

– Vous m'en direz tant ! aboya Shamus en lui appuyant sur la tête pour lui éviter d'être assommée par le brusque retour de la bôme.

– Dites donc ! protesta Cleo.

– Restez tranquille ou je vous balance par-dessus bord ! menaça Shamus.

Stupéfaite, la jeune femme ravala sa colère.

Le petit foc attrapa le vent. Puis la grand-voile se déplia et se gonfla. La proue oscilla un instant puis le canot gîta avant de prendre de la vitesse.

C'était une brise idéale pour naviguer. Shamus changea brusquement de cap. Deux mouettes tournoyaient dans le ciel ensoleillé, le lagon miroitait de mille feux et, pour son plus grand plaisir, le capitaine avait le visage cinglé par des embruns salés.

– Ça vous ennuierait de me dire où nous allons ? demanda Cleo d'un ton acerbe. J'aimerais retourner sur le *Maski*.

Shamus jeta un œil à la voilure : comme elle se froissait légèrement, il rapprocha l'axe de la barque du lit du vent.

– Silence, ordonna-t-il en calant la barre sous son genou. Je vous ramènerai quand ça me plaira.

Déconcertée, Cleo le regarda en silence s'allumer une cigarette et recracher calmement la fumée. De nouveau il changea de cap et le canot se mit à tanguer en affrontant la houle.

– J'espère que vous ne vous imaginez pas que cela m'impressionne, finit-elle par dire en ricanant.

Shamus ne répondit rien. La houle chahutait le canot dont la proue piquait du nez de plus en plus violemment. Soudain une gerbe d'écume submergea le plat-bord, aspergeant la jeune femme au passage. Le souffle coupé par la surprise, elle reprit aussitôt sa moue dédaigneuse habituelle, peu convaincante en la circonstance vu qu'elle dégoulinait de partout...

Des paquets d'eau continuaient d'embarquer mais elle affrontait la situation avec stoïcisme. Ayant remarqué que Shamus était pratiquement sec, elle ne tarda pas à le suspecter de garder volontairement un cap qui l'exposait aux embruns beaucoup plus que lui. Elle se leva pour trouver une place mieux abritée mais Shamus la força à se rasseoir sans même lui adresser un regard.

– Comment osez-vous ? cria-t-elle, furieuse. Je suis trempée ! Et vous faites tout pour que je le reste ! Et je commence à avoir froid !

– Personne ne vous a demandé de venir.

Il profita d'un moment où elle tournait la tête pour haler l'écoute de la grand-voile au maximum. Fendant les flots, le canot s'inclina brusquement, le plat-bord plongea dans l'écume et le côté de Cleo fut partiellement inondé. La jeune femme poussa un cri de frayeur et s'accrocha juste à temps pour ne pas tomber à l'eau.

– Arrêtez de gesticuler, s'il vous plaît, lâcha froidement Shamus, si vous ne voulez pas servir de quatre heures aux requins ! Vous avez failli nous faire chavirer !

Se penchant en avant, il saisit un bout de corde et le tendit à sa malheureuse passagère.

– Puisque vous êtes là, rendez-vous utile. Halez-moi ça !

– Quoi ? demanda-t-elle, interloquée, en tenant délicatement le cordage entre le pouce et l'index.

– Halez ! Tirez dessus !

Sous le coup d'émotion, elle obéit, persuadée qu'ils venaient juste d'échapper à un naufrage.

– Plus fort ! ordonna le capitaine. Et plus vite que ça, je vais virer de bord !

Le cordage en question était le bout d'une amarre : elle n'aurait pas pu le tirer d'un centimètre sans arracher le fond du bateau. Shamus la regarda se démener avec un sourire cruel.

– Mais halez donc ! aboya-t-il. Halez donc !

– Mais je hale, nom de Dieu ! protesta-t-elle en le fusillant du regard.

– Attention !

Bondissant d'un bord à l'autre du mât, il repoussa la barre et, comme la première fois, il appuya sur la tête de Cleo pour lui éviter d'être assommée par le gui. La jeune femme semblait complètement perdue.

– Vous appelez ça haler ? dit-il d'un air méprisant tandis que le bateau redressait sa course. Vous ne pourriez même pas haler un bateau en papier le long d'un ruisseau ! Donnez-moi ce bout !

Les mâchoires serrées et le regard sévère, il lui arracha le cordage des mains et le balança dans le fond de l'embarcation.

Un silence pesant régnait à bord du canot. Recroquevillée sur elle-même, tremblante, ruisselante, les cheveux collés sur le front, Cleo fixait Shamus avec un mélange d'effroi et de colère.

– Espèce de salaud, grommela-t-elle au bout d'une demi-heure.

Le capitaine ne l'entendit pas. Bien que lui aussi commençât à ressentir la morsure du froid, il éprouvait l'intense satisfaction de s'être enfin fait respecter.

La chaloupe filait avec une telle rapidité que deux vagues vertes déferlaient de chaque côté de sa proue.

– Si ce damné sabot se retourne, ce sera de votre faute, déclara la jeune femme d'un ton lugubre.

Shamus ignora ses paroles et, comme ils arrivaient à la hauteur du promontoire derrière lequel avait été ancré le *Maski*, il se mit à brailler une chanson de marins à pleins poumons.

*Hardi, les gars, mettez-y du cœur*
*Vous me sauverez la vie*
*Faut que je sois chez moi à l'heure*
*Pour divorcer de ma mie...*

– Oh, par pitié, balbutia Cleo en claquant des dents, pouvez-vous me ramener maintenant ? J'ai le mal de mer et...

Ce fut à cet instant que le schooner apparut, niché au fond de sa crique. Shamus laissa aller l'écoute de la grand-voile entre ses doigts et, comme par enchantement, le canot ralentit en entrant dans les eaux calmes du lagon, abritées du vent par le promontoire. Il approcha lentement de la large poupe du *Maski* et vint se ranger à côté de l'escalier.

Shamus se redressa en inclinant galamment la tête.

– Vous souhaitiez remonter à bord, n'est-ce pas ?

Cleo ne répondit rien. Telle une vieille aristocrate harcelée par le destin, elle se leva avec raideur et se hissa péniblement sur le pont.

– On recommence quand vous voulez...

– Allez au diable, marmonna-t-elle d'une voix faible.

Ravi de sa sortie dans le lagon, Shamus remit le cap sur la plage pour informer les autres passagers de son idée de banquet.

La perspective d'échapper au traditionnel menu du bord souleva l'enthousiasme général. Plusieurs Canaques prirent la chaloupe pour aller pêcher des crevettes et des homards de corail. Jodo aurait bien voulu les accompagner mais Shamus le chargea de déposer des pierres au fond du grand trou qu'ils avaient creusé dans le sable. Il devrait ensuite y allumer un feu et l'entretenir en attendant de nouvelles instructions.

– C'est un boulot de boy scout, protesta l'adolescent d'un ton dégoûté.

Mais lorsqu'il croisa le regard autoritaire du capitaine, il obéit en haussant les épaules.

Whitey et Jimmy furent désignés pour ramasser des noix de coco mûres. Cela n'avait rien de compliqué, vu qu'il y en avait des centaines autour d'eux. En revanche ils éprouvèrent beaucoup plus de difficultés à les ouvrir et leurs tentatives maladroites provoquèrent l'hilarité des Canaques.

Le rôle de Cleo consistait à gratter la chair blanche des noix et à la presser pour en extraire le lait dont on napperait ensuite les fruits tropicaux. Cette astuce culinaire décuplait la saveur de la crème de coco.

Shamus s'occupa de préparer la truie. Il la dépouilla, l'étripa et la fourra de bananes et de tendres pousses de noix de coco dont le goût ressemble à celui de l'artichaut. Pour l'assaisonnement, il se servit de chutney, de feuilles de Koa et d'herbes sauvages cueillies par les Canaques. Recousu avec une grosse ficelle et enveloppé dans des feuilles de pandanus, le cochon fut soigneusement placé au fond du trou, sur les roches incandescentes, puis recouvert de terre humide et laissé à mijoter pendant quatre heures.

En début de soirée, le canot apparut près de la pointe. Comme il était au vent, il traversa à vive allure le lagon et vint au lof vers la plage. Tout le monde se précipita pour admirer la pêche des Canaques. Debout à l'arrière, Alaman tenait flegmatiquement une patte de la plus belle prise : une tortue marine.

– Formidable ! Exactement ce qu'il nous fallait ! s'exclama Shamus. Si c'est une femelle, c'est notre jour de chance !

– Une femelle ? Pourquoi ça ? demanda Jodo que la référence au sexe de l'animal avait rendu curieux.

– Elle doit porter des œufs dans son ventre, répondit le capitaine en se dirigeant vers la chaloupe. Ils feront une succulente pâte à frire pour l'orphie !...

Au fond de l'embarcation, il découvrit des huîtres, des crevettes, des homards, des trochées et des limaces de mer.

– Ces mollusques sont délicieux, expliqua-t-il, mais la plupart des Occidentaux ne les supportent qu'en soupe... Au moins, une chose est certaine : nous dînerons bien ce soir !

Quand tout fut enfin prêt, le soleil se couchait sur le lagon miroitant et la nuit tomba en quelques minutes. Les Canaques enflammèrent les torches de broussailles sèches qu'ils avaient plantées dans le sable autour de la table en feuilles de pandanus.

– Quelqu'un veut un autre grog ? proposa Shamus.

Il avait concocté un punch à base de rhum et d'eau de noix de coco. Par ailleurs, il avait enfreint une de ses règles d'or en offrant une double mesure de rhum aux membres de l'équipage. Ces derniers entonnèrent un chant mélanésien avant de déterrer le cochon.

– Regardez ! dit Shamus en désignant les collines.

Juste au-dessous de la lune montante, une cascade dégringolait du mur vert de la jungle. La chute d'eau était éloignée et l'on n'entendait aucun bruit : c'était comme si l'astre surchauffé s'écoulait en un mince filet d'argent en fusion.

Les échos du chant monotone des Canaques se répercutaient faiblement dans la jungle.

– On dirait un *Negro Spiritual*, chuchota Cleo d'une voix respectueuse et intimidée.

– C'est une prière ancestrale, expliqua Shamus.

La voix de la jeune femme l'avait aussitôt étourdi, réveillant ses démons de la veille. Il se resservit un verre en se promettant de monopoliser la parole.

– C'est un peu comme s'ils disaient les grâces, ajouta-t-il. Ils remercient les dieux pour leur générosité. Dès qu'ils auront sorti le cochon, ils se mettront à danser. Au fait, j'ai une surprise pour vous. Approchez.

Tout le monde se rassembla autour de lui à l'exception de M. Swartz. Séduit par le grog à la noix de coco, il en était déjà à son quatrième verre. Il admirait la cascade au clair de lune et ses lunettes brillaient dans l'obscurité.

– Ah, quel tableau merveilleux, murmura-t-il. Il n'y a pas de mots pour décrire un spectacle pareil...

Puis il poussa un long soupir. Tout lui paraissait si futile et éphémère, à commencer par sa triste existence... La beauté de cette cascade le fascinait autant qu'elle le déprimait. Pourquoi le prix à payer était-il si élevé ? Pourquoi n'était-il jamais autant ému que par ce qui lui était interdit ?

Soudain une puissante émotion l'envahit – l'impression que le temps s'était arrêté ou, plus exactement, que chaque seconde durait plusieurs minutes, plusieurs heures, plusieurs années. Il sentit les battements de son cœur dans sa poitrine. Il ne pouvait plus lâcher des yeux l'étincelant ruban d'argent de la cascade. Des gouttelettes de sueur perlaient sur son front. La violence de son émotion l'avait cloué sur place. Et Dieu, pensa-t-il, ce Dieu dont on lui rebattait sans cesse les oreilles, était-il au Commencement ou à la Fin ? Comment les peuples anciens avaient-ils développé leurs croyances religieuses ? Et comment un lac devenait-il sacré, par exemple ? Comment une divinité naissait-elle des noires profondeurs d'un cratère ? Des larmes se formèrent dans ses yeux et elles se mirent bientôt à couler sur ses joues.

– Ah, la Beauté, bredouilla-t-il d'une voix faible. La Beauté... C'est insupportable...

Il reprit brusquement ses esprits. Ne subsistait en lui qu'un profond et désespérant sentiment d'abandon.

– Il faudrait la filmer, dit-il à voix basse.

Et, pour qu'on ne le vît pas pleurer, il se tourna vers la mer qui ne lui avait jamais semblé aussi floue.

– Mouais, fit Whitey, l'œil mi-clos, en aspirant l'air entre ses dents. Personne n'y croira sur grand écran. Ça paraîtra truqué – comme si on voulait en mettre plein la vue du spectateur... Ça ressemblera à une lune des frères Warner...

– Bon, tout ça, c'est très joli, mais la surprise ? demanda Cleo en joignant les mains, tout excitée. Où est la surprise ?

– La surprise, ça serait de passer à table, grommela Jodo d'une voix râpeuse.

Les sentiments, notamment les plus abstraits, l'ennuyaient. C'était une cascade, et alors ? pensait-il avec irritation. Swartz allait-il en faire son dîner ? Ce vieil idiot avait l'air d'en avoir versé une petite. En plus, il avait un coup dans le nez. Après tout, il suffisait de tourner un robinet pour obtenir une cascade. Alors, qu'est-ce qu'il y avait d'extraordinaire là-dedans ?

– Qu'est-ce qu'on attend pour bouffer ? insista l'adolescent.

– *Bouffer* ! le rabroua Cleo. Tu t'es déjà envoyé une bonne demi-douzaine de bananes, sans parler de tout ce que tu as chapardé... Et si vous nous révéliez cette surprise ?

– Ah, oui, la surprise..., répondit Shamus en souriant, vous ne devinerez jamais... Elles attendent leur heure depuis très longtemps... Un instant !

Avec un geste d'illusionniste dévoilant une femme coupée en deux, il se baissa pour soulever une large feuille de pandanus sous laquelle se trouvaient six bouteilles couchées sur le côté.

– Regardez-les ! s'exclama-t-il fièrement. Regardez ! Six princesses dans une fosse commune ! Notez les étiquettes, je vous prie ! Cela fait des mois qu'elles sont au frais dans la sentine. Des vins exceptionnels... des grands crus !

– Comment ça ? demanda Jodo, l'air perplexe, en se rapprochant. Qu'est-ce qu'il a d'exceptionnel, ce pinard ?

– Il s'agit de trois Romanée Saint Vivant 1929 et de trois moselles de la meilleure cuvée. Malheureusement, ils sont tièdes et devraient être servis frappés. Celui-ci est un Ruppertsberger Spiess de l'année 1921, déclara-t-il en s'emparant délicatement de la bouteille comme s'il prenait un sceptre royal sur un coussin de velours. Ce nectar vous court dans les veines comme un feu liquide et bienfaisant...

Il y eut un bref moment de silence. La verve de Shamus semblait avoir ensorcelé les convives.

– Sans blague, dit Jodo en tendant le bras pour saisir une bouteille.

Il n'eut pas le temps d'aller plus loin car une main d'acier l'agrippa aussitôt par le col de sa chemise.

– Mon garçon, le sermonna Shamus d'un ton professoral, je sais que vous avez beaucoup à apprendre, alors voici une première leçon : ne jamais toucher à une bouteille qui repose.

– Quoi ? Nous n'allons pas les boire ? grogna Jodo en se débattant.

Shamus le lâcha en lui donnant une petite tape sur la tête, puis il secoua la sienne d'un air solennel.

– Non, nous n'allons pas les boire, déclara-t-il avec emphase. Pas vous, en tout cas : vous êtes trop jeune pour apprécier... Et si nous dînions ? M. Swartz, ici, je vous prie. M. O'Donnel et M. Dodds, ici et vous, Mlle Charnel, vous nous ferez un grand honneur en acceptant de vous installer en bout de table.

– Et moi, où est-ce que je m'assois ? demanda Jodo.

– Mais où bon vous semble, mon petit ami, répondit Shamus avec un geste dédaigneux, où bon vous semble...

Sa loquacité avait quelque chose de bizarre, surtout à ses propres oreilles, car il était le premier à savoir qu'elle ne correspondait pas à sa nature profonde. Mais, ce soir-là, il avait décidé de parler, de boire et de manger sans modération.

– Ce soir, assez curieusement, je vous trouve un certain charme, sans doute votre petit air offusqué, continua-t-il puis, se tournant vers les autres, il fit claquer ses lèvres et annonça : Maintenant, nous allons déboucher le moselle...

Les Américains s'assirent en échangeant des regards perplexes. L'humeur euphorique de Shamus leur paraissait étrange. Cleo elle-même l'observait avec un mélange de surprise et d'amusement.

– Ce crétin est bourré ! marmonna Jodo en s'accroupissant à côté de la jeune femme.

À en juger par son expression, il le détestait plus que jamais.

– Pas complètement, chuchota Cleo. Quoi qu'il en soit, je ne veux pas rater ça. Et arrête un peu de l'insulter, veux-tu ?

– Parce que je devrais me laisser ridiculiser ? Son « petit ami » me reste en travers de la gorge ! Je parie que je peux boire plus que...

– Ferme-la ! l'interrompit Cleo en lui décochant un regard si féroce qu'il en était tout éberlué.

Pendant ce temps, Shamus servait le vin ambré à ses invités.

– Humez la délicatesse de ce bouquet..., déclara-t-il en le goûtant lentement. Et quel corps ! Quand je pense qu'il a survécu au roulis du bateau... Ah, entre tous les vins, ce sont les bourgognes et les moselles que je préfère... Et le champagne, me direz-vous... Eh bien, le champagne, je n'ai pas les moyens d'en acheter... Mais c'est toujours avec plaisir que je me remémore les mots de ce moine bénédiction qui, le premier, découvrit la tendance naturelle des vins de Champagne à mousser : « Mes frères, venez me rejoindre dans la cave ! Venez vite ! Je bois des étoiles ! »

Shamus s'aperçut que ses passagers le dévisageaient avec des yeux ronds.

– J'aime ça, pas vous ? *Je bois des étoiles*... C'est excellent, vous ne trouvez pas ? Après tout, boire du vin n'est pas une fin en soi – il faut y mettre une certaine poésie, non ? Il y a tant de banalité en ce bas monde... et pas assez de place pour la beauté et l'imagination... Le vin contribue à améliorer tout ça. Contrairement à l'alcool qui n'est généralement qu'un moyen sordide de fuir la réalité. Mon oncle Desmond, qui l'a fuie pendant la plus grande partie de sa vie, a écrit de nombreux poèmes sur le vin. En français, d'ailleurs. Soit dit en passant, le vin est la seule chose valable chez les Français. Chez mon oncle Desmond, c'était la poésie... quand il maniait son stylo du bon côté.

Shamus acheva sa tirade par un éclat de rire.

– À la vôtre ! déclara-t-il en levant son verre. Que vos narines hument à jamais le bouquet de ce divin moselle qui a le parfum de pétales de rose écrasés !

– Non mais t'as vu ça ? marmonna Jodo en se penchant vers Cleo. Qu'est-ce qui lui prend ? Sa vinasse lui est montée à la tête, ma parole ? Ne me dis pas que ce salaud-là n'est pas complètement torché...

La jeune femme s'apprêtait à l'envoyer paître mais Jodo ne lui en laissa pas le temps.

– Tu serais pas mordue, toi ? lui dit-il d'un ton narquois.

Cette question surprit la jeune femme le nez dans son verre de vin.

– T'es dingue ou quoi ? répliqua-t-elle en manquant de s'étrangler. Et puis occupe-toi donc de tes affaires !

– Ah ouais ? chuchota Jodo avec un clin d'œil lubrique. Je sais reconnaître une fille qui a le feu au cul, frangine. On ne me la fait pas, à moi !

Après avoir déterré le cochon sauvage, les Canaques se remirent à chanter en ôtant délicatement les feuilles de pandanus. Et tandis que la lune montait au-dessus des palmiers et que les convives se laissaient bercer par le déferlement des vagues sur la plage, le délicieux fumet de la viande se mêla au parfum enivrant des fleurs nocturnes. L'heure du dîner avait enfin sonné.

En guise de hors-d'œuvre, il y eut des huîtres de roche arrosées de vin de Moselle. Les Américains le burent à petites lampées pour ne pas froisser Shamus qui surveillait chaque verre comme un chef d'orchestre ses musiciens. Puis vinrent les crabes de cocotier à la chair blanche et sucrée, les homards grillés nappés de sauce à la moutarde, la tortue sur son lit de patates douces et l'orphie, assez ferme pour être mangée avec les doigts et dont chaque bouchée fondait dans la bouche.

Enfin, servi avec des taros sauvages, le cochon fut posé au milieu de la table. Sa couenne dorée et rissolée frisottait comme les franges d'un tapis. À l'intérieur, les amandes de noix de coco étaient aussi juteuses que des pommes. Ce plat de résistance sentait aussi bon qu'il était appétissant. Pourtant, malgré le bourgogne qui l'accompagnait, il resta cantonné au rôle d'ornement de table. Jodo lui-même n'avait plus la force d'y goûter. Les Canaques chantèrent et dansèrent pendant toute la soirée. Les Blancs se contentèrent de battre dans leurs mains car ils n'arrivaient plus à bouger.

– Pffff ! fit M. Swartz en s'épongeant le front, adossé à un cocotier. Jamais je n'ai aussi bien mangé ! Mais je donnerais tout pour un peu de bicarbonate de soude ! Je crois bien que j'ai eu les yeux plus gros que le ventre !

– Ouais, je me demande comment vous avez pu avaler tout ça ! s'exclama Whitey. Vous ne savez pas à quel point je vous envie, les gars... de manger de tout ce que vous voulez.

Il sortit deux pilules de la poche de sa chemise et les avala en se plaçant face au lagon.

– Ça me rappelle ce tournage où nous avions l'habitude de pique-niquer sur les bords du Mississippi, continua-t-il, sauf que nous buvions du vin de mûres et qu'à la place de tortue marine, nous nous farcissions des crotales diamantins !

Au bout d'un moment, Cleo se leva et s'étira la jambe droite en poussant une petite plainte.

– Qu'est-ce qui ne va pas, chérie ? s'inquiéta M. Swartz qui l'observait d'un œil malicieux en allumant sa pipe.

– Crampe, répondit Cleo en massant le muscle endolori.

– Cet Alaman est un type étonnant, enchaîna M. Swartz d'un air badin. Un être d'une grande douceur. Mais il suffit de lui parler de chair humaine pour que ses yeux se mettent à briller comme s'il était privé de dessert depuis trop longtemps. Il prétend que ça a le goût du porcelet. Par contre, il ne semble pas raffoler de la viande de Blanc. Trop salée...

– Exact, approuva Shamus avec solennité, on ne devrait jamais manger de Blancs. Mais attention ! Ne croyez pas que je me fasse l'avocat du cannibalisme ! J'essaie juste de le comprendre sur le plan philosophique... Le cas échéant, vous ou moi hésiterions avant de goûter à une grillade de notre prochain. En revanche, si nous étions cannibales, notre estomac se révulserait peut-être à la simple odeur d'un... croque-monsieur, par exemple. D'un autre côté, si nous n'étions pas seulement des cannibales mais aussi des fines gueules, nous refuserions de toucher à la viande blanche, c'est-à-dire à la viande des Blancs, parce que nous ne connaissons que trop leurs vices cachés et leurs mauvaises habitudes diététiques. En tout état de cause, je ne dirais pas non à un Papou nourri au cochon sauvage ou à un Chinois parfumé à l'opium. D'ailleurs, on prétend que la chair de ce dernier est d'une qualité supérieure à celle du bœuf ou du chien.

– Et votre Chinois, vous l'arroseriez de votre jus de pétales de rose écrasés, j'imagine ? le coupa Jodo d'un air narquois.

– Le seul qui a de bonnes raisons de s'opposer à l'anthropophagie, c'est le végétarien, continua Shamus en ignorant la remarque de l'adolescent. Si nous condamnons ce régime alimentaire, c'est uniquement au nom de nos principes moraux – en ce sens que manger des hommes implique de leur ôter la vie. Maintenant ce n'est pas parce que l'idée de goûter à un éclair aux cancrelats me répugne que je vous empêcherais de vous en goinfrer si cela vous fait plaisir...

Il regarda ses passagers les uns après les autres.

– Vous, par exemple, dit-il en dévisageant Jodo, je vous vois bien passer à la casserole... Vous avez l'âge et la corpulence. Mais, à choisir, je préférerais quand même le plat du jour.

Shamus se mit à rire de sa plaisanterie.

– Ah ouais ? fit Jodo, vexé.

– Qu'est-ce qui te pose problème, chéri ? dit malicieusement Cleo. Ça t'irait bien deux ou trois asperges et une poignée de champignons...

– Ou rôti à la broche, avec une pomme dans la bouche, suggéra rêveusement Whitey.

Soudain Shamus se leva et murmura un mot d'excuse. La tête lui tournait mais il réussit à s'éloigner sans tituber. Quelques pas sur la plage lui rafraîchiraient sûrement les idées.

D'ailleurs il en avait assez de parler, de boire et de jouer la comédie. Arrivé à une certaine distance du groupe, il se retourna pour observer Cleo à la lueur des torches. Il s'aperçut qu'elle le regardait aussi. Il comprit aussitôt que sa mise en scène n'avait servi à rien. Pourquoi avait-il accepté ce contrat ? Pourquoi n'était-il pas reparti immédiatement pour l'Angleterre en emportant le souvenir immaculé de Ganice ? Il donna un coup de pied dans le sable et reprit sa promenade nocturne.

Cleo le laissa prendre un peu d'avance avant de se remettre à souffrir de sa crampe. Elle se leva à son tour pour s'étirer, histoire de ne pas éveiller de soupçons.

– C'est ça, chérie, tu ferais mieux d'aller te dégourdir les jambes, dit M. Swartz pour l'encourager.

– Ça m'étonnerait qu'elle marche longtemps, grommela Jodo, allongé sur le sable. Lui aussi, d'ailleurs.

– Je croyais que tu dormais, toi, le rabroua M. Swartz en lui décochant un regard plein de reproche.

– Ah bon ? rétorqua Jodo. Eh bien tu te trompais. Je réfléchissais.

Étouffant un bâillement, il éclata brusquement d'un rire sardonique.

– *Que vos narines hument à jamais le bouquet de ce moselle qui a le parfum de pétales de rose écrasés...*, déclama-t-il en prenant le ton emphatique de Shamus.

Son imitation fit mouche et les autres Américains s'esclaffèrent.

– Vous l'avez entendu comme moi ? Il parle comme une tante ! renchérit Jodo en relevant légèrement la tête pour repérer l'objet de ses quolibets. Cleo risque d'être déçue... Ça serait trop marrant ! En plus ce crétin ne tient pas l'alcool. Il empeste le jus de pétales de rose écrasés à cent mètres.

Puis il reposa la tête dans le sable. Pendant quelques secondes, il se demanda ce qui l'énervait tant chez ce Shamus O'Thames. Finalement, il se dit que cela ne valait pas la peine d'y penser. D'ailleurs, il avait trop mangé.

À l'autre bout de la plage, Shamus s'était arrêté pour admirer le fond de l'eau à quelques mètres du rivage. À la lueur de la lune, le lagon apparaissait d'une transparence cristalline et le capitaine était persuadé d'avoir vu un poisson de forme allongée nager à la même hauteur que lui.

Lorsqu'il s'était arrêté de marcher, le mystérieux poisson en avait fait autant et il semblait le fixer intensément comme s'il avait quelque chose à lui dire.

Shamus secoua la tête pour essayer de s'éclaircir les idées. Voilà qu'il se croyait suivi par un poisson, pensa-t-il. De mal en pis ! C'était le genre d'incident qui devait arriver souvent à cet ivrogne d'oncle Desmond...

Il regarda à nouveau, se rapprocha du bord de l'eau et vit le poisson, qui n'avait rien d'une illusion, s'enfoncer dans les profondeurs. Shamus éclata de rire avant de s'interrompre aussitôt. Qu'est-ce qui lui prenait de rire comme un imbécile ? se reprocha-t-il. Il se redressa avec dignité et inspira un grand coup en jetant un coup d'œil derrière lui. La tête lui tournait de plus en plus. Mais en aucun cas les autres ne devaient s'apercevoir qu'il était ivre, surtout pas cet avorton à l'esprit mal tourné.

Il avança dans l'eau pour vérifier si le poisson était revenu. Non... Mais l'occasion était idéale pour un bain de minuit ! Rien de tel pour se ragaillardir...

Il s'assura que personne ne l'observait, se déshabilla en vitesse et courut piquer une tête dans le lagon. Une fois passée la première sensation de fraîcheur, il se sentit rapidement enveloppé par la tiédeur de l'eau. Ah, comme c'était agréable... Il prit une profonde inspiration et se laissa flotter sur le ventre, cédant au plaisir souverain de ne plus faire qu'un avec l'élément liquide. Au bout d'un moment, il se retourna sur le dos et, redressant la tête, aperçut le feu sur la plage. Un peu en retrait, il distingua les silhouettes de Doc, Whitey, Jim et Jodo, tous affalés sur le sable. Non loin d'eux se tenaient trois Canaques. De toute évidence, les autres étaient cachés par les palmiers. Mais où était passée Cleo ? Il l'avait quittée près du feu avec les autres.

Soudain il la vit se profiler à contre-jour, à quelques mètres du rivage. Elle s'était approchée sans un bruit et l'observait en silence. Elle se dévêtit entièrement et plongea dans l'eau. Quelques secondes s'écoulèrent et elle ressurgit devant lui.

– Mes cheveux ! gloussa-t-elle en glissant un bras d'un blanc d'ivoire derrière sa tête ruisselante, j'ai complètement oublié ! Je dois ressembler à un rat !

Elle semblait tout excitée par son audace.

– Ça ne vous ennuie pas ? dit-elle en faisant du surplace dans l'eau. Je suis tombée sur vos affaires sur le sable et ça m'a paru une excellente idée... Comme je crois l'avoir déjà dit, ce qui est bon pour les garçons l'est aussi pour les filles.

– Bien sûr, dit Shamus en écarquillant les yeux de surprise.

Cette situation était des plus troublantes, pensa-t-il, elle avait quelque chose de... – il n'arrivait pas à trouver le mot juste – ... primitif... Aussi clairement que dans une glace, la lune révélait le moindre détail de leur nudité dans l'eau transparente. Comment allait-il nager dans ces circonstances, s'interrogeait-il, mais il réalisa soudain, avec un léger sursaut et beaucoup d'embarras, qu'elle avait exactement le même problème que lui.

– La mer nous libère, n'est-ce pas ? finit-il par bredouiller.

Elle éclata de rire, la tête en arrière, avec toute la spontanéité et l'exubérance qui la caractérisaient.

D'une brusque poussée des jambes, il s'éloigna un peu d'elle et la regarda avec une audace dont il se serait cru incapable avant le dîner. Son sourire était sincère, chaleureux et espiègle. Ses mèches blondes dégoulinaient sur son front mais elles continuaient de briller d'un éclat doré au clair de lune. Elle ressemblait de nouveau à une petite fille, pensa-t-il, à une vilaine petite fille, certes, mais si charmante qu'en la voyant, personne n'aurait l'idée de lui adresser le moindre reproche. D'ailleurs qu'y avait-il à lui reprocher ? Pour commettre une mauvaise action, encore faut-il en avoir conscience...

Stimulé par l'ivresse, Shamus se remémora une citation de Chesterton : « La vertu n'est pas l'absence de vices ou l'évitement des dangers moraux ; la vertu est une chose nette et distincte, comme une douleur ou une odeur. » Il s'entendit rire et se demanda quelle mouche l'avait piqué. Chesterton, peut-être. Il aurait été plutôt comique dans cette situation, songea-t-il, nu comme un ver et flottant comme un bouchon. Mais il aurait su quoi faire et le jeune homme n'en avait pas la moindre idée. Il se sentait pourtant envahi par une douce euphorie. Oui, c'était l'expression adéquate : tandis que l'excitation montait en lui, il éprouvait un profond sentiment de bien-être et la conviction que le conflit qui le tourmentait depuis des jours n'était pas aussi important qu'il l'avait cru. Une seule chose comptait : le bonheur de barboter dans un lagon perdu au bout du monde, au clair de lune, en compagnie d'une jeune femme d'une exceptionnelle beauté.

– Allez, dit-elle d'un ton gai et tendre, nageons un peu.

– Quoi ? fit Shamus, brusquement sorti de sa rêverie.

Il avait d'autant moins entendu ses paroles que ses oreilles bourdonnaient légèrement à cause de l'ivresse.

– Nageons un peu, répéta-t-elle en commençant à crawler.

Après un instant d'hésitation, Shamus se lança à sa poursuite. À chaque fois qu'elle relevait son bras droit, elle tournait brièvement la tête vers lui pour inspirer. Il revint peu à peu à sa hauteur et s'aperçut que, désormais, il avait moins conscience de leur nudité que de leur proximité au milieu de l'immensité de l'océan. Ils nagèrent côte à côte pendant un moment, sans dire un mot. Leurs battements de pieds laissaient une traînée légèrement phosphorescente derrière eux et des diamants semblaient tomber de leurs doigts à la lueur de la lune. Soudain Cleo relâcha son effort et se remit à faire du surplace dans l'eau.

– Mince alors, c'est formidable ! s'exclama-t-elle en lui souriant. Comment peut-on supporter toutes ces idées ridicules sur la bienséance ?

Ils restèrent silencieux pendant quelques instants puis Shamus sentit le fond sous ses pieds et réalisa que la marée les avait éloignés du rivage et qu'ils se trouvaient sur un banc de vase. Lorsque Cleo voulut y prendre appui, la houle la poussa en avant et elle s'accrocha au bras du capitaine pour ne pas perdre l'équilibre. L'espace d'un bref instant, leurs corps se rejoignirent et le jeune homme frissonna. Puis elle passa les bras autour de son cou et plongea son regard dans le sien.

– Oh, chéri, murmura-t-elle, à quoi bon nous jouer la comédie ? J'imagine qu'un poisson pourrait m'effrayer et que je n'aurais plus qu'à me laisser réconforter. Je pourrais aussi tomber sans le faire exprès... Mais est-ce vraiment nécessaire ?

Soudain elle recula d'un pas et sauta sur place, les bras grands ouverts.

– Regarde-moi, lui dit-elle d'un air de défi. Tu es sûr que tu ne veux pas de moi ?

En remarquant la lueur bleu clair nuancée de vert de ses prunelles, Shamus sentit sa gorge se nouer et des marteaux se mirent à cogner dans sa tête. Une étrange torpeur s'empara de lui tandis qu'elle le dévisageait avec une intensité magnifique.

– Shamus...

– Viens ici, dit-il d'une voix basse, presque méconnaissable, en la prenant dans ses bras.

Il l'embrassa sauvagement, comme s'il voulait lui faire payer le prix de ses hésitations et de ses tourments, et plongea vers le rivage. Il n'avait pas vraiment conscience de la direction qu'il suivait et s'en moquait. Seules comptaient la souplesse du corps de Cleo et les douces collines de ses seins pressées contre son torse. Il revit ses yeux qui le fixaient avec un mélange de quiétude, de tendresse et d'impatience. Il revit ses lèvres entrouvertes dans une sorte de moue émerveillée.

Les deux amants se retirèrent dans l'ombre épaisse d'un casuarina. La brise de terre transportait les effluves riches et sucrés de ces fleurs de la jungle qui ne s'épanouissent que la nuit. Des vagues argentées déferlaient sur le rivage et, par-delà le lagon, ruminait le noir et mystérieux océan. Le cœur rempli d'un irrépressible désir, Shamus et Cleo tombèrent dans les bras l'un de l'autre et restèrent longtemps à s'embrasser, sans bouger, se serrant très fort, et leurs baisers salés prirent un goût de fer, celui du sang.

## CHAPITRE 12

SHAMUS s'assit au bord de son lit de camp, dans la lumière grise du petit matin, et se prit la tête entre les mains. Une sourde migraine lui broyait le crâne depuis la nuque jusqu'aux yeux. Mais en soi, cela n'était pas grand-chose. S'il lui arrivait rarement d'être ivre, il connaissait les effets d'une gueule de bois et les supportait avec un certain stoïcisme. Ce qui le faisait vraiment souffrir, c'était quelque chose qu'il ne comprenait pas et le poussait à refuser de voir la réalité en face. Il n'avait qu'une envie, se cacher là ou personne ne le trouverait pour se remettre d'une terrible humiliation.

Il se remémora avec amertume les événements de la soirée précédente. Il avait projeté de se saouler et y était parvenu sans problème. Il n'avait cessé de débiter des inepties pour oublier l'épuisant dilemme qui le rongeait depuis son départ de la mission. Puis il s'était baigné et Cleo l'avait rejoint, telle une sirène du lagon. Ce qui s'était passé ensuite avait balayé tous ses scrupules et réduit à néant ses vaines tentatives de se conformer à ses décisions. Il gardait une impression émerveillée de leurs étreintes sur le sable, comme si tout cela avait renfermé une signification profonde à côté de laquelle rien n'avait plus d'importance. Bizarrement, au moment où il avait embrassé la jeune actrice, il ne lui était pas venu à l'esprit qu'il trahissait ses sentiments pour Ganice. D'ailleurs il avait agi spontanément, sans réfléchir, sans quoi cela ne lui aurait pas paru aussi enchanteur, naturel et réjouissant que la phosphorescence de la mer ou le lever de lune au-dessus de la cascade. Jamais il n'aurait cru changer d'opinion quelques heures plus tard...

Peu après son retour à bord du *Maski*, il avait reçu la plus belle gifle de sa vie. La nuit était déjà très avancée, tout le monde était repu et les membres de l'équipage ainsi que les passagers étaient allés se coucher. Shamus s'était bientôt retrouvé seul sous la tente de la plage arrière. Pendant un long moment, il était demeuré assis au bord de son lit. Détendu, soulagé, il lui semblait flotter sur un petit nuage. Libéré de ses doutes et de ses scrupules, il éprouvait une telle gratitude pour Cleo qu'il n'avait pu résister à la tentation de lui souhaiter une bonne nuit dans sa cabine. Il lui murmurerait quelques mots tendres avant d'aller dormir et de rêver à elle.

Soudain, alors qu'il descendait l'escalier, Shamus avait entendu la voix de la jeune femme et s'était arrêté net. Elle riait. Incrédule, il s'était agrippé à la rampe et avait tendu l'oreille.

– ... cul nu, tu vois le tableau ? Lorsqu'une fille est dans cette situation, que peut-elle faire ? Alors je lui ai dit...

Shamus avait eu un mouvement de recul. Puis il s'était retourné et avait remonté les marches quatre à quatre. Au moment où il avait refermé la porte derrière lui, le rire de Cleo avait de nouveau retenti. C'était comme si elle venait de le pousser dans un précipice sans fond.

Pauvre Shamus ! Il avait appris à manœuvrer un bateau, à diriger des hommes, à affronter le danger avec calme et détermination, mais jamais à se méfier de son hypersensibilité ou à lutter contre sa tendance instinctive à prendre tout propos ou toute attitude ambigus pour une attaque personnelle. Dans son esprit, le comportement de Cleo ne pouvait signifier qu'une seule chose. Elle était en train de raconter leurs ébats nocturnes et se moquait de lui... À qui parlait-elle ? À Doc, Whitey, Jim ou Jodo ? Qu'est-ce que cela faisait ? Ce qu'il y avait de plus terrible là-dedans, c'était de réaliser que, pour elle, leur histoire n'était qu'un simple divertissement et qu'elle n'avait même pas attendu la fin de la nuit pour en plaisanter avec ses amis. Mais lui qui se montrait si juste avec ses hommes, comment pouvait-il tirer des conclusions aussi hâtives ?

Il s'agita sur son lit sans fermer l'œil de la nuit. Dans ses moments de déprime, il avait tendance à se morfondre et à s'accuser de tous les maux de la terre – une manie qu'il avait probablement héritée de ses ancêtres puritains. Il s'était enivré et avait agi avec légèreté quand il aurait dû faire preuve d'un minimum de dignité et de sens des responsabilités. Il s'était fait abuser par une femme frivole dont il avait confondu l'audace avec de la sincérité. Cette aventurière avait aussi prouvé sa superficialité en se moquant de leur histoire à la première occasion. Mais le plus grave, c'est qu'il avait bêtement gâché quelque chose d'infiniment plus précieux – son droit de penser à Ganice comme il se le permettait jusqu'alors. Qu'adviendrait-il de ses beaux serments d'amour maintenant qu'il les avait foulés au pied ? Et puisque Cleo avait précipité sa chute, il la traiterait avec la même dureté qu'il se réservait à lui-même – autant pour l'avoir trompé sur la nature de ses intentions que pour lui avoir infligé la plus cruelle des humiliations.

Car la discipline de fer qui régnait à bord du *Maski*, Shamus était le premier à se l'appliquer. Ses ruminations nocturnes débouchèrent sur une décision irrévocable. Il avait entrepris ce voyage dans l'espoir de revoir Ganice – même si, en son for intérieur, il doutait qu'elle accepterait de l'accompagner et se blâmait de ne pas avoir eu le courage de repartir en Angleterre comme il s'y était engagé. Eh bien, puisqu'il en était ainsi, il ne retournerait pas à la mission du père Kirshner. Il en finirait avec ce périple aussi vite que possible, reviendrait à Rabaul et embarquerait sur le premier navire à destination de l'Angleterre. Ce qui lui restait de Ganice – ce moment passé avec elle, le vase en porcelaine de Saxe et son souvenir impérissable – était tout ce qu'il méritait d'avoir. Mais comment mettrait-il son plan à exécution ?

À trois jours de navigation se trouvait l'embouchure du Ramu et à cinq, celle du Sepik – l'objectif qu'ils s'étaient fixé. Entre les deux fleuves, il y avait la mission du père Kirshner. Shamus serra les dents en se rappelant la suggestion de M. Gibson : « Pourquoi devriez-vous explorer ce fleuve en particulier ? Ne se ressemblent-ils pas tous ? Surtout quand on ne les a jamais vus ! Quant aux indigènes, il n'y a pas de grandes différences d'une tribu à une autre. Cet étranger serait bien en peine de les relever. Au fond, vous pourriez choisir un cours d'eau moins dangereux ... »

Si Shamus ne partageait pas le point de vue de M. Gibson, il lui fallait tout de même tenir compte de certains paramètres. Sur le Ramu, il était aussi facile de s'enliser dans un banc de vase que sur le Sepik, mais les comparaisons s'arrêtaient là. Sur le Ramu, il suffisait d'attendre la marée pour se dégager. Sur le Sepik, un bateau échoué devenait immédiatement une cible pour les indigènes – des chasseurs de têtes belliqueux, rusés et sans le moindre scrupule. Ces Papous de haute stature détestaient les étrangers, notamment les Blancs. Cachés dans l'épaisse mangrove, le long des berges du fleuve, ils ne se montraient qu'une seule fois aux importuns, le temps de faire pleuvoir sur eux un déluge de lances et de flèches. Ces faits étaient avérés mais ils ne pesaient pas lourd dans la réflexion de Shamus. Ils lui serviraient juste d'excuse pour justifier le changement d'itinéraire. Il savait que plus il se rapprocherait de la mission du père Kirshner, plus intense serait son désir d'y jeter l'ancre pour revoir Ganice. Désormais son nouvel objectif condamnait cette éventualité.

Il se leva de son lit et se dirigea vers le réfrigérateur antédiluvien d'où il sortit délicatement le paquet contenant le vase en porcelaine de Saxe. Il ôta la vieille chemise qui l'enveloppait et le posa sur la table. Swartz voudrait sans doute retourner à terre pour filmer les indigènes. Shamus essaierait de l'en dissuader, ne serait-ce que pour hâter leur départ... Mais s'il n'y parvenait pas, cela lui donnerait l'occasion de rapporter des fleurs et lui mettrait un peu de baume au cœur.

L'air triste et abattu, il se dirigea lentement vers l'avant et aperçut M. Swartz, accoudé au bastingage à quelques mètres devant lui.

– Bonjour, Cap' ! lança joyeusement le petit homme sans quitter le rivage des yeux. Sacrée fiesta, hier soir, hein ?

– Comme vous dites, marmonna Shamus en pensant que c'était peut-être à lui que Cleo avait parlé la nuit précédente.

Toujours plein d'entrain, Doc feignit de ne pas remarquer l'ironie de sa réponse.

– Quand serons-nous prêts à lever l'ancre, Cap' ?

– Quand vous le souhaiterez, dit Shamus. Nous pouvons appareiller en moins d'une heure... Mais ces Papous que vous vouliez rencontrer ?

– Des paroles en l'air ! répliqua Swartz en riant. J'ai horreur des chasseurs de têtes et j'espère ne jamais avoir à croiser leur route ! Whitey et Jim ont filmé tout ce dont nous avions besoin hier, lorsque vous vous prépariez pour le dîner. (Il se rapprocha de Shamus et lui parla sur le ton de la confidence.) J'aime autant jouer franc jeu avec vous, Cap', parce que j'aurai à le faire tôt ou tard. Vous vous rappelez toutes ces autorisations que j'ai obtenues à Rabaul ? Vous vous souvenez de ces lettres adressées au gouverneur et de tout ce cirque ?

Shamus hocha la tête.

– Vous avez remarqué avec quelle facilité elles nous sont tombées du ciel ?... Eh bien, il doit y avoir une raison, vous ne croyez pas ? Certes, je suis supposé réaliser un long métrage. Il nous reste une séquence à tourner avec Cleo et Jodo et nous réglerons ça dès que possible. L'essentiel du film a été fait à Hollywood. Ce que nous allons filmer dans la jungle sera inséré au montage. Mais nous ne sommes pas pressés. On pourra s'en occuper plus tard, une fois que nous aurons trouvé un endroit confortable où camper. Par ailleurs, j'ai une autre mission, légèrement plus importante, dont m'a chargé mon gouvernement en coopération avec le vôtre. Vous pourrez vérifier quand nous serons de retour à Rabaul. Je ne tiens pas à m'étendre sur le sujet mais voici ce que je suis autorisé à vous révéler. L'oncle Sam et les autorités britanniques pensent qu'une guerre mondiale est sur le point d'éclater et que ces îles pourraient bien être concernées. Vu qu'ils en ignorent tout ou presque, ils voudraient s'en faire une idée plus précise... J'imagine que vous avez constaté que vos cartes marines sont loin d'être des mines de renseignements... En dehors de préciser vaguement votre position dans le Pacifique sud, elles ne doivent pas vous être d'une grande utilité.

– S'il n'y avait pas de cocotiers pour s'orienter, je me demande comment je ferais, répondit Shamus en souriant.

– Exactement. Pourtant je pourrais vous montrer une carte japonaise du port de Rabaul sur laquelle figurent toutes les cocoteraies de la région ainsi que le degré de maturité de leurs noix !

– Une carte japonaise ?

– Tout à fait ! Qui d'autre pourrait s'intéresser à la Nouvelle-Bretagne, selon vous ? Les Zoulous ? Nous ne savons pas quelle est l'étendue de leurs connaissances sur le sujet, mais ça ne doit pas être mal.

– Comptez-vous aussi effectuer des sondages ?

– Non, pour le moment, nous ne nous intéressons qu'à la topographie du littoral. La Navy enverra quelqu'un finir le travail. Vous avez dû vous demander pourquoi Jim et Whitey filmaient autant la côte, eh bien, maintenant vous connaissez la réponse. Grâce à ces bobines, la Navy va pouvoir établir une carte précise de la région. Mais il nous manque encore pas mal d'informations sur l'embouchure des fleuves. Ça prendra un peu de temps... le temps de filmer la séquence avec Jodo et Cleo. Vous comprenez ?

Il ne put s'empêcher de rire en voyant la mine effarée de Shamus.

– Vous ne m'auriez pas cru taillé pour ce genre de boulot, hein ? s'esclaffa Swartz. Pour être honnête avec vous, je n'avais jamais vu l'océan d'aussi près ! La seule fois où je l'avais approché, c'était pendant le tournage de *Moby Dick*. Et encore, nous avions fait le film en studio, dans un bassin construit pour l'occasion. Eh bien, figurez-vous que j'avais quand même trouvé le moyen de souffrir du mal de mer !

Shamus hocha la tête et le remercia de sa confiance.

– Est-ce que le reste de l'équipe est au courant ?

Le cinéaste américain secoua la tête.

– Personne en dehors de Jim et Whitey. Jodo, c'est hors de question ! Autant publier la nouvelle dans les journaux de Tokyo !

– Vous m'avez mis dans une position embarrassante, dit le capitaine en fronçant les sourcils. Ce matin, j'avais l'intention de vous avertir que, pour des raisons de sécurité, nous remonterions le cours du Ramu plutôt que celui du Sepik. Mais ce que vous venez de me révéler change toutes les données...

– Ça ne fait pas une énorme différence, Cap... Nous pouvons très bien commencer par le Ramu. Que l'on aille du sud au nord ou du nord au sud, ça revient au même.

Shamus hocha la tête d'un air grave.

– Très bien. Nous allons immédiatement appareiller. Nous prendrons le petit déjeuner en mer.

Puis le jeune homme se dirigea vers le poste d'équipage pour donner ses instructions à Tulare.

Pendant ce temps, Cleo gravissait l'escalier menant au pont arrière. Elle avait merveilleusement dormi mais la nuit avait été courte. Après leur retour sur le *Maski*, Doc s'était invité dans sa cabine et elle avait eu du mal à s'en débarrasser. Comment aurait-elle pu le congédier ? Il était si gentil. Et comme elle connaissait sa sympathie pour Shamus, il ne pouvait qu'être bien intentionné – sans doute avait-il voulu lui permettre de se confier, si elle en avait envie et s'il y avait quoi que ce soit à raconter. Il serait probablement le premier à se réjouir de la naissance d'une idylle entre elle et Shamus... Mais de son côté, elle s'était montrée réticente et avait soigneusement évité le sujet.

Shamus était différent des autres hommes qu'elle avait connus. Et ce qui s'était passé le soir précédent... à vrai dire, elle n'arrivait pas encore à se l'expliquer... Une chose était sûre : contrairement aux apparences, cela n'avait rien à voir avec ce qu'elle avait vécu auparavant. Elle avait toujours tenu à distance ses amants et ne leur avait jamais accordé une grande importance. Cette fois-ci, ce n'était pas une simple aventure qu'elle pouvait mettre entre parenthèses. La situation l'engageait tout entière et la poussait à s'interroger sur ce qui comptait vraiment pour elle. Et Cleo prenait beaucoup plus de choses au sérieux qu'on n'aurait pu le croire à première vue. Certes, dans les premiers jours du voyage, elle aurait volontiers accueilli Shamus dans sa cabine pour lui faire son numéro de charme habituel. Elle aurait alterné les coups de griffes et les caresses et peut-être aurait-il fini par se plier à ses moindres caprices. Elle en aurait tiré une satisfaction dérisoire et sans lendemain. Mais, au fil des jours, leur relation avait pris une tout autre tournure et la nuit précédente... même si elle ne pouvait pas encore se l'avouer, elle sentait qu'elle avait trouvé en Shamus le compagnon qu'elle avait instinctivement cherché toute sa vie, le compagnon qu'elle garderait jusqu'à la fin de ses jours, le compagnon qui la guérirait de son instabilité chronique et de son goût pour la provocation.

Mais elle se sentait incapable d'en parler. Aussi avait-elle habilement esquivé les questions de Doc. Elle lui avait raconté une histoire ridicule qui lui était arrivée un an plus tôt, à l'occasion d'une fête organisée sur la plage de Santa Monica. Elle en avait inventé la moitié mais il n'en avait pas fallu davantage à Doc pour comprendre sa gêne et s'éclipser après la fin de son récit.

À son réveil, elle avait immédiatement pensé à Shamus. Elle avait fait sa toilette, s'était habillée aussi vite que possible et avait monté l'escalier à pas feutrés. Elle espérait surprendre le jeune homme dans son sommeil. Elle en profiterait pour lui chuchoter des mots tendres à l'oreille.

Mais la plage arrière était déserte. Le lit de Shamus était fait et le vase en porcelaine de Saxe était posé sur la table. Cet objet semblait la défier sans qu'elle puisse s'expliquer pourquoi. Mais elle aurait pu jurer qu'il n'était pas là la veille. Qu'est-ce que cela signifiait ? Pourquoi Shamus l'avait-il sorti du réfrigérateur où il avait pris tant de soin à le ranger ?

Lentement, elle avança vers la table. Puis elle prit le vase et le tourna entre ses mains. Soudain ses doigts se crispèrent : un sentiment de désolation venait de l'envahir. Elle tressaillit et fit volte-face en entendant des bruits de pas derrière elle. C'était Jodo, les cheveux en bataille et les yeux encore lourds de sommeil.

– Que fais-tu debout à cette heure ? demanda-t-elle avec humeur. Je commençais à m'habituer à ne pas te voir...

– « Je me suis réveillé en rêvant de toi, dans la douceur nocturne de mon premier sommeil », déclama-t-il d'une voix râpeuse. Comment ça c'est passé, fillette ? Qu'est-ce qu'il vaut ? Verticalement, on sait que c'est un empoté, mais horizontalement ?

Le visage de Cleo s'empourpra mais, déterminée à ne pas aborder le sujet avec l'adolescent, elle contrôla la colère qui montait en elle.

– Tu ferais mieux de retourner te coucher, dit-elle sèchement, tu racontes des sottises.

– Ah oui ? fit Jodo en ricanant. Eh, fillette, si tu crois que je ne sais pas ce qui s'est passé sous cet arbre la nuit dernière...

Il fut stoppé net par le regard foudroyant de Cleo.

– Sale petit voyeur, siffla-t-elle entre ses dents. Si tu ajoutes un seul mot, je te tue. Et cette fois-ci, je suis sérieuse.

Ce fut à cet instant précis que Shamus réapparut sur le pont arrière. Elle ne l'entendit pas arriver dans son dos.

– Dégage ! cria-t-elle à Jodo en s'apprêtant à lui jeter le vase à la tête.

Soudain une main agrippa son poignet. Elle se retourna et se trouva nez à nez avec le capitaine, d'une pâleur effrayante.

– Si vous l'aviez brisé, dit-il froidement en lui arrachant le vase, j'aurais dû vous balancer par-dessus bord. Je vous serais reconnaissant de vous tenir à l'écart de mes quartiers.

Sans un regard pour elle, il se dirigea vers le réfrigérateur, remballa soigneusement le vase et le rangea.

– Nous allons appareiller, annonça-t-il d'une voix impersonnelle. Le petit déjeuner sera un peu retardé.

Puis il repartit vers l'avant où les hommes remontaient l'ancre au treuil en chantant un air traditionnel. Bientôt un cri retentit distinctement :

– Ancre levée !

– En avant, lentement, ordonna Shamus au timonier.

À le voir ou à l'entendre, personne n'aurait deviné la violence des émotions qui lui déchiraient les entrailles.

– *Oi, Taubada*... En avant, lentement.

– Ouest quart sud, demi ouest. Allez, passe-moi cette damnée roue !

Si, au lieu de prendre la barre, il s'était rendu dans sa cabine comme il en avait eu l'idée au cours de la nuit, il aurait eu la surprise de trouver Cleo en larmes, effondrée sur la couchette, submergée par un chagrin comme elle n'en avait plus connu depuis ses dix-sept ans.

# CHAPITRE 13

EXTRAIT du journal de bord du navire : *« 23 décembre 1930. En mer. Latitude 142°, Longitude 89°. Temps brumeux. Pas encore de terre en vue. Eau saumâtre indique la proximité de l'embouchure du Ramu. Pas de vent. Moteur utilisé à mi-régime. Préparatifs de Noël en cours. Baromètre normal. »*

La dernière notation de Shamus était inhabituelle. À moins de présenter un caractère exceptionnel, le relevé barométrique quotidien n'était jamais reporté dans le journal de bord. Mais quelque chose d'intangible – en relation avec le soleil voilé, la chaleur suffocante et le calme oppressant de l'océan – le mettait sur ses gardes. Les marins sont souvent alertés par des phénomènes en apparence anodins dont leurs instruments de navigation ne mesurent pas nécessairement l'importance.

Des bancs de nuages blancs et ténus se déplaçaient paresseusement sur l'horizon. Ils se confondaient presque avec la brume matinale. Au-dessus des mâts, défilaient rapidement des nuages gris et déchiquetés par la brise.

Ces conditions météorologiques dominaient depuis que le *Maski* avait quitté Siasi, trois jours plus tôt.

Une certaine tension régnait à bord, probablement due à l'attitude étrange de Cleo. Au cours de la première journée en mer, elle était restée enfermée dans sa cabine et avait refusé de toucher au repas que Shamus lui avait fait apporter. Le lendemain, lorsqu'elle était réapparue sur le pont, elle n'avait plus rien de l'effrontée du début du voyage. Elle ne lança pas de piques, ne porta pas de tenues provocantes et mangea en silence dans son coin. Puis elle se plongea dans un livre et n'ouvrit plus la bouche que pour répondre à une ou deux questions. Elle n'évita pas Shamus mais ne lui accorda aucune attention particulière. Elle n'aurait pas agi différemment avec Swartz ou même Tikis, le cochon sauvage apprivoisé. Et surtout elle ne s'approcha pas de la tente de la plage arrière. Jodo en fut si surpris qu'il se montra beaucoup moins bavard que d'habitude.

Pour ne rien arranger, le vieux moteur semi-diesel donnait des signes de faiblesse en dépit des soins intensifs qui lui étaient prodigués. Ses culasses étaient en constante surchauffe et le *Maski*, mauvais voilier par vent faible, se traînait à une vitesse de trois ou quatre nœuds marins.

Shamus referma le livre de bord en soupirant et se dirigea vers l'avant.

– Crêtes blanches, droit devant ! cria la vigie.

Le capitaine bondit dans les enfléchures et grimpa dans la mâture jusqu'aux barres de flèches. Puis il scruta l'océan et ne tarda pas à étouffer un juron. À quelques milles marins de là, quatre grandes lignes de brisants venaient se fracasser sur la barre protégeant l'estuaire du Ramu.

Shamus apercevait aussi de gros remous rougeâtres : c'était le limon que les puissants courants du fleuve, alimentés par une centaine de rivières tributaires, avaient charrié jusqu'à la mer.

À une faible profondeur, la vase s'amoncelait sur toute la largeur de l'embouchure du Ramu. C'était contre cet obstacle invisible que se heurtaient les lignes de brisants dont la longueur variait selon les caprices du temps.

Shamus réfléchit quelques instants avant de lâcher un nouveau juron. Son bateau allait devoir franchir la barre en surfant sur ces terribles brisants. Il avait espéré que l'estuaire serait calme, d'autant que la mer était d'huile et le vent quasi nul. Mais un séisme sous-marin, une crue du fleuve ou peut-être l'approche de cette perturbation qu'il sentait confusément venir, avait rendu l'entreprise particulièrement périlleuse.

Il n'y avait qu'une seule manière de passer et elle n'avait rien d'une partie de plaisir : mettre en panne et attendre que la barre décrût. Mais était-ce bien raisonnable avec un moteur aussi peu fiable et des conditions météorologiques qui pouvaient rapidement se dégrader ?

Il se laissa glisser des enfléchures et alla jeter un œil sur le cadran du baromètre. Surpris par ce qu'il vit, il tapota l'instrument pour vérifier qu'il n'était pas cassé. Non, il n'y avait pas d'erreur. En quelques heures, l'aiguille noire avait vertigineusement chuté : une tempête s'annonçait.

Voilà qui réglait le problème. Qu'il s'agît de brisants ou de vaguelettes, le schooner devait impérativement franchir la barre pour s'abriter du déluge à venir.

Tulare le regardait fixement.

– Largue le traînard ! lui ordonna Shamus.

– Déjà largué, Taubada, répondit le maître d'équipage en souriant.

Ravi d'avoir anticipé cet ordre inhabituel, il n'en était pas moins conscient du danger qui les menaçait.

– Bien, fit Shamus en lui donnant une tape amicale dans le dos. Laisse courir à l'arrière...

Il s'apprêtait à employer un vieux truc de marins remontant à l'époque où les voiliers n'avaient pas de moteur pour les aider à franchir les barres des fleuves. Une fois larguée, l'aussière en fibre de coco dérivait dans le courant et, grâce à son poids et à sa résistance, elle aidait le navire à maintenir son cap. Ce stratagème limitait les risques de se mettre en travers d'une lame. Mais si le bateau était emporté sur la crête de l'une de ces vagues géantes, il n'y aurait plus rien à faire. Une fois la poupe soulevée au-dessus de l'eau, toute manœuvre deviendrait impossible et le schooner serait précipité vers les bas-fonds. Comme la lourde aussière ne jouerait plus son rôle de balancier à l'arrière, le bateau pourrait faire à tout moment une embardée sur bâbord ou tribord et, inévitablement, il finirait par chavirer.

Shamus rechercha anxieusement une zone de haut-fond entre les brisants. Il n'en repéra aucune. Au-dessus de sa tête, le ciel légèrement embrumé depuis l'aube s'était assombri. L'air chaud s'alourdissait et cela ne présageait rien de bon. Pourtant les mouettes tournoyaient autour des mâts en poussant des cris rauques et la mer frémissait le long de l'étrave du *Maski*.

Un peu rasséréné par ces signes favorables, le capitaine retourna à l'arrière pour informer les passagers de la suite des événements. Rassemblés le long du bastingage, ils avaient tous le regard rivé sur les lignes de brisants qui se rapprochaient.

– Il faut vraiment qu'on traverse *ça* ? demanda Whitey avec un rire nerveux.

Shamus hocha la tête.

– Nous risquons de nous faire un peu chahuter, déclara-t-il, alors je vous suggère de mettre vos cirés. Vous trouverez des filins de sécurité juste derrière vous. J'aimerais que vous vous les attachiez autour de la taille.

Il marqua une pause, persuadé qu'il allait essuyer un feu croisé de protestations. Mais comme rien ne vint, il ajouta d'un ton rassurant :

– Il n'y a pas de danger – à moins que nous embarquions un énorme paquet de mer. C'est improbable, mais si cela arrive, agrippez-vous à quelque chose de solide. Peut-être serait-il préférable que vous regagniez votre cabine, conseilla-t-il à Cleo en lui jetant un coup d'œil furtif.

– Peut-être, répliqua-t-elle sèchement, le sourcil arqué, mais je préfère rester ici.

Shamus ne discuta pas. Si par malchance cela tournait mal, il valait mieux avoir tout le monde sur le pont. Sans un mot de plus, il s'empara de la roue du gouvernail et se campa fermement sur ses jambes.

Le bateau s'élevait déjà à la lame, à plusieurs encablures de la première ligne de brisants.

– Stoppez la machine ! ordonna le capitaine d'une voix forte.

Et tandis que le moteur était mis au point mort, le capitaine estima le moment précis où s'élancer.

Bientôt une deuxième vague se mit à grossir en avançant vers le bateau. Elle passa sous la quille en formant un gigantesque arc de cercle et alla se fracasser plus en loin en soulevant une montagne d'écume.

– En avant demie ! aboya Shamus.

Lentement, beaucoup trop lentement, le schooner s'engagea dans son sillage. Le capitaine jeta un œil à l'arrière. En suivant la deuxième vague d'aussi près que possible, il avait espéré garder la troisième à distance. Mais à présent il constatait que c'était peine perdue. La lame montait trop vite – elle gagnait du terrain. Ah, si seulement ils pouvaient accélérer un tout petit peu...

– En avant toute ! hurla-t-il.

Il savait que le moteur pouvait casser d'un instant à l'autre. Il y avait une limite à la résistance de l'acier. Pourtant il fallait courir ce risque. Dans un état d'extrême tension, le capitaine écouta la rumeur énorme de l'océan couvrir peu à peu le vrombissement mécanique. Mais si le *Maski* peinait, pour le moment, il tenait le coup.

Soudain la poupe se souleva et le capitaine serra la roue en se concentrant sur son cap. Sans oser se retourner, il sentit la gigantesque lame d'un brun rougeâtre rattraper le bateau et l'entraîner dans son élan.

Le schooner eut un léger sursaut. Les martèlements du moteur redoublèrent, la pression du vent augmenta et le bateau fut propulsé vers le sommet de la crête.

Il sembla s'y arrêter, la proue suspendue au-dessus du vide.

Puis ses quatre-vingts tonnes basculèrent dans le creux de la vague. Shamus retint sa respiration en priant pour que la quille ne se fracassât pas sur le fond.

De nouveau une haute vague le prit au-dessous et le porta jusqu'à sa crête. Le schooner fendait les flots en soulevant des gerbes d'écume. Trempé des pieds à la tête, le visage fouetté par les embruns, Shamus gardait son cap, prêt à réagir au cas où son navire ferait une brusque embardée.

À un moment la houle submergea l'arrière du bateau jusqu'au milieu. Mais le *Maski* s'ébroua comme un chien avant de reprendre sa course. La dernière ligne de brisants franchie, il se laissa glisser sur les eaux plus calmes de l'estuaire.

Soulagé, Shamus rejeta la tête en arrière et éclata de rire.

– Tiens, Tulare, prends la barre. Et si on recommençait, histoire de rigoler un peu ?

– Une autre fois, *Taubada*, répondit son second avec un large sourire.

Le capitaine tacha de repérer rapidement un endroit où mouiller. Le mauvais temps arrivait du nord – de sombres nuages en amas avaient déjà envahi la moitié du ciel.

Une petite crique en forme de croissant de lune paraissait convenir. Elle était rocailleuse et assez étroite pour éviter au bateau d'être trop ballotté pendant la tempête. Entre la falaise et la jungle s'étendait une plage de sable rouge. Cet endroit offrait un excellent abri. D'ailleurs ce n'était pas le moment de faire le difficile.

L'ancre plongea dans six brasses d'eau vaseuse. Puis Shamus ordonna de plier la tente, de ranger les équipements amovibles, d'attacher les rabans aux voiles ferlées et de préparer l'ancre de secours. Puis il reprit la barre.

Le ciel, de plus en plus menaçant, était encore calme. Mais certains signes n'échappaient pas au jeune homme : les mouettes s'étaient rassemblées sur les rochers. Elles ébouriffaient leurs plumes en se tenant sur une patte. Certaines descendaient tremper leur bec dans l'eau salée comme pour la goûter. Puis elles allongeaient le cou et poussaient ce cri d'alarme qu'elles ont l'habitude de lancer à l'approche d'un ouragan.

Impatients de retrouver la terre ferme, les passagers trouvaient que Shamus en faisait un peu trop. Après l'éprouvante traversée des lignes de brisants, tout leur paraissait dérisoire. Inactifs depuis des jours, ils s'ennuyaient à mourir. Et lorsque la cloche sonna l'heure du déjeuner, c'est sans le moindre entrain qu'ils passèrent à table.

– Ah, merde ! grommela Jodo en agaçant sa perruche avec une cuiller. Alors comme ça on va encore se faire rincer... Pourquoi ne peut-on pas aller se dégourdir les jambes à terre ? Vous savez ce qui me plairait ? Prendre le fusil de chasse et aller faire un carton sur un cochon sauvage ou un crocodile... n'importe quoi.

– Je ne vois pas ce qui pourrait nous mouiller plus que ces brisants, soupira Whitey. Dites, il faudra qu'on les retraverse *ou quoi* ?

– J'irais bien me promener, déclara Cleo. Ça fait trop longtemps que je suis bloquée ici, je deviens dingue. Tulare pourrait nous déposer avec le canot et nous récupérer dans une heure. Par pitié, Jodo, fiche la paix à cet oiseau !

– C'est le seul moyen de savoir si Hedda va pondre un œuf, répliqua l'adolescent. Si elle mord, c'est non. Mais si elle encaisse sans broncher, tous les espoirs sont permis !

– Arrête quand même ! s'écria-t-elle. Allez, tout le monde à terre !

– La chaloupe n'est pas prête, répliqua Shamus. L'équipage déjeune – mes hommes n'ont rien avalé depuis l'aube et d'ailleurs...

Il s'interrompit en s'apercevant que le vent avait changé de direction. À présent il soufflait du sud et avait nettement fraîchi. Le capitaine se leva de sa chaise et se mit à scruter l'horizon.

– Que se passe-t-il ? demanda M. Swartz.

Shamus ne répondit pas. Quelques têtes d'écume isolées commençaient à apparaître sur les eaux calmes de l'estuaire. C'était la tempête qui s'annonçait – mais comme elle ne venait pas du nord, la crique bien abritée pouvait se transformer en piège mortel. Il fallait partir de là – et vite !

– Hissez l'ancre ! Démarrez le moteur !

Le capitaine n'élevait presque jamais la voix et seulement pour de bonnes raisons. En l'entendant crier à pleins poumons, les hommes se ruèrent hors du gaillard d'avant pour regagner leurs postes respectifs. En passant devant lui, tous le regardèrent avec des yeux ronds.

Encore froid, le moteur crissa, toussa et gronda comme s'il avait voulu manifester son mécontentement. Shamus écouta anxieusement ses quintes irrégulières. Si la mécanique les lâchait maintenant...

– Hissez l'ancre ! répéta le capitaine d'une voix forte.

Le guindeau grinça de manière sinistre et aussitôt des rafales d'un vent glacial, accompagnées d'embruns, balayèrent le pont en faisant siffler les haubans des deux mâts. Le schooner recula en tirant sur la chaîne de l'ancre. Shamus comprit qu'il était désormais inutile de la remonter – avec un moteur à l'agonie, ils n'avaient aucune chance de s'en sortir.

– Amarrez le bateau ! Larguez l'ancre ! ordonna-t-il.

Des trombes de pluie, se mêlant aux embruns salés qui leur mordaient les joues, s'abattirent sur les passagers et les membres d'équipage. Un voile obscur tomba du ciel et l'on n'y vit plus à vingt pas. Le *Maski* se débattait au bout de sa chaîne et les vagues, telles des mains géantes, semblaient vouloir s'agripper à lui.

Comme par un coup de baguette magique, la petite crique s'était changée en un chaudron écumant. Des déferlantes se fracassaient sur le rivage en mugissant au pied des falaises. Le vrombissement sourd du moteur se perdait dans le tumulte de la tempête.

De nouveau Shamus changea d'avis. Le schooner ne résisterait pas longtemps dans ces conditions. Il fallait tenter de se faufiler hors de la crique – et vite !

– Hissez l'ancre ! s'époumona le capitaine.

Mais le vent s'engouffrait dans sa bouche comme s'il voulait lui faire ravaler ses paroles. Même amplifiée cent fois, jamais sa voix n'aurait pu porter jusqu'à la proue.

– En avant toute ! hurla-t-il en direction de la salle des machines.

Si le moteur résistait à la tempête, le *Maski* arriverait à se frayer un chemin jusqu'à la vaste embouchure du fleuve. Là-bas, il serait possible de mettre en panne et d'utiliser l'ancre flottante et les voiles auriques pour échapper au naufrage.

Soudain un choc sourd ébranla le bateau. Le *Maski* venait de heurter contre la chaîne de l'ancre. Les efforts pour essayer de la hisser furent aussitôt anéantis et elle retomba au fond de l'eau.

– Je ne veux pas voir la proue plonger, compris ? tonna Shamus en s'adressant à l'homme de barre qui avait de plus en plus de mal à contrôler la roue.

Puis il y eut un second choc. De l'avant parvint le grincement plaintif du guindeau, porté par une violente rafale. Tulare, en bon marin, devait avoir pris l'initiative de remonter l'ancre sans attendre les ordres.

Ballotté en tous sens, luttant désespérément pour ne pas chavirer, le *Maski* heurta de nouveau contre la chaîne. Réussir à dégager l'ancre, c'était le plus urgent. Il n'était plus question de la hisser à bord. Ce n'était pas un problème si elle draguait le fond pendant que le schooner sortait de la crique.

Le troisième choc fut si violent que Shamus faillit perdre l'équilibre. Si ça continue comme ça, se dit Shamus en s'accrochant aux haubans, la coque risque de se disloquer. Mais cette dernière secousse avait eu le mérite de libérer l'ancre.

Le capitaine attendit. Le navire se remit à gîter puis glissa dans un creux et donna de nouveau contre la chaîne de l'ancre. Le choc fut encore plus terrible que les précédents. La chaîne s'était probablement emmêlée dans des rochers. C'était le bouquet !

Désormais la situation paraissait sans issue... Essayer de filer l'ancre pour tenter de sortir de la crique, c'était courir au désastre. Le vent soufflait beaucoup trop fort. Il n'y avait plus qu'une chose à faire : larguer l'ancre de secours en espérant que la tempête n'empirerait pas – si cela arrivait, il ne resterait plus qu'à prier pour que les deux ancres stabilisent le bateau.

Courbé en deux, aveuglé par les embruns, Shamus rejoignit l'avant en s'agrippant aux gréements. Le vent hurlait à ses oreilles et le jeune homme avait du mal à garder son équilibre. Au passage, il vérifia rapidement que les voiles étaient fermement serrées. Il avait bien fait de leur ajouter des rabans de ferlage car si l'une d'entre elle se détachait, elle serait déchirée en quelques secondes.

Dans l'obscurité, il distinguait à peine les silhouettes accroupies des membres de l'équipage qui s'efforçaient de dégager la chaîne. Une fois de plus, Tulare avait anticipé la manœuvre – le capitaine eut juste le temps de voir plonger l'ancre de secours dont la corde de chanvre se tendit aussitôt comme celle d'un arc.

Au moment où le capitaine se penchait par-dessus le bastingage, la proue sembla brusquement chuter dans le vide. Le bateau s'écrasa au fond de la vague et un énorme paquet d'eau verte déferla sur le gaillard d'avant. Le *Maski* releva le nez et Shamus fut si violemment cinglé par les embruns qu'il dut se rattraper au hauban du mât de misaine pour ne pas tomber. Le câble en acier vibrait dans la tempête en produisant la note grave d'une harpe géante.

– Impossible de draguer l'ancre. Il faut rester ici ! cria Tulare.

Encore un peu de patience, pensa Shamus, mais si le vent forcissait...

– Deux hommes de quart – en permanence ! ordonna-t-il.

S'arc-boutant contre l'écoutille du poste d'équipage, il se lança dans un sinistre calcul. Il n'y avait pas moyen de prévoir combien de temps durerait la tempête. Elle pouvait tout aussi bien souffler quelques heures ou quelques jours. Les ancres résisteraient-elles ? Telle était la question. Quelle que fût la réponse, il ne pouvait rien y faire – sinon espérer et prier. Essayer de débarquer les passagers à terre n'était plus envisageable. Il suffisait de regarder par-dessus bord pour se persuader de l'absurdité de la chose : qui réussirait à survivre dans ce maelström rugissant ?

Il perçut le faible vrombissement du moteur à l'arrière. Il valait mieux diminuer sa puissance. Il risquait de casser d'une minute à l'autre. De toute façon cela n'avait servi qu'à emmêler la chaîne de l'ancre. Il valait sans doute mieux y aller en douceur.

Soudain le destin frappa.

Il y eut un curieux raclement au moment où la proue du *Maski* replongea dans un creux. Puis elle ressurgit au-dessus des vagues et ce fut à cet instant que Shamus entendit un craquement presque inaudible au milieu du tumulte.

La chaîne de l'ancre venait de se briser. Il l'avait compris avant même de sentir la quille du bateau s'incliner et virer à bâbord. Il retint son souffle en espérant que le schooner reviendrait donner contre l'ancre de secours.

Et c'est ce qui se passa...

Le *Maski* se redressa et la corde de chanvre s'étira comme un élastique jusqu'au point de rupture. Mais elle résista.

Shamus et Tulare observèrent la scène en silence et la même pensée leur traversa l'esprit : combien de minutes avant qu'elle ne cède ?

Pris d'une impulsion soudaine, Tulare déchira sa chemise en coton et commença à envelopper le filin à l'endroit où il frottait contre le manchon d'écubier.

S'apercevant de l'inutilité de son geste, il laissa la loque détrempée s'envoler et secoua la tête d'un air désespéré.

Il ne restait plus qu'une chose à faire. Plaçant ses mains en porte-voix, Shamus cria à l'oreille de son fidèle second : « Prends une hache et tiens-toi prêt ! Nous allons tenter le tout pour le tout ! À mon signal, coupe le filin !

Tulare obéit et Shamus regagna l'arrière. Il voulait pousser une dernière fois le moteur. Le vent était si fort qu'il dut presque marcher à quatre pattes pour ne pas perdre l'équilibre. Sous le petit escalier menant au pont arrière, il distingua une forme vague recroquevillée dans une mare d'eau. C'était Jodo !

– Récupérez une bouée de sauvetage ! lui cria Shamus. Et accrochez-vous !

L'adolescent hocha la tête. Il abritait quelque chose sous sa chemise et, l'espace d'un instant, Shamus aperçut une petite tête mouillée : c'était la perruche Hedda !

En se hissant sur le pont arrière, le capitaine faillit renverser Cleo qui se pelotonnait contre un hauban. D'une pâleur effrayante, les yeux écarquillés, trempée d'eau de pluie et de mer, elle s'y cramponnait de toutes ses forces. En voyant Shamus, elle s'efforça de dissimuler sa peur.

Mais, avant même que le capitaine eût ouvert la bouche, un nouvel événement vint briser son ultime espoir de sauver le navire. Assourdi par les rafales de vent, un claquement sec retentit, pareil à un coup de feu étouffé, celui-là même qu'il redoutait d'entendre.

Au moment où le filin céda, la tempête s'empara du pauvre *Maski* avec une joie démoniaque. L'avant vira brusquement de bord et le navire fut entraîné vers les rochers.

Shamus essaya d'emmener Cleo le plus loin possible de l'endroit où la collision risquait d'avoir lieu. Mais Cleo, terrorisée, s'accrochait avec une énergie décuplée par la terreur. Ses mains étaient comme soudées au hauban.

Le choc finit par se produire. Une vague géante souleva le schooner qui sembla s'immobiliser dans le vide, sur le travers, puis le balança avec une extrême violence contre les écueils. L'instant d'après, la houle rattrapa l'épave et la repoussa au loin comme un chat qui jouerait avec une pelote de laine.

Shamus s'était presque déboîté l'épaule en s'agrippant aux haubans. L'eau, d'une noirceur inquiétante, bouillonnait le long de l'étrave. Leurs chances étaient minces mais rester à bord, c'était se condamner à une mort certaine.

– Par-dessus bord ! cria-t-il. Sautez !

Aveuglé par les embruns, il pouvait à peine la voir – mais il l'entendait sangloter. De nouveau il s'efforça de lui faire lâcher le câble d'acier. Mais elle s'y accrochait de toutes ses forces. Shamus jeta un rapide coup d'œil autour de lui mais ne vit pas âme qui vive. De toute manière il n'avait pas le temps de vérifier.

Il y eut un moment de grande incertitude comme si le dieu de la destruction retenait sa main. Puis Shamus sentit le bateau vaciller... la vague qui l'avait aspiré le renvoyait se briser contre les rochers.

Le navire demeura suspendu un instant au sommet de la crête. Et comme il allait basculer dans le vide, Shamus fit la seule chose à faire en pareille circonstance.

Son direct toucha Cleo à la pointe du menton. Elle tomba mollement dans ses bras. Il passa une jambe pardessus le bastingage, serra fermement la jeune femme contre lui et se jeta à la mer.

En remontant à la surface, Shamus essaya de nager lentement et régulièrement, en maintenant la tête de Cleo au-dessus de l'eau. Il savait qu'il était inutile de lutter contre le ressac. Il fallait se détendre et espérer qu'une vague les ramènerait vers le rivage. Soudain il vit la poupe du bateau se dresser à la verticale avant de couler à pic. La dernière image qu'il eut du schooner, ce fut son nom gravé en lettres d'or : *Maski, Rabaul* disparaissant dans l'écume bouillonnante.

Puis les deux naufragés furent emportés par une lame. Shamus, serrant Cleo contre lui, se sentit propulsé vers la crête. Il eut à peine le temps d'apercevoir des écueils déchiquetés au-dessous de lui avant d'être précipité dans l'abîme.

# CHAPITRE 14

ALAMAN explorait les rochers du rivage lorsqu'il trébucha sur un corps étendu à plat ventre sur un bois flotté. Il y jeta un rapide coup d'œil sans s'arrêter. Comme le mousse prenait ses instructions au pied de la lettre, il ne lui vint pas à l'esprit de vérifier l'identité du cadavre – même s'il pensait l'avoir reconnu. D'ailleurs si l'homme avait été en vie, il n'aurait pas agi différemment.

La nuit précédente, après le naufrage, il faisait trop sombre pour entreprendre quoi que ce soit. Mais, au lever du jour, Tulare avait ordonné à Alaman de partir à la recherche du *Taubada*. La découverte d'un autre naufragé relevait de la pure coïncidence et ne présentait aucun intérêt.

Il escalada un monticule d'épaves rejetées par la mer et profita de la vue dégagée sur la crique pour en scruter les moindres recoins, notamment les fissures rocheuses où aurait pu se recroqueviller un être humain. Il s'apprêtait à redescendre quand son regard fut attiré par une ouverture dans les taillis situés au bout de la plage.

Un Blanc n'aurait rien remarqué de spécial, seulement une trouée parmi une centaine d'autres causées par la tempête, mais, aux yeux d'un Canaque de Nouvelle-Guinée, cela méritait un examen approfondi. Le boy sauta de son perchoir et traversa la plage en courant.

Le passage semblait trop étroit pour un homme mais Alaman était habitué depuis l'enfance à pister les animaux et il se mit à rechercher des traces sur le sol. Peu après, il découvrit des brindilles récemment cassées.

Satisfait, il inspira profondément, mit ses mains en porte-voix et poussa un long cri aigu qui se réverbéra dans la crique et la jungle environnante.

– OOOOH-EEEEH !

L'étrange appel s'évanouit dans le lointain. Il tendit l'oreille. Chose étonnante, une voix, beaucoup plus rapprochée qu'il ne l'aurait cru, lui répondit avant que l'écho ne se fût complètement éteint.

Alaman écarta les branches au-dessus de sa tête et pénétra prudemment dans les fourrés. Il avançait à pas de loup pour ne pas se planter d'épines dans les pieds et surveillait les alentours d'un œil vigilant.

La piste traversait un enchevêtrement de ruisseaux marécageux avant de déboucher sur une clairière d'environ cinquante à soixante mètres de diamètre. Tout au fond se dressaient trois cases rudimentaires en appentis avec un toit de chaume. De toute évidence il s'agissait d'un campement occasionnel de pêcheurs ou de chasseurs papous.

Debout face à l'entrée de la hutte centrale se tenait le *Taubada*, visiblement trempé et la chemise en loques. La jeune femme blanche était assise juste derrière lui.

– *Taubada* ! s'exclama Alaman en se précipitant vers Shamus.

Le visage massif du Canaque était demeuré impassible mais ses grands yeux noirs s'étaient brusquement illuminés.

– Nous croyons toi mort ! dit le boy en prenant la main du capitaine dans les siennes. Je suis content ! Tulare...

– Tulare est sain et sauf ? demanda Shamus.

– Oui, sain et sauf.

– Et les autres ?

L'air gêné, Alaman se mit à creuser le sol avec la pointe de son pied.

– Vivants mais leurs peaux elles sont trouées, répondit-il de manière plus ou moins claire, mais... nous pas encore trouvé jeune *Taubada* et vieux *Taubada* un mort sur la plage.

– Swartz ?

Le Canaque hocha la tête.

– Mort, dit-il en marquant une pause avant d'ajouter : Enfin, je pense : son crâne être fendu en deux... Toi faim ?

Shamus fit signe que non puis il se tourna vers Cleo. Elle se leva et s'approcha d'eux.

– Qu'a-t-il dit ?

– Swartz... il est mort.

– Doc ! Oh...

– Les autres vont bien.

Bouleversée, Cleo baissa le regard et rentra dans la hutte. Shamus lui emboîta le pas, suivi d'Alaman.

À l'intérieur, la pénombre contrastait avec l'intense luminosité de cette matinée ensoleillée. Le boy écarquilla les yeux et finit par distinguer une silhouette allongée sur un lit de feuillages et de branchages.

Il observa cette petite forme humaine avec curiosité. C'était la première fois qu'il voyait le jeune *Taubada* sans ses lunettes rondes. Certes, il respirait encore mais il paraissait plus mort que vif – ce dont Alaman se moquait éperdument. Le teint grisâtre, l'air hagard, Jodo ne bougeait presque plus.

Le Canaque se pencha au-dessus de lui et hocha la tête.

– Il va mourir, lâcha-t-il du même ton qu'il aurait pris pour dire : « Il va pleuvoir. »

– Peut-être, répondit Shamus.

– Qu'est-ce qu'il a ?

– Sa hanche est fracturée et il a mal à la poitrine. Je ne sais pas quoi faire pour le soulager.

– Il y a une plante dans la forêt, dit Alaman. Tu mâches et tu n'as plus mal. Je vais chercher. Mais il faut d'abord prévenir Tulare que tu es vivant. Après tout le monde camper ici – là-bas, trop de moustiques. Ici, c'est bien. Je peux aller ?

Shamus hocha la tête.

– Vas-y. Dis à Tulare d'envoyer deux hommes récupérer le vieux – nous devons l'enterrer. Attends...

Le boy s'arrêta. Shamus hésita avant de poser la question qui lui brûlait les lèvres, comme s'il ne connaissait pas déjà la vérité.

– Et le *Maski* ? Qu'est-ce qu'il en reste ?

Alaman marqua un silence et se remit à creuser le sol du bout du pied. Essayer de trouver les mots justes avec un vocabulaire aussi limité que le sien n'avait rien de facile.

– La mer a mangé, dit-il lentement, tout entier. Il n'y a plus rien. Mais la mer a aussi été bonne. Elle a rendu le canot. Il a deux trous – pas gros. Mais nous seulement avoir deux couteaux. Pas assez. Je peux aller ?

– Vas-y, soupira le capitaine.

Et tandis qu'Alaman disparaissait dans la jungle, Shamus songea tristement au sort qui les attendait. Ils n'étaient plus que huit Canaques et cinq Blancs maintenant que Swartz était mort. Et l'un d'entre eux souffrait de graves blessures qui se révéleraient probablement fatales. Comment arriveraient-ils à survivre ? Sans armes, il ne serait pas facile de trouver de quoi nourrir treize personnes. Et il n'y avait aucun de ces providentiels cocotiers grâce auxquels un homme pouvait subsister presque indéfiniment.

Mais ce n'était pas le pire. Comment réagiraient les indigènes dont la présence dans les environs était attestée par les huttes ? Même si les Papous toléraient leur présence au début, une fois qu'ils s'apercevraient que les naufragés n'avaient que deux couteaux pour se défendre, ils se montreraient certainement à la hauteur de leur terrible réputation. Soudain Shamus se rembrunit : il venait de se souvenir d'Anitok ! Ils n'étaient pas très loin de l'endroit où ce petit sauvage avait impitoyablement massacré la totalité de son équipage à l'exception de Tulare qui était resté sur le bateau. Le père Kirshner lui avait dit qu'il revendiquait ce bout de territoire. Mais il savait que le village d'Anitok se trouvait à l'intérieur des terres, dans les montagnes. Avec un peu de chance, il faudrait plusieurs jours au Pygmée pour être informé de leur infortune. Pendant ce temps précieux, ils devraient agir vite et bien. Et si Anitok venait les voir, il ne leur resterait plus qu'à bluffer – c'était la seule défense envisageable.

La chaloupe avait deux trous, avait dit Alaman, mais de quelle taille ? Ils n'avaient que deux couteaux pour les réparer... un défi quasi impossible à relever. Mais à supposer qu'ils réussissent, que feraient-ils ensuite ? Il faudrait chercher de l'aide, mais où ? Pas seulement pour Jodo, pour tout le monde – et le canot ne pourrait transporter que quatre ou cinq d'entre eux au maximum. Il y aurait aussi la barre à franchir. Ils pourraient y arriver, peut-être en longeant le rivage pour la contourner. Sans doute le faible tirant d'eau du canot le permettrait-il...

Mais comment affronter la mer à treize dans une embarcation légère de cinq mètres de long, sans cartes, sans vivres et sans armes ? Leur situation était franchement désespérée. Où se trouvait donc le port le plus proche ? La réponse lui vint immédiatement à l'esprit : la mission du père Kirshner !

Il calcula rapidement la distance dans sa tête. La mission ne pouvait pas être à plus de cent milles marins. S'ils l'atteignaient à temps, le père saurait certainement comment réduire les fractures de l'adolescent. Peut-être parviendrait-il aussi à soigner cette blessure à la poitrine, quelle qu'elle fût... Ah, s'ils pouvaient bénéficier d'un vent favorable...

Il sourit tristement. Que valaient ses bonnes résolutions, à présent ? Un destin implacable allait-il le ramener à Ganice, en dépit de ses efforts pour la fuir ? Il s'efforça de chasser cette idée de sa tête. Il y avait une vie en jeu – plusieurs, à vrai dire. Et il était convaincu qu'ils pouvaient s'en sortir s'ils y mettaient toute leur énergie, leur habileté et, par-dessus tout, leur volonté.

Son élan d'optimisme fut de courte durée. On retirait systématiquement la voile du canot pour la traiter contre le mildiou – elle avait dû sombrer avec le *Maski*. Mais les rames – Dieu merci, il avait ordonné qu'elles ne quittent jamais l'embarcation. Très bien – il leur faudrait donc monter un mât de fortune et fabriquer une voile avec des feuilles de pandanus, à la manière des indigènes. Bien sûr, cela ne s'avérerait utile que s'ils profitaient d'un vent arrière mais quel autre choix avaient-ils que de compter sur leur bonne étoile ? Et s'ils ne trouvaient pas de pandanus, d'autres feuilles, grossièrement tissées, feraient l'affaire...

– Shamus, il veut vous parler...

Le son de son nom prononcé par Cleo l'arracha brusquement à ses pensées. Elle ne l'avait appelé par son nom qu'une seule fois auparavant – cette nuit où ils s'étaient aimés à l'ombre du casuarina – mais à présent il résonnait d'une manière singulière, comme si c'était une étrangère qui lui adressait la parole ou une vieille connaissance qu'il n'avait pas encore reconnue. Étonnant, songea-t-il en la regardant, rien ne peut lui faire perdre cet air de froide distinction, pas même une tempête.

Ses vêtements étaient déchirés, elle n'avait plus de chaussures, mais elle avait tant de classe que l'on ne s'en apercevait pas de prime abord. Non, ce qui frappait chez elle, c'était sa manière décontractée de se tenir les mains dans les poches. Quant à ses pieds nus, malgré les traces de vernis sur les ongles, ils ne faisaient qu'accentuer la souplesse et l'élégance de sa démarche.

Elle baissa les yeux sur son pantalon en loques puis sourit à Shamus d'un air dégagé. On aurait dit une aristocrate ruinée riant de son malheur avec un ami dans la même situation.

– Drôle de coupe, n'est-ce pas ? Je comptais en faire un short. Mais je me suis souvenue de ce que vous aviez dit sur les moustiques...

– Vous avez eu raison.

Il se rappela la petite conférence qu'il avait donnée à bord au sujet des moustiques et de leur rôle dans la diffusion des fièvres malignes. Il avait conseillé à ses passagers de se couvrir au maximum. En fait, il avait surtout voulu adresser un reproche indirect à Cleo.

– Vous feriez mieux d'aller voir Jodo. Il vous attend.

En se baissant pour entrer dans la hutte, Shamus entendit la respiration saccadée de l'adolescent. Son apparence lui causa un choc. Ses lèvres desséchées étaient d'une pâleur cadavérique et il frissonnait tout en ruisselant de fièvre. Il semblait manquer d'air. Il entrouvrit les yeux au moment où le capitaine s'approcha de lui. Puis il le regarda avec une expression hagarde.

– Mes lunettes, chuchota-t-il d'une voix entrecoupée. Je n'y vois rien...

Ses lèvres tremblaient. Il inspira difficilement, par à-coups, et essaya de changer de position. Mais les traits de son visage émacié se crispèrent sous l'effet de la douleur.

– Bon dieu, je n'y vois plus rien.

Shamus se sentit envahi par un profond sentiment de compassion. Il prit l'une des mains du garçon dans la sienne et lui dit :

– Mon pauvre vieux – je sais que vous devez souffrir le martyre... Je devrais trouver rapidement de quoi vous soulager.

Maladroit, il chercha quelque chose à ajouter.

– Vous voulez un peu d'eau ?

Le garçon secoua faiblement la tête.

– Pour quoi faire ? J'ai dû jouer cette scène une quarantaine de fois... Ils veulent toujours te donner un peu d'eau... Quelle bande de crétins... (Il sembla esquisser un sourire.) Tout ça parce que... c'est écrit dans le script... Je n'ai pas soif.

– N'y a-t-il rien que je puisse faire pour vous ?

De nouveau l'adolescent fit signe que non.

– Rien... à moins que vous ne soyez magicien. Qu'est-il arrivé aux autres ?

Shamus lui répondit brièvement sans faire allusion à la mort de M. Swartz. Il ne lui paraissait pas nécessaire de la mentionner pour le moment.

Jodo ferma les yeux.

– C'est formidable... Un vrai miracle... Dommage pour votre bateau... Je sais que vous y étiez très attaché... Pauvre Hedda... (Il s'interrompit pour ravaler un sanglot et des larmes se mirent à perler au bord de ses paupières.) Elle a oublié que ses ailes étaient rognées... Elle a tenté de voler... dans l'eau...

Sa voix était à peine audible mais sa respiration était plus aisée. Soudain il rouvrit les yeux et demanda de but en blanc :

– Vous savez quel jour nous serons demain ?

– Demain ? répliqua Shamus, surpris par la question.

– Demain, ce sera Noël... Vous croyez que je vais clamser le jour de Noël ?

Avant que Shamus ait eu le temps de répondre quoi que ce soit, la tête du garçon roula sur le côté et le capitaine se rendit compte, en se penchant au-dessus de lui, qu'il venait de perdre connaissance – la nature était bien faite, songea Shamus, c'était la solution qu'elle avait trouvée pour aider les malades à supporter l'insupportable.

Un miracle, en effet, pensa-t-il en observant la petite silhouette de Jodo. Un vrai miracle qu'ils ne soient pas tous déjà morts.

Il se remémora ce moment terrifiant où, précipité dans le creux de la vague, il avait aperçu les écueils déchiquetés émerger de l'eau écumante... Oui, à cet instant précis, il s'était vu mourir.

Cleo et lui en avaient réchappé par un de ces inexplicables concours de circonstances. Ils auraient dû être mis en pièces. Au lieu de cela, ils avaient pu s'accrocher à des algues géantes entraînées vers le rivage par la tempête. La chute avait certes été vertigineuse mais le kelp avait amorti le choc et leur avait sauvé la vie.

À moitié sonné, il était sorti de l'eau en traînant Cleo derrière lui.

Puis il avait rejoint la plage et s'était réfugié dans les taillis. Il se rappelait avoir paniqué en s'apercevant que la jeune femme ne bougeait plus. La crainte de la perdre lui avait donné un coup de fouet. Il l'avait prise dans ses bras et, malgré la tempête, il avait traversé les sous-bois en titubant, sans savoir ce qu'il faisait ni où il allait. Un peu plus tard, il avait atteint la clairière et les gémissements de Cleo l'avaient sorti de sa torpeur.

Ces cases désertes leur avaient permis de s'abriter du vent et de la pluie. Shamus avait vigoureusement massé les membres de Cleo pour stimuler la circulation sanguine.

Dans la pénombre, il l'avait vue se tâter la mâchoire avec précaution.

– Avec quoi m'avez-vous frappée ?

– Mon poing, avait-il répondu d'un air contrit, après un moment d'hésitation. Je n'avais pas le choix...

– Oui, je sais... J'étais paralysée par la peur... Impossible de faire le moindre mouvement... Je voulais vous obéir mais je n'y *arrivais* pas... Je ne pensais qu'à me cramponner... C'était horrible... Vous n'étiez pas terrifié, vous ?

– Si, bien sûr... mais il n'y avait pas que la peur... Je n'avais pas le temps d'avoir peur... Pas avant d'avoir rejoint le rivage... Vous savez, dans l'obscurité, pendant un moment, j'ai cru...

– Oui ? Quoi ?

– ... j'ai cru que vous étiez morte... C'était horrible... Je ne sais pas comment dire... vous étiez froide et inerte... Là, j'ai vraiment eu peur.

Elle lui avait pris la main et l'avait regardé avec une intensité troublante, mais plus un mot n'avait été prononcé.

Quelques heures plus tard, la tempête s'était un peu calmée. Shamus était parti à la recherche d'éventuels survivants sur la plage. Il avait découvert Jodo inconscient, écrasé sous une membrure du *Maski*. Il n'avait trouvé aucune trace des autres.

À présent, quelques heures après le naufrage, dans la lumière matinale, ils attendaient le retour d'Alaman et des autres survivants. Cleo se promenait sur la plage et Shamus veillait Jodo au cas où il reviendrait à lui et aurait besoin d'aide. Depuis l'entrée de la hutte, le capitaine vit la jeune femme qui suivait le sentier menant de la plage à la clairière. Elle marchait lentement, tête basse. À un moment, elle se pencha pour ramasser un objet et l'épousseta soigneusement. Après l'avoir retourné plusieurs fois dans sa main, elle le glissa dans une poche de son pantalon. Puis elle revint vers la clairière.

Shamus remarqua un tas de branches mortes dans un coin de la hutte. Pour s'occuper, il éleva une petite pyramide de brindilles devant l'entrée et déchira un bout de son mouchoir pour s'en servir d'amadou. Puis il creusa un sillon dans un morceau de bois tendre avec une baguette de bois dur et se mit à frotter énergiquement la baguette de bois dur dans le sillon. Ce fut à cet instant que Cleo réapparut.

– Qu'avez-vous trouvé sur la plage ? lui demanda-t-il.

– Juste un fragment du *Maski*, répondit-elle d'un ton dégagé. Rien d'important. Mais que diable êtes-vous donc en train de faire ?

– Du feu, lui expliqua-t-il. Ce n'est pas difficile. J'ai vu des aborigènes utiliser cette technique en Australie. Les indigènes de Nouvelle-Guinée la connaissent aussi. Il suffit de s'obstiner et la poudre de bois finit par s'enflammer.

Il frottait toujours lorsque Alaman revint avec les autres rescapés du naufrage. Démoralisé, Shamus tendit les deux bouts de bois à Tulare qui s'en débarrassa aussitôt. L'air grave, son maître d'équipage sortit une fiole de quinine de dessous son pagne, la déboucha soigneusement et en tira une allumette de cire...

# CHAPITRE 15

CLEO, Shamus, Whitey et Jim enterrèrent Doc de leurs mains pendant que les Canaques se tenaient en cercle à une distance respectueuse. Ils avaient choisi un très bel endroit – un petit vallon, tout près du campement, au fond duquel s'épanouissait un bosquet de casuarinas au milieu d'arbustes, de buissons et de fougères géantes qu'agrippaient les doigts noueux des orchidées sauvages. Une falaise servait de toile de fond à ce décor. De son sommet tombaient de gigantesques vignes d'Alberti dont les racines terreuses étaient assez épaisses pour contenir un homme. Elles s'entrelaçaient sur la paroi rocheuse dans une extraordinaire profusion d'où ressortait le bleu indigo de milliers de fleurs qui ressemblaient à des renoncules.

La tombe était indiquée par une petite croix en bois sur laquelle avait été gravé DOC – un geste inutile car M. Swartz ne recevrait probablement pas beaucoup de visites de sa famille ou de ses proches.

Enveloppé dans des frondes de fougères, son corps sans vie fut descendu dans la fosse avec des cordes en fibre de vigne. Le petit groupe se recueillit quelques instants et, comme son devoir l'exigeait, le capitaine essaya de se remémorer les paroles que les officiers de marine prononçaient en ce genre d'occasion.

Il se creusa la tête mais cela ne lui revenait pas.

– Nous sommes réunis ici pour rendre un dernier hommage..., commença-t-il mais c'était tout ce dont il se souvenait.

Cleo posa une main sur son bras et lui dit :

– Laissez-moi faire. Je crois savoir ce qu'il aurait voulu...

Elle se baissa pour ramasser une poignée de terre et se tint immobile devant la tombe pendant un moment.

– Alors, Doc, dit-elle avec un léger sourire au coin des lèvres. (Elle parlait à voix basse mais ses mots résonnaient étrangement dans le vallon.), te voilà bien loin de Cincinnati, hein ?

Elle marqua une courte pause et laissa s'écouler un peu de terre entre ses doigts. Et on dirait bien que personne ne connaît de prière ici. Je suppose qu'on devrait en réciter une en hébreu pour toi. Mais là où tu es, tu t'en fiches pas mal, pas vrai ? Nous savons tous quel type formidable tu étais... un ami...

Elle s'interrompit à nouveau pour laisser tomber un peu de terre dans la tombe.

– Je crois que ça suffit, pas vrai, Doc ? Tu n'as jamais aimé les longs discours. Tu étais un homme bien – à tous points de vue. Tu nous manqueras... (Elle lâcha la terre qui lui restait dans les mains.) Fais de beaux rêves, Doc.

Les naufragés s'éloignèrent en silence, les uns derrière les autres, et Shamus prit à part Tulare pour lui demander de reboucher la tombe.

Chose étonnante, Jodo semblait s'accrocher à la vie. Il était cloué à son lit de fortune et parlait peu mais sa fièvre avait baissé et il y avait moins de sang dans ses selles. Shamus en conclut qu'il se remettait de ses blessures, quelles qu'elles fussent.

L'amélioration était en partie due à la plante rapportée par Alaman. Bouillie, elle se transformait en une soupe épaisse. Ses feuilles dures et épineuses prenaient alors la consistance de branches d'épinards. Shamus avait de sérieux doutes sur ses propriétés curatives et il avait fallu l'intervention de Tulare pour qu'il acceptât d'y recourir. Il n'ignorait pas que tout se guérissait, selon les superstitions mélanésiennes, depuis l'ongle incarné jusqu'à la lèpre, avec des remèdes à base de crapaud mort, de plumes de chouette, de plantes et de baies. Certaines herbes présentaient un intérêt médical mais leur usage se confondait de manière si inextricable avec les rituels totémiques, la magie noire et la sorcellerie qu'il était généralement conseillé de les éviter.

– Non, pas magique, *Taubada*, lui avait affirmé Tulare. Vrai médicament. Soulage et guérit aussi. C'est bon pour plein de choses.

– OK, avait dit Shamus, prépare ta tisane. Mais s'il arrive un malheur, tu auras sa mort sur la conscience.

– *Oi, Taubada*, avait répondu Tulare avec un sourire confiant.

Whitey avait suivi leur conversation d'une oreille attentive. Il s'était éclairci la gorge comme s'il avait voulu leur adresser la parole. Mais il s'était finalement ravisé et s'était éloigné. En bon hypocondriaque, l'angoisse lui pinçait le cœur maintenant qu'il était privé de sa seringue hypodermique et de ses innombrables pilules. L'espace d'un instant, il s'était demandé si Alaman ne pourrait pas lui trouver des herbes, à lui aussi. Au début, il avait adopté l'attitude prostrée d'un homme qui se sait condamné à une mort certaine et Shamus avait commencé à s'inquiéter. Après tant d'années, arrêter brusquement ses injections d'insuline pouvait avoir des conséquences fatales pour un diabétique. Et le régime sec à base de sagou sauvage, de baies et de crabes de terre que les circonstances leur imposaient ne semblait pas convenir à un estomac aussi fragile que le sien.

Au fil des jours, cependant, à force de travailler au grand air, Whitey avait retrouvé son appétit. Désormais il avalait tout ce qui passait à sa portée et en redemandait. Il se gavait de baies et traquait les crabes de terre avec une habileté décuplée par la faim. Mais les crustacés se faisaient de plus en plus rares et discrets...

Un autre phénomène remarquable s'était produit : à présent, il *dormait* ! Et sans somnifères ! La première fois, il n'avait pas voulu admettre que son sommeil avait duré du crépuscule jusqu'à l'aube et qu'il n'avait rien de comparable avec les brèves somnolences auxquelles il était habitué. Mais cela avait continué au cours des nuits suivantes et il se sentait gagné par une euphorie délicieuse.

– Bon sang de bois ! s'était-il exclamé, les sens revigorés. Trois nuits d'affilée ! Sans me réveiller une seule fois ! Ça ne m'était plus arrivé depuis dix-neuf ans ! Même avec quinze granules de sodium d'Amytal et encore moins avec du Nembutal... Je deviens dingue ou quoi ?

Ravi mais redoutant quelque mauvais tour de Dame Nature, il ne cessait de tâter son pouls et de secouer la tête d'un air perplexe. Il avait néanmoins décidé de se montrer prudent avec le remède de Tulare : s'il devait y avoir un cobaye, autant que ce fût Jodo.

Au bout d'une semaine, la clairière avait nettement changé d'aspect. Le second jour, grâce aux instructions de Tulare, trois huttes supplémentaires étaient apparues comme par magie. Des constructions rudimentaires mais solides. Les montants et les traverses, des branches mortes ramassées dans la jungle, étaient reliés entre eux par des fibres de vigne d'Alberti. Désormais, malgré l'absence de cochons et de chiens, l'endroit commençait à ressembler à un petit village indigène.

Cleo veillait Jodo dans la première case ; Shamus, Whitey et Jim occupaient la deuxième ; et les membres de l'équipage s'étaient installés dans la troisième, la plus spacieuse.

Après avoir bâti un abri en feuilles de sagoutier au milieu de la clairière, les Canaques avaient installé le canot sur un berceau improvisé. Avec seulement deux couteaux, ils équarrissaient, rainuraient et rapiéçaient la coque. Toutes les pensées du quotidien étaient tournées vers cette chaloupe et ces deux précieux ustensiles dont dépendait la survie des naufragés.

Chaque matin, ils sortaient les deux tonneaux placés à l'avant et à l'arrière de l'embarcation. Puis ils allaient les remplir au ruisseau et les laissaient au soleil toute la journée pour qu'ils ne perdent pas leur étanchéité. Tulare avait également entrepris de fabriquer une voile en tressant des feuilles de pandanus.

À l'aide d'un couteau, les rames en épicéa avaient été criblées de petits trous et étaient régulièrement astiquées avec le peu d'huile que le maître d'équipage réussissait à extraire des amandes de sagoutier.

Certes, les crabes de mangrove étaient réservés aux repas mais, une fois mangés, Shamus faisait bouillir les carapaces et les pinces pour récupérer la pellicule de graisse qui se formait à la surface de l'eau de cuisson. Puis il en enduisait la partie des rames en contact avec les dames de nage et stockait ce qui restait en vue du long et périlleux voyage à venir.

Comment arriveraient-ils à s'entasser dans une embarcation aussi frêle, à traverser la barre et à affronter la haute mer, chacun se le demandait en secret. Mais le sujet n'avait pas encore été ouvertement abordé.

Il y avait trop à faire. Les naufragés travaillaient, mangeaient ce qu'ils trouvaient et dormaient. Tous, sauf Jodo. Maussade et silencieux, il demeurait immobile sur sa couche de feuillages et de branchages.

Aux heures les plus chaudes, les Canaques se protégeaient des féroces rayons du soleil en se barbouillant de boue. Les Blancs suivirent leur exemple au bout de quelques jours. Mais Cleo refusa de les imiter. Plutôt se dessécher comme un épi de maïs du Kansas, avait-elle déclaré. Défiant moustiques et autres créatures assoiffées de son sang, elle finit par sacrifier un grand morceau de ses guenilles pour en faire un bandana. Elle s'occupait de Jodo, ramassait du bois et veillait à ce que le feu devant sa hutte ne s'éteignît jamais. La nuit, des jappements et des beuglements sourds trahissaient la présence de crocodiles dans les marécages environnants. Malgré cela, Shamus ne permettait pas d'entretenir le feu – car le combustible sec manquait dans cette forêt humide.

Un matin il découvrit que la clairière était observée par des guetteurs postés à la lisière de la jungle. À la recherche d'écorces qu'il pourrait réduire en pulpe pour calfater la chaloupe, il détecta un léger mouvement derrière des buissons. Peut-être s'agissait-il de gibier, espérait-il, un casoar, le grand oiseau coureur de Nouvelle-Guinée, ou un couscous, ce marsupial arboricole à la chair succulente.

Dans l'intention d'y poser un piège, Shamus s'approcha discrètement de l'endroit d'où lui était parvenu le bruit. Il écarta une branche devant lui et soudain le sous-bois sembla exploser de vie. Il eut juste le temps d'apercevoir deux petites paires de fesses et un faciès tatoué à l'expression féroce. Puis un projectile siffla à ses oreilles et trois Papous s'enfuirent dans les ténèbres de la jungle.

Shamus n'attendit pas d'en voir davantage – une attaque en force était peut-être sur le point d'être lancée. Il tourna les talons et courut vers le campement.

Tout le monde se rassembla autour de lui pour l'écouter raconter ce qui s'était passé. Quand il eut fini, personne n'osa s'exprimer à l'exception de Cleo.

– Mais je ne comprends pas, dit-elle d'une voix étranglée par la peur. Qu'avons-nous fait de mal ? Pourquoi voudraient-ils s'en prendre à nous ?

– Impossible de le savoir, répondit laconiquement le capitaine. Bon, remettons-nous au travail... C'est ce que nous avons de mieux à faire. Avec un peu de chance, nous aurons fini les réparations avant qu'ils se décident à revenir. Mais nous devons d'abord construire une palissade autour du canot – il nous faut un minimum de protection. Approchez-vous le moins possible de la lisière de la forêt. Je ne sais pas quel type de projectile ils ont utilisé – une flèche ou une fléchette, je pense... probablement empoisonnée... Par-dessus tout, agissez comme si de rien n'était, conclut-il. En règle générale, ils ne brillent pas par leur courage. Si nous leur donnons l'impression de ne pas les craindre... enfin, nous ne pouvons pas faire grand-chose d'autre, de toute façon.

Conseil idiot, se dit-il en repartant vers la chaloupe, quand une pluie de flèches risquait de leur tomber dessus à tout moment. Une palissade ne leur serait pas d'une grande utilité en cas d'attaque, mais ce serait toujours plus sécurisant que de travailler à découvert au milieu de la clairière.

Le lendemain, Alaman rapporta de mauvaises nouvelles. Les sagoutiers qui poussaient dans les marais avaient été dépouillés de leurs fruits pendant la nuit.

Malgré son air stoïque, Shamus se sentait gagné par un profond découragement. Voilà donc quel était leur plan – sa première partie, en tout cas... Ils voulaient les affamer. Plus que jamais il leur fallait courir contre la montre.

Plusieurs événements se produisirent coup sur coup qui minèrent le moral des naufragés. Le huitième jour, trois des membres de l'équipage, chargés de trouver des vivres, ne revinrent pas de leur cueillette dans la forêt. Cette désertion déçut Shamus sans vraiment le surprendre. Originaires du magnifique archipel Manus, ils appartenaient à un peuple pacifique. Ils avaient dû voir dans la fuite leur meilleure chance de salut. D'un autre côté, cela ferait toujours trois passagers en moins dans le canot, se consola tristement le capitaine. Le matin du neuvième jour, le mystère de leur disparition fut élucidé : en sortant de sa hutte, Cleo faillit trébucher sur quelque chose qui obstruait le passage. Elle baissa les yeux et poussa un cri qui réveilla tout le campement.

À ses pieds, attachées les unes aux autres comme des noix de coco, se trouvaient les têtes coupées des trois Canaques.

Les autres naufragés ne tardèrent pas à accourir. S'il y avait eu des doutes sur les intentions des Ramus, ils étaient maintenant complètement dissipés. Alaman alla enterrer le colis sanguinolent et chacun se mit au travail en silence, l'esprit agité par de noirs pressentiments.

Un autre jour, les réparations prirent du retard lorsqu'un scorpion de la taille d'une crevette piqua Jimmy à un endroit particulièrement sensible de son anatomie. Il était assis et la petite bête s'introduisit par une jambe de son pantalon sans qu'il s'en rendît compte. À son premier mouvement brusque, le scorpion planta son dard venimeux et Jimmy sauta en l'air en poussant un hurlement de bête blessée.

Shamus, croyant que les Ramus passaient à l'attaque, s'empara de son bâton et ordonna à chacun de se mettre à l'abri derrière la fragile palissade.

Plié de douleur et serrant son entrejambe à deux mains, Jimmy tournait en rond au milieu de la clairière.

– Bon dieu ! glapissait-il, le visage encore plus grimaçant que d'habitude. Qu'est-ce qui m'a piqué ? Qu'est-ce que c'était ?

Lorsque le petit scorpion tomba de son pantalon, complètement écrabouillé, le scrotum de Jimmy se mit aussitôt à enfler. Alaman appliqua un cataplasme de ses herbes médicinales sur la zone douloureuse et le malheureux finit par se remettre. Mais des heures précieuses furent perdues car Jimmy n'avait pas son pareil pour rassembler les éléments disjoints de la chaloupe, une tâche qui exigeait du soin et de la patience.

Cette épreuve pénible lui causa plus de peur que de mal. Entre deux spasmes d'angoisse, il s'asseyait à l'ombre et maudissait le jour de sa naissance en termes fleuris.

– Saloperies d'influences planétaires ! maugréait-il d'un air sombre. Je me serais bercé d'illusion toute ma vie ! Un scorpion ! Comment puis-je espérer gagner quoi que ce soit ? Je ne suis même pas capable de gagner aux petits chevaux ! Ce fils de pute a cinq mille autres trous où se faufiler et il faut qu'il choisisse ma jambe de pantalon !

Il ferma son œil valide, écœuré par l'injustice qui le frappait.

– Mais qu'est-ce que j'ai à gueuler ? feignit-il de se demander avec un rire amer. J'ai toujours glissé sur les peaux de banane et ça n'est pas près de changer. La chance ? Je n'en ai jamais eu, de la chance !...

L'air résigné, il marqua une pause avant d'ajouter :

– Tiens, si je gagnais une moitié de la femme sciée en deux, je suis sûr que je récupérerais la partie qui mange !

Sur cette sombre pensée, il se releva et se remit au travail.

En fin d'après-midi, Tulare, assis à côté du canot, affûtait la lame de son couteau sur une pierre lisse, avec des gestes lents et méthodiques, lorsqu'il s'interrompit brusquement en inclinant la tête sur le côté. Pendant un moment, il écouta attentivement. Puis il se redressa d'un bond.

– Psssst ! fit-il.

Gauna, le boy assis à côté de lui, se releva à son tour. Il tendit l'oreille et approuva d'un hochement de tête.

– *Ay-ye* ! s'exclama-t-il craintivement.

Du plus profond de la jungle montait un roulement sourd, cadencé et inquiétant. Selon l'orientation du vent, on percevait plus ou moins cette vague rumeur.

– Les *garamuts* ! Ils approchent ! dit Gauna en motu [1]. Fuyons tant qu'il est encore temps !

Il jeta un rapide coup d'œil autour de lui comme s'il cherchait une issue de secours.

Tulare ne tourna même pas la tête. Il regarda la jungle avec son air impassible habituel. Lorsqu'il prit la parole, ce fut avec une note de mépris dans la voix.

– Tu es stupide. Tulan, Mikar et Minakona se sont enfuis et Alaman a enterré leurs têtes – tu as déjà oublié ?

Alaman, occupé à calfater les jointures du canot, leva la tête et hocha la tête d'un air grave.

– C'est vrai, dit-il.

Et il se replongea dans son travail.

Terrorisé, le teint argileux, Gauna roulait de gros yeux, ne sachant quelle attitude adopter. Il s'approcha d'Alaman dans l'espoir d'obtenir un plus de compréhension de la part de son ami.

– Allons-nous attendre d'être tués ?

Alaman l'ignora complètement et continua son travail. Son cerveau agile avait déjà étudié tous les aspects de la question. Dans tous les cas de figure, il ne

1. Langue des Mélanésiens de Nouvelle-Bretagne.

donnait pas cher de leurs vies. Mais il en était arrivé à la conclusion qu'ils avaient tout intérêt à rester soudés et à respecter l'autorité de Tulare et du *Taubada.*

Pendant ce temps, Tulare se dirigea sans hâte et avec toute la dignité requise vers le capitaine qui colmatait une jointure sous le canot.

– *Garamuts*, annonça laconiquement le maître d'équipage en faisant un signe de tête en direction de la jungle.

Shamus se leva et tendit l'oreille. Il n'entendait rien. De son côté, Alaman continuait d'œuvrer comme si de rien n'était.

Tulare fixa le capitaine quelques instants avant de lui dire :

– Ils viennent nous tuer.

Au bout d'une vingtaine de minutes, le martèlement sourd et cadencé des tambours en peau de crocodile devint parfaitement audible.

Shamus avait eu le temps de prendre quelques dispositions. La situation lui semblait désespérée mais il était exclu d'adopter une attitude défensive. S'ils ne suivaient pas leur plan initial et n'essayaient pas d'impressionner leurs agresseurs par leur calme et leur indifférence, cela ne ferait que hâter l'heure du massacre.

Conscients de la faiblesse de leur position, les naufragés avaient tous une arme à portée de la main. Whitey et Jim avaient choisi la massue. Shamus avait glissé un des couteaux dans sa ceinture. Tulare avait attaché l'autre au bout d'un long bâton qu'il avait ainsi transformé en lance. Il la soupesa dans sa main droite et s'exerça à la brandir avant de l'enfouir sous un tas de feuilles près de la chaloupe.

Le plan était simple. Au signal de Shamus, ils devaient tous se rassembler derrière la fragile palissade et combattre jusqu'à la fin. Car il n'était pas question de se rendre, comme le fit observer le capitaine. C'était là une tradition guerrière ignorée des Papous. Cela ne pouvait qu'aboutir à des actes d'une barbarie indescriptible. Fuir n'était pas non plus envisageable : dans les marais et la jungle environnants, leurs ennemis se feraient une joie de les traquer et de les abattre comme du gibier.

Le roulement monotone des *garamuts* s'était rapproché. Shamus réunit tout le monde dans la case de Cleo et Jodo.

Mais, en se retrouvant face à ses compagnons d'infortune, il s'aperçut vite qu'il n'avait plus grand-chose à dire. Et lorsqu'il croisa le regard de Cleo, sa gorge se noua. À l'idée qu'elle puisse tomber vivante entre les mains d'Anitok et de ses hommes, il faillit s'étouffer de colère... mais comment pourrait-il l'empêcher ?

– Je serai bref, commença-t-il. D'abord, je tiens à vous exprimer mes regrets pour vous avoir obligés à rester à bord quand vous auriez pu gagner le rivage en toute sécurité. Aujourd'hui, Doc serait toujours parmi nous... D'autant que le *Maski* n'aurait probablement pas résisté à la tempête même si nous avions eu le temps de trouver un autre ancrage. Quant à...

– Ah, fermez-la, Cap' ! l'interrompit Whitey. Vous n'avez rien à vous reprocher. Nous avons toujours été entre de bonnes mains. Et nous le sommes toujours... (Il se tourna vers Jim et Cleo.) J'ai raison *ou quoi* ?

– À cent pour cent, grommela Jim. Comme disait le général à ses soldats qui montaient au front : « Vous n'espériez pas quand même vivre éternellement, hein ? »

Il marqua une courte pause et ajouta :

– Le problème, c'est que je l'espérais...

Cleo demeura silencieuse mais elle s'avança vers Shamus. Elle lui prit la main et son bracelet cliqueta joyeusement. Puis elle plongea ses yeux bleu-vert dans les siens et le capitaine y lut de la peur, bien sûr, mais aussi un indéfectible courage et une confiance démesurée dans ses capacités à la protéger. Elle semblait lui dire : « Pour le moment, la situation n'est guère brillante, mais je suis sûre que tu vas nous tirer de là. » Il serra les mâchoires, furieux de se sentir aussi impuissant.

Soudain le roulement des tambours s'accéléra avant de s'interrompre brusquement. Un silence étrange lui succéda. Tout le monde se tourna vers Shamus d'un air interloqué. Au bout d'un moment, les *garamuts* retentirent à nouveau.

– Ils ne sont plus loin, murmura Jimmy en essayant de sourire.

Son œil de verre réfléchissait une lueur sinistre tandis que son œil valide scrutait nerveusement la jungle de l'autre côté de la clairière.

Shamus hocha la tête. La mort approchait sournoisement, se dit-il, comme un rôdeur dans la nuit... C'était insultant, presque obscène. Il aurait cru qu'elle avait plus de dignité que ça... Elle n'avait pourtant rien à cacher, pas plus que la naissance ou la vie. La mort était inévitable. Une fois acceptée, elle devenait facile à comprendre – mais pourquoi agissait-elle en prêteur sur gage ? La mort devrait toujours frapper comme la foudre au milieu d'un orage.

Il leva les yeux et remarqua le regard oblique de Whitey sous ses sourcils broussailleux. Il observait Cleo. Il savait, lui aussi. Il pensait à la même chose que lui. Si Cleo se retrouvait prisonnière des Papous, ses bravades ne la protégeraient pas des supplices dégradants qui l'attendaient. Soudain il s'aperçut qu'elle fixait le couteau glissé dans sa ceinture avec une expression où se mêlaient la terreur et une compulsion irrépressible. Il avait déjà observé ce regard chez un homme paralysé de peur face à un cobra royal. Le serpent avait fini par le mordre.

À cet instant une voix moqueuse rompit le silence.

– Qui crois-tu abuser, chérie ?

Jodo la dévisagea d'un air narquois avant d'éclater de rire.

– Bon dieu ! s'exclama-t-il. Tu penses vraiment à te tuer ? Mais avec quoi ? Tes ongles ? Tu sais bien que tu n'auras jamais le cran de t'enfoncer ce couteau dans le bide ! Alors arrête de surjouer, par pitié. Nous allons tous être massacrés dans une minute...

Leurs regards se croisèrent et Cleo se mordit la lèvre, visiblement embarrassée. Puis elle fronça les sourcils et sembla sur le point de perdre son sang-froid. Mais cela ne dura qu'un instant et elle se retourna vers Shamus.

– Que diriez-vous d'aller faire un tour ? lui proposa-t-elle. Une petite promenade nous aiguisera l'appétit avant le déjeuner.

Shamus répondit à son regard avec la même intensité. Il se réjouit en silence de cette invitation innocente. Après tout, qu'est-ce que cela faisait s'ils se mettaient un peu à l'écart des autres ? Il veillerait à ce qu'ils ne s'éloignent pas trop. D'ailleurs le reste du groupe leur était à peine supérieur en nombre !

Main dans la main, ils marchèrent en direction de la plage. Tout au fond de lui, l'image de Ganice demeurait. Mais à présent que la mort le guettait, il ne voyait plus de contradiction entre son souvenir et le désir qu'il éprouvait d'embrasser Cleo et de lui avouer son amour. Dans l'adversité, la jeune femme avait su gagner son respect et son admiration. Pas une fois elle n'avait fait allusion à leurs étreintes sur la plage ou à la dispute qu'ils avaient eue le lendemain matin. Il n'y avait plus eu un geste ou une parole équivoques entre eux. Shamus avait toujours pensé que les femmes – même les meilleures – étaient d'abord et surtout des femelles. Mais Cleo lui avait prouvé qu'elle était un être humain exceptionnel. Elle avait participé à l'effort collectif avec courage et bonne humeur, n'avait pas réclamé d'égard particulier et ne s'était plus comportée de manière provocante comme elle en avait coutume au début du voyage.

Shamus aurait aimé pouvoir lui exprimer sa gratitude. Mais quelque chose l'empêchait de s'abandonner à cette partie de lui-même que seule Cleo avait su lui révéler.

S'abritant derrière son habituelle réserve, il esquissa un sourire forcé.

– Étrange, dit-il. Je n'arrive pas à vous parler comme j'aimerais le faire. Cela dit, ça me dérangerait moins si je connaissais un moyen de vous sortir de là.

Elle ne répondit rien mais augmenta légèrement la pression de sa main.

– Je voudrais que vous sachiez à quel point je regrette de m'être montré aussi... brusque le lendemain du banquet sur la plage. Ce matin-là, j'ai parlé et agi de manière inconsidérée. Si je pouvais tout effacer, je n'hésiterais pas une seconde. J'espère que vous me pardonnerez. J'imagine que si Doc n'avait pas été mêlé à cet incident, je l'aurais pris moins à cœur...

Elle leva les yeux vers lui et le fixa d'un air perplexe.

– Incident ? Doc ? demanda-t-elle. Je ne saisis pas... Bien sûr que je vous pardonne. Je vous avais déjà pardonné bien avant la fin de cette horrible journée. Seulement, je ne comprenais pas quelle mouche vous avait piqué. Finalement je m'étais dit que... après tout, je ne suis qu'une garce. Je gage que ce n'est pas un secret pour vous. Je m'étais dit que je devais vous dégoûter. Je ne pouvais pas vous en vouloir. Mais qu'avez-vous voulu dire exactement ?

– Après notre retour de la plage, j'étais descendu vous souhaiter bonne nuit, expliqua Shamus d'un ton hésitant. Vous parliez avec Doc. Et vous riiez... de ce qui s'était passé entre nous. Je ne l'ai pas supporté. Ça signifiait tellement pour moi...

– Oh, Shamus, mon pauvre chéri, murmura-t-elle, des larmes plein les yeux, avec un mélange de joie et de tendresse. C'était donc ça ! Je me souviens très bien.

Elle lui dévoila la vérité sur sa conversation avec M. Swartz et le capitaine eut l'impression que le sol se dérobait sous ses pieds.

– Je suppose que cela ne m'excuse en rien, réussit-il à articuler, mais cela signifiait vraiment beaucoup pour moi...

– Pour moi aussi, chéri, dit-elle doucement. Comment as-tu pu en douter ? Bien sûr que tu pouvais, vu la manière dont je me comportais... Mais je n'aurais jamais pu faire ça. Tu comprends, j'espérais...

Elle marqua une pause et détourna le regard. Et Shamus attendit en silence. Ensemble ils écoutèrent le morne roulement des *garamuts* dans la jungle.

– C'est curieux, reprit-elle tout-à-coup. Je songeais à avoir un bébé avant de te connaître... Jamais je ne te confierais ce secret sans ces damnés tambours... Que je sois mariée ou non n'avait aucune importance... J'en étais arrivée à un point où je me contrefichais de ce que l'on pensait de moi. Les gens sont si bêtes... surtout lorsqu'ils se croient autorisés à porter des jugements sur des choses qui ne les regardent pas... Il y en a vraiment très peu qui méritent qu'on tienne compte de leur avis. Et pourtant je me sentais si seule... Je me disais qu'avec un bébé, je ne serais plus jamais seule. Je l'aimerais et il m'aimerait, et nous n'aurions plus besoin de personne... On m'a dit que ça ne marche pas, que les conflits non résolus ressurgissent quand l'enfant grandit, mais j'aurais réussi, moi. Le seul problème, c'est que j'étais incapable de trouver le père. Il devait être trop de choses en même temps. Et puis tu es arrivé...

Shamus écarquilla les yeux. En un éclair il venait de comprendre l'allusion et rien n'exista plus autour de lui.

– Et... ?

Elle eut un petit rire triste en pressant sa main.

– Idiot ! Il est trop tôt pour le dire. Les chances sont quand même minimes.

Ils étaient pratiquement hors de vue du campement et Shamus s'arrêta un instant. Cleo se mit en face de lui et plongea ses yeux dans les siens.

– Il y a une chose que je veux que tu saches, ajouta-t-elle d'une voix douce. Quoi qu'il arrive, tu ne me dois rien. C'est moi qui te suis reconnaissante... pour m'avoir permis de revivre des émotions que j'avais oubliées... Ç'a été un plaisir de vous rencontrer, Capitaine. (Elle le salua d'un petit mouvement de tête comme Shamus avait coutume de le faire.) J'ai un dernier service à vous demander – si ce n'est pas trop abuser... Maintenant... accepteriez-vous de m'embrasser ?

Elle se dressa sur la pointe des pieds pour que son visage se trouvât à peu près à la hauteur de celui de Shamus. Il la prit dans ses bras et ce fut comme si la sveltesse et la douceur de son corps se fondaient en lui. De nouveau il ressentit ce merveilleux sentiment de communion que les mots étaient impuissants à décrire et qui semblait contenir en lui toute la beauté et le charme de la vie. Il la serra si fort que les derniers lambeaux de son chemisier glissèrent de ses épaules. Il caressa la peau dénudée de ses hanches puis ses mains remontèrent vers les seins écrasés contre son torse. Les muscles fins de la jeune femme se tendirent puis se relâchèrent peu à peu et, avec un long soupir, elle se colla à lui et l'embrassa passionnément. Plus rien ne comptait pour eux, pas plus l'idée de leur mort imminente que la peur de redevenir des entités individuelles.

– Cleo, mon amour, mon amour, murmura Shamus mais il ne parvint pas à trouver d'autres mots.

– Merci, chéri ! chuchota-t-elle d'une voix espiègle, les bras autour de son cou. Retournons travailler à présent.

Main dans la main, ils repartirent vers l'abri du canot.

Soudain le grondement des *garamuts* cessa. Un dernier roulement retentit et ce fut tout. Un silence profond, palpable, s'abattit sur la clairière au moment où Cleo et Shamus rejoignirent les autres.

Mais cela ne dura qu'un moment. Puis un phénomène étonnant se produisit – si soudain que les cœurs des naufragés firent un bond. Le bruit d'une myriade de battement d'ailes invisibles leur parvint. Pendant quelques secondes le ciel s'obscurcit comme si un nuage passait devant le soleil. Puis chaque arbre de la forêt bordant la clairière sembla s'embraser avant d'exploser en une véritable symphonie de couleurs.

La quiétude de la clairière vola en éclats multicolores. De tous côtés s'élevèrent des cris discordants comme si une horde de petits démons s'amusaient à gratter une tôle ondulée avec des rayons de roue de bicyclette.

Puis ces innombrables paradisiers, venus se nourrir aux abords de la clairière, s'envolèrent en détectant la présence d'êtres humains dans les environs. Le ciel se remplit d'or, de rouge et de bleu et la nuée s'éloigna vers l'intérieur de la jungle.

L'air émerveillée, Cleo se retourna vers Shamus qui comprit aussitôt qu'elle y avait vu un signe d'espoir. Mais était-il encore temps d'espérer ?

## CHAPITRE 16

QUAND le monstrueux Anitok, souverain incontesté de Great River, se dressait sur la pointe des pieds, il atteignait à peine un mètre cinquante et, affublé de tous ses attributs de chef, il devait peser dans les quarante kilos.

Au-dessus de la taille, il arborait un collier orné de deux défenses de sanglier et deux longues plumes jaune d'or piquées dans sa houppe blanchie à la chaux broyée – procédé que les Pygmées utilisaient autant pour des raisons esthétiques que pour se débarrasser de leurs poux. Au-dessous de la ceinture, il portait un étui pénien en coquillages relié à une curieuse sorte de string en écorce torsadée de la même couleur que sa peau, si bien qu'il fallait y regarder de près pour s'apercevoir de son existence. Sur la hanche pendait un poignard blanc taillé dans le tibia d'un casoar.

En dehors de sa chevelure crépue, il n'avait presque pas de poils. Son visage noir se distinguait par un front fuyant, des arcades sourcilières massives surplombant des petits yeux perçants, un gros nez aplati, des lèvres éversées et des dents noircies par la mastication immodérée des noix de bétel.

Derrière ce masque inexpressif bouillonnait un cerveau agile que le contact avec les Blancs avait considérablement perverti. Deux obsessions y dominaient : une soif inextinguible de pouvoir et une haine tenace des Occidentaux. Anitok était un des rares habitants de la région du Ramu à en avoir déjà vu de près.

S'il avait vécu dans n'importe quel autre pays que cette contrée isolée et sauvage, où les techniques étaient encore très primitives, il aurait probablement commandé aux foules. Mais sans doute aurait-il été manipulé par un conseiller plus malin que lui. Car s'il possédait ce mélange de perspicacité, d'agressivité et de narcissisme qui a toujours fasciné les masses, sa vanité et son exhibitionnisme en faisaient une proie facile pour un homme de l'ombre, une de ces éminences grises qui s'entendent à mener les leaders charismatiques par le bout du nez. La démagogie était pour lui comme une seconde nature. Il ne devait sa prééminence et son prestige parmi les Ramus qu'à cette disposition naturelle et aux conseils avisés de son partenaire dans l'exercice du pouvoir. Anitok n'était pas un chef héréditaire. Aucun membre de sa famille ne l'avait jamais été. Et, bien entendu, il n'avait pas non plus été élu par le suffrage populaire. C'était un modèle unique, un original qui, dès son adolescence, avait affirmé son autorité sur les autres alors qu'il était encore exclu des conseils tribaux et n'avait pas encore gagné le droit de se percer le nez avec un os de cochon – preuve de courage et de virilité.

Dans les communautés primitives, tout comme dans nos dictatures modernes, de telles prétentions sont généralement vouées à l'échec. Jeune homme, Anitok avait échappé de justesse à la mort en s'enfuyant dans une pirogue. Heureusement pour lui, les guerriers de son village avaient renoncé à le poursuivre en voyant la nuit tomber. Après plusieurs jours en mer, il avait été recueilli à bord du *Finshafen*, un cargo allemand qui transportait du coprah entre les îles du Pacifique sud et dont l'équipage était composé de Canaques des colonies françaises et anglaises. Quelle n'avait pas été leur surprise de découvrir un Pygmée à l'air effaré, à bout de force et réclamant de l'eau dans un langage inconnu !

Employé dans la chaufferie, Anitok y avait fait la connaissance d'un grand Mélanésien nommé Kanaka Tom, dont le magnifique tatouage pectoral l'avait immédiatement séduit. Lorsque Tom se tenait normalement, une femme nue était au garde-à-vous au milieu de son torse. Elle restait bien sage jusqu'à ce qu'il gonflât d'air ses poumons et rejetât les épaules en arrière. Une chose miraculeuse se produisait alors : les jambes de la demoiselle s'écartaient voluptueusement et elle se mettait à sourire d'un air aguicheur. Tom se mettait à siffler en clignant de l'œil comme n'importe quel artiste forain l'aurait fait devant un public subjugué. Mais derrière cette attitude engageante se cachait d'autres motivations plus secrètes. Il en avait assez de faire le chauffeur et ce petit homme que le hasard avait placé sur son chemin lui ouvrait de nouvelles perspectives. Petit à petit, ils se lièrent d'amitié et ne tardèrent pas à communiquer dans une langue concoctée à base de pidgin et de mots empruntés à leurs dialectes respectifs, aussi éloignés l'un de l'autre que le français et le japonais. Personne ne comprenait leurs conversations, mais comme Tom parlait un pidgin remarquable que l'on pouvait presque confondre avec de l'anglais en certaines occasions, il servait d'interprète à son compagnon pygmée.

Au cours de ce voyage, le *Finshafen* avait jeté l'ancre à Sydney. Comme Anitok avait peur de descendre à terre, Kanaka Tom était parti seul en ville. Plus tard, le Pygmée avait regretté de ne pas l'avoir accompagné et le second, cédant à ses suppliques gutturales et à ses gestes véhéments, lui avait donné quartier libre – non sans nourrir quelques scrupules à l'idée de le laisser errer dans les rues de Sydney. Mais cela lui paraissait injuste de le garder à bord pendant que le reste de l'équipage écumait les bars du port.

À deux reprises au cours de cette escale, Anitok s'était heurté à des Blanches. Sa haine et son désir de vengeance contre leur race remontaient à cette époque. Le premier incident avait eu lieu dans le plus grand magasin de Sydney, chez *Anthony Hondern.* Anitok y était entré avec un hibiscus derrière chaque oreille (il avait cueilli les fleurs dans le jardin public) pour que les femmes sachent qu'il était disponible.

Soudain un solde avait été annoncé au haut-parleur et, dans la ruée qui avait suivi, il avait failli être piétiné plusieurs fois. L'une de ses fleurs était tombée par terre mais il avait réussi à la ramasser et s'était laissé entraîner dans le fond du bazar jusqu'à ce qu'il eût repéré un rouleau de *calicot* à pois rouges sur une étagère. Cédant à une impulsion irrésistible, il avait aussitôt voulu en faire l'acquisition.

Malheureusement il ne parvenait pas à se faire comprendre de la jeune femme derrière le comptoir – d'autant qu'il arrivait à peine à poser le menton dessus.

Mais elle avait fini par interpréter le sens de ses gestes et avait descendu le rouleau d'étoffe en disant d'un ton machinal :

– Voilà, Monsieur. Dix-huit shillings et six pence, s'il vous plaît. Ce sera tout ? »

Anitok n'avait pas saisi un mot de ce qui lui apparaissait comme un insupportable charabia. Toutefois il avait eu plus ou moins l'intuition qu'elle réclamait de l'argent. Prudemment, car c'était un négociateur trop avisé pour payer avant d'avoir récupéré la marchandise, il avait ouvert la main et laissé rouler un billet tout chiffonné sur le comptoir. Or, avant qu'il eût le temps de réagir, la vendeuse avait bondi dessus et avait balancé le rouleau de *calicot* derrière elle, hors de portée d'Anitok.

– Merci, Monsieur. Je vous le fais emballer. Votre monnaie arrive dans un instant.

Nerveusement, Anitok l'avait regardée tendre le bras pour attraper une petite boîte métallique accrochée au-dessus de sa tête. Ensuite elle y avait mis le billet d'une livre et avait replacé le récipient au bout de son fil. Puis elle avait violemment tiré sur un cordon et, à la grande consternation d'Anitok, la petite boîte s'était élevée vers le plafond !

Tout s'était passé à une rapidité qui l'avait cloué sur place. Frappé d'horreur, il avait poussé un cri de rage. Berné ! Et volé en même temps ! Il se retrouvait sans argent et sans *calicot* ! Il avait aperçu le récipient qui glissait le long d'un câble tendu sous le plafond.

Maudissant la vendeuse effarée, il se lança à sa poursuite à travers le magasin bondé, slalomant entre les jambes, les tables et les plantes vertes. Les clients trébuchaient et se cramponnaient aux comptoirs tandis que ce projectile humain leur fonçait dessus.

C'était peine perdue. Malgré sa vélocité, Anitok avait été distancé par la petite boîte qui avait disparu au détour d'un virage. Dépité, il avait dû s'appuyer sur un comptoir à cigares pour reprendre son souffle. Il lui avait fallu admettre qu'une femme blanche particulièrement rusée venait de se jouer de lui. C'était entièrement de sa faute, en avait-il conclu, il aurait dû garder la main droite sur le billet de banque tant qu'il n'avait pas la main gauche sur le rouleau de *calicot*.

Il avait tristement repris le chemin du quai et s'était assis à l'endroit où la chaloupe du cargo devait récupérer les membres de l'équipage.

Environ une heure plus tard, il avait entendu quelqu'un chanter à tue-tête à l'autre bout du quai. C'était Kanaka Tom qui approchait en tanguant. Trop de noix de bétel, avait estimé Anitok. Pour s'être mis dans cet état, il avait dû les avaler au lieu de les mastiquer. Ceux qui en abusaient avaient souvent le vertige et ils se comportaient de manière stupide.

En reconnaissant Anitok, le Mélanésien s'était arrêté de chanter et s'était fendu d'un large sourire.

– Ohé, matelot ! s'était-il joyeusement exclamé.

Plus chancelant que jamais, il avait donné une tape amicale sur l'épaule d'Anitok. Puis l'air hébété, il avait sorti une petite bouteille de whisky de sa poche. Il avait penché la tête en arrière et avait bu une longue gorgée avant de passer le flacon à son compagnon.

Le Pygmée avait pris une rasade – et avait failli mourir d'une attaque. Le liquide lui avait incendié la bouche, décapé la gorge et brûlé les boyaux. Des larmes avaient inondé ses yeux, l'aveuglant complètement. Tout en s'étranglant, il s'était relevé d'un bond, avait couru jusqu'à l'appontage et avait plongé tête la première. Il était remonté à la surface les joues pleines d'eau qu'il avait aussitôt recrachée à la manière d'une gargouille d'église. Ce bain forcé l'avait soulagé mais son estomac continuait de lui donner des signes inquiétants.

Tom, qui semblait avoir l'habitude de ce breuvage maléfique, lui avait tendu la main pour le hisser sur le ponton. Malheureusement il avait fait un faux mouvement et était tombé sur Anitok. Ils étaient ressortis en vitesse et le Pygmée avait retiré sa chemise pour l'essorer.

Soudain Kanaka Tom s'était arrêté de chanter. Il avait réfléchi un instant, le front barré par un pli soucieux. Puis, avec un grand sourire, il s'était tourné vers son ami et avait fait des gestes grossiers dont il était difficile de ne pas deviner la signification.

Anitok avait brusquement senti l'excitation monter en lui. Il avait manifesté son approbation en hochant la tête. Puis, instinctivement, il avait voulu toucher les hibiscus derrière ses oreilles. Ils ne s'y trouvaient plus. Il les avait probablement perdus en se jetant dans le port. Sortir sans hibiscus n'était guère convenable mais il espérait que les femmes comprendraient. En ce qui concernait la bagatelle, le petit homme était particulièrement à cheval sur le protocole.

Les deux amis s'étaient dirigés vers Wooloomoo en suivant le front de mer. Anitok avait le tournis et, en apercevant son reflet dans une vitrine, s'était arrêté pour se regarder – il ne pouvait pas s'en empêcher. Il avait éclaté de rire. D'ailleurs presque tout ce qu'il voyait l'amusait et ses pieds étaient incroyablement légers. Il lui semblait que si telle avait été son intention, il aurait pu prendre son élan et s'envoler dans le ciel comme un paradisier.

De toute évidence Kanaka Tom savait où il allait, car il marchait à grands pas, sans hésiter. Ils étaient passés devant de mornes immeubles en brique rouge avec du linge suspendu aux balcons comme des bannières. Dans la rue, au milieu de flaques de boue, des enfants en haillons jouaient aux billes ou à la marelle.

Comme Anitok avait les jambes molles, il s'était reposé quelques minutes à cet endroit.

Une fillette de sa taille le fascinait. Elle était blonde et ses couettes étaient nouées avec de gros rubans blancs. Lorsqu'elle sautait, sa jupe se relevait en dévoilant sa petite culotte rose.

Ses petites fesses s'agitaient à chacun de ses bonds. Cela lui avait fait penser à des lunes nouvelles montant dans le ciel nocturne. Il aurait aimé en savoir plus sur la forme de ses seins. Voilà ce qui le gênait le plus avec les femmes blanches : elles étaient tellement couvertes de *calicot* qu'il était impossible de dire si elles étaient plates en dessous. Il avait jeté des regards furtifs aux alentours. Ses yeux étaient un peu vitreux mais toujours aussi perçants. À qui appartenait donc cette femme, s'était-il demandé.

En observant les fines jambes d'un blanc laiteux, il s'était senti submergé par un désir incontrôlable. Ses narines s'étaient dilatées et il avait serré plusieurs fois les poings. De nouveau Kanaka Tom s'était esclaffé en lui montrant le bout de la rue. À contrecœur Anitok avait accepté de le suivre.

Ils étaient passés devant d'innombrables devantures remplies de trésors indescriptibles. Le Pygmée n'avait jamais rien vu de pareil. Comme l'homme blanc devait être riche et puissant ! Des couteaux, des armes de toutes sortes, des images colorées, des bouteilles, des machines qui permettaient de savoir l'heure sans avoir besoin de regarder le soleil et un tas d'autres objets magiques...

Dans une vitrine étaient exposés plusieurs mannequins des deux sexes, tous habillés à l'exception de celui d'une femme en argile rose. À son grand étonnement, Anitok avait immédiatement constaté qu'elle était dépourvue d'organes sexuels. Il l'avait fait remarquer à Kanaka Tom qui avait roulé les yeux en haussant les épaules. Cela ne semblait rien avoir de nouveau pour lui.

Ils avaient repris leur chemin et, à la hauteur d'une fabrique de cordial dont la cour était encombrée de cageots de bouteilles vides, ils avaient croisé un homme sale et débraillé qui poussait une charrette devant lui.

– Torchons, sacs, bouteilles, os ? criait-il d'une voix vibrante toutes les trente secondes. Torchons, sacs, bouteilles, os ?

Sa voix plaintive avait insisté sur la dernière syllabe comme celle du sorcier du village d'Anitok lorsqu'il suppliait les dieux de brûler les plaines des Kunai avant l'arrivée des pluies.

Au coin de la rue, Kanaka Tom avait acheté pour deux pence de crevettes à un vendeur ambulant. Il en avait donné une poignée au Pygmée qui l'avait enfournée tout entière dans sa bouche. Il avait mâché et n'avait rien recraché, pas plus les têtes que les queues. Ils s'étaient remis en marche et ne s'étaient plus arrêtés qu'en arrivant devant une grille en fer forgé peinte en noir. Ils étaient entrés, avaient gravi le petit escalier dallé qui menait à une porte en bois au-dessus de laquelle était placardé un écriteau. On pouvait y lire :

LITS
SIX PENCE LA NUIT

Arrivé sur le seuil, Kanaka Tom avait remis sa chemise et ressorti le whisky. Il ne restait plus qu'un fond mais, de nouveau, il avait généreusement tendu la bouteille à Anitok qui avait refusé en grommelant et en secouant la tête – il avait encore la bouche toute desséchée de sa première expérience. Après avoir fini le flacon, Kanaka Tom l'avait posé sur le rebord de la fenêtre et avait frappé trois coups à la porte qui s'était presque aussitôt entrebâillée.

La moitié d'un visage de femme était apparue dans l'ouverture. Elle n'avait pas tout de suite remarqué Anitok mais, en le voyant, elle avait semblé décontenancée par la vision du Pygmée au faciès inquiétant avec sa tignasse crépue. Mais apparemment les doutes qui l'avaient assaillie s'étaient vite dissipés. Après avoir jeté un rapide coup d'œil dans la rue, elle les avait invités à entrer puis avait fermé la porte à double tour derrière eux.

– Alors-là, ça me la coupe ! s'était-elle malicieusement exclamée en passant la main autour de la taille de Kanaka Tom. Tu dois aimer la place, matelot ! On vient à peine de se quitter ! Suivez-moi, les garçons... Je fais descendre les filles.

Elle avait placé sa main en porte-voix et avait appelé d'une voix stridente :

– Miiiiibel ! Aliiiiice ! Venez, mes chéries – il y a deux messieurs qui désirent vous voir.

Sans attendre de réponse, elle s'était retournée, le visage radieux, et avait déclaré :

– À présent, matelots, allons dans le salon !

Anitok n'avait jamais vu une femme pareille. Grande, oui, et forte, mais dans les noires abîmes de son cœur, il avait toujours convoité une femme imposante. Et quels cheveux ! De la couleur du soleil couchant. Et il n'y avait aucune ambiguïté sur le volume de ses seins. À chaque fois qu'elle inspirait, deux montagnes de chair menaçaient de faire craquer le morceau de *calicot* qui les maintenait dans un équilibre précaire.

Mais ce qui l'avait fasciné le plus, c'étaient ses dents. La moitié d'entre elles étaient en métal – un métal jaune et brillant ! Dans son village, les jeunes braves portaient souvent des dents humaines en guise de parures, des dents noircies par les noix de bétel, des dents taillées en pointe arrachées à l'ennemi tué au combat. Mais celles-ci ! Quel magnifique collier cela ferait...

Elle les avait guidés jusqu'à une porte d'où provenaient des sons bizarres. En pénétrant dans la pièce, Anitok avait compris que c'était l'homme assis dans un coin face à une grande boîte qui émettait ces sortes de cris en appuyant sur les touches noires et blanches devant lui. Il n'avait prêté aucune attention aux deux visiteurs. Il avait juste continué de parler à la boîte d'une voix chantante et ne s'était arrêté que pour porter son verre à ses lèvres. Son comportement était pour le moins déconcertant. Vu qu'il n'était ni couché sur le ventre ni agenouillé, le front posé sur le sol, Anitok avait supposé qu'il devait faire autre chose que prier.

Puis la grosse femme était sortie et Anitok s'apprêtait à la suivre lorsque deux autres femmes plus jeunes, une blonde et une brune, étaient entrées dans le salon.

Il était monté sur le divan et les avait examinées d'un œil torve. Aucune d'elles n'avait assez de viande sur les os à son goût. Quant aux filles, une fois remises du premier choc, elles s'étaient précipitées vers Kanaka Tom.

– Il est à moi ! avait glapi la blonde en repoussant la brune. Je te laisse Tom Pouce, ma puce !

Puis, se tournant vers le grand Canaque, elle s'était installée sur ses genoux.

– Bah ça alors, mon chéri, avait-elle roucoulé en lui donnant une tape sur son torse puissant, je ne pensais pas te revoir si vite...

Kanaka Tom s'était esclaffé, avait passé les bras sous ses jambes et l'avait rapprochée de lui. Une de ses énormes mains avait glissé sous sa robe. Avec un petit couinement de protestation, elle s'était collée contre lui. Anitok avait observé la scène d'un air envieux. C'était comme ça. Le merveilleux tatouage de Tom était irrésistible. Il lui en fallait un.

La femme brune était venue s'asseoir près de lui et l'avait regardé avec un léger froncement de sourcils. Anitok avait tendu la main pour vérifier qu'elle avait de bons seins. Surprise, elle avait eu un mouvement de recul et avait éclaté de rire.

– Quel drôle de petit singe ! s'était-elle exclamée.

Puis elle avait tiré la lèvre inférieure du pygmée avec le pouce et l'index.

– Qu'est-ce que tu as mangé ? l'avait-elle interrogé en découvrant ses dents noircies par les noix de bétel.

Anitok s'était fendu d'un large sourire et, fier comme un paon, avait bombé le torse. Si la femme jouait avec sa bouche, cela voulait nécessairement dire qu'il lui plaisait. Elle n'était pas aussi appétissante que la grosse, loin de là, mais il s'en contenterait.

Il avait jeté un regard autour de lui. Kanaka Tom et l'autre femme avaient disparu mais l'homme qui faisait crier la boîte ne semblait pas vouloir partir même s'il leur tournait le dos et était très occupé. En tous les cas, Anitok n'avait pas l'intention de prendre la femme devant lui.

Il s'était levé, avait fait un signe à la fille et l'avait tirée par le poignet. Elle avait pouffé et s'était laissé tirer du divan.

– OK, mon caneton, avait-elle dit. Mais ça va me faire bizarre...

Elle lui avait pris la main et l'avait entraîné hors du salon.

Juste au moment où ils s'apprêtaient à monter l'escalier, la grosse femme en redescendait avec un plateau rempli de verres. Anitok avait senti son pouls s'accélérer. Ah, oui ! C'était la femme qu'il voulait ! Il avait lâché la main de la brune, s'était retourné et avait empoigné la robe de la patronne.

– Viens ! avait-il ordonné dans son dialecte en désignant le haut des escaliers.

Les deux femmes avaient éclaté de rire mais une oreille attentive aurait perçu une légère irritation dans la voix de la plus jeune.

– Vas-y, chérie, avait-elle dit d'un ton hautain. Passe-moi le plateau. Quand je pense que cet avorton m'a sortie de mon lit !

Mais la grosse femme avait refusé de céder le plateau.

– Allons, Alice. Je n'ai pas le temps de m'occuper de lui. J'ai deux tondeurs de moutons dans la cuisine qui n'arrêtent pas de commander et l'un d'eux est complètement bourré. Sans compter que M. Goodyear attend cette fainéante de Bessie depuis déjà plus d'une demi-heure dans l'arrière-salle. Alors, sois gentille, Alice, monte avec l'avorton...

Sur ces mots, elle avait donné une bourrade amicale à la femme brune. Anitok avait espéré qu'elles allaient se battre pour lui mais la grosse avait souri, lui avait passé la main dans son épaisse tignasse blanchie à la chaux et lui avait tapé dans le dos.

– Soyez sages, les enfants, leur avait-elle dit.

Avec regret, Anitok l'avait regardée s'éloigner dans le couloir.

– OK, mon bonhomme, décide-toi maintenant : tu veux ou tu veux pas ?

Pour une raison ou pour une autre, la femme brune s'était mise à lui parler d'une voix dure. Elle lui avait même lancé des regards hostiles. Le Pygmée aurait aimé pouvoir la consoler en lui disant que même si elle ne lui plaisait pas autant que la grosse, il ne la décevrait pas. Il avait réfléchi un instant avant de lui ressaisir le poignet. Puis il lui avait souri d'un air rassurant et avait désigné les escaliers d'un hochement de tête.

Le pianiste, avec ses manches roulées et son gilet déboutonné, s'était brusquement arrêté de jouer *Roses of Picardie*. La cigarette qu'il fumait du bout des lèvres avait sursauté au moment où il avait tendu l'oreille. Il y avait du raffut à l'étage – un meuble déplacé, des éclats de voix... de femme...

Il s'était relevé de son tabouret en poussant un long soupir. Il avait bu une gorgée et avait jeté d'une chiquenaude son mégot dans le foyer de la cheminée. D'un geste mécanique, il avait remonté ses manches un peu plus haut, avait rabattu son feutre marron sur son front et s'était dirigé vers l'escalier.

Arrivé en haut, il avait attendu quelques secondes pour savoir de quelle chambre provenait le tapage. Une porte sur sa gauche s'était brusquement ouverte et le Pygmée qu'il avait vaguement remarqué dans le salon en était sorti à toute vitesse. Puis il avait évité de justesse de tomber dans l'escalier en se rattrapant à la rambarde.

Le petit Noir ne portait pas de pantalon. En soi, cela n'avait rien de particulièrement exceptionnel pour le pianiste. Mais ce qui l'était davantage, c'était de voir une femme blanche haletante, en nuisette à pois bleus, poursuivre un Pygmée dans le couloir.

– Qu'est-ce qui se passe, Alice ? avait-il demandé d'un ton badin. Des problèmes ?

Pendant un moment, la jeune femme avait semblé en état de choc. Puis le barrage avait cédé, libérant un flot ininterrompu de paroles. Son indignation était telle que son accent australien avait retrouvé des intonations de cockney.

– Des problèmes ? avait-elle rugi. Tu parles ! Vingt dieux, sais-tu ce que ce petit salaud a eu l'audace de me faire ? D'abord Monsieur veut choisir comme un vrai milord. N'arrive pas à décider laquelle il veut, moi ou Madame. Finalement il monte avec moi et en deux temps trois mouvements il fait sa petite affaire avant même que j'aie pu empocher mes dix billets. Après ça, je lui demande de raquer mais Monsieur me fait comprendre qu'il n'a pas un radis ! Il fait sa petite affaire mais il n'a pas de quoi payer ! J'ai fouillé les poches de son falzar mais je n'y ai pas trouvé un penny !

Blessée dans son amour-propre, elle avait raconté ses malheurs d'une voix entrecoupée par la colère et l'humiliation. Du coup, ses seins ne cessaient de s'abaisser et de se soulever comme deux pommes ballottées par la houle.

Anitok avait observé la scène d'un air perplexe mais intéressé.

Compatissant, le pianiste avait adressé un signe à la femme brune avant de lancer un regard peiné au coupable. Lentement, il avait secoué la tête, lentement et tristement. Soudain son bras s'était détendu et il avait attrapé Anitok par les cheveux. Ce dernier s'était senti décoller du sol et s'était bientôt retrouvé à la même hauteur que son assaillant. Il s'était débattu en donnant des coups de pieds et de poings dans le vide, car il ne manquait pas d'un certain courage. Mais, dans cette inconfortable position, il était aussi impuissant qu'un chat pendu par la queue.

Le tenant à bout de bras, le grand homme l'avait secoué comme une cloche, histoire de lui remettre les idées en place.

Impuissant, Anitok s'était laissé balancer comme un pendule, d'avant en arrière, d'arrière en avant. Au bout d'un moment, il avait eu l'impression que sa houppe touffue allait s'arracher de la peau de son crâne.

– Mon p'tit gars, tu aurais dû y réfléchir à deux fois... Il n'est pas venu avec le Canaque ? avait-il demandé à la fille brune.

– Ouais, il est avec Mibel.

– Je vais aussi devoir lui dire un mot, à celui-là, avait marmonné le grand homme.

À cet instant Anitok avait réussi à lui cracher au visage. L'espace d'une seconde, le grand homme avait paru interloqué. Pendant qu'il s'essuyait d'un revers de manche, les pieds d'Anitok avaient même brièvement touché terre.

– Sale petit démon ! avait lentement articulé le grand homme, d'un ton outré.

Puis il l'avait jeté dans les escaliers.

Le pygmée s'était péniblement relevé en hurlant toutes sortes d'imprécations et de malédictions. Physiquement, il était indemne mais son amour-propre avait été sérieusement blessé. Jamais il n'avait oublié l'affront et l'humiliation qu'il avait essuyés ce jour-là.

Toujours les fesses à l'air, il était sorti de la maison et, une fois dans la rue, avait essayé de se repérer. À l'étage, une fenêtre s'était brusquement soulevée et la voix de la femme brune avait éclaté comme un coup de tonnerre :

– Que cela te serve de leçon, sale petit avorton !

Sous les huées et les moqueries des habitants et des autres filles, il s'était mis à courir droit devant lui, sans savoir où il allait. Deux rues plus loin, il avait été arrêté par des passants et conduit *manu militari* au poste de police le plus proche. Là, il avait été officiellement inculpé pour outrage public à la pudeur. Le courtier du *Finshafen* avait remonté sa trace en interrogeant Kanaka Tom et il avait réussi à le faire libérer avant que le cargo n'eût levé l'ancre. Après cela, plus jamais Anitok n'était redescendu à terre, du moins jusqu'à son départ définitif.

Ces événements avaient eu lieu dix ans avant le naufrage du *Maski* dans l'estuaire du Ramu. Depuis lors, Anitok rêvait de se venger de la race blanche, notamment des femmes, et lui et Kanaka Tom avaient constitué une sorte de partenariat politique. En effet, un plan de conquête était né dans l'esprit fécond du grand Mélanésien et c'était bien volontiers que le pygmée y avait adhéré.

Tom l'avait préparé depuis longtemps mais il n'en avait jamais parlé à Anitok. Il savait les pygmées dangereux mais désorganisés, superstitieux et impressionnables. S'il conseillait Anitok, ce dernier pourrait aller loin parmi eux. Lorsque le *Finshafen* avait atteint Rabaul, les deux amis avaient déserté et s'étaient fait embaucher sur une goélette de commerce qui les avait débarqués à l'embouchure d'un fleuve méconnu de la Nouvelle-Bretagne. De là, ils s'étaient enfoncés dans les montagnes jusqu'au village natal du Pygmée. Une semaine plus tard, Kanaka Tom avait discrètement éliminé le chef et Anitok avait pris le pouvoir parmi les siens.

Cela n'avait pas été difficile car sa longue absence lui avait donné un grand prestige. Il était devenu une sorte de Marco Polo. Aux yeux des Pygmées, tout voyage de plus d'un jour de marche présentait d'immenses dangers car il nécessitait de violer le territoire des « Bilum », les ennemis héréditaires. Mais leur nouveau chef leur racontait ses longues traversées de plusieurs jours et plusieurs nuits et lorsqu'il était à court d'histoires, Kanaka Tom se faisait un plaisir de lui en fournir de nouvelles.

Il arrivait que certains de ses récits sur les merveilles qu'il avait vues et les exploits qu'il avait accomplis fussent accueillis par des haussements de sourcils. Même s'ils connaissaient la puissance du Blanc, certains avaient eu du mal à croire aux mésaventures d'Anitok à Sydney, par exemple. D'autres, embarrassés pour lui, auraient probablement rougi s'ils n'avaient eu la peau foncée.

Nuit après nuit, semaine après semaine, Kanaka Tom avait dévoilé à son ami toutes sortes d'anecdotes sur Sydney et d'autres ports inconnus d'Anitok. En authentique conteur, ce dernier les avait répétées comme s'il savait de quoi il parlait. Entre autres histoires, il y avait celle de cette fabuleuse pirogue qui voyageait sur terre aussi vite qu'un oiseau et n'avait pas besoin de voile – le grand bateau appelé Melbourne Express. Il filait sur un chemin du même métal que les têtes des haches fabriquées par l'homme blanc. Il vomissait des flammes et de la fumée et poussait des hurlements stridents. Et, la nuit, son œil lumineux lui permettait de voir où il allait. Il leur avait aussi parlé de la torche accrochée au plafond qui s'enflamme quand on appuie sur le mur ; de la boîte qui retransmet la voix d'une personne absente de l'endroit où l'on se trouve et d'une autre boîte qui chante toute seule ; du panier suspendu qui permet de monter les gens tout en haut des grandes maisons ou de les redescendre tout en bas sans que nul ne les hisse avec des cordes ; mais aussi des sources d'eau claire qui s'écoulent des murs quand on tourne une poignée...

Grâce à ce genre de balivernes (car il n'y croyait pas toujours lui-même) et à des choix politiques aussi habiles qu'impitoyables, Anitok était d'abord devenu le chef du village, puis celui de la tribu et à présent, au bout de dix années, le tyran incontesté de toute la région. Seuls lui et Kanaka Tom savaient que le Pygmée n'était qu'un pantin et que c'était le Mélanésien qui tirait secrètement les ficelles.

Anitok, assis à l'ombre de son kapokier favori, se faisait épouiller lorsqu'il fut informé pour la première fois de la présence d'étrangers sur le rivage. Perturbé par la nouvelle, il se leva en repoussant les deux femmes qui poudraient ses cheveux avec de la chaux de corail et se dirigea vers l'une des deux plus grandes cases du village, celle où Kanaka Tom avait élu domicile. Aussitôt qu'il entra, un autre Mélanésien lui céda le passage. Il s'agissait d'un certain Dumai que Tom avait épargné en raison du tatouage de femme nue qu'il portait sur le torse. Les hommes d'Anitok l'avaient capturé, lui et un de ses compagnons, au cours d'une attaque contre un groupe emmené par un Blanc qui avait eu la témérité de s'aventurer sur leur territoire. L'autre prisonnier avait été tué alors qu'il tentait de s'échapper.

Dans l'ensemble, Dumai s'était révélé un esclave docile même si Anitok n'avait jamais eu confiance en lui. Il était trop silencieux, trop méditatif, comme s'il préparait un mauvais coup. En tout cas, cette attitude contrastait avec son apparente servilité. Le petit tyran jeta un regard menaçant à l'esclave et cria :

– *Raus* !

Ce vocable faisait partie de la demi-douzaine de mots allemands compris par Anitok et la plupart des Mélanésiens. Dumai sortit et le Pygmée marcha à grands pas (ce qui lui demanda deux fois plus d'efforts vu la taille de ses jambes) vers le lit où dormait Kanaka Tom.

Il le réveilla en le secouant par l'épaule. L'heure était grave : un conseil d'État s'imposait.

Il valait mieux agir avec prudence, analyser soigneusement la situation avant d'engager la moindre action. Les expéditions punitives n'avaient rien de surprenant dans la région du Ramu. Le gouvernement avait envoyé plusieurs détachements dans le fragile espoir de mater Anitok une bonne fois pour toutes – non que cela les inquiétât beaucoup, lui et son éminence grise... De telles opérations étaient repérées bien avant que la première chaloupe eût touché terre. Les deux pillards et leur clique gagnaient alors les montagnes et y attendaient patiemment que les Blancs renoncent à leur projet – ce qui ne tardait jamais dans ces marais pestilentiels et ces jungles étouffantes.

Naturellement Kanaka Tom veillait à ce qu'Anitok ne s'en prît jamais aux laquais du gouvernement. Mais en dehors de cette minorité, seuls les trafiquants, les prospecteurs et les chasseurs de paradisiers qui avaient pris la précaution de s'armer jusqu'aux dents pouvaient espérer échapper à une embuscade. Les chances de survie des autres étaient pour ainsi dire nulles.

Cependant, récemment, Anitok et Kanaka Tom avaient fait une amère expérience qui leur avait appris à moins juger sur les apparences et à se méfier des armes inconnues.

Un petit lougre japonais qui mouillait dans l'estuaire du fleuve n'avait pas seulement riposté à leur attaque mais il leur avait aussi infligé une cuisante défaite – probablement pour venger le meurtre de plusieurs marins.

Kanaka Tom avait pourtant bien préparé son coup : Anitok et ses meilleurs guerriers avaient lancé leur offensive à l'aube pendant que lui était resté à l'arrière, comme il en avait l'habitude. Mais la réplique du navire à la première volée de fléchettes empoisonnées (leurs pointes avaient été trempées dans une charogne) avait été des plus sanglantes. Deux mitrailleuses s'étaient mises à crépiter et à cracher des flammes dans l'obscurité, fauchant quatorze hommes d'Anitok en l'espace de quelques secondes. Leur chef en avait réchappé de justesse. La leçon avait été salutaire – pour Anitok, en tout cas.

La mystérieuse arrivée de ces nouveaux intrus désarmés et sans moyen de locomotion, d'après les rapports des éclaireurs, lui faisait craindre un piège. Les étrangers étaient treize dont un jeune, couché à l'intérieur de l'une des huttes. Selon toute apparence, ils étaient affamés et sans défense. Leur présence dans la région ne semblait pas avoir de but précis.

Étendu sur sa natte, Kanaka Tom l'écouta sans bouger, le regard fixé sur le plafond. Mais ce qu'il avait entendu l'avait persuadé d'une chose : Anitok devait se rendre sur place pour se faire une idée précise de la situation.

Le chef de la tribu approuva sans poser de questions. Et Kanaka Tom reprit sa sieste. Guidé par ses éclaireurs, le petit despote s'approcha en silence de la clairière et se tapit dans les fourrés. Lorsqu'il aperçut la femme blanche, il ne la quitta plus des yeux. Son pouls s'accéléra et il serra rageusement ses petits poings car elle avait les cheveux presque aussi roux que celle qui l'avait humilié à Sydney et qu'il s'était promis de ne jamais oublier.

Elle n'était pas aussi grande et massive et ses seins lui semblaient un peu trop petits. Mais sa peau lisse, d'une blancheur lumineuse, qu'il entrevoyait entre les lambeaux de ses vêtements, éveilla un tel désir en lui qu'il n'eut plus qu'une idée en tête : la posséder. Ce serait un triomphe à plus d'un titre : d'abord, cela adoucirait le souvenir amer de l'affront qu'il avait reçu des années plus tôt ; ensuite, une femme de cette taille lui donnerait une distinction et un prestige supplémentaires, même s'il avait déjà cinq épouses sous son toit – surtout si, comme celle de Sydney, elle avait des dents en métal jaune et brillant.

Il retourna au village et raconta à Kanaka Tom ce qu'il avait vu. Ils échafaudèrent un plan d'attaque et convoquèrent un conseil de guerre. Dans le secret de son cœur, le Mélanésien avait aussitôt pris une importante décision : s'il y avait une femme blanche, elle serait pour lui, et non pour Anitok. Contrairement à ses habitudes, il participerait à cette expédition. Il s'était lassé des femmes papoues depuis longtemps. Mais, pour ne pas compromettre leurs chances de réussite, il se garda bien d'en parler au petit tyran.

Escortés d'une vingtaine de guerriers, ils feraient une visite amicale aux étrangers. Ils n'auraient sans doute aucun mal à les mettre en confiance. De toute façon, les risques étaient limités car les Blancs ne s'aventureraient pas à ouvrir les hostilités en position d'infériorité. Une fois que Tom et Anitok seraient convaincus de la faiblesse de leurs adversaires, ils donneraient le signal de l'assaut. Le grand Canaque croiserait les bras et

Anitok, qui devait avoir l'air de commander, planterait brusquement sa lance dans le sol.

– Attaquez les hommes blancs en premier, ordonnerait le chef pygmée à ses guerriers, et tuez-les tous ! Et qu'ils aient le temps de se voir mourir !

Tom se tiendrait derrière lui, silencieux et impassible.

Si possible, les Canaques seraient capturés. Ils serviraient d'esclaves. Mais s'ils résistaient, il faudrait les supprimer aussi. Anitok leur garantirait qu'il y aurait du butin mais qu'il serait probablement bien caché. Les Blancs voyageaient toujours avec des objets de valeur. Quant à la femme, elle devrait être épargnée.

Les *garamuts* furent descendus des chevrons de la maison des hommes où ils restaient accrochés en temps de paix. Leurs peaux de crocodile furent retendues pour l'occasion et bientôt ils retentirent dans tout l'estuaire du Ramu. Le message que les tambours transmettaient était des plus clairs : « Anitok parle. Des étrangers viennent nous tuer. Préparez-vous. »

Rusé, le chef pygmée ne tenait pas à apparaître comme l'agresseur, peut-être au cas où il aurait un jour à répondre de ses crimes. Peut-être fallait-il y voir l'influence de Kanaka Tom qui connaissait la justice des Blancs ?

L'arrivée d'Anitok dans la clairière devait impressionner les rescapés. Elle fut annoncée au son des tambours. Puis il y eut des mouvements dans les taillis et soudain quatre lilliputiens à l'air féroce, vêtus d'une cordelette en fibre végétale et d'un étui pénien qui leur remontait jusqu'au nombril, sortirent de la partie la plus dense de la jungle.

Brandissant des arcs sculptés au-dessus de leurs têtes – d'une longueur surprenante par rapport à leur taille – et des flèches à la pointe empoisonnée, ils avancèrent de quelques pas dans la clairière.

– *Anitok* ! *Pe-an* ! crièrent-ils en répétant ces mots plusieurs fois.

Aussitôt ils jetèrent leurs arcs et leurs flèches par terre pour montrer aux étrangers que leurs intentions étaient pacifiques. Puis ils saisirent la hache à lame de pierre coincée sous la cordelette de leur string et se mirent à tailler un passage à travers la végétation.

Comme il existait une demi-douzaine de sentiers traversant la clairière, Shamus se demanda quelle était la signification de cet étrange rituel. Sur ses gardes, il invita ses compagnons à se regrouper derrière lui. Après un brusque roulement de tambour, Anitok sortit du même endroit que ses hommes, accompagné d'un grand Canaque qui avait l'air d'un géant à côté de lui.

Soudain l'espoir sembla renaître : Shamus sentit son cœur s'emballer lorsqu'il aperçut un tatouage de femme nue sur le torse du Mélanésien. Ce dernier se redressa en écartant les épaules et la femme se mit à sourire et à ouvrir voluptueusement les jambes. Cela ne faisait pas l'ombre d'un doute : c'était le tatouage que le père Kirshner avait eu tant d'embarras à lui décrire. Cet homme devait être Kanaka Tom, l'ami du missionnaire. Il devait connaître quelques mots d'anglais et parler suffisamment le pidgin pour qu'il soit possible de communiquer avec lui. Mais il jugea préférable de garder le silence en attendant de pouvoir se servir de cette information. Il baissa les yeux et s'aperçut que le petit tyran était venu se placer juste devant le Canaque. Mais il était si petit que la tête et les épaules de la femme tatouée étaient encore visibles au-dessus de sa houppe poudrée à la chaux et de la couronne de plumes de paradisier, d'une bonne trentaine de centimètres de longueur, qui entourait son faciès grimaçant. Il portait aussi des bracelets en cheveux tressés autour des poignets et des chevilles, un collier de dents humaines soigneusement polies et un ornement pectoral constitué de deux énormes défenses de sanglier. Ces dernières formaient un cercle à l'intérieur duquel était suspendu un morceau d'écorce de palmier incrusté de trois petits coquillages. Si Cleo avait deviné la signification de ces symboles, elle en aurait probablement perdu connaissance. Car tout cet attirail proclamait au monde qu'Anitok était amoureux et qu'il s'apprêtait à prendre une nouvelle épouse – aucun rapport avec les hibiscus qui impliquaient que n'importe quelle femme mariée le comblerait.

Il attendit un instant que ses guerriers se rassemblassent autour de lui et leva le bras gauche.

– Ohé ! lança-t-il d'une voix gutturale.

De son côté, Kanaka Tom gardait un silence stoïque en évaluant les atouts de Cleo. Même si Shamus avait parlé des Papous et des Pygmées Negritos aux Américains, la vue de cette horde de petits démons trapus les cueillit à froid. Chacun s'était plus ou moins imaginé à quoi ils ressemblaient mais comme toujours la réalité dépassait la fiction.

– Bon dieu ! murmura Jimmy. Des nains !

L'air à peine surpris, Shamus s'écarta du canot et alla s'accouder à une souche d'arbre, apparemment ravi par la perspective de perdre une heure à bavarder avec les visiteurs. Whitey et Jim échangèrent un rapide coup d'œil et décidèrent de le suivre. Cleo s'apprêtait à leur emboîter le pas mais Shamus lui fit signe de ne pas bouger.

Whitey avait beau essayer d'afficher une certaine nonchalance, sa pâleur et ses mouvements rigides trahissaient sa nervosité. Il marchait avec raideur, les épaules légèrement rentrées, les bras ballants sur les côtés.

Jimmy avait les cheveux dressés sur la tête et ses vêtements déchirés et trempés de sueur lui collaient à la peau. Des gouttelettes de sueur ruisselaient sur son front et lui coulaient dans les yeux.

Les membres de l'équipage, groupés autour de Tulare et Alaman, se tenaient en retrait des Blancs.

– Ohé ! répliqua Shamus d'une voix calme.

Anitok avait baissé le bras mais demeurait immobile. Un peu plus loin, ses hommes ne cessaient de s'agiter, visiblement mal à l'aise. Ils attendaient un signe de leur chef pour passer à l'action. Mais ce dernier semblait décontenancé par cet accueil amical et décontracté. Quant à Kanaka Tom, il n'avait toujours pas ouvert la bouche.

– *You fellow savvy talk, eh*[1] *?* lui demanda Shamus du ton le plus chaleureux dont il était capable en pareilles circonstances.

Anitok jeta des regards furtifs à droite et à gauche mais il n'aperçut aucune arme à feu. En revanche, d'un rapide coup d'œil, il avait pu s'assurer que ses guerriers avaient pris position autour de la clairière, cachés

1. Traduction du pidgin : « Toi, tu connais ma langue, non ? »

derrière l'épais rideau de la végétation. Shamus les avait également repérés mais il n'en laissa rien paraître. Le chef des Pygmées se retourna vers Kanaka Tom et, à son signal, ils avancèrent de plusieurs pas en compagnie des quatre éclaireurs qui avaient annoncé leur arrivée. Puis ils s'arrêtèrent à nouveau et Kanaka Tom prit la parole :

– Moi parler ta langue. Anitok parle. Je te dis. Tu parles. Je lui dis. Qui vous dire venir Ramu ?

Shamus hésita. Devait-il lui révéler tout de suite qu'il connaissait son identité et qu'il était un ami du père Kirshner ? Et que savaient-ils exactement du naufrage et de leur situation actuelle ? Non, il valait mieux bluffer encore un peu.

– Pourquoi ? répliqua sèchement le capitaine. Le Ramu vous appartient ?

Tom traduisit sa réponse à Anitok et ce dernier se dressa de toute sa hauteur, soit environ un mètre cinquante, sans doute moins, et se mit à jacasser en se frappant la poitrine.

– Il dit que oui, le Ramu est à lui, résuma Kanaka Tom en faisant un signe de tête vers Anitok.

Shamus changea de tactique.

– Notre ami, le vieux *Taubada*, est mort. Nous sommes venus l'enterrer.

Le grand Mélanésien rapporta ses paroles à Anitok qui écouta en hochant la tête. Puis le petit tyran se remit à parler à toute vitesse. Ses guetteurs l'avaient informé. Mais il s'étonnait de cette étrange pratique qui consiste à enterrer les morts au lieu de les installer sur une haute plateforme en bambou, hors de portée des crabes et des rats, ou de les abandonner sur place en n'oubliant pas de les retourner quotidiennement pour accélérer le processus de décomposition.

– Anitok dit pour la terre, combien toi payer ? demanda Kanaka Tom.

– Pour la terre ? feignit de s'étonner Shamus pour se laisser le temps de réfléchir à sa réponse.

Après tout, cette exigence n'avait rien de scandaleux, sachant que la propriété du sol est le fondement juridique de la plupart des sociétés des mers du Sud. Chez les Pygmées comme chez les Papous et les Canaques, un bout de terrain, quelle que soit sa surface, quel que soit son usage, doit être acheté et payé rubis sur l'ongle si l'on veut éviter les problèmes.

Sans quitter Anitok des yeux, Shamus se tourna vers Whitey.

– Je vais devoir lui donner un couteau, marmonna-t-il pour ne pas être compris de Kanaka Tom. Allez me chercher celui de Tulare...

– Mais c'est impossible ! protesta Whitey. On en a besoin ! Sinon comment allons-nous finir...

– Allez me le chercher.

Le ton étrangement neutre de Shamus incita Whitey à obéir sans ajouter un mot.

– Je paie..., commença le capitaine avant de s'interrompre brusquement en surprenant l'expression du visage d'Anitok.

Le Pygmée fixait Cleo d'un air lubrique. Un simple coup d'œil avait suffi à Shamus pour deviner ses intentions. De son côté Kanaka Tom, plus familier des mœurs des Blancs, était demeuré parfaitement impassible.

Éberlué par ce qu'il venait de comprendre, le capitaine eut toutes les peines du monde à garder son flegme.

Incroyable ! Comment cet abominable avorton s'était-il fourré une pareille idée dans le crâne ?

Accompagné de Whitey, Tulare vint lui-même apporter le couteau à Shamus. De toute évidence, il n'avait pas envie de s'en séparer. Heureusement, il avait pris soin de le détacher du bâton. Shamus s'en félicita car cette lance improvisée aurait révélé à leurs ennemis à quel point ils seraient désarmés en cas d'attaque.

Il jeta l'arme aux pieds d'Anitok.

Une lueur de convoitise passa dans le regard du Pygmée qui se pencha en avant pour le ramasser. Mais Kanaka Tom lui dit deux ou trois mots qui le firent se redresser aussitôt. Puis le grand Mélanésien glissa son gros orteil sous le manche et renvoya le couteau à Shamus d'un léger mouvement du pied.

– Anitok dit pas bon, grommela-t-il.

Shamus réfléchit rapidement. Il connaissait la valeur d'un couteau pour les indigènes de Nouvelle-Guinée et ce refus ne présageait rien de bon. Après tout, il finirait par tomber entre leurs mains s'ils...

– Cleo, le bracelet en jonc, dit-il sans se retourner.

Elle le rejoignit rapidement et lui glissa le bracelet dans la main en la pressant au passage. Puis elle resta à ses côtés, ignorant sciemment les signes qu'il lui adressait. Shamus lança le bijou et Kanaka Tom l'attrapa au vol, l'examina brièvement et le tendit à Anitok. Qu'il garde cette babiole, songeait-il avec dédain. Le bracelet était trop petit pour lui. Et ce qu'il voulait, c'était le poignet qui l'avait porté.

Le regard illuminé, Anitok caressa l'objet et s'entretint quelques instants avec Kanaka Tom.

– Il veut plus, déclara ce dernier d'une voix forte. La femme. Il paie pour elle. Il donne à manger et à boire. Et une grande pirogue.

Shamus pâlit et les muscles de ses mâchoires tressaillirent. Il dévisagea Anitok puis Kanaka Tom qui, pour toute réaction, se contenta de hausser les épaules. Des pensées se bousculaient dans l'esprit du capitaine. Malgré sa colère, il se sentait parfaitement maître de lui-même. Il estima rapidement la distance qui le séparait du petit tyran. S'il bondissait sur lui, parviendrait-il à l'étrangler avant d'être tué à son tour ? Mais à quoi cela servirait-il ? Même s'il réussissait, ce qui était peu probable, quel avantage les naufragés en tireraient-ils ? La mort de leur chef n'empêcherait pas les Pygmées de s'en prendre à Cleo. Le moment était venu de glisser le nom du père Kirshner dans la conversation. Ils n'avaient rien à perdre. Gardant les mains sur les hanches, car il savait que les indigènes de Nouvelle-Guinée ne supportent pas d'être montrés du doigt, il parla lentement, d'une voix ferme, en fixant l'interprète droit dans les yeux.

– Kanaka Tom, je te connais. Tu es l'ami du grand *Taubada* barbu, le père Kirshner. Tu es un homme bon. Kirshner me l'a dit. Moi aussi je suis l'ami de Kirshner. La femme est l'amie de Kirshner – comme la jeune *Tauberina* avec la coiffe blanche qui t'a soigné. Tu veux fâcher le père Kirshner ? C'est ce qui arrivera si vous nous attaquez ou si vous touchez à un cheveu de la femme que réclame Anitok.

Il examina attentivement le visage du Mélanésien mais celui-ci demeura parfaitement impassible. Il y eut un lourd silence puis, à l'instant où Kanaka Tom ouvrait la bouche, un incident regrettable se produisit. Au début, Cleo avait écouté Shamus sans comprendre pourquoi il parlait d'elle, mais ses derniers mots l'avaient brusquement éclairée sur les exigences du petit monstre.

– Moi ? murmura-t-elle, hébétée, en toisant le Pygmée. Lui ?

Soudain, malgré sa peur, ou à cause d'elle, elle partit dans un fou rire incontrôlable.

L'effet sur Anitok fut immédiat. Le souvenir humiliant d'une autre femme blanche lui revint en mémoire. Il sentit la rage et la frustration monter en lui. Comment, ces étrangers étaient sans défense, à sa merci, et ils avaient l'audace de se moquer de lui ?

Il explosa comme un volcan miniature. De fureur, sa voix gutturale alla se percher dans les aigus puis, à la manière d'Adolf Hitler, il se mit à gesticuler et à faire les cent pas en haranguant ses troupes invisibles. Entre deux envolées, il s'adressait à voix basse à Kanaka Tom qui l'écoutait en silence, l'air énigmatique. Finalement Anitok s'interrompit et son conseiller lui parla quelques instants avant de répondre à Shamus.

– Kirshner trop loin, déclara-t-il d'un ton neutre. Pas bon maintenant. Moi homme d'Anitok. Cette terre pas à vous. Tout à Anitok, terre, arbres, eau. Vous voler terre. Cette fois Anitok venir en ami. Toi donner cadeau à Anitok, alors toi avoir temps pour penser. Cadeau d'Anitok. Maintenant lui partir. Toi penser vite. Bientôt Anitok revenir. Une fois. Toi payer. Toi donner la femme.

Puis Anitok et lui se retournèrent brusquement et, suivis des quatre éclaireurs, ils disparurent dans la jungle comme des cailloux jetés dans une mare sombre.

# CHAPITRE 17

LES NAUFRAGÉS retournèrent à pas lents dans la case de Cleo. Tous avaient l'esprit occupé par les mêmes pensées mais personne n'osa rien dire pendant de longues secondes. Qu'y avait-il à dire ? Ils avaient frôlé la mort et bien que la menace se fût momentanément éloignée, ils se demandaient s'ils s'en tireraient à si bon compte la prochaine fois.

Ce fut Jodo qui, étendu le long du mur, rompit le silence.

– Alors, quand doivent-ils revenir ? croassa-t-il comme un oiseau de mauvais augure.

Shamus haussa les épaules.

– Je n'en sais pas plus que vous, répondit-il d'une voix lasse.

– J'ai presque tout entendu, continua Jodo. Mais je n'ai pas compris ce qu'il voulait qu'on lui paie. Qu'est-ce qu'il nous a donné au juste ? Les clés de la ville ? Je ne saisis pas.

Le capitaine lui expliqua la situation et Jodo l'interrompit sèchement avant qu'il eût terminé sa phrase.

– Mais qu'est-ce que nous attendons ? C'est pourtant simple, non ? Il veut la terre ? Rendons-lui la terre ! Qui en veut, de toute façon ?

Curieusement, personne n'y avait pensé. Pourtant, malgré l'implacable logique de sa suggestion, tout le monde le regarda d'un air éberlué.

– Il a raison, finit par grommeler Whitey en baissant les yeux sur ses chaussures. J'imagine que Doc n'y aurait rien eu à redire. Pas vrai ?

– Ouais, c'est vrai, approuva Jim avec un sourire gêné. En fait, s'il était parmi nous, je ne crois pas que ça le choquerait... Au contraire, il serait le premier à nous encourager à le faire.

– Qui peut l'affirmer ? soupira Cleo, un peu décontenancée. Tout ça ne me semble pas très correct. Ne pourrions-nous... ne pourrions-nous déplacer son corps ? Et faire en sorte qu'ils ne s'en aperçoivent pas ? Non, je suppose que non... C'est impossible... Ce serait pareil partout. Mais ces horribles petits hommes – pourquoi n'acceptent-ils pas que l'on enterre nos morts ? Ça paraît...

– Réveille-toi ! s'exclama faiblement Jodo, au bord de l'exaspération. Qui se soucie de ce qui lui arrive une fois qu'il est mort ? Je ne... Vous pourrez faire de mon cadavre ce que vous voudrez. Utilisez-moi comme engrais, tout ce que vous voulez – je m'en fous ! Mais tant que j'ai un souffle de vie, je ne m'en fous pas du tout. Et je sais que vous êtes d'accord avec moi ! Alors réveillez-vous, bon sang !

Cet éclat de voix fut suivi par un long silence que Whitey finit par briser.

– Qu'en pensez-vous, Cap' ? Vous approuvez ?

– Absolument, répondit calmement Shamus. Absolument d'accord. Le problème, c'est que la situation est loin d'être aussi simple que ça. Autant que vous sachiez que ce petit rat d'Anitok, leur chef, se moque éperdument de la terre. Je ne sais pas ce qu'il désire exactement, mais...

– Mais si, vous le savez ! le coupa Jodo, le regard accusateur, en essayant vainement de se redresser. Il veut Cleo. C'est ce qu'il a dit. J'ai très bien entendu.

Il y eut un autre moment de silence. Comme il se prolongeait, un sentiment de malaise général ne tarda pas à se répandre dans la case.

Finalement Whitey n'y tint plus.

– Et alors ? aboya-t-il.

– Et alors ? Quoi, et alors ? reprit Jodo sur le même ton. Je vous dis juste ce qu'il veut. Rien de plus.

– Bah ! fit Whitey d'un air écœuré avant de se tourner vers Shamus. Et si nous... Cap', vous croyez que ça vaudrait la peine de s'enfuir ou quoi ? Je n'aime pas tellement l'idée d'attendre tranquillement qu'on vienne m'assassiner sans pouvoir réagir... Je préfère encore tenter le tout pour le tout et prendre la tangente... Pas vous ?

Shamus haussa les épaules.

– De deux maux, il faut choisir le moindre, répondit-il. C'est à vous de voir ce que vous dicte votre instinct. Personnellement je préfère mourir en combattant plutôt que me faire traquer comme du gibier et abattre dans la mangrove ou dévorer par les crocodiles... ou les deux.

Je pourrais leur proposer le canot – mais je doute que ça serve à quelque chose. Pourquoi s'embêteraient-ils à marchander alors qu'ils savent qu'ils peuvent nous tuer et prendre tout ce que nous avons... ou plutôt ce qu'ils croient que nous avons et que nous n'avons pas !

De nouveau un lourd silence s'abattit sur le groupe. Cette fois-ci Jodo resta coi mais ses petits yeux de furet passaient d'un visage à l'autre.

– Sûr que ce n'est pas des manières de mourir, finit par déclarer Jim d'une voix profonde. Mais je vous mets mon billet qu'il y aura plus d'un de ces nabots à partir avec moi.

Il esquissa un drôle de sourire derrière son rictus habituel et son œil valide se mit à briller.

– De toute façon, je ne crois pas que j'aurais fait de vieux os, grommela Whitey. (Il hésita un instant puis tendit le bras et posa la main sur l'épaule de Cleo.) C'est moche, fillette. T'avais encore du temps devant toi. (Il jeta un regard à Shamus et fit un signe de tête dans sa direction.) Pareil pour ton homme, là. C'est moche pour vous deux.

Il se retourna brusquement et sortit de la hutte.

Surpris, car il était persuadé que personne ne s'était rendu compte de ce qui se passait entre lui et Cleo, Shamus dit aussi vite que possible :

– Bon, remettons-nous au travail ! Autant faire contre mauvaise fortune bon cœur...

Les naufragés le suivirent en traînant les pieds. Cleo s'apprêtait à quitter la case lorsque Jodo la rappela à son chevet.

– Reviens, murmura-t-il.

La jeune femme retourna près de lui.

Il était couché sur son lit de fortune, parfaitement immobile, ses yeux myopes luisant dans la pénombre.

– J'ai un mot à te dire, frangine, marmonna-t-il entre ses dents.

– Vas-y, accouche.

Cleo, d'ordinaire si spontanée, était d'un calme inquiétant. Elle avait pris un ton de défi comme si elle s'attendait à ce qu'il allait lui dire.

– Voyons, commença-t-il, cinq d'entre nous, sans parler des Canaques, vont mourir. Et tout ça, parce que tu viens de te trouver une vocation de femme d'honneur. Tu veux résister et peut-être même te faire tuer pour la bonne et simple raison que t'as pas les tripes d'être honnête ! Tu pourrais tous nous sauver la mise si t'étais pas si hypocrite. Tu crois que ton honneur (si c'est comme ça que tu l'appelles) vaut plus que nos misérables existences. Tu as entendu ce que le Pygmée a dit : il nous laissera tous partir si toi tu acceptes de rester.

Cleo inspira profondément et baissa les yeux sur lui. Elle tremblait légèrement mais son regard avait la dureté de l'acier.

– Je vois... Tu voudrais m'abandonner ici pour pouvoir t'en sortir, c'est bien ça ?

– Tout juste ! Comme les autres, d'ailleurs, sauf qu'ils sont trop couards pour l'avouer.

– Tu te trompes ! Ils valent bien mieux que ça ! Jamais ils ne n'abaisseraient à faire une chose pareille !

– Ah, tu crois ça ? J'aimerais les prendre à part, les uns après les autres, en toute discrétion... Les masques tomberaient en deux temps, trois mouvements, tu peux en être sûre !

– Ridicule ! Ce n'est pas seulement une question de convenances, mais aussi de respect de soi. Aucun d'eux ne pourrait commettre une telle lâcheté.

– C'est là que tu t'illusionnes, frangine. Voilà bien la réaction des gonzesses quand elles sont le dos au mur et qu'elles ont misé sur le mauvais cheval. Lorsque tout roule pour elles, elles se soucient beaucoup moins de moralité. Mais si ça tourne mal, elles se drapent dans leur vertu et en appellent à l'honneur, à la galanterie et à la virilité de ces messieurs... Un vieux truc éculé, si tu veux mon avis... Ça ne marche pas avec moi. Tu sais aussi bien que moi de quoi il retourne. Si tu acceptes de rester quelques semaines avec ces primates, tu nous sauveras la vie à tous. Et puis nous t'enverrons des secours. Un avion viendra te chercher... Bon, je sais... Entre-temps, ils te seront passés dessus. Mais t'en as vu d'autres, je te connais... Ça pourrait même être une révélation pour toi.

– Petite ordure ! s'emporta Cleo. Ah, si tu n'avais pas la hanche cassée... Je ne m'attendais pas à autre chose de toi. Tu me fais vraiment pitié...

– Garde ta pitié, frangine. Je m'en inspire déjà assez comme ça, tu peux me croire... Quoi qu'il en soit, je ne tiens pas à me faire décapiter comme ces trois Canaques qui ont essayé de fuir. Tu te rappelles leurs têtes barbouillées de terre et de sang ? Elles avaient toutes la même expression horrifiée... C'est le sort qui nous guette si tu ne sacrifies pas ce que tu as déjà vendu depuis belle lurette. Tu as augmenté le tarif ou quoi ?

Les pommettes légèrement empourprées – et cela n'avait rien à voir avec le soleil – Cleo le fixa d'un air menaçant.

– Tu es infirme, répondit-elle d'une voix basse en essayant de ne pas se laisser déborder par ses émotions, j'aurais dû m'en souvenir. Mais écoute-moi bien. Si tu survis, tu resteras infirme jusqu'à la fin de tes jours. Mais ce ne sera pas le pire. Tu ferais mieux de mourir parce que ton âme est bien plus abîmée que ton corps. Tu prétends que les autres sont prêts à m'abandonner ici pour sauver leur peau...

Soudain elle s'interrompit en lisant un mélange de peur, de colère et de frustration dans le regard de Jodo. La dureté de ses propres paroles l'avait aussi effrayée.

– Alors c'est ça que tu mijotais, hein ? s'écria l'adolescent. Tu penses que c'est moi qui devrais mourir, que c'est moi qu'il faut abandonner pour qu'il y ait assez de place pour tout le monde dans le canot. C'est ça que tu as raconté à ce crétin que tu t'es envoyé au clair de lune – que le mieux serait encore que je crève pour que vous puissiez filer sans état d'âme ? Eh bien, n'y compte pas ! Bon dieu, je suis peut-être immobilisé par une fracture de la hanche mais je suis encore capable de voir clair dans votre jeu. Si c'est ce que tu projettes, mignonne, tu pourrais avoir une sacrée surprise ! Quelque chose qui ne te serait jamais venu à l'esprit ! Si tu crois... (Il s'arrêta au milieu de sa phrase et sembla brusquement céder à la panique.) Écoute ! Ils reviennent !

Des tambours s'étaient remis à battre dans le lointain. D'autres leur répondirent aussitôt depuis différents endroits de la jungle. Les vibrations faisaient trembler les murs de la case.

Cleo se précipita dehors au moment où Shamus revenait vers la hutte.

– *C'est toujours la femme qui paie* ! nasilla Jodo d'un ton qui se voulait moqueur mais trahissait sa peur. De tous les bobards que j'ai entendus, celui-là décroche le pompon ! Elle paie quoi, la femme ? Une douzaine d'hommes vont mourir, pourtant c'est toujours la femme qui paie ! (Soudain sa voix dérailla et il se mit à hurler.) Voilà ta chance, espèce de putain égoïste ! Cours ! Va payer !

Pâle et tendue à l'extrême, la jeune femme alla à la rencontre du capitaine et lui prit la main en éprouvant un profond soulagement. Shamus contempla le ciel noir comme s'il n'avait pas entendu les *garamuts*.

– Il va pleuvoir, dit-il.

Il avait déjà failli mourir sous la pluie, songea-t-il. Il aurait préféré être seul – cette fois-ci, il était convaincu qu'il n'y aurait pas de sursis.

Curieusement, malgré les roulements des tambours, il n'y eut pas d'autre visite d'Anitok ce jour-là. Mais si Shamus ou n'importe lequel des naufragés avait pu voir ce qui se passait dans le village du Pygmée, il se serait bien gardé d'entretenir le moindre espoir sur leurs chances de survie.

En revenant de la clairière, Anitok et Kanaka Tom s'étaient isolés dans la hutte de ce dernier. Le chef des Ramus était d'humeur maussade.

– Pourquoi ne les avons-nous pas massacrés alors qu'ils étaient à notre merci ? demanda-t-il dans leur langue secrète en s'émerveillant du cliquetis que faisait le bracelet en jonc à son poignet. Je pourrais l'avoir maintenant.

Le grand Mélanésien secoua la tête en se renfrognant.

– Tu ignores tout de l'intelligence de l'homme blanc, déclara-t-il. Quand il semble inoffensif, c'est qu'il cache son arme la plus meurtrière. N'as-tu pas remarqué les feuilles amoncelées sur le canot ? Elles devaient camoufler la même machine de guerre que tu as vue sur le bateau de l'homme jaune. Crois-tu que je sois assez idiot pour me laisser cribler de balles ? Le Blanc n'attendait qu'un geste de colère de notre part pour nous tirer dessus. Non, mon ami. Il y a mieux à faire. As-tu oublié la promesse que tu as faite à Kutan ?

Il parlait du chef des féroces Aranes qui vivaient à cent soixante-dix kilomètres au sud-est. Une paix précaire avait été conclue avec ce voisin puissant, basée sur la crainte que les deux tribus s'inspiraient. Comme condition du pacte passé quelques mois plus tôt, ils s'étaient promis que si l'un des chefs avait l'opportunité de piller un campement de Blancs, l'autre serait autorisé à participer à l'attaque et à toucher sa part du butin.

– L'affaire est simple, poursuivit Kanaka Tom. Nous n'avons aucune raison de courir des risques inutiles. Je vais envoyer Dumai porter un message à Kutan pour l'inviter à nous rejoindre. Nous lui laisserons l'honneur de lancer l'attaque et d'affronter le fusil qui tousse. Une fois qu'il aura craché toutes ses dents, nous nous mêlerons au combat en toute sécurité. D'ici là, les *garamuts* rappelleront notre présence aux Blancs.

– Mais la femme est à moi ! grommela Anitok en remuant le bracelet en jonc.

– Bien sûr, murmura doucement Kanaka Tom.

Cela faisait plusieurs mois qu'il pensait à réaliser la dernière étape du plan qui avait germé dans son esprit fertile lorsque lui et Anitok enfournaient du charbon à bord du *Finshafen*. Anitok avait été très utile. Mais à présent l'heure avait sonné pour Kanaka Tom de recevoir son dû et de prendre ouvertement la place qu'il avait toujours convoitée, celle de numéro un.

Il se releva, sortit de la case et fit signe à Dumai d'approcher. Il lui donna ses instructions en motu et lui ordonna de partir sur-le-champ.

Pendant quatre jours et quatre nuits, les *garamuts* ne cessèrent de résonner dans la jungle environnant le campement. Leur roulement oppressant hantait l'esprit des naufragés qui poursuivaient leurs réparations au milieu de la clairière. Ils avaient tous conscience de lutter contre le temps car leurs forces s'épuisaient rapidement. Ils souffraient de malnutrition et la famine menaçait car, en raison de la présence de leurs ennemis aux alentours, Shamus avait interdit à Tulare d'aller chercher des taros et du sagou dans la forêt et les marais. Désormais ils se nourrissaient presque exclusivement des rares crabes de terre qu'ils réussissaient à attraper.

Pendant quatre jours et quatre nuits, Anitok rongea son frein. Le jour, il faisait les cent pas dans le village en étouffant des jurons quand il voyait qu'on l'observait. La nuit, il s'agitait sur sa paillasse sans pouvoir trouver le sommeil. Mais lorsqu'il se plaignait auprès de Kanaka Tom, celui-ci lui disait :

– Kutan habite loin d'ici. Le temps n'est pas encore venu.

Le cinquième jour, la patience du chef des Pygmées était à bout.

– Cet esclave, grogna-t-il en s'adressant vers son ami mélanésien, peut-être s'est-il enfui ? Peut-être a-t-il été tué par les Aranes ? Qu'est-ce que nous attendons ?

Les Blancs sont sans défense. Ils n'ont pas de fusil qui tousse.

Kanaka Tom le regarda un long moment.

– Bon, allons-y, soupira-t-il en fronçant les sourcils.

Il rentra dans sa case, déplaça sa paillasse et se mit à creuser la terre. Derrière lui, Anitok se mit à trembler. Il savait ce que Tom avait enfoui là – quelque chose qu'il craignait et convoitait plus que tout en Nouvelle-Guinée, à part la femme blanche sur la plage. Tom finit par exhumer une boîte en fer qu'il avait volée sur le *Finshafen*. Il l'ouvrit et en sortit un revolver, également dérobé sur le bateau. Il en avait expliqué le maniement à Anitok. Malheureusement, il n'avait pas d'autres munitions que les six cartouches introduites dans le chargeur – assez pour éliminer les quatre Blancs, y compris celui qui était blessé, et garder deux balles en cas d'urgence. Kanaka Tom avait toujours dit qu'il réservait le revolver pour une occasion exceptionnelle.

Anitok commença à se poser des questions. Si son ami emportait cette arme terrible, cela signifiait qu'il était convaincu que les Blancs possédaient un fusil qui tousse. Il leva la main, prêt à la poser sur le bras de son ami pour lui dire qu'ils pouvaient attendre encore un peu les guerriers de Kutan, mais le cliquetis de son bracelet en jonc réveilla son désir pour la femme blanche. Non, il fallait aller la chercher maintenant.

De nouveau les éclaireurs pygmées pénétrèrent en silence dans la clairière, puis Anitok et Kanaka Tom les suivirent jusqu'au groupe de Blancs et de Canaques. Shamus avait cessé de calfater la coque de la chaloupe aussitôt qu'il les avait entendus approcher. Il demanda à Cleo de reculer et se dirigea lentement, le plus nonchalamment possible, vers la souche d'arbre contre laquelle il s'était appuyé lors de leur première visite. Il repéra immédiatement le revolver glissé dans le string de Kanaka Tom mais il détourna rapidement le regard pour qu'ils ne pussent pas remarquer son inquiétude.

Puis le capitaine examina attentivement les visages d'Anitok et de Kanaka Tom. Ce qu'il lut dans le regard du Pygmée ne lui laissait aucun espoir. Le grand Mélanésien arborait toujours le même air insondable. Il se montrait ni plus ni moins amical que la première fois. Silencieux, il regardait Anitok, la main posée sur la crosse du revolver.

Le chef papou lui donna un petit coup de coude et se mit à parler à un rythme saccadé. Kanaka Tom traduisit ses paroles à Shamus.

– Il demande si vous êtes prêt à livrer la femme.

Le jeune homme ne répondit pas. Il sentit un énorme poids s'abattre sur ses épaules et tous ses muscles se tendirent car il savait que le moment était venu de foncer sur Anitok et d'essayer de le tuer.

Soudain il entendit des pas précipités dans son dos. C'était Cleo qui, le teint livide, les lèvres pincées, courait vers Anitok en fixant un point imaginaire droit devant elle. Elle passa devant Shamus sans lui prêter la moindre attention mais il lui saisit le poignet au passage.

– Es-tu devenue folle ? dit-il à mi-voix.

– Laisse-moi y aller, répliqua-t-elle en lui lançant un regard suppliant. Ils vont penser que c'est mon choix et je pourrai peut-être m'emparer du revolver de ce grand salopard. Si je n'y arrive pas – bah, de toute façon, vos vies sont plus précieuses que mon honneur ! Lâche-moi !

Anitok avait écarquillé les yeux en la voyant approcher. Comme Shamus continuait de la retenir, le chef pygmée donna un ordre à Kanaka Tom puis il posa la main sur son couteau en os. Quant au grand Canaque, il glissa l'index dans la gâchette de son arme.

Au moment précis où les Papous allaient passer à l'attaque, un événement extraordinaire se produisit.

Un éclair zébra le ciel et un violent coup de tonnerre brisa le silence de mort qui régnait dans la clairière. Aussitôt les éclaireurs se jetèrent à terre en échangeant des paroles inquiètes. Anitok lui-même semblait figé sur place. Les yeux exorbités, la bouche ouverte, il semblait paralysé par la peur. Seul Kanaka Tom avait gardé la même attitude impassible. Il attendait la réponse de Shamus.

Soudain ce fut la débandade : des dizaines de pygmées cachés dans les hautes herbes et les taillis battirent en retraite dans la jungle, comme s'ils avaient des esprits maléfiques aux trousses. D'autres reculèrent, paniqués, visiblement en état de choc.

Un deuxième coup de tonnerre éclata au-dessus de leurs têtes.

Éberlué, Shamus en déduisit qu'il devait y avoir une étrange relation entre le tonnerre et la frayeur des petits hommes. Puis il se rappela qu'en Nouvelle-Guinée, il y avait des orages quotidiens pendant la saison des pluies. Puis il s'efforça de regarder ce que fixait Anitok avec une telle intensité. Mais il n'y parvint pas immédiatement. Les membres de l'équipage étaient rassemblés derrière Tulare, près de la palissade, et se préparaient à combattre jusqu'à la mort. Whitey, accroupi à côté de la chaloupe, n'avait plus qu'à tendre le bras pour s'emparer de sa massue. Cleo avait perdu connaissance et s'était effondrée aux pieds de Shamus. Non loin d'eux, Jimmy...

En une fraction de seconde tout s'éclaira dans l'esprit du capitaine.

Jimmy, dévoré par la peur et suant à grosses gouttes, avait ôté son œil de verre et l'essuyait avec le revers de sa manche ! C'était là une habitude qu'il avait prise en consultant les résultats des courses hippiques.

Pendant un instant, Shamus eut du mal à croire à ce qu'il voyait – cela lui semblait si absurde ! Mais il connaissait l'esprit primitif des Papous et des Pygmées Negritos. Puisque le destin se montrait facétieux, il n'y avait pas à hésiter. Même si leurs chances étaient réduites, cela valait le coup d'essayer.

Il se dirigea vers Jimmy.

– Votre œil ! chuchota-t-il entre ses dents. À mon signal, remettez-le en place !

Puis il l'attrapa par le bras et le conduisit au centre de la clairière, près de la souche d'arbre, aussi cérémonieusement que possible.

– C'est un sorcier *Taubada* ! Regarde ! s'écria Shamus en s'adressant directement à Anitok, toujours terrorisé.

Kanaka Tom traduisit calmement, mais le chef pygmée tremblait de peur.

Le capitaine donna un discret coup de coude à Jimmy qui, d'une main hésitante, renfonça le globe de verre dans son orbite. Il cilla deux fois et fixa les sauvages de son regard de hibou.

Pour qui n'a jamais vu manipuler un œil de verre, la démonstration peut être extrêmement impressionnante. Un homme défilant la tête sous le bras dans une boîte de nuit pleine à craquer ne constituerait pas un spectacle plus étonnant. Anitok et ses derniers guerriers en avaient le souffle coupé.

Le capitaine attendit quelques secondes pour permettre à l'effet de s'amplifier dans l'imagination des pygmées. Puis il murmura à Jimmy :

– Donne-le-moi ! Plus lentement cette fois-ci !

Le caméraman obéit. En tâchant de sourire, Shamus prit la prothèse oculaire entre son pouce et son index, avança de quelques pas et tendit brusquement le bras vers Anitok qui bondit en arrière comme s'il avait été attaqué par un serpent. Puis le jeune homme posa avec ostentation l'œil de verre sur la souche d'arbre.

– Cet œil voit tout, déclara-t-il. Il est magique. Il me révèle tout. Nuit et jour. On ne peut rien me cacher.

Kanaka Tom rapporta ses propos d'une voix calme.

Un murmure sourd parcourut les rangs des quelques pygmées rassemblés derrière Anitok. Ce dernier bégaya quelques mots. Le Mélanésien ne lui répondit pas. Il ne traduisit pas non plus ce qu'il venait de lui dire.

Avec un grand geste de magicien, Shamus désigna Whitey.

– Et ce *Taubada*, déclara-t-il en l'invitant à s'approcher, est un autre sorcier !

Kanaka Tom traduisit sans bouger, sans donner la moindre indication de ce qu'il ressentait.

– Vos dents ! chuchota rapidement le capitaine. On va tenter le coup ! Allez-y lentement qu'ils aient le temps de bien voir !

Whitey le dévisagea d'un air hébété. Comme un automate, il leva le bras, fourra ses doigts dans sa bouche et en retira son dentier.

La vue de cette dernière merveille – les molaires luisantes à côté de l'œil magique – acheva de semer la panique parmi les Pygmées.

Ils échangèrent des messes basses en roulant de gros yeux. Les uns jetèrent leurs armes, les autres se couchèrent sur le sol, et tous finirent par décamper sans demander leur reste. Bientôt il ne resta plus qu'Anitok et Kanaka Tom.

Un nouveau coup de tonnerre éclata, plus puissant que les précédents. Le ciel sembla se déchirer et des trombes d'eau tombèrent sur la clairière.

Anitok lança un dernier regard à la souche d'arbre. L'œil luisant, avec son iris bleu pâle et ses vaisseaux sanguins rouges, le fixait d'un air impitoyable. C'en était trop pour lui : il détala comme un lapin.

Pendant quelques instants, Kanaka Tom demeura seul face aux naufragés. L'air impassible, il observa Shamus, puis l'œil, puis Shamus à nouveau. Finalement il se retourna et repartit lentement par où les Pygmées étaient venus. En atteignant les premiers taillis, il lança un dernier regard au capitaine, esquissa un curieux sourire et s'enfonça dans la jungle.

Un moment plus tard une détonation retentit. Puis ce fut le calme absolu.

## CHAPITRE 18

**LES NAUFRAGÉS** avaient mis en cale le canot sur la plage pour y terminer les réparations. L'embarcation avait été remplie d'eau pour vérifier son étanchéité. Aucune fuite n'ayant été détectée, ils l'avaient essayé dans l'estuaire mais s'étaient vite aperçus que des filets d'eau coulaient le long des bordés.

Comme Shamus le craignait, la ligne de flottaison remontait pratiquement au niveau des plats-bords. La chaloupe ne supporterait pas un long voyage avec autant de passagers.

Une fois qu'ils l'eurent halée sur le rivage, les Canaques renforcèrent le calfatage avec un mélange de sagou et d'argile pilé sur une écorce d'arbre. C'était un travail qu'il fallait accomplir – et vite.

Combien de temps ce rafistolage de fortune durerait-il ? Comment résisterait-il au mauvais temps ? Ces questions demeuraient sans réponse. Dans le pire des cas, avait plaisanté Whitey d'un ton sardonique, ils pourraient encore manger le calfatage, ce serait toujours meilleur que leur pitance quotidienne.

Bien entendu, il se référait à la période antérieure à l'épisode de l'œil de verre qui avait complètement changé leur situation. Cela remontait à une semaine et depuis lors, il n'avait plus quitté la souche d'arbre et des vivres avaient régulièrement été déposés à la lisière de la forêt, face à cet autel improvisé. Il s'agissait essentiellement de taros, d'ignames, de fruits de pandanus et d'arbres à pain. Mais il n'y avait jamais de viande ou de poissons. Apparemment l'œil était considéré comme végétarien !

Personne ne savait comment ces offrandes arrivaient là ni à qui elles étaient adressées – à l'œil lui-même ou à son gardien Whitey ou peut-être même à Jimmy. Mais une chose était certaine : nul ne s'en souciait, à part Shamus qui suspectait une ruse et se demandait si la nourriture n'était pas empoisonnée. Au début il avait interdit à ses compagnons d'y toucher, puis la faim et les livraisons quotidiennes étaient venues à bout de ses réticences et les naufragés avaient enfin pu se goinfrer.

Et quoi qu'il leur fût difficile de vénérer un objet aussi ridicule qu'un œil de verre, chacun louait en secret ses singuliers pouvoirs. Car il n'avait pas seulement mis en fuite les Pygmées et, de ce fait, sauvé leurs vies (même s'il ne s'agissait peut-être que d'un répit), mais il avait aussi poussé des guerriers d'Anitok à se délester de leurs armes : désormais les habitants de la clairière disposaient de lances, d'arcs et de flèches qui leur permettraient de combattre sur un pied d'égalité avec d'éventuels assaillants. Toutefois Shamus n'avait pas oublié que Kanaka Tom possédait un revolver et il se demandait toujours sur qui il avait tiré après le départ des Pygmées.

La tension nerveuse commença à retomber parmi les naufragés et ce, malgré la surveillance discrète dont ils croyaient faire l'objet. Épuisés, loqueteux, ils se traînaient comme des automates sous le soleil brûlant et dans la chaleur étouffante de la jungle. La nuit, ils devaient lutter contre les moustiques voraces et indésirables qui quittaient la forêt et les marais au crépuscule.

Un petit tumulus en argile avait été modelé sur la souche d'arbre. L'œil de verre était posé dessus comme un bijou rare et précieux ou, plus exactement, comme une balle de golf sur un tee.

Réalisant le parti qu'ils pourraient tirer d'une bonne mise en scène, Shamus avait institué des prières quotidiennes. Matin et soir, les rescapés venaient se prosterner devant l'œil magique. Parfois aussi en journée, lorsqu'ils avaient repéré des espions dans les taillis environnant la clairière. Les Blancs étaient trop fatigués pour élever la moindre protestation, autrement ils auraient sans doute rechigné à se prêter à une pareille bouffonnerie. Mais ce n'était pas le cas des Canaques. Leur effarement avait vite laissé place à de sincères voire ferventes dévotions. Sous la tutelle de Tulare, ils s'agenouillaient devant la souche et psalmodiaient des chants ancestraux dédiés à l'une ou l'autre des innombrables divinités mélanésiennes. Il était difficile de savoir ce que l'œil représentait pour eux. Peut-être lui attribuaient-ils un sens religieux ? Peut-être n'agissaient-ils que sous l'emprise de la peur et de la superstition ?

Seul Jodo était exempté de rituel en raison de son incapacité à bouger. Il observait la scène depuis le seuil de la hutte où il était étendu sur son tas de feuilles et de branchages.

– Tu devrais faire la quête ! lança-t-il à Cleo en ricanant. Ou laisser ton mec s'en occuper. Ça lui irait comme un gant, à ce petit saint ! Bon sang, quelle connerie !

– Tu as peut-être raison, chéri. Mais que ça te plaise ou non, cet œil nous protège.

– Peut-être pour le moment, ouais. Mais ils reviendront. Ouais, ils reviendront et alors...

Il laissa traîner sa voix et son regard prit une expression rusée, comme s'il réfléchissait à un plan qui venait de germer dans son esprit tortueux.

Shamus, Whitey et Jim entrèrent juste à temps pour entendre les derniers mots de l'adolescent. Le capitaine semblait à bout de forces mais une lueur d'espoir s'était mise à briller dans ses yeux. Il alla décrocher la gourde en feuilles de pandanus des chevrons de la hutte et but quelques gorgées. Puis il se dirigea vers Cleo et prit ses mains dans les siennes.

– Bonnes nouvelles ! dit-il en essayant de contenir sa joie. À en juger par l'évolution des travaux, nous devrions pouvoir partir demain... après-demain au plus tard... Même si les fuites ne sont que partiellement colmatées, nous devrions pouvoir naviguer. Il faudra probablement écoper tout du long, mais ça ira. Il n'y a qu'une chose qui m'ennuie...

Il marqua une pause et regarda Jodo qui avait tourné son visage contre le mur.

– Une fois sur l'eau, le pauvre garçon va déguster... Je n'y connais pas grand-chose en médecine mais je sais qu'il vaudrait mieux qu'il reste allongé et bouge le moins possible.

– Qu'est-ce que vous comptez faire ? M'abandonner à mon triste sort ?

La voix de Jodo leur parvint étouffée par le mur. Comme personne ne répondait, il ajouta en ricanant :

– Ça vous fera de la place sur le canot, pas vrai ?

– Ne soyez pas stupide, mon garçon ! répliqua Shamus d'un ton qu'il aurait préféré moins cinglant. Personne ne songe à vous laisser tomber.

– C'est la vérité, chéri, dit Cleo d'une voix douce. Ne faites pas attention, expliqua-t-elle aux autres, il ne sait plus ce qu'il dit ces derniers temps.

– Ça te rassurerait, hein, frangine ? Avec ce que tu as derrière la tête...

Jodo se tourna lentement vers ses quatre compagnons et les regarda en plissant les yeux comme s'il avait du mal à les identifier. Le coin gauche de sa lèvre supérieure se souleva légèrement et il se mit à sourire d'un air méprisant.

– Bande de salauds ! s'écria-t-il d'une voix grinçante. Vous n'arriverez pas à me duper aussi facilement ! Nous ne sommes pas encore partis d'ici et je doute que nous y parvenions – sûrement pas nous tous, en tout cas... Nous ne pourrons pas tous monter à bord de cette coquille de noix. Elle ne tiendra pas le coup. Voilà pourquoi certains d'entre nous doivent crever. Pourtant vous savez ce qu'a dit leur chef : il nous laissera partir si Cleo accepte de rester. Mais je vois bien que je prêche dans le désert... Maintenant que vous pensez pouvoir vous échapper, vous êtes redevenus de vrais lions, hein ?

Il marqua une pause pour avaler sa salive.

– Tout ce que je dis, reprit-il, c'est que si la situation était inversée, que nous étions neuf femmes et un homme, nos chances de survie seraient bien meilleures. Vous savez qu'ils ne lui feront pas de mal. Ils vont peut-être la baiser, et c'est tout. Et alors ? Où est le problème si ça peut nous sauver la vie ?

Ses paroles venimeuses se perdirent dans le silence de la petite hutte. Puis, au bout de quelques secondes, Shamus sembla pâlir et les muscles de ses mâchoires recouvertes d'une barbe de plusieurs jours commencèrent à palpiter. Il se raidit comme s'il essayait de se contrôler. Une première fois, il ouvrit la bouche pour parler mais la referma aussitôt.

– Sale petit rat ! finit-il par éructer. Nous sommes probablement tous pourris mais je gage que le diable lui-même a dû en baver pour devenir aussi infect et dépravé que toi ! *Herba mala preste cresco*, « la mauvaise herbe pousse vite »... Voilà un dicton qui te convient parfaitement ! Et j'en ai un autre pour toi : « Même en envisageant le pire, le mauvais devient acceptable. » Allez, j'ai assez perdu de temps avec toi !

À travers la pénombre, leurs regards s'affrontèrent, pleins d'une haine que le jeune homme et l'adolescent ne cherchaient plus à déguiser. Et ce ne fut qu'au moment où Jodo baissa les yeux que Shamus tourna les talons et sortit lentement de la case.

Le garçon demeura silencieux un long moment. Il réfléchissait en fixant le plafond. Soudain il inspira profondément : il venait de décider de mettre son plan à exécution. Un sentiment de triomphe l'envahit. Il passerait à l'action au cours de la nuit, aussitôt que le Canaque chargé de monter la garde serait endormi... ce qui ne manquait jamais d'arriver au bout d'une heure.

Un lointain roulement de tonnerre gronda dans l'air nocturne. Le crabe de terre géant qui profitait de l'obscurité pour traverser la clairière s'immobilisa en agitant ses antennes : il venait de percevoir d'inquiétantes vibrations à une faible distance de là.

Jodo rampait sur le sable humide en poussant lentement sur son coude droit. Il sentit son cœur faire un bond en se retrouvant face à cette apparition démoniaque – la bouche velue, écumante, mastiquant dans le vide ; les petits yeux noirs en forme de perles remuant au bout de leurs antennes ; l'énorme pince levée à une trentaine de centimètres de son visage. Un coup de tonnerre éclata et de grosses gouttes commencèrent à tomber. La saison des pluies était de retour, il n'y avait plus à en douter.

Jodo attendit que les pulsations de son cœur ralentissent. Il avait la bouche sèche et sa langue était collée à son palais. Il n'était plus séparé de son objectif que de quelques mètres. Mais ses membres étaient considérablement affaiblis et pour arriver à ramper sans se servir de sa hanche gauche, il lui fallait puiser dans ses ultimes réserves.

La sueur dégoulinait sur son visage et il éprouvait une si grande lassitude qu'il se demandait s'il arriverait à revenir – cette cinquantaine de mètres à parcourir jusqu'à la hutte pourrait...

De la coordination, se dit-il. Voilà ce que la situation exigeait. S'il s'économisait, s'il calculait chacun de ses gestes, s'il prenait le temps de réfléchir avant de produire le moindre effort, il parviendrait à ses fins.

Essayant de ne pas bouger son côté gauche, il lança son coude droit en avant en poussant sur son pied droit.

Il gagna une bonne trentaine de centimètres. Puis il répéta le même mouvement en se reposant après chaque propulsion. De cette manière il ne tarda pas à atteindre la souche d'arbre.

Il récupéra pendant quelques instants en s'assurant que tout était tranquille autour de lui. Puis, saisissant le tronc entre ses bras, il se redressa un peu et tendit la main gauche.

Sa première tentative échoua. La chose était toujours hors de portée. Il reprit son souffle.

Son deuxième essai aboutit à un désastre – il s'était de nouveau relevé en s'accrochant à la souche mais au moment où il libéra sa main gauche, il lâcha prise, glissa le long du tronc et, avec un gémissement de douleur, s'écroula par terre. Toutefois il tenait l'œil de verre au creux de sa main et c'est tout ce qui lui importait.

Par précaution et pour pouvoir se servir de ses deux mains, il le mit dans sa bouche avant de repartir en rampant vers la hutte. Mais ses premières contorsions lui causèrent une souffrance atroce. Il recracha l'œil dans sa main et étouffa un cri.

Quelque chose s'était cassé en lui comme une corde de violon. Il le sentait bien à présent. La tête lui tournait terriblement et il fut pris d'une violente nausée. Il vomit.

Au même moment un éclair zébra le ciel, illuminant l'obscurité de la clairière et le tonnerre gronda sourdement. Puis les nuages crevèrent comme des ballons et se vidèrent sur la jungle dont le sol spongieux absorba l'eau en exhalant une odeur âcre et malsaine de végétation pourrissante.

Jodo demeura immobile jusqu'à ce que la douleur qui lui déchirait les entrailles s'atténua un peu. Tout tremblant, il se remit à ramper péniblement vers la hutte. Il lui restait encore une bonne distance à parcourir et il sentait ses forces l'abandonner rapidement.

À un moment il perdit connaissance. En revenant à lui, il s'aperçut qu'il gisait au milieu d'une flaque. Il n'avait aucune idée depuis combien de temps. De nouveau il se traîna dans la boue, centimètre après centimètre – une épreuve effroyable, interminable, qu'il traversa avec une détermination digne d'un stoïcien. À chaque fois qu'il se sentait sur le point d'appeler à l'aide, il serrait les dents et bloquait sa respiration pour ne pas hurler. Près de l'entrée de sa hutte sommeillait le Canaque qui était censé monter la garde. Jodo savait qu'un simple gémissement suffirait à anéantir tous ses efforts.

Épuisé, il réussit à se traîner jusqu'à son lit de feuillages. Ses spasmes le mettaient au supplice mais ses douleurs ne lui semblaient plus aussi intenses.

De l'autre côté de la hutte lui parvint un léger murmure. « Mon chéri... » C'était Cleo qui parlait dans son sommeil. « ... Oh, mon chéri... »

Jodo tourna son visage contre le mur. De nouveau il fut pris de nausée et, pour atténuer le bruit, il mit sa main devant sa bouche. Quelle conne, ne pouvait-il s'empêcher de penser, vaniteuse, égoïste, narcissique... et en plus elle avait le feu au cul...

La déchirure intestinale lui consumait ses dernières forces. Il serra l'œil de verre fermement dans sa main. Il l'enterrerait dans une minute ou deux. Mais pour le moment cela lui demandait trop d'efforts. Il préféra attendre un peu.

Dans le même temps il éprouvait un profond soulagement d'avoir triomphé de l'adversité. Désormais, peu importait ce qui arriverait, il était protégé. Ils pouvaient bien l'abandonner à son sort, tous autant qu'ils étaient. Ils pouvaient se faire massacrer ou aller en enfer si ça leur chantait, il s'en moquait éperdument. Mais personne ne risquait plus de *le* tuer, à présent. Aussi idiot que cela pût paraître, l'œil lui permettait de contrôler son destin... le destin de tous les autres...

Une sorte de stupeur l'envahit. Un ciel blanc, sans nuages, comme un vaste écran lumineux, flottait devant ses yeux. Au premier plan, face à lui, se tenait son père, le comique burlesque, avec son pantalon trop large, sa veste étriquée et son chapeau melon tout bosselé. L'air sombre, il se penchait au-dessus de lui en tortillant sa moustache tombante aussi impressionnante que des cornes de buffle.

« *J'aime nager avec les femmes aux jambes arquées*
*Oui, j'aime plonger entre leurs jambes arquées...* »

À présent, il chantait ce couplet idiot sur l'air de *The Strawberry Blonde* en roulant malicieusement les yeux et en joignant les mains au-dessus de la tête au moment où il prononçait le mot « plonger ».

Dans la séquence suivante, le même homme, avec des petits yeux haineux, injectés de sang, étranglait la mère de Jodo en hurlant toutes sortes d'insanités. Et une nouvelle silhouette apparaissait sur l'écran – un enfant, Jodo lui-même quelques années en arrière. Le garçonnet se ruait sur la brute pour l'empêcher de tuer sa mère mais il était écarté comme une mouche d'un simple revers de la main. Étendu sur sa paillasse, l'adolescent se mit à trembler en assistant à cette scène horrible.

Puis l'image s'obscurcit progressivement avant de laisser place à celle de son père écrasé par un tramway. Seules ses jambes dépassaient. Une foule s'était rassemblée autour de l'accidenté et finissait le couplet pour lui tandis que le pantalon informe était secoué de spasmes.

*« Ah, mais quel plaisir de plonger, quelle fête*
*D'avoir les vagues au-dessus de la tête ! »*

Soudain il était de retour dans le spectacle de variétés du Paso Robles à Chicago. Ça alors ! Elles étaient là, les mêmes filles, mais vêtues de légers pagnes végétaux. Les unes s'asseyaient en cercle et battaient les tambours pendant que les autres se dandinaient au rythme d'une danse exotique.

Et voilà qu'Anitok apparaissait dans les coulisses. Il portait une peau de léopard et faisait plusieurs mètres de haut. D'un bond, il rejoignait Jodo de l'autre côté de l'écran lumineux. Son visage énorme et grotesque se dessinait indistinctement. Il le fixait d'un air menaçant et murmurait : « Passons un marché, passons un marché, passons un marché – regarde ! » et il lui montrait une demi-douzaine de gros yeux bleus de la taille d'œufs de dinde. Sans prévenir, il enfonçait ses doigts dans le ventre de Jodo, empoignait son estomac et le lui arrachait lentement...

Pour une raison ou pour une autre, l'adolescent était incapable de se défendre ou même de bouger. Bien qu'il serrât les dents et se fût juré de ne pas crier, la douleur qui lui déchirait les entrailles devint insupportable et il ne put s'empêcher de hurler.

De nouveau la scène changea. Un panier au bras, M. Swartz penchait la tête vers Jodo et le dévisageait de son regard pétillant.

– Tu sais ce qui cloche, mon gars ? s'écriait-il joyeusement. C'est Pâques ! Regarde ce que je t'ai apporté... Tu aimes les piafs, non ?

Il ouvrait le couvercle du panier : à l'intérieur se trouvait un petit caneton jaune. En voyant Jodo, il se dressait sur ses petites pattes et se mettait à cancaner.

Les larmes montèrent aux yeux de l'adolescent. De nouveau il ressentit la délicieuse excitation de posséder un être vivant. De nouveau il éprouva une inexplicable tendresse pour cette petite créature frémissante – le premier cadeau qu'on lui eût jamais fait... Ce cher vieux Swartz...

Lentement, le poing serré si fermement se détendit et l'œil de verre roula sans un bruit sur le sol de la hutte.

Dans la lumière blafarde de l'aube, il pleuvait si dru que l'on ne voyait même plus monter la brume des racines des arbres et de la terre froide et humide. Un vent du nord s'était levé, soufflant de plus en plus violemment sur les toits de chaume des huttes.

Le gros crabe de mangrove revenait de sa promenade nocturne. Perturbé par le temps, il semblait se demander l'heure qu'il était. Il dressa une antenne, puis deux, et retraversa la clairière en direction des taillis.

Au pied de la pente humide et d'un jaune ocreux qui bordait le fleuve, la chaloupe était ancrée dans une petite crique peu profonde et amarrée à un arbre avec une longueur de vigne sauvage. Quelques centimètres d'eau de pluie clapotaient dans le fond de l'embarcation dont la poupe était entraînée vers la mer. Elle attendait bravement son heure et, tel un albatros bercé par la houle, elle se laissait ballotter par le courant.

# CHAPITRE 19

COIFFÉ d'un énorme casque colonial, vêtu d'un pantalon de coutil blanc et d'une veste de la même couleur avec un col à la chinoise, le père Kirshner était affalé dans sa chaise longue et fumait la pipe en promenant son regard sur la sombre côte de la Nouvelle-Guinée.

Recrachant une bouffée de fumée, il se gratta son épaisse barbe fauve avec le tuyau de sa pipe et se mit à écouter le ronron régulier des nouveaux huit cylindres de son moteur Diesel importé d'Amérique.

Une merveille de la technique, pensa-t-il, un modèle de fiabilité à la beauté rutilante, le rêve de tout amateur de mécanique. Aussi décida-t-il de redescendre huiler les pistons et graisser l'arbre d'hélice avant que le bateau n'atteignît l'embouchure du Ramu. Il l'avait déjà fait quelques heures plus tôt mais il avait tant de plaisir à contempler la salle des machines flambant neuve qu'il éprouvait un désir irrépressible de tout recommencer, d'essuyer les traînées d'huile avec du coton hydrophile puis de frotter les poignées chromées de l'embrayage et la roue à air comprimé qui n'en avaient pourtant pas besoin.

Le père Kirshner avait de bonnes raisons de se glorifier de son bateau. Car le *Maryknoll*, propriété d'une mission américaine et bâti en Australie grâce à une souscription lancée auprès des fidèles de l'Église catholique, était un petit navire qui n'avait rien à envier aux plus belles goélettes des mers du Sud.

Comme il tournait les yeux vers l'avant, le prêtre vit les focs gonflés par la vitesse du schooner. Puis il observa les haubans d'une solidité à toute épreuve, peints en blanc et goudronnés ; le vernis brillant des écoutilles, des cabillots d'amarrage et du bastingage. De nouveau il se laissa envoûter par les vibrations de ce moteur splendide. Il sentit le navire donner légèrement de la bande et poussa un profond soupir de gratitude en songeant à ces braves gens de Sydney qui, malgré les mille soucis du quotidien, avaient encore le temps de se préoccuper du confort d'une poignée de Canaques isolés dans un coin perdu du Pacifique...

Comme si ce n'était pas suffisant, le bon père avait été consacré Monsignor un mois plus tôt. Le rubis brillant à son doigt lui avait été envoyé par le pape en personne. Il n'accordait qu'une importance relative à son avancement car c'était un homme humble et altruiste dont la plus grande fierté était d'avoir réussi à mettre sa vie au service des autres. Mais le *Maryknoll*, c'était différent... C'était du temps gagné, un moyen de transport hors du commun. Il pouvait désormais atteindre des zones lointaines en quelques jours là où il lui fallait plusieurs semaines, et parfois même plusieurs mois, en pirogue ou dans son petit cotre. Ce voyage-ci vers l'estuaire du Ramu, par exemple, aurait exigé cinq ou six fois plus de temps sans le sloop.

Il sourit à nouveau en repensant au regard envieux du capitaine du lougre japonais qu'il avait croisé la veille non loin de la mission. Ils se rencontraient à chaque fois que le père Kirshner prenait la mer et ce dernier se demandait toujours pourquoi, au lieu de chercher des perles comme il était censé le faire, l'homme passait son temps à rêvasser sur sa chaise longue. Le brave prêtre lui avait proposé de visiter son nouveau navire.

– Beau bateau, ça ! s'était-il exclamé en pidgin alors que le père Kirshner savait qu'il parlait un excellent allemand. J'aimerais bien avoir le même !

Et il avait ajouté avec un drôle de sourire :

– Patience !...

Ses paroles avaient semblé anodines mais leur ambiguïté avait un peu irrité le père Kirshner. Les pêcheurs de perles japonais étaient de plus en plus nombreux le long du littoral. Comment diable arrivaient-ils à gagner leur vie ?

– Ramu en vue ! cria la vigie du nid-de-pie.

Lorsque le colossal missionnaire se leva de sa chaise longue, le vent fit claquer la fine toile de son pantalon sur ses jambes massives. Au loin, les trois longues lignes de brisants déferlaient doucement vers le rivage. Elles semblaient même invisibles par tribord avant. Au niveau de la barre, la surface de la mer était polie comme un miroir.

– *Heiliger Gott* ! Quelle chance ! se réjouit le prêtre avant de rectifier aussitôt : le Seigneur est généreux...

Peu après, le *Maryknoll* pénétra dans l'estuaire proprement dit et jeta l'ancre près de l'endroit où le *Maski* avait fait naufrage. La chaîne de l'ancre tomba avec un fracas métallique au fond de l'eau bourbeuse de la petite crique bien abritée du vent dominant qui soufflait du nord. Le magnifique moteur américain toussota, crachota et s'étouffa avant de se taire complètement.

Immédiatement, des cris perçants retentirent et des dizaines de perroquets s'envolèrent des arbres environnants. Puis ce fut le silence, un silence de mort, caractéristique de la jungle de Nouvelle-Guinée.

– Parez à l'amarrage ! Débarquez ! tonna joyeusement le père Kirshner avec un sourire enfantin qui divisait en deux touffes sa barbe fauve.

Il aimait aborder dans des endroits étranges comme celui-là.

Puis il donna ses consignes aux huit boys de la mission qui l'accompagnaient à terre : quatre devaient emporter des vivres et des cadeaux utiles comme du calicot, des couteaux, des tomahawks et des perles. Deux étaient armés de fusils de chasse et les deux derniers de carabines à répétition. Théoriquement le père Kirshner était censé représenter la paix et la bonne volonté sur Terre, mais cette bénignité n'allait pas jusqu'à se laisser massacrer dans une région aussi hostile que le bassin du Ramu. Il examina soigneusement son revolver, le fourra dans sa ceinture et prit la tête de la petite expédition.

À terre, tout semblait calme et désert. Le bateau se balançait doucement au bout de sa chaîne et de ses amarres et la forêt vierge retenait son souffle. Pourtant cela n'empêcha pas le prêtre de redoubler de méfiance.

– Armez les fusils ! ordonna-t-il d'une voix forte. Tirez en hauteur, sauf si je vous dis de faire autrement. Il savait par expérience que le moment du débarquement était toujours le plus périlleux et qu'ils resteraient exposés à une attaque aussi longtemps qu'ils n'auraient pas traversé la plage.

Un homme était resté à bord du *Maryknoll* pour surveiller les abords de la jungle mais, cette fois-là, il n'y eut pas d'incident. Le petit groupe s'enfonça en file indienne dans les taillis et, quelques minutes plus tard, le père Kirshner leva la main. Les Canaques s'arrêtèrent en essayant de voir ce qu'il y avait devant eux. Il s'agissait d'une petite clairière où s'élevaient plusieurs huttes traditionnelles.

Le prêtre demeura immobile. Pendant plusieurs secondes, il observa en silence, épiant le moindre mouvement. Mais il n'y avait aucun signe de présence humaine. Un criquet stridula dans les hautes herbes. Une grenouilla coassa dans les marais environnants. Autrement tout était paisible.

Avec une légèreté étonnante pour un individu de son gabarit, il avança à pas de loup dans la clairière.

Son œil perçant repéra aussitôt des détails inhabituels dans l'architecture de trois des cases : les montants avaient été calés les uns contre les autres pour former une sorte de cône – un type de construction inconnu des Papous.

Il passa la tête dans l'une des huttes : elle était vide.

– Partis ! grommela-t-il. Pourvu que je ne sois pas arrivé trop tard !

Il reprit son inspection des lieux et se figea sur place en apercevant un petit monument au centre de la clairière.

La statue de couleur ocre mesurait à peu près un mètre trente et, à sa grande surprise, le père Kirshner remarqua qu'elle était sculptée dans la souche d'un arbre.

Les bras étaient collés au corps du personnage représenté, les jambes se mélangeaient aux racines et le visage grotesque, qui arborait des défenses de sanglier, grimaçait d'un air menaçant.

L'idole – si c'en était une – ne possédait qu'un œil au centre du front : un œil bleu pâle, froid et sauvage. Un merveilleux exemple d'art indigène, songea le père Kirshner en se penchant pour l'examiner de plus près.

Il se redressa en réprimant un léger haussement d'épaules. Incrusté au milieu de ce masque furieux, l'œil globuleux avec ses vaisseaux sanguins donnait l'apparence de la vie à la petite silhouette trapue. Comme l'incarnation d'un hideux petit cyclope.

Inexplicablement, le prêtre se sentit possédé par l'envie irrépressible de détruire la sculpture en bois – de demander à l'un des Canaques de prendre une hache et de la débiter en copeaux. Mais il se reprit aussitôt. Combien de fois devrait-il se le rappeler ? Lorsqu'il faisait du prosélytisme parmi les païens, sa méthode consistait à les soigner, à leur redonner le sourire et à leur apprendre les règles du football avant de se préoccuper de leurs âmes. D'après son expérience, il ne fallait jamais attendre bien longtemps avant de voir tomber les fausses images et les anciennes idoles.

Le long des sentiers qui s'enfonçaient dans la jungle, le père Kirshner découvrit des petits tas de nourriture à moitié décomposée – sans doute des offrandes propitiatoires à la divinité à l'œil unique.

Suivant une piste sinueuse, il se retrouva dans une autre clairière, moins vaste, au fond de laquelle s'élevait une falaise tapissée de vigne sauvage et de renoncules bleues. Il s'arrêta net en repérant deux tombes indiquées par des croix de bois. Sur la première, en lettres grossièrement taillées, était écrit DOC et sur la seconde, JODO. Le prêtre se recueillit quelques instants.

– Alors le jeune n'a pas survécu, finit-il par murmurer. Dumai avait raison...

Il se signa, bénit les deux sépultures et se dirigea vers la petite crique. L'abri recouvert de feuilles de pandanus était toujours là mais le canot avait disparu. Le père Kirshner s'avança et vit son sillage tracé dans le sable. Il avait dû être halé jusqu'au fleuve. Les yeux du missionnaire s'illuminèrent de joie. Il rejoignit en vitesse les membres de l'équipage qui l'attendaient un peu plus loin.

– Tout le monde à bord ! s'écria-t-il, plein d'espoir. Nous levons l'ancre immédiatement !

Puis, en remarquant une expression médusée sur leurs visages, il ajouta avec un large sourire :

– Étonnant, non ?

Puis il repartit à grandes enjambées vers le schooner. Il allait si vite que ses hommes avaient du mal à le suivre.

Pendant tout le reste de la journée, le *Maryknoll* explora en zigzaguant une bonne partie du littoral entre l'embouchure du Ramu et le port de la mission. Régulièrement, le père Kirshner scrutait l'horizon avec ses superbes jumelles Zeiss – même si, au fond de lui-même, il savait pertinemment que ses marins canaques n'en avaient pas besoin pour repérer à l'œil nu n'importe quel objet dérivant sur la mer. De temps à autre, il lui arrivait aussi de descendre dans la salle des machines pour y astiquer le moteur et s'extasier devant sa beauté et sa puissance. Mais, au crépuscule, il n'y avait toujours rien en vue en dehors d'un chapelet d'îles bordées d'arbres. Le prêtre ordonna de jeter l'ancre dans des eaux peu profondes au large d'un îlot. Après avoir frugalement dîné avec ses hommes, il prit congé d'eux et gagna sa cabine où il s'endormit en moins d'un quart d'heure.

Le lendemain matin, aussitôt qu'il y eut assez de lumière pour y voir à douze pas devant soi, avant même le lever du soleil, le *Maryknoll* appareilla pour reprendre les recherches. Une fois de plus, le prêtre s'installa à l'avant pour scruter les environs. Un léger bruit à la hauteur de son coude lui fit baisser ses jumelles pour vérifier de quoi il s'agissait. C'était Vetoma, son maître d'équipage, qui était venu se poster à côté de lui.

– Je regarde, *Taubada*, dit sèchement le Canaque.

– Merveilleux ! se réjouit le père Kirshner. Nous allons regarder tous les deux, hein ? Quatre yeux valent mieux que deux, *nicht wahr* ?

Vetoma haussa les épaules.

– Un seul homme suffit, déclara ce dernier d'un ton laconique.

Puis il se mit à fredonner un chant indigène, répétant encore et encore la même mélodie, sans jamais se lasser. Son raisonnement était simple : si deux des quatre yeux étaient faibles, pourquoi ne se reposaient-ils pas pour laisser opérer les deux meilleurs yeux ? Le père Kirshner pouvait voir cette pensée se former dans le grand regard sombre de Vetoma et cela l'agaçait au plus haut point. Quelle suffisance ! Ah, le jeune butor ! Il leur montrerait à tous ! C'est lui qui repérerait le canot en premier – enfin, s'il était toujours à flot...

Le soleil monta lentement au-dessus de l'horizon et la chaleur se fit de plus en plus étouffante. Le missionnaire transpirait à grosses gouttes. Il avait l'impression que son cerveau, son cœur et ses poumons se desséchaient au fil des minutes. Et toujours Vetoma chantonnait son air monotone.

– Vetoma, dit sèchement le père Kirshner, veux-tu bien...

Soudain il s'arrêta au milieu de sa phrase et un large sourire illumina son visage d'ogre débonnaire. Il s'apprêtait à demander à son maître d'équipage de se taire, mais il n'aurait fait que manifester son irritation de ne pas avoir une aussi bonne vue que lui. Ce n'était évidemment pas la faute de Vetoma. Cela n'avait aucun sens de le rendre responsable des ravages du temps.

– Saperlipopette ! plaisanta-t-il. Combien de fois faudra-t-il chercher le même homme dans ces îles ?... Tu te rappelles ?

Sans quitter l'horizon des yeux, Vetoma mima une sorte de bond avec sa main.

– Il sautait sur la plage, lâcha-t-il d'un air impassible. Comme un poisson dans mon filet. Maintenant peut-être qu'il nage. Peut-être qu'il saute sur une autre plage. Peut-être qu'il est mort.

Vetoma prononça ces paroles sans changer de ton ni d'expression. Pour lui, ce serait pénible et ennuyeux, quel que soit le cas de figure.

De nouveau, le père Kirshner baissa ses jumelles.

– Est-ce qu'il t'arrive de ressentir quelque chose, Vetoma ? demanda-t-il pensivement.

Les derniers vestiges d'un sourire semblèrent affleurer sur les lèvres du maître d'équipage.

– Je mange, je me sens bien. Je dors, je me sens bien. Je prends ma femme, je me sens bien. Je ne mange pas, je ne dors pas (il marqua une pause plus longue que nécessaire)... je ne me sens pas bien. Tous les hommes sont pareils.

– Tiens ? fit le prêtre en le regardant avec intérêt.

Puis il murmura avec une note de découragement dans la voix :

– Ah, ce ne sont que des enfants, des païens, tous autant qu'ils sont !

Puis il lui tourna le dos et pointa ses jumelles dans une autre direction. Brusquement il se raidit, visiblement excité par quelque chose qu'il venait de voir. Il jeta un rapide coup d'œil à Vetoma pour s'assurer qu'il regardait ailleurs et en profita pour essuyer les lentilles de ses précieuses jumelles dans le coutil blanc de son pantalon. Puis il se remit à observer l'horizon et, dix secondes plus tard, poussa un hurlement de triomphe.

– Là-bas ! Une voile ! s'écria-t-il. Une voile – si mes bons yeux ne me trompent pas... Une voile en feuilles de pandanus ! Elle est abaissée mais c'est encore une voile ! (Il attrapa le bras de Vetoma et l'attira vers lui.) Là ! Regarde ! Prends les jumelles !

Mais le Canaque ne leur prêta aucune attention. Pendant quelques instants, il observa fixement dans la direction indiquée par le père Kirshner puis il déclara avec son laconisme habituel :

– C'est bien ça. La chaloupe du *Maski* mais avec une voile en feuilles de pandanus. Il y en a un qui est penché par-dessus bord. Je n'en vois pas d'autres.

D'un bond de géant, le père Kirshner s'élança vers la plage arrière.

– Cap sur le canot ! rugit-il. Vetoma, prépare ma trousse médicale. Apportez de la glace de la cuisine. Ils seront en hyperthermie, tous !

Le réfrigérateur ! Après le moteur, c'était ce dont il s'enorgueillissait le plus à bord du *Maryknoll.*

– Vite ! Donne-moi cette roue ! cria-il en se ruant dans la minuscule cabine de pilotage.

Le sloop décrivit un élégant arc de cercle avant de foncer droit sur l'embarcation à l'étrange voilure.

– Ah, je l'ai vue le premier ! se félicita le père Kirshner. (Il secoua la tête et tout en gardant une main sur la roue du gouvernail se donna une grande tape sur les fesses.) Gloire à Dieu, je l'ai vue le premier !

## CHAPITRE 20

C'ÉTAIT un dimanche soir et une paix profonde régnait sur la mission du père Kirshner. Un quart de lune brillait au-dessus de la mer de Bismarck, teintant d'argent les vagues clapotant sur le rivage, les palmes des cocotiers et les toits de chaume du village. Rien n'avait changé depuis des années, pourtant un parfum de nouveauté flottait dans l'atmosphère et chacun se sentait envahi par une excitation fiévreuse. Comme toutes les grandes joies, celle-ci était constituée de plusieurs éléments car, par une étrange loi du hasard (mais est-ce le hasard ?), les événements essentiels n'arrivent jamais seuls. Il y avait d'abord eu le *Maryknoll* dont la simple vue réjouissait les yeux ; puis le sauvetage des naufragés et le plaisir de les accueillir dans la mission ; et enfin certains plans d'avenir discutés par Shamus, Whitey, Jim et le père Kirshner. Ce dernier avait les yeux qui pétillaient, ces derniers temps. Ses gestes semblaient encore plus énergiques que d'habitude, son rire tonitruant résonnait comme celui d'un jeune homme embarqué pour de nouvelles aventures.

Shamus était étendu sur la plage, à l'ombre de son cocotier favori, là même où il s'était si souvent demandé s'il devait répondre à son désir pour Ganice ou agir comme sa conscience (assistée du père Kirshner) lui commandait de le faire – respecter l'engagement de la jeune fille et ne pas troubler la sérénité que lui avait apportée une existence entièrement consacrée au service de l'Église.

Mais il ne put s'empêcher d'éprouver une sensation de malaise analogue à celle qu'il avait jadis connue en quittant la mission. Puis il passa en revue tous les événements qui s'étaient enchaînés depuis son retour à Rabaul. Il y avait d'abord eu la proposition de Gibson d'emmener Doc Swartz et son équipe dans la région du Sepik. Malgré ses résolutions, Shamus avait fini par accepter dans l'espoir de revoir Ganice une dernière fois, de prendre sa main, de la serrer dans ses bras et peut-être même – oui, il devait bien se l'avouer – de la faire renoncer à ses vœux.

Comme il avait songé à elle au cours des premières journées du voyage ! Lorsque Cleo et Jodo avaient sapé son autorité à bord du *Maski*, c'est en rêvant à Ganice qu'il avait trouvé la patience de supporter les effronteries de l'une et les remarques mesquines de l'autre. Dans ces moments-là son choix de rester célibataire lui avait semblé comme un moyen d'honorer sa mémoire.

Comme il avait vite oublié ces nobles pensées, la nuit du banquet sur la plage, lorsque lui et Cleo s'étaient abandonnés à leur passion ! Le lendemain, meurtri et révolté par ce qu'il avait pris à tort pour une preuve de superficialité de la part de l'actrice, il avait essayé de se convaincre que leurs étreintes n'avaient fait qu'exprimer son désir pour Ganice. Par procuration, en quelque sorte...

Pourtant cette conviction aussi avait été anéantie au cours des événements dramatiques qui avaient suivi le naufrage du schooner, lorsque les rescapés avaient dû affronter la mort dans la clairière, près de l'embouchure du Ramu. Cleo s'était révélée un précieux soutien moral par son courage, sa pondération, son sens de l'humour et ce mélange de dureté et de tendresse qui la caractérisait.

Sur le coup, il n'y avait pas réfléchi. Il n'avait pas réalisé ce qu'elle était devenue pour lui. Il n'y avait pas prêté attention – même lorsqu'elle s'était avancée vers les Pygmées pour laisser une chance de survie à ses compagnons d'infortune.

Puis il y avait eu ces trois infernales journées en mer. Sous un soleil de plomb, ils avaient réussi à éviter le pire alors que la chaloupe s'enfonçait jusqu'aux plats-bords. Il leur avait fallu écoper sans relâche. Si Jodo avait été parmi eux – s'il n'était pas mort la veille de leur départ –, cette fragile embarcation aurait été submergée en moins de deux heures.

Pendant leur calvaire, Shamus s'était peu à peu persuadé que, s'ils avaient échappé à la menace des Pygmées, ils ne survivraient pas au soleil, à la mer et à la faim. Du coup il s'était livré à un examen de conscience avec l'honnêteté et la lucidité d'un homme qui se savait condamné.

Il avait été capable de passer au crible et d'analyser ses sentiments pour Ganice et Cleo. Dans les deux cas, il éprouvait un amour sincère. Maintenant qu'il était étendu là, en travers des bancs de nage, épuisé, désespéré, il savait enfin ce qu'il ferait si la possibilité lui en était offerte. Et même s'il estimait qu'il était trop tard, que jamais plus il n'aurait l'opportunité de bâtir le moindre plan d'avenir, il s'accrochait à la satisfaction d'avoir pris une décision ferme et définitive comme d'autres s'accrochent à la vie elle-même.

Trois jours après leur arrivée à la mission, les rescapés avaient commencé à se rétablir grâce aux soins prodigués par le père Kirshner et ses Canaques. À un moment, le prêtre avait fait allusion à Ganice. Elle n'était plus avec eux, car sœur Alicia, convaincue qu'il ne lui restait plus longtemps à vivre, avait décidé peu après le départ de Shamus de retourner mourir chez elle, en Alsace. Ganice l'avait accompagnée pour s'occuper d'elle pendant le voyage et avait reçu une nouvelle affectation en Europe, où l'Église luttait en vain contre la montée de l'athéisme.

C'était aussi bien qu'ils ne se revissent pas, avait pensé Shamus. Au cours de sa longue méditation dans le canot, il avait réalisé que Ganice avait déjà choisi sa voie. À ses yeux, elle demeurerait à jamais le symbole d'une perfection lumineuse et inaccessible.

Il avait parlé d'elle à Cleo pendant leur première nuit à bord de la chaloupe – probablement pour la préparer au cas où ils survivraient et rencontreraient la jeune fille à la mission. Au fond, il espérait la revoir pour balayer ses derniers doutes. Mais il ne lui avait rien dit de ses sentiments pour elle. Sans faire le moindre commentaire, la belle actrice avait pris sa main et l'avait tendrement caressée.

Shamus s'apprêtait à se lever pour retrouver Cleo lorsqu'il entendit des voix approcher, d'abord quelques paroles monosyllabiques du frère Arden, puis une envolée enthousiaste du père Kirshner. Le frère Arden revenait de l'intérieur. Cela faisait un mois qu'il était parti et il devait réapparaître d'un jour à l'autre, avait dit le prêtre à Shamus. Comme ce dernier n'était pas d'humeur à converser avec eux, il recula dans la jungle et attendit qu'ils s'éloignent. Mais au lieu de poursuivre leur chemin, les deux ecclésiastiques s'assirent à une vingtaine de mètres de là, sans s'apercevoir de sa présence, tandis que le père Kirshner continuait de parler.

– Les choses s'arrangent pour le mieux, tonna-t-il. Même des intrigues politiques aussi primitives peuvent se conclure de manière positive. Vous vous rappelez, frère Arden, ce Mélanésien nommé Tom – l'homme de confiance d'Anitok – qui était venu se faire soigner à la mission ? Un individu sans scrupules, comme la suite l'a prouvé. Pourtant c'est lui qui a sauvé la vie de tous ces gens – à part ces trois malheureux Canaques qui ont essayé de s'échapper et ont été massacrés par les guerriers d'Anitok dans la jungle. C'est aussi lui qui a supprimé Anitok pour le remplacer comme chef du village des Ramus. Il se dit prêt à coopérer avec nous... J'imagine qu'il doit redouter les Aranes mais après tout, ses motivations ne nous regardent pas.

– Anitok supprimé ? se réjouit le frère Arden. Excellente nouvelle ! Comment s'y est-il pris ?

– Personne ne le sait exactement, répondit le père Kirshner. Kanaka Tom a raconté partout que le petit tyran a été abattu par Shamus juste après la fuite des pygmées. Mais Whitey m'a affirmé que les rescapés ne disposaient pas d'armes à feu... Bah, quelle importance ? Tout ce qui compte, c'est que cet affreux bonhomme soit allé s'expliquer avec notre Créateur. Ça nous épargne la peine de nous occuper de lui.

Telle était donc la cause de la déflagration qui avait retenti dans la jungle après le départ de Kanaka Tom, songea Shamus. Un simple assassinat politique, la substitution d'un despote à un autre despote, un événement commun en Mélanésie comme partout ailleurs. Le grand Canaque avait dû avoir la partie facile, vu que les Pygmées avaient détalé sans demander leur reste. Il avait probablement descendu Anitok puis avait dû persuader les guerriers que les Blancs avaient caché des fusils et que le coup était parti de la clairière.

– Tout ce dont nous sommes sûrs, poursuivit le père Kirshner, c'est qu'en apprenant qu'il y avait des Blancs sur la plage, Kanaka Tom nous a envoyé un prisonnier canaque nommé Dumai, un marin du précédent équipage de Shamus, pour que nous puissions venir les secourir. Gageons que c'était sa manière de nous remercier de l'avoir soigné – ou, si vous préférez, une partie de son plan car il veut sceller un accord de coopération avec nous. Et le croirez-vous ? Dumai n'est autre que le frère de Tulare, le maître d'équipage de Shamus. Ils sont heureux comme des enfants depuis qu'ils se sont retrouvés ! Et ils se dévouent sans compter pour la mission.

Soudain, grâce aux explications du prêtre, tous les éléments du puzzle se mirent en place dans l'esprit de Shamus. Kanaka Tom avait toujours projeté de déposer Anitok et de devenir le chef des tribus de la région du Ramu. Pendant des années, il avait dû en rêver, complotant dans l'ombre, attendant patiemment son heure. De plus il était assez avisé pour comprendre qu'il serait plus fort avec le soutien du père Kirshner et de ses amis. Peut-être avait-il aussi voulu remercier le missionnaire des soins qu'il lui avait prodigués par le passé – une reconnaissance qu'il pouvait se permettre d'exprimer aussi longtemps qu'elle favorisait ses desseins politiques. Pourtant il n'avait pas osé aider les naufragés sur la plage. S'il s'était opposé ouvertement à Anitok, il serait passé pour un lâche et un traître aux yeux des Ramus. Voilà pourquoi il avait secrètement envoyé Dumai à la mission : personne ne lui aurait reproché l'intervention du Blanc aux pouvoirs magiques. Pendant ce temps, Kanaka Tom s'était efforcé de refroidir les velléités guerrières du chef pygmée. L'épisode de l'œil de verre lui avait évité de chercher un moyen d'empêcher l'attaque et, mieux encore, il lui avait offert l'occasion de réaliser ses ambitions personnelles au moment où les guerriers s'étaient enfuis dans la jungle et qu'il s'était retrouvé seul avec Anitok. Il avait ainsi pu affirmer que c'était Shamus le meurtrier sans risquer d'être démenti. Que ferait Kanaka Tom de son pouvoir maintenant qu'il avait pris la tête des Pygmées ? se demanda Shamus.

Mais le père Kirshner n'avait pas terminé son récit.

– C'est moi qui l'ai vu le premier, frère Arden. Souvenez-vous-en, quoi qu'en dise Vetoma... Ah, ces bons vieux yeux ! Stupéfiant, n'est-ce pas ? résonna la grosse voix du prêtre. Au début je l'ai pris pour un sampan – il y a tant de bateaux japonais dans les parages depuis quelque temps... La mer était si calme que le canot semblait posé sur un miroir. Tout d'abord, comme personne ne bougeait à l'intérieur, j'ai bien cru qu'il était vide. En fait, ils s'étaient abrités sous la voile en feuilles de pandanus pour se protéger du rayonnement du soleil. Les ponts du *Maryknoll* étaient bouillants. Mes pauvres Canaques devaient se déplacer par bonds pour ne pas se brûler la plante des pieds. Alors imaginez un peu ce que cela devait être à bord d'une chaloupe ! Ils étaient tous très amaigris. Et ils avaient terriblement souffert de la chaleur. Nous avons eu beaucoup de mal à les hisser à bord. Aucun d'eux ne tenait debout, pas même Shamus – et vous savez que c'est un costaud ! Le plus étonnant, c'est qu'ils s'en soient tous tirés. Lorsque nous sommes arrivés à la mission, le pauvre diable qu'ils appellent Whitey a failli mourir. Il a la peau très claire et toute la partie supérieure de son corps présentait des lésions rouge vif et des cloques dont certaines avaient éclaté et s'étaient infectées... J'ai passé des jours à le badigeonner d'huile de noix de coco et à changer ses pansements et... saperlipopette ! En moins d'une semaine, il était sur pied – tous comme ses compagnons d'infortune, d'ailleurs ! Incroyable, non ? Cela fait deux semaines qu'ils sont à la mission et les voilà gais comme des pinsons et prêts à mordre la vie à belles dents !

– Hum ! fit le frère Arden d'un air sceptique. Et quel genre de vie ont-ils envie de mordre ?

– Vous serez surpris de l'apprendre, mon ami. Les choses s'arrangent parfois d'une manière étonnante. Whitey et Jim m'ont tout raconté. Ils étaient en mission pour leur gouvernement lorsque le *Maski* a fait naufrage. Il semble que les autorités américaines s'attendent à des problèmes avec les Japonais et ils ont besoin d'informations sur la topographie de la région. Shamus, qui s'interrogeait sur son avenir au moment de nous quitter, a trouvé la réponse qu'il cherchait. Il a décidé de se joindre aux deux autres pour reprendre le travail depuis le commencement. Je vais les ramener à Rabaul à bord du *Maryknoll*. Là-bas, ils comptent racheter du matériel et affréter un nouveau bateau. Puis ils reviendront ici. Kanaka Tom leur a offert sa protection dans toute la région du Ramu. Ils y établiront leur base et nous aideront à fonder la mission dont nous rêvons depuis si longtemps. N'est-ce pas merveilleux ?

– Et la femme ? demanda le frère Arden d'un ton désapprobateur, car il se méfiait des femmes n'ayant pas prononcé leurs vœux.

Le père Kirshner éclata de rire.

– N'est-ce pas qu'elle est belle ? murmura-t-il avec un mélange de tendresse et de respect. Je dois vous avouer, frère Arden – et je vous serai reconnaissant de le garder pour vous – qu'elle a réveillé en moi certaines tentations de ma jeunesse... Elle s'est confessée à moi... Mais je ne peux rien dire... Ce qu'elle fera... Je pense que nous le saurons bien assez tôt. C'est une femme remarquable et elle aussi a trouvé un sens à sa vie... qui était particulièrement vide avant sa rencontre avec Shamus.

Il resta silencieux un moment, et lorsqu'il reprit la parole, ce fut comme s'il se parlait à lui-même.

– Que disait Goethe, déjà ? « S'il y avait un homme pour comprendre l'extraordinaire dévotion qu'une femme peut avoir pour celui qu'elle aime vraiment... » Je crains d'en avoir oublié la moitié !...

Il y eut une nouvelle pause et Shamus vit le prêtre se lever telle une ombre indistincte dans la nuit tombante.

– Il faut que j'y aille, frère Arden. Je suis au milieu d'un nouveau roman policier américain. On dirait que ce brave Dick Tracy est sur le point de déjouer une vaste conspiration contre... Mais je ne vais pas tout vous raconter ! Je vous le prêterai quand je l'aurai terminé.

Shamus attendit que leurs voix se perdissent dans le lointain. Puis il se releva et reprit le chemin de la mission. Mais, une fois dans la rue du village, il se laissa envoûter par l'enchantement de la nuit. Pourquoi devrait-il se cloîtrer alors que la lune brillait et que les parfums voluptueux de la jungle enivraient ses sens ?

Il tourna les talons et marcha lentement sur le quai où avait été amarré le *Maski* lors de son premier séjour. C'était la place du *Maryknoll*, désormais. Le sloop se balançait au rythme imperceptible de la houle. Shamus tendit la main pour toucher la coque lisse du bateau.

– Bonsoir...

C'était la belle voix grave de Cleo qui se tenait si près de lui qu'il en sursauta. C'était comme si le *Maryknoll* s'était adressé à lui.

Il leva les yeux et la vit accoudée au bastingage, qui lui souriait dans la pâle clarté lunaire. La robe blanche que lui avait prêtée le père Kirshner lui donnait une distinction d'un autre âge. Shamus se remémora le moment où ils s'étaient retrouvés dans la mission après plusieurs jours de repos forcé : elle était pieds nus et portait une jupe de paysanne et un chemisier à col haut prélevés dans le stock de vêtements réservés aux indigènes. Il avait été surpris de constater que cela lui allait à merveille. Quelles que fussent les circonstances, Cleo restait Cleo, avait-il songé, la quintessence du charme, de la grâce et de la beauté.

– J'ai l'impression de revenir sur les lieux du crime, dit-elle en riant. Je n'arrive pas à me sortir ce bateau de l'esprit... C'est curieux, non ?...

– Oui, se contenta de répondre Shamus, plus intéressé qu'il n'y paraissait.

Certaines personnes noient leur malaise sous un déluge de paroles. Shamus, à chaque fois qu'il éprouvait une émotion intense, ne communiquait plus que par des mots monosyllabiques – quand il ne se réfugiait pas dans un mutisme absolu. Craignant qu'elle eût mal interprété sa réaction, il ajouta :

– Je pensais que tu étais inconsciente... Mais vu que je n'y voyais plus très clair moi-même, je ne sais pas si l'on peut se fier à ma mémoire... C'était moins une, hein ?

– Oui, approuva Cleo, mais pas aussi effrayant que je l'aurais cru. Tiens, aide-moi à descendre.

Avec la souplesse d'une enfant, elle enjamba la lisse et sauta à pieds joints sur le quai.

Puis main dans la main, ils marchèrent lentement jusqu'au bout du dock et s'assirent au bord du quai, les pieds au-dessus de l'eau.

– Tu sais, continua Cleo, lorsque j'agonisais dans ce canot, je me suis dit que nous n'avions plus aucune chance, que la faim, la soif, le soleil finiraient par nous achever. Ou bien la mer... Une simple vaguelette aurait suffi à faire sombrer la chaloupe... Cela peut sembler morbide mais je n'avais pas peur de mourir. Pour moi, c'était naturel, cela ne me dérangeait pas – enfin, pas trop. Je prenais les choses comme elles venaient, je pensais que mon heure avait sonné et qu'il n'y avait pas de quoi se formaliser... Un vieil homme a dit un jour – je ne me rappelle jamais les citations et encore moins le nom de leur auteur, curieux pour une actrice, non ? – quelque chose comme « il y a un temps pour aimer et un temps pour haïr ; un temps pour jeter des pierres et un temps pour les ramasser ; un temps pour l'amour et un temps pour la chasteté ; un temps pour vivre et un temps pour mourir... » enfin, quelque chose du genre. Eh bien, il n'avait pas tort, ce type-là. Et, sur le canot, je me suis dit que j'avais eu le temps de jouer à l'amour, au début, puis d'aimer vraiment... le temps de vivre... et puis le temps de mourir était venu et je l'acceptais sans amertume. Quand le *Maryknoll* nous a repêchés, j'étais encore assez lucide pour penser que si je survivais, je devrais tout recommencer à zéro... Ça ne me paraissait pas une idée si aberrante. Je n'ai jamais voulu faire ça, tu sais, je n'ai jamais voulu vivre à moitié, réaliser un jour que j'ai laissé filer ma vie. Je préfère mourir vite, précipitée contre un écueil par une lame, plutôt que de m'enfoncer lentement dans des sables mouvants... Tu comprends ?

Comme Shamus ne trouvait pas les mots pour lui répondre, il pressa un peu plus fort sa main. Oui, il comprenait et il ressentait exactement la même chose. Ils demeurèrent silencieux pendant un long moment – et ce silence était plus intime qu'aurait pu l'être n'importe quelle conversation.

Les merveilleuses paroles de l'Ecclésiaste lui revinrent en mémoire :

« Il y a une saison pour tout et un temps pour chaque dessein sous le ciel : un temps pour naître et un temps pour mourir ; un temps pour planter et un temps pour arracher ce qui a été planté ; un temps pour tuer et un temps pour guérir ; un temps pour détruire et un temps pour bâtir ; un temps pour gémir et un temps pour rire ; un temps pour pleurer et un temps pour danser ; un temps pour se débarrasser des pierres et un temps pour les rassembler ; un temps pour s'embrasser et un temps pour s'en passer ; un temps pour prendre et un temps pour lâcher ; un temps pour garder et un temps pour rejeter ; un temps pour déchirer et un temps pour recoudre ; un temps pour se taire et un temps pour parler ; un temps pour aimer et un temps pour haïr ; un temps pour la guerre et un temps pour la paix. »

Pour Doc, Jodo, Anitok et les trois malheureux Canaques qui avaient tenté de s'enfuir, le temps de mourir était venu. Mais pour Cleo et lui...

– Il nous est peut-être arrivé la même chose en même temps, finit-il par murmurer, mais nous avons réagi de deux façons différentes. Moi aussi je pensais que nous étions condamnés, dans ce canot... Et maintenant que tout cela est derrière nous, ça ne me dérange pas de t'avouer que je ne donnais déjà pas cher de nos peaux dans la clairière. Je suis persuadé que c'est ton optimisme, ta certitude que d'une manière ou d'une autre nous nous en sortirions, qui est à l'origine de ce miracle. Ce que je dis n'a rien de mystique : ce genre de chose arrive plus souvent qu'on ne croit. D'ailleurs si je ne m'étais pas senti protégé par la confiance que tu avais en moi, j'aurais eu du mal à cacher ma terreur. Et s'ils s'en étaient aperçus, les Pygmées nous auraient massacrés dès leur première visite. Puis, lorsque le père Kirshner nous a récupérés et que nous nous sommes retrouvés sur le *Maryknoll*, j'ai su que nous étions sauvés et j'ai éprouvé une joie extraordinaire ; c'était comme si une vie venait de se terminer et qu'une nouvelle commençait...

une vie merveilleuse dont la précédente n'aurait été que le brouillon.

– Peut-être était-ce parce que tu savais ce que tu voulais et que tu étais sûr de pouvoir l'obtenir. Les hommes sont parfois très sûrs d'eux-mêmes. Mais une fille qui sait ce qu'elle veut mais n'est pas sûre de pouvoir l'obtenir, c'est très différent, non ? Une toute petite fille qui supplie qu'on lui donne quelque chose qu'elle redoute de se voir refuser, quelque chose qu'elle désire de tout son cœur...

– En effet, je suppose que c'est très différent, répondit Shamus avec ce ton distant qu'il prenait à chaque fois qu'il craignait de se laisser submerger par l'émotion.

Il serra la main de Cleo dans les siennes et posa sa tête sur sa poitrine. À présent c'était lui qui ressemblait à un petit enfant collé à sa mère. Il sentait ses seins moelleux contre sa joue et entendait son cœur qui battait à l'unisson du sien. Il avait la réponse qu'il attendait.

– C'est bien vrai, n'est-ce pas ? chuchota-t-il. J'ai raison d'être sûr...

Puis il la prit dans ses bras et l'embrassa passionnément. Leurs lèvres se rejoignirent avec la même ardeur et le même abandon que la première fois, sur la plage de Siasi. Il connaissait déjà les mots qu'il allait prononcer. Il y avait réfléchi soigneusement. Oui, elle avait vu juste, il savait ce qu'il voulait mais il n'était pas si sûr de pouvoir l'obtenir. Oui, c'était elle qu'il voulait et personne d'autre. Pour le restant de ses jours. Cependant aucun mot ne sortit de sa bouche. D'ailleurs était-ce bien nécessaire ? Ses mains caressaient la peau de Cleo et son désir si longtemps réprimé l'emportait dans son tourbillon. Cleo, cramponnée à lui, semblait dans les mêmes dispositions.

– C'est aussi ce que je veux… pour toujours, haleta-t-elle en l'embrassant dans le cou. Oh, Shamus… Shamus… Mon chéri…

Soudain une question s'imposa à lui.

– Je me demande si Kirshner acceptera de nous marier, dit-il. Nous ne sommes pas de sa confession et je ne pense pas que ce soit permis.

– Il acceptera, déclara Cleo d'un ton catégorique.

– Comment peux-tu en être certaine ?

La jeune femme eut un petit rire.

– Je ne lui ai pas demandé s'il accepterait. Je lui ai dit qu'il n'avait pas le choix. Je lui ai aussi dit que tu n'avais pas encore fait ta proposition, mais que cela n'allait pas tarder.

– Oh, fit Shamus, un peu surpris.

– Enfin je lui ai dit qu'il parlait à une femme qui ne pouvait plus se permettre de lambiner, que le temps était compté…

Shamus sursauta.

– Comment… comment ça ?…

– Oui… je suis enceinte, répliqua Cleo d'une voix faussement indifférente. J'en avais toujours rêvé et c'est arrivé… avec l'homme idéal. Je ne te l'aurais jamais dit – j'aurais même préféré te mentir si cela s'était avéré nécessaire – si tu n'avais pas voulu de moi. Je me suis confessée au père Kirshner et je lui ai fait promettre de garder le secret. Je n'aurais pas supporté l'idée que tu puisses me demander en mariage pour cette raison. Je ne voulais qu'une chose, que tu veuilles de moi. Tu me veux, n'est-ce pas ? Non, ne réponds pas. Je sais que tu me veux.

Shamus sourit dans la pénombre.

Elle lâcha sa main pour chercher quelque chose dans la poche de sa robe.

– J'ai une surprise pour toi, dit-elle. Appelons ça un cadeau de mariage anticipé... Tu te souviens de ce jour où tu m'avais demandé ce que j'avais ramassé sur la plage ?... Je l'ai toujours conservé sur moi... J'attendais juste le moment opportun pour te l'offrir. Le voici. Quelque chose me dit que tu voudras le garder jusqu'à la fin de ta vie. Si ce n'est pas le cas, c'est que je suis encore plus bête que je ne le pensais.

Elle lui glissa un petit paquet dans la main. En sentant des contours coupants sous ses doigts, Shamus songea qu'il devait s'agir d'un fragment de poterie de la taille d'une grosse pièce de monnaie. Il ôta le papier d'emballage et frotta une allumette pour éclairer le mystérieux objet...

C'était un morceau du vase en porcelaine de Saxe.

Mis en pages par
DV Arts Graphiques
à La Rochelle.

Cet ouvrage a été achevé
d'imprimer sur système Variquik,
par l'imprimerie Sagim-Canale
à Courtry pour le compte
des Éditions du Rocher
en mars 2009

Éditions du Rocher
28, rue Comte-Félix-Gastaldi
Monaco

Imprimé en France

Dépôt légal : avril 2009
N° d'édition : 6395
N° d'impression : 11076

L'imprimerie Sagim-Canale
est titulaire de la marque
Imprim'vert®